디어 에번 핸슨

————— #YouWillBeFound —————

디어 에번 핸슨

밸 에미치 & 스티븐 레번슨 & 벤지 파섹 & 저스틴 폴 지음 · 이은선 옮김

H
현대문학

나는 퇴장했다.

사라지는 것보다 불타 없어지는 게 낫다지 않던가. 커트 코베인은 유서에서 그렇게 말했다. 나는 온갖 유명인들을 소개한 동영상을 본 적이 있다. 어니스트 헤밍웨이, 로빈 윌리엄스, 버니지아 울프, 헌터 S. 톰슨, 실비아 플라스, 데이비드 포스터 월리스, 반 고흐. 나를 그들과 비교하는 건 아니다. 진짜다. 그들은 세상에 발자취를 남겼지만 나는 아무것도 남기지 못했다. 심지어 유서조차 남기지 못했다.

이글거린다고 하는 게 알맞은 표현이겠다. 하루하루 뜨거워지는 게 느껴진다. 점점 뜨거워진다. 너무 뜨겁다. 별들도 견딜 수 없을 만큼. 어느 시점에 이르면 별들은 서서히 꺼지거나 폭발한다. 소멸한다. 하지만 하늘을 올려다보면 그렇게 느껴지지 않는다. 모든 별들이 여전히 제자리를 지키고 있는 것처럼 느껴진다. 하지만 아니다. 일부는 사라졌다. 일찌감치 사라졌다. 이제는 나도 그런 신세이지 않을까 싶다.

내 이름. 내가 맨 마지막으로 적은 게 내 이름이었다. 어떤 아이의 깁스 위에. 유서라고 볼 수는 없다. 그래도 뭐, 내 흔적은 살짝 남겼다. 부러진 팔 위에. 딱 적당하지 않았나 싶다. 생각해 보면 시적이다. 지금 내가 할 수 있는 게 생각뿐이니 뭐.

1부

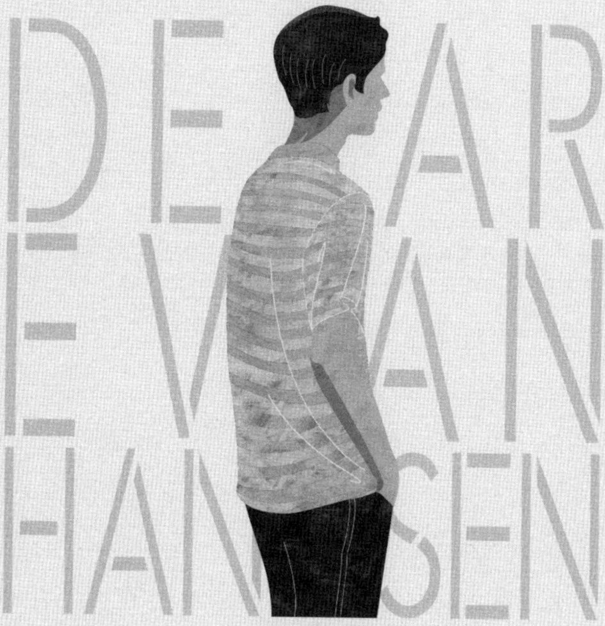

1장

에번 핸슨에게

내가 쓴 편지는 전부 이렇게 시작한다. 편지의 서두는 원래 그렇다. 일반적인 방식이다. 받는 사람의 이름을 밝힌다. 이 경우에는 받는 사람이 나다. 내가 나에게 편지를 쓰고 있다. 그렇다, **에번 핸슨**에게.

사실 에번은 내 가운데 이름이다. 엄마는 나를 에번이라고 부르고 싶어 했고 아빠는 자기 이름을 따서 마크라고 부르고 싶어 했다. 내 출생증명서를 보면 아빠가 전투에서 이겼지만 전쟁의 승자는 엄마였다는 걸 알 수 있다. 엄마는 나를 에번이 아닌 다른 이름으로 부른 적이 없다. 결과적으로 아빠도 그렇게 됐다(스포일러 주의보 : 우리 부모님은 같이 살지 않는다).

나는 (절대 쓸 일 없는) 운전면허증이나 입학 원서를 작성할 때 그리고 오늘처럼 학교 첫날일 때만 마크다. 새로운 선생님들은 출석을 부르는 시간에 "마크"라고 부를 테고 나는 매번 가운데 이름으로 불러달라고 얘기해야 할 것이다. 물론 다른 친구들이 모두 교실 밖으로 빠져나간 뒤에 말이다.

원자보다 작은 수준에서 우주적인 규모에 이르기까지 날마다 나를 당황스럽게 만드는 일이 백만 열 가지인데 그중 하나가 내 이니셜이다. M. E. H. '메'라는 단어와 철자가 같다. '메'는 기본적으로 어깨를 으쓱하면서 내는 소리인데,✦ 이 사회가 전반적으로 내게 보이는 반응이 바로 그것이다. 놀랐을 때 내는 '오' 하고 반대되는 개념이다. 아니면 감탄했을 때 내는 '아' 하고도. 머뭇거릴 때 내는 '어' 하고도. 어리둥절할 때 내는 '허' 하고도. '메'는 전적으로 무관심이다. 그러거나 말거나. 상관없다. 관심 없다. 마크 에번 핸슨? 메.

하지만 나는 동의를 구하고 확인을 바랄 때 쓰는 '웅'에 나를 비유하고 싶다. 이를 테면, **저 에번 핸슨이라는 애 어때, 웅?**

엄마는 나더러 진짜 딱 물고기자리라고 한다. 물고기자리의 상징은 한데 묶여서 서로 반대 방향으로 헤엄치려고 하는 두 마리의 물고기다. 엄마는 그런 쓸데없는 점성술에 관심이 많다. 날마다 별자리 운세를 알려주는 앱을 내가 엄마의 휴대전화에 깔아주었다. 그랬더니 이런 메모를 써서 집 안 곳곳에 남겨둔다. **안전**

✦ 영어권에서는 별로이거나 관심 없을 때 "메Meh"라고 한다.

지대에서 벗어나라. 아니면 그날의 메시지를 대화 속에 욱여넣는다. **새로운 일에 도전하래. 친구랑 동업을 하면 괜찮겠다고.** 내가 보기에는 전부 헛소리지만 엄마는 별자리 운세를 통해 일말의 희망과 지침을 얻는 모양이고, 나는 내 편지들을 통해 그런 걸 얻을 작정이다.

말이 나왔으니 말인데, 인사가 끝나면 편지의 알맹이, 그러니까 본론이 시작된다. 내 편지의 첫 줄은 항상 똑같다.

오늘은 근사한 날이 될 거야, 왜냐하면.

긍정적인 태도는 긍정적인 경험을 낳는다. 이 편지 쓰기 숙제 이면의 기본 발상이 그거다.

처음에 나는 도망치려고 했다. 셔먼 선생님한테 이렇게 말했다. "나한테 쓰는 편지가 무슨 도움이 될까요? 뭐라고 쓰면 좋을지도 모르는데."

선생님은 평소처럼 가죽 의자에 느긋하게 기대는 대신에, 몸을 꼿꼿하게 세워서 앞으로 숙였다. "몰라도 돼. 그게 훈련의 목적이니까. 탐구하는 것. 예를 들면 이런 식으로 시작해도 돼. '오늘은 근사한 날이 될 거야, 왜냐하면.' 그런 다음 거기서부터 써 내려가는 거지."

심리 치료가 완전 개수작 같을 때가 있는가 하면 사실 문제는 뭐든 의심하는 나라는 생각이 들 때도 있다.

아무튼 나는 결국 선생님의 충고를 문자 그대로 받아들였다

(덕분에 고민거리가 하나 줄었다). 까다로운 건 편지의 나머지 부분이기 때문이다. 첫 줄은 시작에 불과하고 이제 나는 나만의 문장으로 그 모든 이야기를 뒷받침해야 한다. 모든 증거는 아니라고 하는데 **왜** 오늘이 근사한 날이 되겠는지 입증해야 한다. 오늘 이전의 모든 날들이 절대 근사하지 않았는데 왜 오늘은 다를 거라고 생각할까?

솔직히 고백하자면 나는 그렇게 생각하지 않는다. 그러니까 모든 창의력 세포가 번쩍 깨어나 작업에 착수할 수 있게 상상력을 가동해야 하는 시점이다(**근사한** 응원 연설문을 쓰려면 온 사방의 세포가 동원되어야 한다).

> 왜냐하면 오늘은 그냥 너로 지내기만 하면 되니까. 하지만 자신감 넘쳐야 해. 그게 핵심이야. 그리고 재미있어야 하지. 남들이 쉽게 말을 걸 수 있게. 쉽게 다가올 수 있게. 그리고 숨지 마. 남들한테 너를 보여줘. 옷을 벗거나 그런 변태 짓을 하라는 건 아니야. 그냥 너를 보여줘. 진정한 너를. 꾸밀 필요 없어. 네 자신에게 솔직해져.

진정한 나. 그게 무슨 뜻일까? 흑백 향수 광고에서 흘러나오는 사이비 철학 문구 같다. 하지만 좋다, 뭐가 됐건 평가하지 말자. 셔먼 선생님도 얘기했다시피 우리의 목적은 탐구다.

탐구. 이 '진정한' 나는 삶의 기술이 나보다 훌륭할 것이다. 대인 관계도 훌륭할 것이다. 그리고 나처럼 소심하지 않을 것이다.

예를 들면 지난해 재즈 밴드 콘서트장에서 조이 머피에게 자기 소개를 할 수 있는 기회가 찾아왔을 때 놓치지 않을 것이다. 그녀의 공연을 본 느낌을 한 마디로 표현하되 스토커처럼 보이지 않을 단어가 뭘지 계속 고민하다가—**좋았다, 훌륭했다, 끝내줬다, 눈이 부셨다, 황홀했다, 멋있었다**—결국에는 **아주 좋았다**로 결정하고는 너무 불안해서 손에 땀이 나는 바람에 말도 걸지 못하고 그러지 않을 것이다. 손에서 땀이 나거나 말거나 뭔 상관이었을까? 그녀가 악수하자고 하지도 않았을 텐데. 그렇게 기타를 쳤으니 오히려 **그녀의** 손이 땀범벅이었을 텐데. 게다가 내 손도 땀이 날 것 같다고 생각한 이후에야 땀이 나기 시작했으니 내가 땀이 나게 **만든** 거였는데, 이 '진정한' 에번은 그렇게 어마어마하게 한심한 짓을 할 리 없다.

와, 내가 또다시 정신력으로 손에서 땀이 나게 만들고 있다. 담요로 키보드를 닦아야겠다. csxldmrr xsmit ssdegv라고 쳐진다. 이제는 팔까지 땀을 흘리고 있다. 빠져나갈 구멍이 없으니 땀은 깁스 아래에 고일 테고 그러면 깁스에서 냄새가 날 텐데, 특히 3학년이 시작되는 첫날에 학교에서 누가 됐건 그 냄새를 한 톨이라도 맡으면 큰일이다. 죽어라, 가짜 에번 핸슨. 너 진짜 피곤하다.

심호흡.

나는 침대 옆 서랍장으로 손을 뻗는다. 오늘 아침에 이미 항우울제 렉사프로를 먹었지만 셔먼 선생님 말로는 증상이 너무 심해지면 항불안제 아티반을 먹어도 괜찮다고 했다. 아티반을 삼키자 안도감이 밀려든다.

그게 이 편지를 쓰는 데 따르는 문제점이다. 나는 직선 도로에서 출발하지만 항상 곁길로 새서 좋은 일이라고는 전혀 벌어지지 않는 어설픈 뇌의 주변부로 넘어간다.

"그래서 어제저녁에 굶었어?"

내가 고스란히 남긴 20달러짜리 지폐를 들고 서서 엄마가 묻는다.

나는 노트북을 닫고 베개 밑으로 넣는다. "배가 안 고팠어요."

"아들아. 엄마가 일하고 있으면 너 혼자 저녁을 시켜 먹을 줄도 알아야지. 요즘은 인터넷으로 주문해도 되잖아. 누구랑 말 섞을 필요도 없어."

하지만 그건 사실이 아니다. 배달원하고는 말을 섞어야 한다. 거스름돈을 줘야 하는데 1달러짜리 지폐가 부족한 척 배달원들이 연기할 때마다 그 앞에 서서 팁을 생각했던 것보다 덜 줄 건지, 더 줄 건지 즉석에서 결정해야 한다. 덜 주면 돌아가는 동안 중얼중얼 욕을 할 테고 더 주면 나만 거지가 된다.

"죄송해요." 나는 말한다.

"미안해할 것 없어. 그냥, 그러려고 셔먼 선생님한테 상담하는 거 아니니? 사람들이랑 말도 하고 어울리고 그러려고. 피하는 게 아니라."

내가 편지에다 바로 그런 얘길 쓰지 않았던가. 나를 보여주라고. 숨지 말라고. 나도 이미 다 알고 있다. 엄마가 재탕하지 않아도 된다. 손에서 땀이 나는 현상과 같다. 문제를 의식하면 할수록 점점 더 심각해진다.

이제 엄마는 팔짱을 끼고 내 침대 주변을 돌며 방 안을 살핀다. 지난번에 들어왔을 때랑 달라진 게 있는지, 이 에번이라는 엄청난 수수께끼의 새로운 정답이 내 서랍장에 놓였거나 벽에 걸려서 열심히 뒤지면 찾을 수 있기라도 한 듯이 그런다.

나는 침대 밑으로 다리를 내려서 운동화를 신는다.

"셔먼 선생님 얘기가 나왔으니 말인데." 엄마가 얘기한다. "오늘 오후로 상담 예약 잡았어."

"오늘요? 왜요? 다음 주에 만나기로 되어 있는데요."

"알아." 엄마는 자기 손에 쥐어진 20달러짜리 지폐를 내려다본다. "하지만 좀 더 빨리 무슨 방법을 찾을 수 있을까 싶어서."

저녁 한 끼를 굶은 게 이렇게 큰일인가? 이럴 줄 알았더라면 돈을 그냥 슬쩍하는 게 좋을 뻔했다. 하지만 그건 도둑질이고 인생은 뿌린 대로 거두게 되어 있다.

어쩌면 쓰지 않은 20달러가 다가 아닐지 모른다. 어쩌면 내가 나도 모르게 불안한 기운을 뿜어내고 있을지 모른다. 나는 일어나서 거울에 비친 내 모습을 확인한다. 엄마 눈에 뭐가 보이는지 알아내보려고 한다. 모든 게 아무 이상 없어 보인다. 셔츠 단추는 가지런하다. 머리도 빗었다. 심지어 어젯밤에 샤워도 했다. 깁스를 먼저 랩으로 감싼 다음 비닐봉지와 초강력 테이프로 싸매야 하기 때문에 요즘 들어서는 샤워를 자주 못 하고 있다. 어차피 몸이 더러워질 일도 없다. 팔이 부러진 뒤로 내내 방 안에서 자체 격리 중이다. 게다가 내가 어떻게 보이든 학교에서 신경 쓸 사람도 없다.

그런데 거울에서 내가 지금까지 몰랐던 광경이 펼쳐지고 있다. 내가 손톱을 물어뜯고 있다. 아까부터 내내 그러고 있다. 사실 나는 몇 주 전부터 이날을 두려워하고 있었다. 여름 동안 안전하게 고립돼서 지내다 다시 학교로 복귀하면 항상 감각에 과부하가 걸린 것처럼 느껴진다. 남자 대 남자로 포옹하고 고음의 비명을 지르며 재회하는 친구들. 어디서 만날지 사전에 통보라도 받은 듯 여기저기서 끼리끼리 뭉치는 일당들. 아마도 지금까지 들어본 적 없을 만큼 웃긴 농담을 듣고 허리를 꺾어가며 웃는 아이들. 이제 그런 데 익숙해졌기 때문에 그 사이를 지나다닐 수 있다. 내가 걱정하는 건 예측할 수 없는 일들이다. 작년에도 간신히 감당할까 말까였는데 이제는 새롭게 파악해야 하는 일들이 너무 많을 거다. 새로운 옷차림, 기술, 차량. 새로운 헤어스타일, 색상, 길이. 새로운 피어싱과 문신. 새로운 커플. 전혀 새로운 성적 취향과 성정체성. 새로운 반, 아이들, 선생님들. 달라지는 게 너무 많다. 다들 달라진 건 아무것도 없는 듯 다닐 테지만 나는 새 학년이 시작될 때마다 원점으로 돌아가는 느낌이다.

엄마도 거울에 보인다. 맞춤 열쇠고리가 주머니에 대롱대롱 매달려 있다(나는 지난 몇 년 동안 그냥 **엄마** 아니면 **하이디**라는 단어를 어딘가에 붙여서 허접한 선물—머그잔, 볼펜, 휴대전화 케이스—을 업그레이드하는 수법을 애용하는 중이다). 수술복을 입고 내 방을 천천히 돌아다니는 모습이 간호사라기보다 과학수사관에 더 가까워 보인다. 아주 피곤한 과학 수사관 말이다.

엄마는 대학을 졸업하자마자 나를 낳았기 때문에 항상 '젊은 엄마'였지만 지금도 그렇게 불릴 수 있을지 잘 모르겠다. 요즘 들어 피곤한 눈빛이 가실 줄 모르는 이유는 매일 밤 쪽잠을 자서라기보다 드디어 엄마의 나이로 보이기 시작했기 때문일 것이다.

"핀들은 다 어디 갔니?" 엄마가 묻는다.

나는 고개를 돌려서 벽에 걸린 지도를 마주 본다. 이번 여름에 엘리슨 주립공원에서 일하기 시작했을 때 이 나라의 손꼽히는 여행길을 걸어보고 싶다는 생각이 들었다. 메인주의 프레시피스 트레일, 유타의 에인절스 랜딩, 하와이의 칼랄라우 트레일, 알래스카의 하딩 아이스필드. 그걸 각기 다른 색상의 핀으로 지도에 모두 표시해놓았었다. 하지만 여름이 끝났을 때 전부 치우고 하나만 남겨두었다.

"하나씩 차근차근 집중하려고요." 내가 얘기한다. "맨 처음 가고 싶은 곳이 웨스트 머룬 트레일이에요."

"그게 콜로라도에 있는 길이야?" 엄마가 묻는다.

지도에 표시되어 있는데도 확인하고 싶은 거다. 나는 엄마의 뜻에 따른다. "네."

엄마는 엄청 요란하게 숨을 쉰다. 어깨를 귀에 닿을 정도로 올렸다가 처음보다 훨씬 낮은 곳까지 떨어뜨린다. 콜로라도는 아빠가 사는 곳이다. 우리 집에서는 **아빠**라는 단어를 쓸 때 조심해야 한다. 그건 예를 들면 **마크**나 방금 전의 **콜로라도**처럼 아빠를 연상시키는 단어에도 적용되는 원칙이다.

엄마는 지도에서 고개를 돌리고, 꿋꿋하고 태평한 표정을 지으려고 하지만 잘되지 않는다. 엄마는 상처를 입었지만 버티는 중이다. 우리 둘 다 피차 마찬가지다. "학교 끝나는 시간에 맞춰서 데리러 갈게." 엄마가 얘기한다. "셔먼 선생님이 쓰라고 한 편지는 쓰고 있니? 용기를 북돋워주는 편지 말이야. 꾸준히 써야 해, 에번."

예전에는 꼬박꼬박 편지를 썼는데 여름 동안 게으름을 부렸다. 셔먼 선생님한테 얘기를 듣고서 엄마가 요즘 들어 자꾸 잔소리를 하는 게 분명하다. "안 그래도 쓰고 있었어요." 나는 대답한다. 거짓말이 아니라서 다행이다.

"그래. 셔먼 선생님이 보고 싶어 하실 거야."

"알아요. 학교에서 마저 쓸게요."

"아들, 그 편지가 얼마나 중요한지 알지? 자신감을 키우는 데 도움이 되잖아. 특히 학기 첫날에 말이야."

아, 그렇구나. 엄마가 왜 다른 날도 아니고 오늘 셔먼 선생님과 상담 날짜를 잡았는지 단서를 또 하나 포착했다.

"올해도 네가 매주 금요일 저녁마다 혼자 컴퓨터 앞에 앉아 있는 거 보고 싶지 않아. 나가서 어울릴 방법을 찾아야지."

나도 노력 중이다. 내가 노력을 하지 않는 게 아니다.

엄마는 내 책상 위에서 뭔가를 발견한다. "아, 좋은 수가 있다." 엄마는 컵에 꽂힌 사인펜을 꺼낸다. "오늘 돌아다니면서 깁스에 친구들 사인을 받으면 어때? 친구들이랑 친해지는 계기로 완벽하지 않니?"

그보다 더 한심한 방법도 없겠다. 친구를 구걸하는 거나 다름

없지 않은가. 뼈만 앙상한 강아지를 데려다 내 옆 구석 자리에 앉혀서 동정심을 자극하는 게 낫겠다.

너무 늦었다. 엄마가 내 앞에 얼굴을 들이민다. "에번."

"엄마, 못 해요."

엄마가 사인펜을 건넨다. "이 날을 즐겨. 오늘이야말로 이 날을 즐기지 않으면 안 되는 날이야."

별자리 운세에 나옴직한 문구다. "엄마, 그렇게 복잡하게 얘기할 필요 없어요. 그냥 오늘을 즐기라고 하면 돼요."

"아무튼. 네 말발을 어찌 당하겠니. 내 말은 파이팅 하라는 거야, 응?"

나는 엄마의 시선을 피한 채 한숨을 쉬고 사인펜을 받는다. "예에."

엄마가 문 쪽으로 가서 이제 살았다고 생각한 순간, 엄마가 고개를 돌리더니 어색한 미소를 짓는다. "너는 이미 내게 자랑스러운 아들이야."

"아. 다행이네요."

미소가 살짝 사라지고 엄마는 밖으로 나간다.

내가 무슨 말을 할 수 있겠는가? 엄마는 말로는 자랑스럽다고 하지만 눈빛은 그게 아니다. 어떤 제품을 써도 지워지지 않는 욕조의 얼룩을 대하듯 나를 곰곰이 쳐다본다. 내가 자랑스럽다고? 어떻게 그럴 수 있는지 모르겠다. 그러니까 서로 계속 거짓말을 하기로 하자.

셔민 신생님과의 싱딤 시간이 싫은 긴 아니다. 대화가 뻔하고 딱딱하고 대개 일방적이지만 다른 사람과 이야기를 나눈다는 데서 일말의 위안이 느껴지긴 한다. 유일한 대화 상대인 엄마는 일과 수업 때문에 너무 바빠서 집에 거의 없고, 내가 하는 얘기를 들어도 무슨 소린지 잘 모른다(게다가 엄마이지 않은가). 아주 가끔 전할 만한 소식이 있으면 어쩌다 한 번씩 아빠에게 전화를 한다. 하지만 아빠도 상당히 바쁘다. 셔먼 선생님과 대화를 할 때 문제가 있다면 내가 대화에 서투르다는 거다. 제일 간단한 대답마저도 하려면 머리를 쥐어짜야 한다. 그래서 선생님이 나에게 보내는 편지를 써보라고 한 것 같다. 선생님은 편지를 쓰면 좀 더 효과적으로 감정을 발산할 수 있고 나 자신에게 좀 더 너그러워지는 법을 터득하는 데 도움이 될 거라고 했지만 덕분에 선생님이 수월해지는 면도 분명 있을 거다.

나는 노트북을 열고 지금까지 쓴 걸 읽어본다.

에번 핸슨에게

이 편지가 의도한 것과 정반대의 결과를 낳을 때도 있다. 원래 목적은 긍정적인 시각을 유지시키는 건데, 내가 남들과 다르다는 사실을 상기시키는 역할을 하기도 한다. 우리 학교에서 심리 치료사가 내준 숙제를 하는 아이는 없다. 아마 심리 치료를 받는 아이도 없을 거다. 다른 아이들은 간식 먹듯이 아티반을 먹지 않는다. 남들이 가까이 다가오거나 말을 걸거나 쳐다본다고 몸을 꿈틀거리거나 꼼지락거리지도 않는다. 그리고 아무것도 하지 않고 그냥 가만히 앉아 있는 걸 보고 어머니의 눈에 눈물이 고이지도 않을 거다.

다시 상기할 필요는 없다. 내가 이상하다는 건 나도 안다. 진짜다.

오늘은 근사한 날이 될 거야.

그럴지 모른다. 여기 내 방에 가만히 있으면 정말 그렇게 될지 모른다.

꾸밀 필요 없어.

그래. 물론이다. 그렇고말고.

2장

사물함에서 볼일이 끝났는데도 나는 계속 그 앞에 서서 뭘 찾는 척한다. 종이 울리기 전까지 시간이 너무 많이 남아서 지금 사물함을 닫으면 서성여야 할 것이다. 나는 서성이는 데 젬병이다. 서성이는 것도 자신감과 알맞은 옷차림, 거침없지만 무심한 태도가 갖추어져야 할 수 있는 일이다.

로비 옥스먼(일명 록스)은 서성이기의 대가다. 흘러내리는 머리칼을 계속 휙 넘기며 두 다리를 어깨 넓이로 벌리고 서 있다. 심지어 손도 어떤 식으로 처리하면 되는지 안다. 나머지 네 손가락은 청바지 주머니에 넣고 엄지손가락은 벨트 고리에 건다. 멋지다.

나도 셔먼 선생님과 엄마가 계속 강조하는 것처럼 아이들과 **어울리고** 싶지만 그런 DNA가 없다. 오늘 아침에 버스에 탔을 때도 다른 아이들이 모두 친구와 잡담을 나누거나 휴대전화를 들여다보고 있었다. 그런 상황에 뭘 어쩔 수 있을까? 여기서 고백. 예전에 나는 '친구 사귀는 법'을 검색하고 화면에 뜬 영상 가운데 하나를 클릭한 적이 있었는데, 자동차 광고였다는 걸 막판에야 알아차렸다.

그래서 내가 모든 것에 등을 돌리고 있으려는 거다. 그런데 안타깝게도 이제 교실로 들어가야 한다.

사물함을 닫고 정확히 180도 회전하라고 내 몸에 명령을 내린다. 남들과 눈이 마주치지 않을 만큼 고개를 숙이되 앞을 볼 수 있도록 너무 숙이지는 않는다. 케일라 미첼이 프레디 린에게 투명한 치아교정기를 자랑하고 있다(둘 중 한 명에게 사인을 부탁해도 되겠지만 인지도가 나와 다를 바 없는 아이들의 사인은 필요 없다). 나는 쌍둥이(실제로 쌍둥이가 아니라 옷을 비슷하게 입고 다닌다)와 러시아 스파이를 지나친다(나는 적어도 별명은 없다. 내가 알기로는 그렇다). 바네사 월턴은 통화 중인데, 아마에이전트일 거다(이 지역 광고 모델로 활동 중이다). 앞에서는 남자아이 둘이 말 그대로 바닥에서 레슬링 시합을 벌이고 있다. 베일리 선생님의 교실 앞에 룩스가 서 있다. 한쪽 엄지손가락을 벨트 고리에 걸었고 다른 손은 크리스틴 카바렐로의 허리에 얹었다. 마지막으로 들은 정보에 따르면 크리스틴은 마이크 밀러와 사귀었는데 그가 작년에 졸업했다고 한다. 그래서 다음 순번한테로 차례가 넘어간 모양이다. 그 둘이 지금 부비부비하는 중이다. 아주 축축하다. 쳐다보면 안 된다.

나는 목을 축이려고 식수대 앞에서 걸음을 멈춘다. 세워놓은 계획이 있었는데 벌써 깜빡했다. **사람들이 너를 주목하게 만들어.** 어떻게 하면 그럴 수 있을까? 폭죽을 들고 다녀야 하나? 콘돔을 나눠 줄까? 나는 '오늘을 즐길 수 있는 타입'이 아니다.

흐르는 물 위로 누군가의 목소리가 들린다. 나한테 말을 거는 걸 수도 있겠다는 생각이 든다. 나는 물을 마시다 말고 멈춘다. 정말로 누가 내 옆에 서 있다. 그녀의 이름은 엘레나 베크다.

"여름방학 잘 보냈어?" 엘레나가 묻는다.

엘레나는 지난 학기 기초 미적분 수업 때 내 앞자리에 앉았지만 한 마디도 대화를 주고받은 적이 없었다. 우리가 지금 대화를 주고받고 있는 건가? 잘 모르겠다. "내 여름방학 말이야?"

"나는 보람차게 보냈어." 엘레나가 얘기한다. "세 군데에서 인턴으로 근무하고 90시간 동안 지역 사회봉사 활동을 했거든. 알아, 대단하다는 거."

"응. 대단하네. 아주—"

"그렇게 바쁜 와중에 좋은 친구들도 몇 명 사귀었어. 아, 뭐, 그냥 아는 사이에 가깝다고 해야겠지만. 클라리사라는 여자애가 있었고—아니면 카-리사일 수도 있어, 제대로 못 들었거든. 그리고 이름에 y를 쓰는 브라이언. 그리고 전미 흑인 여성 리더십 훈련 협의회의 지도교사 P 선생님. 그리고 또……."

지난 학기에 내가 엘레나의 목소리를 들은 것은 끊임없이 질문하거나 대답할 때긴 했다. 처음에 스워스차일드 선생님은 아무도 없어서 또다시 엘레나를 지목해야 한다는 사실을 깨닫기 전까지는 그녀가 손을 들어도 못 본 체했다. 엘레나 베크는 나라면 꿈도 꾸지 못할 무모함과 떠날 줄 모르는 미소를 갖고 있긴 하지만 어찌 보면 나와 공통점이 많다. 그녀는 수업 참여도가 높고 거대한 배낭으로 항상 사람들을 치고 다니지만 이 학교에서 추구하는 스타일이 나와 비슷하다. 남들 눈에 띄지 않으려고 한다는 점.

오늘을 즐겨라. 엄마의 목소리가 들린다. 좋아, 간다. 나는 깁스를 든다. "혹시 여기다—"

"으악." 엘레나가 말한다. "팔이 왜 그래?"

나는 배낭을 열고 사인펜을 찾는다. "부러졌어. 음—"

"아, 진짜? 우리 할머니는 7월에 욕조에 부딪혀서 골반이 부러졌는데. 의사들 말로는 그게 말로의 시작이었대. 그길로 돌아가셨거든."

"아…… 끔찍하다."

"응, 그렇지?" 이렇게 대꾸하는 와중에도 그녀의 미소에는 흔들림이 없다. "개학 축하해!"

엘레나 베크가 몸을 돌려 배낭으로 내 손에 들린 사인펜을 쳐서 떨어뜨린다. 허리를 숙여 사인펜을 집고 다시 몸을 일으키니 엘레나는 사라지고 재러드 클라인먼이 그 자리에 서 있다.

"딸딸이를 너무 많이 치는 바람에 팔이 부러진 역사상 최초의 인물이 되면 기분이 이상할까 아니면 영광일까?" 재러드가 너무 우렁찬 목소리로 묻는다. "상상이 된다. 너는 네 방에 있어. 불은 꺼져 있고. 뒤에서는 감미로운 재즈가 들려. 너의 그 요상한 싸구려 전화기에는 조이 머피의 인스타그램을 띄워놨어."

재러드와 나는 사연이 있다. 재러드의 엄마는 부동산 중개업자다. 아빠가 떠났을 때 엄마와 내가 살 집을 찾아준 사람이 얘 엄마였다. 재러드네는 그 뒤로 몇 년 동안 여름이면 수영 클럽에 우리를 초대했고 우리는 그 집에 저녁을 먹으러도 몇 번 갔었다. 유대교 신년제를 같이 지낸 적도 있었고, 나는 심지어 재러드의 성인식에도 참석했다. "어쩌다 이렇게 됐는지 알고 싶어?" 내가 묻는다.

"아니." 재러드가 대답한다.

왠지 모르게 얘기하고 싶어진다. 누군가에게 털어놓고 싶다. 오해를 바로잡고 싶은 것일 수도 있다. 나는 조이 머피의 인스타그램을 들여다보고 있지 않았다. 적어도 그때는 그랬다. "어쩌다 이렇게 됐느냐면 나무 위에 올라갔다가 떨어졌어."

"나무에서 떨어졌다고? 너 뭐야, 도토리야?"

"내가 이번 여름방학 때 공원 관리인 실습생으로 일한 거 알지?"

"아니. 내가 그걸 어떻게 알아?"

"아무튼 그래서 내가 이제 나무 전문가야. 자랑하려는 건 아닌데 12미터짜리 엄청난 오크나무가 보이길래 올라갔다가……."

"떨어졌어?" 재러드가 묻는다.

"응. 그런데 알고 보면 웃긴 얘기야. 내가 떨어진 뒤에 꼬박 10분 동안 땅바닥에 누워서 아무라도 와주길 기다렸거든. '금세 올 거야'라고 계속 중얼거리면서. '금세 올 거야, 저기 온다.'"

"진짜 금세 왔어?"

"아니. 아무도 안 왔어. 그래서 웃긴 얘기라는 거지."

"맙소사."

그는 나를 **생각해서** 당황한 표정을 짓는다. 하지만 내 나름대로는 농담이랍시고 한 얘기다. 땅바닥에 누워서 구조대가 오길 기다렸다고 하면 얼마나 불쌍하게 들릴지 나도 안다. 나의 모자람을 웃음으로 승화시켰는데 늘 그렇듯 전달이 완전 잘못됐다. 지금 머릿속이 너무 복잡하다. 할머니가 돌아가셨다지 않나, 식수대 물이 여기저기 튀어서 셔츠가 얼룩덜룩하지 않나, 최소 45분 동안 "마크"라고 불리면 대답해야 하는 1교시를 아직 끝내지도 못했는데 이렇다.

예전에 홀로코스트 수업 도중에 웃음을 터뜨린 적 있는 재러드 클라인먼과 대화를 시도한 대가가 이거다. 그는 우리들 모두 입을 떡 벌리고 본 끔찍한 흑백사진과는 전혀 무관한 일로 웃은 거라고 맹세했고 나는 그 말을 믿긴 했지만 그래도 녀석이 양심이 없는 것은 분명하다고 본다.

재러드가 갈 생각을 하지 않기에 나는 엘레나 베크가 한 질문을 그대로 한다. "여름방학 잘 보냈어?"

"뭐, 깃발 뺏기 게임에서는 우리 진영이 우세승을 거두었고 그 뭐냐, 군에 입대할 예정이라는 이스라엘 여자애를 상대로 브래지어 아래로 2루까지 진출했어. 이 정도면 네 질문에 대한 대답이 됐냐?"

"저기." 사인펜이 아직까지 내 손에 들려 있다. 내가 왜 사인을 받는 데 집착하는지 모를 일이지만 아무튼 얘기를 꺼내본다. "여기 깁스에 사인할래?"

그는 웃는다. 내 면전에 대고 웃는다. "사인을 받겠다는 이유가 뭐냐?"

"글쎄. 우리가 친구라서?"

"우린 **가족끼리** 친구지." 재러드가 얘기한다. "그거랑 그거는 전혀 다르다는 거 너도 알잖아."

그런가? 나는 재러드의 지하실에서 비디오 게임을 했다. 심지어 녀석 앞에서 수영복을 벗은 적도 있다. 수영복 안에 속옷을 입다니 특이하다고 알려준 게 녀석이다. 좋다, 이제는 그런 식으로 어울려서 놀지 않고 가족들끼리 만날 때만 보지만 그런 추억들은 소중한 거 아닌가? 엄밀히 말하면 가족끼리 친구도 친구다.

"너희 엄마더러 우리 엄마한테 얘기 잘 해달라고 전해. 내가 너한테 잘해줬다고 말이야. 안 그러면 부모님이 내 자동차 보험료를 안 내주실 테니까." 재러드는 이렇게 말하고 사라진다.

재러드가 개자식이긴 하지만 그래도 내 개자식이다. 아니, 내 말은 내 자식이라는 게 아니고 최악은 아니라는 뜻이다. 그는 밥맛처럼 굴지만 영 어설프다. 뿔테 안경과 해변용 티셔츠는 어울리지 않고 늘 목에 두르고 다니는 큼직한 헤드폰은 어디 꽂혀있지도 않다. 그렇긴 해도 그의 전반적인 차림새가 나보다는 훨씬 낫다.

종이 울리는 순간 교실로 들어가서 빈자리를 찾는다(나는 교실 뒷문과 가장 가까운 줄, 잘 보이지 않는 출구 근처 자리를 좋아한다). 자리에 앉는데 약간의 성취감이 느껴진다. 아직 깁스에 사인은 하나도 받지 못했지만 지난 학기의 처음 한 달을 합한 것보다 더 많은 사람들과 교감했다. 이야말로 오늘을 즐긴 거 아닌가.

어쩌면 그럴지 모른다. 오늘이 결국 근사한 날이 될 수도 있다.

3장

아니다. 근사하지 않다.

1교시는 괜찮았다. 끔찍한 사건이 아무것도 벌어지지 않았다. 이후로도 마찬가지였다. 마크에서 에번으로 이름을 수정하는 것도 전부 성공적이었다. 느낌이 괜찮았고 심지어 좋았다.

하지만 그러고 나서 점심시간이 찾아왔다.

나는 점심시간을 좋아해본 적이 없다. 점심시간은 체계가 부족하다. 다들 아무 데나 내키는 대로 가서 앉는데, 그 아무 데가 절대 내 근처는 아니다. 나는 다른 떨거지들과 함께 구석의 방치된 테이블에 앉아서 10년 동안 날마다 가방에 싸 오는 땅콩버터잼 샌드위치를 억지로 먹는다. 하지만 이제는 구석 자리에 앉는 것이 숨는 것처럼 느껴지고 나는 숨지 않겠다고 나 자신과 약속한 참이다. 오늘만큼은 그러지 않겠다고 말이다.

쟁반을 들고 배식 받는 재러드가 보인다. 그는 대개 혼자 앉아서 노트북으로 코드를 짠다. 나는 계산대 앞에서 기다린다. 그는 나를 보고 뛸 듯이 기뻐한다.

"또 너냐?" 재러드가 묻는다.

나의 직감은 그를 건드리지 말라고 외치지만 이번만큼은 직감에게 꺼지라고 한다. "네 옆에 앉아도 될까 해서."

재러드는 토하려는 듯한 표정을 짓는다. 그가 나를 제대로 거부하기 전에 시커먼 장막이 우리를 가로막는다. 코너 머피라는 수수께끼 같은 녀석이 우리 사이를 지나간다. 고개를 숙이고 주변을 의식하지 않는 코너 때문에 잠깐 대화가 끊긴다. 재러드와 나는 그 뒷모습을 바라본다.

"바뀐 머리 길이가 마음에 드네." 재러드가 중얼거린다. "학교에 대고 총질하는 병신처럼 아주 멋져."

나는 움찔한다.

코너가 묵직한 부츠로 쿵 하고 바닥을 때리며 걸음을 멈춘다. 덥수룩한 머리칼 사이로 아주 살짝 보이는 두 눈은 푸르스름한 강철색으로 살인 광선을 내뿜고 있다. 재러드가 뭐라고 했는지 들은 눈치다. 보기와 다르게 주변을 조금은 의식하는 모양이다.

코너는 꼼짝하지 않고 아무 말도 없이 그저 노려보기만 한다. 이 아이의 모든 부분이 오싹하다. 그는 영구동토층이다. 엄밀히 따지면 아직 여름인데도 그렇게 껴입고 다니는 이유가 그 때문인지도 모른다.

재러드는 뻔뻔할지 몰라도 바보는 아니다. "농담이야." 그가 코

31

너에게 얘기한다. "그냥 웃으라고 한 얘기였어."

"그래, 재미있었다." 코너가 말한다. "나 지금 웃고 있잖아. 모르 겠냐?"

재러드는 이제 좀 전처럼 거만해 보이지 않는다.

"네가 보기에 이 정도 웃는 걸로는 부족해?" 코너가 묻는다.

재러드가 신경질적으로 웃음을 터뜨리자 나도 신경질적으로 웃음이 터진다. 어쩔 수가 없다.

"너 진짜 또라이다." 재러드가 코너에게 말하고 획 사라진다. 나도 재러드를 따라갔어야 하는데 다리가 움직이지 않는다.

코너가 내게 다가온다. "너는 뭐가 그렇게 재밌어?"

나도 모르겠다. 나는 불안해지면 한심한 짓을 저지른다. 그러 니까 시시때때로 한심한 짓을 저지른다는 뜻이라고 보면 된다.

"야 이 씨, 그만 웃어." 코너가 말한다.

"안 웃잖아." 이건 진짜다. 나는 웃음을 그쳤다. 이제는 제대로 겁에 질렸다.

"네가 보기에는 내가 또라이 같냐?"

"아니. 나는—"

"나 또라이 아니야."

"나는—"

"염병할 또라이는 너지."

폭탄이 터진다.

나는 바닥으로 쓰러진다. 코너가 내 위에 서 있다.

진짜 폭탄은 아니다. 코너가 시커멓고 묵직한 팔찌를 찬 두 팔로 내 가슴팍을 밀어서 넘어뜨린 것이다.

그가 씩씩대며 사라지는 찰나, 나는 그의 표정에서 지금의 나처럼 겁먹은 모습을 보았다.

나는 일어나 앉아 바닥에서 손을 뗀다. 수많은 운동화들이 남긴 먼지가 축축한 내 손바닥에 들러붙었다.

다른 아이들이 나를 빙 돌아서 지나가고 개중 일부는 별 도움이 안 되는 말로 거들지만 상관없다. 내 귀에는 들리지 않는다. 몸이 움직여지지 않는다. 움직이고 싶지도 않다. 움직여야 할 이유도 없다. 엘리슨 공원의 나무에서 떨어졌을 때와 비슷하다. 나는 그곳에 가만히 누워 있었다. 어쩌면 영원히 그 나무 아래에 머물러 있었어야 했는지도 모른다. 오늘 그냥 집에 있었어야 했는지도 모르는 것처럼. 숨는 게 뭐가 어떻다고. 숨으면 적어도 안전하다. 내가 나한테 계속 이러는 이유가 뭘까?

"괜찮아?"

나는 위를 올려다본다. 충격이다. 이중으로 충격이다. 첫 번째로 충격을 받은 이유는 오늘 들어 두 번째로 여학생이 나한테 말을 걸었기 때문이다. 두 번째로 충격을 받은 이유는 상대가 조이 머피이기 때문이다. 그렇다, 바로 그 조이 머피다.

"괜찮아." 나는 대답한다.

"오빠를 대신해서 사과할게." 조이가 말한다. "걔가 워낙 사이코 같거든."

"응. 아니야. 그냥 좀 장난친 거야."

조이는 고개를 끄덕인다. 우리 어머니가 망상증 환자(즉, 나)를 대할 때 그런 식으로 고개를 끄덕이지 않을까 싶다. "그런데." 조이가 말한다. "그렇게 바닥에 앉아 있으면 편해? 아니면……."

아, 맞다. 내가 바닥에 앉아 있다. 왜 계속 바닥에 앉아 있을까? 나는 일어나서 바지에 대고 손을 닦는다.

"에번, 맞지?" 조이가 묻는다.

"에번?"

"너 이름이 에번 아니야?"

"아. 응. 에번. 에번이야. 미안."

"뭐가 미안한데?"

"아, 네가 에번이라고 하니까 내가 따라 한 거. 누가 그러면 짜증 나잖아."

"아." 그녀는 손을 내민다. "나는 조이야."

나는 그녀와 악수를 하는 대신 땀이 난 손바닥에 묻은 먼지를 턴답시고 손을 흔들었다가 당장 후회한다. 안 그래도 어색한 상황을 내가 더 어색하게 만들고 말았다. "아니야, 알아."

"안다고?" 조이가 묻는다.

"아니, 그러니까 너를 안다고. 네가 누군지 안다고. 재즈 밴드에서 기타 치는 거 봤어. 내가 재즈 밴드를 좋아하거든. 재즈를 좋아해. 재즈를 전부 좋아하는 건 아니고. 하지만 재즈 밴드의 재즈는 좋아해. 무슨 소린지 모르겠지? 미안."

"너는 미안하다는 말을 입에 달고 사는구나?"

"미안."

젠장.

그녀는 웃음을 터뜨린다.

내가 왜 이렇게 안절부절못하는지 모르겠다. 내가 사실 항상 안절부절못하긴 하지만 나를 넘어뜨린 찌질이가 알고 보니 조이와 한 핏줄이었다는 게 이유라면 이유일까. 하지만 다른 누구도 아닌 조이가 나한테 이러는 이유는 뭘까? 그녀가 끝내주게 예쁘거나 인기가 많은 건 아니다. 그녀는 그냥 평범하다. 하품 나오게 평범하다는 게 아니라 현실 속 인물답게 평범하다는 뜻이다.

내가 이 순간을, 그녀에게 말을 걸 수 있는 기회를 워낙 오래전부터 기다려왔기 때문인가 보다. 때는 그녀의 공연을 맨 처음 보았던 시점으로 거슬러 올라간다. 나는 그녀가 나보다 한 학년 아래라는 걸 알았다. 전부터 학교에서 수없이 보았지만 그녀가 **본격적으로** 내 눈에 들어온 건 그 콘서트 이후였다. 그날 공연을 감상한 다른 관객을 붙잡고—별로 많지도 않았다—기타리스트의 연주가 어땠느냐고 물으면 아마 "누구 연주요?"라고 반문할 거다. 호른 연주자들이 그날의 스타였고 그다음이 어마어마하게 키가 큰 베이시스트와 자길 봐달라고 외치는 드러머였다. 조이는 한참 옆으로 비켜 서 있었다. 독주나 뭐 그런 걸 하지도 않았다. 전혀 노골적으로 튀어 보이지 않았다. 그녀가 배경 속에 묻혀 있었기 **때문에** 내가 그렇게 강렬한 유대감을 느꼈는지도 모른다. 내 눈에 무대 위의 다른 사람은 보이지 않았고 스포트라이트가 그녀만을 비추었다. 왜 그렇게 느껴졌는지 이유를 모르겠지만 아무튼 그랬다.

나는 그 뒤로 그녀의 공연을 숱하게 감상했고, 그녀를 연구했다. 나는 그녀의 기타가 옅은 노란색이 섞인 파란색이라는 걸 안다. 스트랩에는 번개가 그려져 있고 청바지 아랫단은 펜으로 그린 별들로 뒤덮여 있다. 그녀는 오른발로 바닥을 때리고 눈을 감은 채 희미한 미소를 머금고서 기타를 친다.

"내 코에 뭐 묻었어?" 조이가 묻는다.

"아니. 왜?"

"나를 하도 빤히 쳐다보길래."

"아. 미안."

내가 또 그 소리를 하고 말았다.

조이는 고개를 끄덕인다. "점심 식기 전에 먹어야겠다."

왠지 모르게 그녀는 오빠가 저지른 사고를 수습하고 다니느라 지금까지 백만 번쯤 이랬을 것 같다는 생각이 든다. 이제 내가 다친 데가 없다는 걸 확인했으니 그녀는 다시 하던 일을 계속할 것이다. 하지만 나는 일개 수습 대상으로 남고 싶지 않다.

"잠깐만." 내가 말을 건다.

그녀가 고개를 돌린다. "응?"

너를 보여줘. 말을 해. 아무 말이라도. 너는 마일스 데이비스 아니면 장고 라인하르트를 좋아한다고, 유명한 재즈 연주자 이름을 대. 그녀도 그들을 좋아하느냐고 물어봐. 얼마 전에 EDM을 다룬 다큐멘터리를 인터넷에서 보고 EDM을 한 곡 만들어보았는데 음악 쪽으로 전혀 소질이 없어서 형편없는 쓰레기가 탄생됐다고 해. 그녀의 기억 속에 남을 수 있게, 마음속에 간직될 수 있게 너의 일부분을 보여줘. 깁스에 사인해달라고 해. 뒤로 빼지 마. '메'

가 되지 마. 네가 뭘 어쩌려는지 알겠는데 그러지 마.

나는 바닥을 내려다본다. "아무것도 아니야."

그녀가 잠깐 머뭇거리다가 발가락으로 인사라도 하듯 낡은 컨버스 운동화 안에서 발가락을 꿈틀거려가며 몸을 돌려서 걸음을 옮긴다. 나는 한 걸음씩 멀어져가는 그녀를 바라본다.

마침내 점심을 먹으려고 자리에 앉으니, 내가 쓰러지는 바람에 안 그래도 종잇장 같았던 자존심만 뭉개진 게 아니라 내 충직한 땅콩버터잼 샌드위치까지 덩달아 뭉개진 게 보인다.

===

컴퓨터실에 앉아 있는데 전화해달라는 엄마의 문자가 도착한다. 엄마가 중간에 맥을 끊어줘서 고맙다. 나는 20분 전부터 빈 화면만 들여다보고 있었다.

셔먼 선생님에게 제출할 편지를 마저 쓰려고 끙끙대는 중이었다. 지난 4월에 선생님한테 상담을 받기 시작했을 때는 매일 아침 등교하기 전에 편지를 썼다. 그게 내 일상의 일부분으로 자리잡았다. 나는 매주 셔먼 선생님에게 편지를 보여주었고, 거기에 쓴 내용을 모두 믿는 건 아니었지만 선생님 손에 쥐어진 편지 뭉치를 보는 것만으로도 성취감을 느꼈다. 그게 바로 나였다. 내 작품이었다. 내 글이었다. 하지만 어느 정도 시간이 지나자 셔먼 선생님은 편지를 보여달라고 하지 않았고 나도 이내 편지를 더 이상 쓰지 않았다. 편지 쓰기가 효과가 있었던 것도 아니었다. 편지를 쓴다고 해서 내 마음가짐이 달라지지는 않았다.

여름방학과 더불어 새로운 일상이 시작됐고 편지 쓰기는 그 안에 없었다. 내가 숙제를 빼먹고 있다는 걸 셔먼 선생님이 알아차렸다. 이제 다시 편지를 보여달라고 하는데, 지금 이 편지를 끝내지 못하면 조금 있다가 선생님에게 보여줄 게 없다. 전에도 그런 적이 있었다. 선생님이 들고 오라고 한 편지 없이 찾아갔다. 빈손으로(깜빡하고 편지를 집에 두고 왔다) 등장한 나를 보고 지었던 셔먼 선생님의 표정을 나는 죽을 때까지 잊지 못할 것이다. 선생님은 내색하지 않으려 했지만 나를 속이지는 못했다. 나는 그 오랜 세월을 버티는 동안 실망한 기미를 알아차리는 데 도사가 되었고 그런 기미를 아주 눈곱만큼이라도 마주하면 감당이 되지 않는다.

셔먼 선생님에게 뭐라도 보여드려야 하는데 지금까지 쓴 게 '에번 핸슨에게' 뿐이다. 오늘 아침에 썼던 걸 모두 지워버렸다. 나 자신에게 솔직해지자는 둥 하는 헛소리 말이다. 그렇게 썼던 이유는 근사하게 들리기 때문이었다.

당연히 근사하게 들릴 수밖에 없었다. 환상은 언제나 근사하지만 들이닥친 현실이 나를 땅바닥으로 밀칠 때 아무 도움이 되지 못한다. 혀가 꼬이고 알맞은 단어가 머릿속에서 갇혀 버릴 때도. 나 혼자 점심을 먹도록 남겨질 때도.

하지만 한 조각 희망은 있었다. 조이 머피가 내게 말을 걸었을 뿐 아니라 내가 누군지 알고 있었다. 그녀가. 내. 이름을. 알았다. 내 머리는 블랙홀이나 스테레오그램을 처리하지 못하듯 이 정보도 처리하지 못한다. 그녀와의 짧은 만남 이후로 희망이 부풀었지만 내가 절호의 기회를 발로 뻥 차버리는 바람에 두 번 다시 그런 일이 없으면 어쩌나 걱정이 된다.

엄마에게 전화한다. 신호가 몇 번 떨어지고 끊으려던 찰나에 엄마가 전화를 받는다.

"아들." 엄마가 얘기한다. "있잖아, 엄마가 상담 시간에 맞춰서 데리러 가려고 했는데 병원에 붙잡혀 있어. 에리카가 독감에 걸려서 결근했는데 오늘 간호조무사가 나 혼자뿐이라 에리카가 맡은 환자들까지 내가 체크하겠다고 했거든. 오늘 아침에 또 예산 삭감안이 발표돼서 나도 한 팀이라는 걸 어떻게든 보여주려고. 무슨 말인지 알지?"

당연히 안다. 엄마는 항상 그들과 한 팀이다. 문제가 있다면 **나하고** 한 팀이라야 하지 않느냐는 거다. 엄마는 경기 전에 감동적인 연설을 늘어놓다가 호루라기가 울리고 운동장으로 나설 때가 되면 사라져버리는 코치에 가깝다.

"알았어요." 나는 대답한다. "버스 타고 갈게요."

"그럼 완벽하겠다. 아주 완벽하겠다."

상담을 생략할까 보다. 애초에 내가 원한 것도 아니었다. 오늘을 즐기는 거라면 이미 망했다.

"근무 끝나자마자 곧바로 수업 들으러 가니까 늦을 거야. 제발 뭐라도 챙겨 먹어. 냉동실에 트레이더 조 만두 있어."

"알았어요."

"그 편지 아직 다 못 썼니? 셔넌 선생님이 보고 싶어 할 텐데."

이제 정식으로 밝혀졌다. 두 분이 대화를 나눈 거다. "네, 다 썼어요. 지금 컴퓨터실에서 출력하는 중이에요."

"오늘 즐거운 하루 보냈길 바란다, 아들."

"네. 그랬어요. 정말 즐거웠어요." 이제 딱 2교시가 남았다.

"잘됐다. 아주 잘됐어. 오늘부터 즐거운 한 해가 시작되면 좋겠다. 그럼 우리 둘 다 좋을 텐데, 그치?"

네, 라고 하는 게 정답이겠지만 난 대답은커녕 뭐라고 대답하면 좋을지 생각할 겨를도 없다.

"젠장. 그만 끊어야겠다. 안녕. 사랑해."

엄마의 목소리가 사라진다.

외로움이 뼈에 사무쳐서 눈물이 나려고 한다. 나에게는 아무도 없다. 안타깝게도 그건 상상이 아니다. 가공을 거치지 않은 100퍼센트 천연 유기농 현실이다. 셔먼 선생님이 있지만 선생님은 시간제로 돈을 받는다. 아버지가 있지만 나한테 눈곱만큼이라도 관심이 있었다면 이 나라의 반대편으로 이사 가지 않았을 거다. 엄마가 있지만 오늘 저녁에는, 어제저녁에도, 그 전날 저녁에도 부재중이다. 농담이 아니라 곰곰이 따져보면 **누가** 있을까?

내 앞의 컴퓨터 화면 위에는 이름 하나뿐이다. 에번 핸슨. 나다. 나에게는 그것뿐이다.

나는 자판 위에 손가락을 얹는다. 거짓말은 이제 사절이다.

에번 핸슨에게

알고 보니 전혀 근사한 날이 아니었어.

근사한 한 주나 근사한 한 해가 될 일은 없을 거야.

왜냐하면 그럴 이유가 없잖아?

아, 알겠다, 조이가 있으니까?

내 모든 희망이 조이에게 달려 있지.

잘 알지도 못하고 나를 알지도 못하는 그 아이에게.

하지만 그 애를 안다 한들, 그 애에게 말을 한다 한들,

정말로 말을 한다 한들 달라지는 건 아무것도 없을지 몰라.

모든 게 달라졌으면 좋겠다.

나도 마음을 붙일 데가 있었으면 좋겠다.

내가 하는 얘기에 무게가 실렸으면 좋겠다.

인정할 건 인정하자. 내가 내일 사라진다 한들

알아챌 사람이 있을까?

너의 가장 가깝고 가장 소중한 친구인

내가

  나는 편지를 다시 읽어보지도 않는다. 그냥 인쇄를 누르고 기운이 샘솟는 걸 느끼며 자리에서 일어난다. 내가 편지를 쓰는 동안 무슨 일인가가 벌어졌다. 뒷일을 걱정하지 않고 느끼는 그대로 내뱉었더니 이렇게 홀가분힐 수가. **이제 와서** 뒷일을 걱정하고

있긴 해도 편지를 써서 출력하는 동안에는 일말의 망설임도 없이 한 방에 끝냈다.

하지만 편지를 당장 찢어서 쓰레기통에 넣어야 하는 건 분명하다. 그걸 쓰면 선생님에게 보여줄 수는 없다. 선생님은 나에게 계속 긍정적으로 생각하라고 하는데 이 편지에는 절망과 체념뿐이다. 내가 쓰면 선생님과 감정을 공유하고 엄마를 기쁘게 해드려야 한다는 건 알지만 그분들은 내가 실제로 느끼는 감정을 알고 싶어 하는 게 아니다. 내가 괜찮기를, 아니면 괜찮다고 얘기해주기를 바랄 뿐이다.

프린터가 있는 곳으로 가려고 몸을 돌렸다가 하마터면 코너 머피와 부딪힐 뻔한다. 난 또다시 떠밀리겠거니 생각하며 움찔하지만 그는 내 몸에 손을 대지 않는다.

"그래서." 코너가 얘기한다. "어떻게 된 거야?"

"응?"

그가 아래쪽을 흘끗 쳐다본다. "팔 말이야."

나는 그게 무슨 소린지 확인하려는 듯이 아래를 본다. 아, 이거?

"아아." 나는 대답한다. "이번 여름방학 때 엘리슨 공원에서 공원 관리인 실습생으로 일을 했는데 어느 날 아침에 순찰을 도는 도중에 12미터짜리 엄청난 오크나무가 보이길래 올라갔다가 그냥―떨어졌어. 그런데 알고 보면 웃긴 얘기야. 내가 떨어진 뒤에 꼬박 10분 동안 땅바닥에 누워서 아무라도 와주길 기다렸거든. '금세 올 거야.' 이렇게 계속 중얼거리면서. '금세 올 거야, 저기 온다.' 하지만 당연히 아무도 오지 않았고……."

코너는 나를 계속 빤히 쳐다본다. 그러다 얘기가 끝났다는 걸 알아차리고 웃음을 터뜨린다. '재미있는' 얘기를 들려주면서 그런 반응을 기대하는 척하긴 했지만 막상 접하고 보니 솔직히 내가 상상했던 것과 전혀 다르다. 어쩌면 좀 전에 코너를 보고 웃었던 것에 대한 보복일 수도 있다. 하지만 복수의 기미는 느껴지지 않는다.

"나무에서 떨어졌다고?" 코너가 묻는다. "살다 살다 그렇게 우라지게 한심한 얘기는 처음 듣는다."

이하동문이다.

코너는 턱에 몇 가닥 난 수염 때문인지, 후드 스웨터에 밴 담배 냄새 때문인지, 까만색 매니큐어 때문인지 아니면 약을 하다가 예전에 다니던 학교에서 퇴학당했다는 소문 때문인지 몰라도 나보다 훨씬 나이가 많게 느껴진다. 나는 어린애고 코너는 어른 같다. 가까이서 보니 상당히 삐쩍 말랐고 부츠를 벗으면 나보다 키가 작을 수도 있겠다. 희한한 일이다.

"내가 충고 하나 할게." 코너가 얘기한다. "다음에는 좀 더 그럴 듯한 사연을 만들어봐."

"응, 그러게 말이지." 나는 시인한다.

코너는 바닥으로 시선을 떨어뜨린다. 나도 따라 한다.

"인종차별주의자랑 싸웠다고 하든지." 그가 들릴락 말락 한 목소리로 얘기한다.

"뭐라고?"

"앵무새 죽이기."

"앵무새―아, 그 책 말이야?"

"응." 코너가 얘기한다. "끝부분 기억나? 젬이랑 스카우트가 그 백인 남자한테서 도망치려고 하니까 그 남자가 젬의 팔을 부러 뜨리잖아. 일종의 영광스러운 상처지."

우리는 대부분 1학년 때 『앵무새 죽이기』를 읽는다. 코너가 그 걸 읽었다는 것도 놀랍고 지금 이 자리에서 이렇게 차분하게 그 얘기를 하는 것도 놀랍다.

그는 귀 뒤로 머리를 넘기더니 뭔가를 발견한다. "깁스에 아무 도 사인을 하지 않았네?"

나는 깁스를 빤히 쳐다본다. 여전히 아무것도 없고 여전히 애 처로워 보인다.

코너는 어깨를 으쓱한다. "내가 해줄게."

"아." 나의 직감은 후퇴하라고 외친다. "안 해줘도 돼."

"사인펜 있어?"

없다고 대답하고 싶지만 내 손이 나를 배신하고 배낭 안에서 사인펜을 꺼내서 내민다.

코너는 입으로 뚜껑을 열고 내 팔을 들어 올린다. 나는 고개를 돌리지만 사인펜이 끽끽거리며 깁스를 긁는 소리가 들린다. 한 음절, 한 음절이 생각보다 길게 늘어진다. 코너가 피카소라도 되 는 듯 심혈을 기울여서 한 자, 한 자 적는 모양이다.

"짜잔." 걸작을 완성한 코너가 외친다.

나도 내려다본다. 세상을 마주 보는 깁스의 바깥 면에, 이 끝에 서부터 저 끝까지 우스꽝스러울 정도로 높게, 내가 지금까지 본 적 없을 만큼 큼지막한 대문자로 여섯 글자가 적혀 있다.

CONNOR.

코너는 자기 작품을 보고 감탄하며 고개를 끄덕인다. 나는 그의 망상을 깨뜨릴 생각이 없다. "와. 고마워. 정말로."

그는 자기 손에 대고 뚜껑을 뺄어서 다시 끼우고 내게 사인펜을 건넨다. "이제 우리 서로 친구인 척할 수 있겠다."

이 말을 어떤 식으로 받아들이면 좋을지 모르겠다. 나한테 친구가 없다는 걸 코너가 어떻게 알았을까? **자기도** 친구가 없기 때문에 나도 자기랑 같은 과라는 걸 알아차렸을까? 내 깁스에 사인한 애가 없는 걸 보고 미루어 짐작했을까? 아니면 나에 대해 아는 게 있는 걸까? 그렇다면 내가 인상을 남겼다는 뜻이 된다. 코너 머피에게 인상을 남기는 것이 대단한 업적도 아니고 그에게 좋은 인상을 남겼을 리도 없지만 그래도 인상은 인상이고, 심리 치료사의 충고에 따라 긍정적인 측면에 집중하자면 이런 발전을 소기의 성과라고 볼 수 있을지 모른다.

"좋은 지적이야." 내가 대답한다.

"그나저나." 코너가 겨드랑이춤에 끼고 있던 종이를 잡으며 말한다. "이거 네 거야? 프린터에 있던데. '에번 핸슨에게.' 네 이름 맞지?"

나는 속으로 비명을 지른다. "아 그거? 아무것도 아니야. 그냥 글쓰기 숙제야."

"너 작가야?"

"아니, 아니야. 재미 삼아 쓰는 게 아니야."

편지를 좀 더 읽었을 때 그의 표정이 달라진다. "조이가 있으니까?" 그가 고개를 든다. 눈빛이 차갑다. "내 동생 말이야?"

그의 입술에 힘이 들어가고 일시적으로 나누었던 교감이 끊겼다는 걸 알 수 있다. 나는 뒷걸음질을 친다. "네 동생? 네 동생이 누군데? 아냐, 네 동생 얘기 아니야."

그는 위협적으로 성큼 다가와 우리 둘 사이의 간격을 삼킨다. "쌍, 나 바보 아니다."

"누가 바보래?"

"하지만 그렇게 생각하잖아."

"아니야."

"쌍, 거짓말하지 마. 뭔지 알겠네. 내가 발견할 거라는 걸 알고 이런 편지를 쓴 거지?"

"뭐라고?"

"컴퓨터실에 나밖에 없는 걸 알고 나 보라고 이런 편지를 써서 출력한 거잖아."

나는 컴퓨터실을 두리번거린다. "내가 왜 그런 짓을 해?"

"내 여동생을 두고 섬뜩한 헛소리 써놓은 거 보고 나 맛이 가게 만들려고, 맞지?"

"아니야. 잠깐. 뭐라고?"

"그런 다음 내가 미친놈이라고 동네방네 소문내려고, 맞지?"

"아냐. 나는―"

그는 손가락 하나를 뻣뻣하게 내밀어서 내 눈 사이를 찌른다. "엿 먹어라."

이 두 단어에 빨간색 느낌표나 어떤 통증이 동반될 줄 알았더니 그저 힘없이 내 위로 내려앉고 그만이다. 그는 몸을 돌려서 출입구로 걸음을 옮긴다. 나는 그 정도 수고로움을 할애할 만한 존재도 못 된다고 생각하는 거다. 나도 전적으로 동의하는 바다. 아무튼 다행이다. 오늘 또다시 쓰러졌다면 견딜 수 있었을지 잘 모르겠다.

허파에서 공기가 빠져나가고 몸에서 긴장이 풀린다. 하지만 내가 느낀 안도감은 1초 만에 사라진다. 나는 성큼성큼 걸어가는 코너 머피의 등 뒤에 대고 그의 이름을 부르지만 걷는 속도가 너무 빠르다. 문을 빠져나가는 그의 주먹에 전혀 다른 종류의 빨간색 느낌표가 들어 있다. 그가 내 편지를 들고 갔다.

4장

내 발은 예초기다. 버스 정류장의 연석을 뒤덮은 잡초를 발로 찬다. 후배들이 불안과 경악이 섞인 눈빛으로 쳐다본다. 나는 불안과 경악이 섞인 눈빛을 보면 안다. 내가 잡초 혐오자인 줄 알겠다. 그건 전혀 아니다. 오늘 아침에는 약이 듣지 않아서 그러는 것일 뿐이다. 진정이 되지 않는다. 총살형을 당하게 생겼는데 어쩔 도리가 없다.

결석계를 써달라고 엄마에게 애원했지만 아프다고 간호사를 설득하는 건 내 능력 밖의 일이다. 내가 아픈 건 사실이다. 간밤에 매시간마다 체크했다. 1:11. 2:37. 3:26. 마침내 오늘 아침에 알람이 울렸을 때는 방금 전에 잠이 든 것 같은 기분이었다.

셔먼 선생님은 아무 도움이 되지 않았다. 어제 나는 결국 학교를 마치고 거기까지 버스를 타고 갔다. 긍정적이고 무난한 편지를 다시 썼고 셔먼 선생님이 노트북에 저장된 편지를 아무 말 없이 읽는 걸 지켜보았다.

솔직해지려고 시도해보기는 했다. 고민 중인 문제를 어렴풋이 들먹였다. "어떤 사람이 저한테서 뭘 가져갔어요." 나는 셔먼 선생님에게 이렇게 얘기했다. "남들한테 보여주고 싶지 않은 거라 돌려받지 못하면 어떻게 될지 걱정스러워요."

"이 고민을 해결해보자." 셔먼 선생님이 말했다. "그걸 돌려받지 못했을 때 벌어질 수 있는 최악의 상황이 뭐니?"

정답은, 코너가 그걸 인터넷에 올리면 조이를 비롯해서 전교생이 내가 나한테 낯부끄럽게 진지한 편지를 쓰고 있다는 걸 알게 될 테고, 그 해괴망측하고 충격적인 사실이 밝혀지면 안 그래도 힘들었던 날들이 더 힘겨워질 테고, 내가 과거보다 더 외롭고 하찮은 존재처럼 느껴질 거다. 3학년이 시작된 지 하루밖에 안 됐는데 이럴 줄이야.

나의 대답은 "모르겠어요"였다.

하지만 아직은 최악의 상황이 벌어지지 않은 것 같다. 아직은. 내 편지가 인터넷에 뜬 흔적이 보이지 않는다. 내 이름으로 검색했을 때 새로운 문건이 없었다. 그걸 두고 수군대는 사람도 없다.

재러드 클라인먼의 가장 마지막 포스팅은 방금 전 이불 속에서 독가스 발사이다.

엘레나 베크는 아프리카와 아시아에서는 아이들이 식수를 길으려고 하루 평균 6킬로미터씩 걸어 다닌다라고 포스팅했다.

목스는 수영복 모델 사진을 좋아했고 아침에 믹는 프로스티드

플레이크 시리얼을 팔로우하기 시작했다.

다른 음식이 떠오른다. 매시드 포테이토. 작년 점심시간에 리타 마르티네스와 베키 윌슨이 싸운 적이 있었다. 발단이 뭐였는지 아무도 모르지만 다들 리타가 베키에게 달려들기 전에 뭐라고 했는지 기억한다. **내가 이 매시드 포테이토를 너희 집 어디에다가 문댈 작정이냐면……**. 리타가 그 뒤의 단어를 뭉개는 바람에 앞문인지 뒷문인지 알 길이 없었지만 상관없었다. 캠페인이 시작됐다. 아이들이 매시드 포테이토를 베키네 집에 보내기 시작했다. 점심시간에는 누가 봐도 빤한 매시드 포테이토 마임극을 벌였다. 우리 학교에서는 "매시드 포테이토"라고 하면 누구든 뒷걸음질치게 만들 수 있다. 아니면 시각적으로 가장 비슷하다고 볼 수 있는 구름 이모티콘을 써도 된다. 코너가 나한테서 훔쳐 간 편지가 내 매시드 포테이토다. 일단 유포되면 절대 없어지지 않을 거다. 어딜 가든 나를 따라다닐 거다.

버스가 모퉁이를 돌아 나온다. 발길질을 멈추고, 내가 너무 순진하고 진부한 **최악의 상황**을 상상하고 있는 건 아닌지 따져본다. 진정한 소시오패스의 관점에서 생각한 그림이 아닐지 모른다. 코너가 좀 더 고전적인 방식을 선택한다면 어쩔 것인가. 예를 들어 내 편지를 복사해서 전교생의 사물함에 넣는다면? 아니면 지금쯤 학교 앞에서 등교하는 우리 반 친구들에게 직접 나눠 주고 있을지도 모른다. 완벽하게 들어맞는다. 그 애는 내가 자기를 정신 나간 인간처럼 보이게 만들려고 편지를 썼다고 생각하니 복수하기 위해서 진짜로 정신 나간 인간은 자기 앞으로 황당한 편지를 쓰는 인간이라는 걸 전교생한테 보여주려고 할 것이다. 이 아이, 에번 핸슨이라고 말이다.

버스에 오르는데 꾸르륵거리는 요란한 소리가 엔진 소리인지, 내 배 속에서 나는 소리인지 궁금해진다. 모두의 무관심 속에 통로를 지나서 내 자리로 걸어간다. 통로 건너편에서는 한 아이가 가로로 누워서 코를 골고 있다. 버스가 느릿느릿 앞으로 움직인다. 처형의 순간까지 10분 남았다.

어쩌면 그보다 더 앞당겨질 수도 있다. 웃음소리가 들리기에 나는 휴대전화에서 시선을 옮긴다. 두 줄 앞자리에서 어떤 아이가 배를 잡고 웃고 있다. 통로 너머로 몸을 기울여 친구에게 자기 휴대전화를 건넨다. 친구는 전화기를 받아든다. "설마." 그가 친구에게 말한다. 이제는 둘이서 깔깔대고 있다.

이거다. **최악의 상황.** 코너가 정확히 이 순간, 내가 학교로 출발한 시점에 맞춰 공격을 감행한 게 분명하다. 정말이지 미치광이 천재다. 이제 당장 이 아이들이 고개를 돌려 세상에서 가장 한심한 루저를 빤히 쳐다볼 거다.

나는 눈을 감고 새로운 악몽에 대비해 마음의 준비를 한다. 마침내 눈을 떠보니 친구가 그 아이에게 전화기를 돌려주고 있을 뿐, 버스 안은 다시 조용해졌다.

버스에서 내리면서 보니 내 이름이 적힌 복사본을 나눠 주는 사람은 없다. 내 얼굴이 박힌 전단지가 펄럭이지도 않는다. 그런데도 나는 콘크리트 보도를 걸어서 학교 철문을 지나는 동안 숨을 힐끗인다. 지편에시는 이떤 음울한 깜짝 사건이 니를 기다리고 있을까?

=

영어 시간, 비극은 벌어지지 않았다. 미적분 수업, 아무 문제없었다. 화학 시간, 어떠한 폭탄도 터지지 않았다.

나는 무사히 점심시간을 맞이한다. 그래서 마음이 놓이는가 하면 아니다, 기다리느라 죽을 것 같다. 이미 끝난 일이면 좋겠다.

코너와 처음으로 언쟁을 벌인 곳이 식당이다. 같은 곳에서 나를 해치우면 우리의 대하소설에 걸맞은 대칭적인 구조가 갖추어질 것이다. 게다가 진정한 쇼맨이라면 대규모의 이 굶주린 관객을 활용하고 싶겠지.

여기서 의문이 제기된다. 내가 여길 찾아온 이유가 뭘까? 해답은 하나뿐이다. 모르겠다. 선택지는 항상 싸우거나 도망치거나인데, 나는 대개 양쪽 모두도 아닌 중간 어디쯤으로 귀결된다. 남아서 매를 맞는다.

뒤쪽 벽을 따라 슬금슬금 움직이며 안전한 테이블을 찾는 한편, 코너가 있는지 열심히 살핀다. 그는 코빼기도 보이지 않는다. 나는 자리에 앉아서 점심을 먹는다. 점심을 먹어보려고 한다. 미니 당근을 씹는 소리가 머릿속에서 총성처럼 메아리친다. 당근한 조각을 삼키자 그것으로 허기가 가신다. 이렇게 앉아 있는 동안 갑자기 어떤 생각이 떠올랐기 때문이다. 심란한 생각이 퍼뜩 떠올랐다. 오늘 하루 종일 코너가 보이지 않았을 뿐 아니라 조이도 보지 못했다.

코너의 결석, 그 자체는 특이한 현상이 아니다. 하지만 같은 날 조이마저 자취를 감추었다? 그 가족이 학기 첫 주중에 여행을 계획했을 리 없다. 조이는 코너와 사이가 좋은 것 같아 보이지도 않던데 덩달아 학교를 빼먹을 리 없다. 게다가 조이가 가장 최근에 결석한 때가 언제인지 기억이 나지 않으니, 그렇다, 이건 관심을 기울여야 하는 사건이다. 에너지 음료나 커피를 마시는 사람도 있지만 나는 조이를 몇 번 흘끗 쳐다보는 것으로 하루를 버티는 데 필요한 에너지를 조달한다. 대개는 조회 시간 전에 한 번(그녀의 사물함이 나와 가까운 데 있다), 점심시간에 한 번, 이렇게 **최소** 두 번 충전한다. 그녀의 결석을 우연의 일치로 간주하고 싶다. 다른 날 같았으면 그럴 수 있었을지 모른다. 하지만 어제 그런 일이 벌어지고 난 다음이라 불가능하다. 코너와 조이가 하필이면 오늘 결석하다니 뭔가 뜻하는 바가 있을 수밖에 없고, 구제불능 나르시시스트는 되고 싶지 않지만 그 뭔가가 나와 직접적으로 연관되었을 것 같은 끔찍한 예감이 든다.

내 예감이 틀렸으면 좋겠다. 둘 다 학교에 있는데 내가 아직 못 본 것일 수도 있다. 아니면 둘 다 독감에 걸려서 결석한 것일 수도 있다. 몇 테이블 옆에서 재러드가 점심을 먹으며 컴퓨터를 들여다보고 있다. 나는 그의 어깨를 톡톡 두드린다.

"왜?" 그는 고개를 들지도 않고 묻는다.

"잠깐 얘기 좀 할 수 있을까?"

"안 그랬으면 좋겠는데."

그 심정은 이해하지만 내가 달리 기댈 사람도 없고 지금은 심각한 상황이다. "오늘 코너 머피 본 적 있어? 아니면 조이 머피라도."

"그래, 그래, 그래, 어제 네가 조이랑 얘기하는 거 봤어. 드디어 행동을 개시한 거냐?"

"그런 거 아니야."

"질이 어딘지 파악하는 거 도와줘?" 재러드가 묻는다. "그거 가르쳐주는 앱이 있을 텐데."

재러드는 자기가 한 농담에 자기가 웃는다. 여전히 나를 쳐다보지 않는다(그는 질도 본 적 없을 거다). 나는 음산한 나의 숙적이나 그보다 많이 상냥한 그의 여동생이 보이는지 식당을 살핀다. 잘 모르겠다. 여기 어딘가에 있을 수도 있다. 나는 다시 재러드를 돌아본다. "조이를 본 적 있는지 궁금해서."

"아니, 못 봤어." 재러드가 말한다. "하지만 보이면 네가 찾더라고 반드시 전해줄게."

"아니야, 제발 그러지 마."

재러드가 마침내 고개를 든다. "이미 엎질러진 물이야. 고마워할 건 없고."

걸음을 옮기려는데 그가 묻는다. "그거 뭐냐?"

"응?"

그는 내 깁스를 가리킨다. 오늘 기온이 한 32도쯤 되는데도 나는 일부러 긴소매를 입었다. 코너의 이름 중에서 마지막 두 글자인 O와 R만 보인다. 코너의 사인이 워낙 넓은 면적을 차지하는 바람에 전부 가릴 방법이 없다.

"Death." 나는 대답한다. "Life OR death." 내가 왜 그런 소리를 했는지, 그게 무슨 말인지 모르겠지만 오늘뿐 아니라 항상 진실처럼 느껴지는 문구다.

=

체육 시간이 되자 깁스가 통째로 드러난다. 오늘은 체력장을 하는 날이다. 우리는 해마다 학년 초와 학년 말에 한 번씩 체력장을 치른다. 학기 중에 가장 싫은 이틀이다.

보텔 선생님이 우리를 농구 코트 베이스라인에 한 줄로 세운다. 선생님이 지시를 내리면 여학생 축구 대표팀 주장인 매기 웬들이 시범을 보인다.

나는 내 팔을 내려다본다. 무슨 수로 턱걸이를 할 수 있을까? 양쪽 팔이 멀쩡할 때도 턱걸이를 할까 말까인데 말이다. 깁스로 손의 절반이 덮였으니 시도 자체를 포기하는 편이 낫다. 사실 팔 굽혀펴기도 마찬가지다. 체력장을 모면할 방법이 보인다. 드디어 이 깁스의 긍정적인 측면이 보인다.

보텔 선생님의 설명이 끝나자 나는 선생님 앞으로 걸어가서 깁스를 보여준다. 선생님은 몸이 말랑말랑하고 제구실을 못 하는 내 옆에 서 있기만 해도 자신의 근육이 오염되기라도 하는 듯 나를 보고 혐오스러운 듯한 표정을 짓는다. 솔직히 보텔 선생님이 자기 몸에 들이는 노력은 인상적이다. 우리 엄마보다 많을지 모르는 나이를 감안하면 더욱 그렇다. 그래도 내가 어쩌다 다쳤는지 알지도 못하면서 함부로 판단하다니 조금 부당하다는 생각이 든다. 내가 노숙자 쉼터를 짓다 지붕에서 떨어진 거면 어쩌려고? 인종차별주의자와 싸우다 다친 거면 어쩌려고?

보털 선생님이 묻는다. "그거 서류 있니?" **그거**라니.

"서류요?"

"진단서."

"엄마가 교무실에 이메일로 보내셨을 거예요."

선생님은 뭔지 모를 소리를 중얼거린다. 하지만 나를 스탠드로 보내며 한숨을 쉬는 건 똑똑히 들었다. 특정한 체형에 속하는 몇몇 아이들이 부러운 눈빛으로 나를 쳐다본다.

나는 가까스로 총알 하나를 피했지만 진짜 총잡이는 아직 남아 있다. 나도 안다, 총잡이를 운운하며 우스갯소리를 늘어놓으면 안 되고 심지어 생각조차 하면 안 된다는 걸. 하지만 무슨 수로 참을 수 있겠는가. 우리는 학교에서 실제로 총격 사건이 벌어질 경우에 대비해 대피 훈련을 받는다. 통계에 따르면 범인은 대개 외부인이 아니라 동네 주민이라고 한다. 나는 가끔 누가 저 문을 넘어서 들어올지 상상해본다. 소거법이라는 간단한 과정을 거치면 된다. 시인하건대 가능성 있는 인물을 죽 훑었을 때 불운의 바퀴가 코너 머피를 가리킨 적도 있었다.

솔직히 코너에게 그런 싹수가 있다고 생각하지는 않는다. 그는 사실 폭력적인 아이가 아니다. 어제 점심시간에 나를 밀치기는 했지만 내 편지 사건과 마찬가지로 오해를 해서 그런 거였다. 그런데 어떻게 보면 사람들은 흉악한 범죄가 벌어지기 전에 항상 그런 식으로 생각한다. 그랬다가 진상이 밝혀지면 이렇게 말한다. **아, 내가 그럴 줄 알았어.** 하지만 남이 뭘 할 수 있는지 내가 무슨 수로 알 수 있을까? 내가 뭘 할 수 있는지도 아직 모르겠는데. 나는 계속 나를 보고 놀란다.

코너와 나는 초등학교 1학년 때 같은 반이었다. 그가 울보였던 기억이 난다. 우는 이유는 알 수 없었다. 그가 울음을 터뜨렸을 때 한 번도 놀란 적이 없다는 것만 기억난다. 코너는 그랬다. 잘 울었다. 그건 오래전 얘기고 지금은 많이 달라졌지만 그래도 코너를 찾아가서 얘기하면 될지 모른다. 그는 예측 불가능하기는 하지만 경우에 어긋나지는 않는다. 내 생각에는 그렇다. 그 편지의 실체를 설명하면 아무한테도 얘기하지 않겠다고 약속할지 모른다.

골대 뒤에 달린 시계를 흘끗 올려다본다. 오늘이 거의 다 끝나가는데 아직 최악의 상황이 벌어지지 않았다. 어쩌면 이번 한번만큼은 셔면 선생님이 충고한 대로 낙관적으로 생각하려고 열심히 노력하는 게 좋을지 모르겠다. 코너는 내 편지를 곧바로 쓰레기통에 던졌을 수도 있다. 그가 나에게 관심이 있을 거라고 생각한 이유가 뭘까? 그는 어디에선가 약에 취해서 내 존재 자체를 잊어버렸을지 모른다.

어쩌 아주 그럴듯하게 들린다. 하지만 여전히 설명이 안 되는 부분이 하나 남아 있다. 조이는 어디 갔을까?

이렇게 된 영문인지 (아마도) 뻔하다. 코너가 조이에게 편지를 보여주고 내가 섬뜩한 스토커라고 그녀를 설득한 다음 둘이 시내에서 하루 종일 나를 상대로 접근 금지 명령을 받아낼 방법을 연구하고 있을 거다. 그들은 나를 위험인물이라고 생각한다. 나를! 착각도 유분수지.

정확히 그렇지는 않더라도 그 비슷하게 끔찍한 시나리오일 것이다. 마지막 종이 울리자 나는 버스를 타지 않고 끔찍한 공포를 떨쳐버리려고 애를 쓰며 집까지 걸어간다. 집에 다다랐을 때 나는 무슨 수로 거기까지 걸어왔는지 전혀 기억하지 못한다.

===

다음 날도 거의 똑같지만 누적이라는 측면을 감안했을 때 상황이 더 악화됐다고 볼 수 있다. 오늘도 코너 머피는 코빼기도 보이지 않는다. 어느 순간에는 그가 금방이라도 나타나 내게 정신 못 차릴 정도의 굴욕감을 안길 게 분명하다는 생각이 들다가도 다음 순간에는 내가 이 편지 사건에 너무 신경 쓰는 게 분명하다는 생각이 든다. 하루에도 수천 번씩 세상이 끝장났다가 다시 이어진다.

나는 다시 집에 돌아왔고 평소에 쓰던 탈출 방법을 총동원해도 소용이 없다. 나는 영화를 많이 보는 편이다. 원칙적으로 외톨이, 사회 부적응자, 선구자를 소개하는 다큐멘터리를 좋아한다. 종교 교주, 아무도 모르는 역사 속 인물, 세상을 떠난 뮤지션 애기라면 언제든 환영이다. 나는 희귀병에 걸리거나 남다른 재능을 보유한 사람들을 좋아한다. 오해에 시달리다 결국 누군가의 인정을 받는 사람을 보고 싶다. 내가 가장 좋아하는 다큐멘터리의 주인공은 비비언 마이어라는 유모인데, 그녀는 전 세계를 통틀어 가장 뛰어난 사진작가 중 한 명이었지만 죽을 때까지 재능을 인정받지 못했다.

오늘 저녁에는 미국을 탈출해 외국으로 망명할 수밖에 없었던 에드워드 스노든이라는 내부 고발자를 다룬 영화를 보려고 했다. 그런데 날마다 끊임없는 공포에 시달려야 하는 이 사람을 보고 있으려니 내 신경만 더 날카로워졌다.

대화 상대라도 있으면 얼마나 좋을까. 나는 지금 연 이틀째 나만의 생각 속에 갇혀 지내고 있다. 셔먼 선생님은 도움이 되지 않았고, 엄마가 집에 있다 해도 이 고민을 털어놓을 수는 없었다. 나는 도움이 필요할 때 기댈 수 있는 (몇 안 되는) 사람들의 명단을 머릿속으로 훑어본다. 알맞은 사람이 단 한 명뿐이다.

재러드 클라인먼은 홀로코스트 사진을 보고 웃는 친구일지 몰라도 무슨 생각을 하는지 끙끙대며 알아맞힐 필요가 없다는 장점이 있다. 여과 장치 없이 솔직한 그와 대화를 나누면 좀 괜찮아질지 모른다. 나는 그에게 문자를 보내 코너와 무슨 일이 있었는지 설명한다.

> 너한테 쓴 편지?
>
> 그게 도대체 무슨 헛소리야?
>
> 섹스랑 연관 있는 거야?

아니, 섹스하고는 상관없어.

숙제였어.

무슨 숙제?

추가 숙제.

나한테 이런 얘기를 하는 이유가 뭐냐?

달리 얘기할 사람이 없어서.

가족끼리 친구가 너뿐이거든.

아 이런 망할.

어떻게 하면 좋을지 모르겠어.

내 편지를 가로채 가더니

지금 이틀째

결석이야.

어째 예감이 안 좋네.

조이도 마찬가지고.

???

갸가 그 편지를 어떻게 할까?

거야 아무도 모르지.

코너는 천하의 개또라이잖아.

2학년 때 기억 안 나?

그날 줄반장 안 시켜줬다고

G 선생님한테 프린터 던진 거.

잊어버리고 있었네.

그 편지를 아무한테도

보여주지 않았으면 좋겠는데.

네가 보기엔 어떨 것 같아?

그걸로 네 인생을 조지려고 할 거야.

진짜로. 나라면 그럴 거거든.

다시 한번 생각해보니 솔직할 땐 하더라도 여과 장치가 달려 있는 게 낫겠다.

코너가 내 편지를 읽기 전에는 우리 둘이서 교양 있게 대화를 나누었다고 본다. 그는 심지어 그 전에 나를 밀쳤던 걸 미안하게 여기는 듯했다. 그렇지 않고서야 내 편지를 직접 들고 와서 전해

줄 **필요가** 없었다. 내 깁스에 사인할 필요도 없었다. 약간 품격 있
는 반응이었다.

재러드가 보낸 사진이 화면 위에 뜬다. 아주 예쁘고 젓가락처
럼 마른 여자아이가 바람에 날린 머리칼로 한쪽 눈을 덮고 벽돌
담에 기대고 서서 도발적인 눈빛으로 카메라 렌즈를 똑바로 쳐
다보는 사진이다.

누구야?

내가 얘기한 그 이스라엘 여자애.
나랑 노닥거렸다는 걔 말이야.

치맛자락을 그런 식으로 내민 여자아이는 옷 광고에서밖에 본
적이 없다. 카탈로그나 뭐 그런 데 실린 사진인 게 분명하다.

예쁘다. 완전 모델 같아.

응, 모델 일을 좀 하고 있어.
여름방학 내내
나무들이랑 노닥거리는 것보다야 훨 낫지.
요즘 세상에 누가 공원 관리인이 되고 싶어 하나?

공원 관리인 실습생.

더 한심하네.

학교의 진학 상담사가 추천한 거였다. 뭐, 거의 그런 셈이었다. 대학 진학 계획을 점검하느라 작년에 만났을 때 상담사가 원서에 추가하면 좋을 만한 여름방학 활동 목록을 주었다. 그중에서 내게 적합한 일은 공원 관리인 실습밖에 없었다.

셔먼 선생님에게 여름방학 활동으로 뭘 선택했는지 얘기했을 때 선생님은 내가 기대한 반응을 보이지 않았다. 세상 속으로 뛰어들지 않고 뒷걸음질 치려는 과거의 습관으로 돌아가는 건 아닌지 걱정했다. 솔직히 고백하자면 자연과 단둘이 있을 수 있다는 사실 때문에 공원 관리인이라는 직업에 맨 처음 끌린 것도 있었다. 일이 그렇게 단순하지는 않았지만 셔먼 선생님의 짐작이 맞았다. 여름 동안 일상적인 삶과 떨어져 지냈더니 다시 돌아갈 시점이 됐을 때 스트레스가 훨씬 심했다. 나는 8월 중순부터 여름이 끝나고 새 학년이 시작된다는 데 공포를 느끼기 시작했다.

게다가 사람들을 피한다고 해서 불안이 해소되지도 않았다. 숲속에 있어도 나 자신과 부대끼며 지내야 했다.

나는 노트북을 닫고 깁스 위에 적힌 코너의 이름을 다시금 주시한다. 그가 멀리서 나를 조롱하는 것 같다. 손톱으로 글자를 긁어서 떼어내려고 해본다. 두말하면 잔소리지만 소용없다.

창가로 다가간다. 밖은 칠흑이다. 나는 낮보다 밤이 더 좋다. 밤에는 집에 웅크리고 있어도 괜찮지만, 낮에는 나가서 돌아다녀야 한다. 집 안에서 수많은 시간을 허비하면 상당한 죄책감이 느껴진다.

하지만 지금은 어둠 속을 내다보아도 전혀 위안이 되지 않는다. 어둠 속에 뭔가가 있다. 어떤 형체가 있다. 뭘까?

옆집 덤불이 어떤 형체처럼 보이는 건 줄 알았더니 그 형체가 어둠 속에 가만히 서서 창문 너머로 나를 똑바로 쳐다본다. 나는 더 분명하게 확인하려고 전등을 끈다. 두근거리는 심장을 달래며 다시 고개를 돌려보니 내가 본 게 어떤 형체인지 뭔지 몰라도 아무튼 이제 보이지 않는다. 시야에서 완전히 사라졌다.

5장

다음 날 아침, 고급 영어 시간에 킥젝 선생님이 『필경사 바틀비』에 나오는 이미지, 등장인물, 주제를 파악해보자며 쉴 새 없이 설명하고 있을 때 스피커에서 방송이 흘러나왔다. 모두들 바로 고개를 돌려서 나를 쳐다본다.

나는 이미 평소보다 더 안절부절못하고 있었다. 3일째 편지는 내 손으로 돌아올 줄 모르고 어디 유포되지도 않았고, 그걸 들고 간 녀석은 코빼기도 보이지 않는 데다 녀석의 여동생도 마찬가지이기 때문이다. 이쯤 되면 극도의 공포 모드라고 할 수 있겠는데, 사실 이 정도 수준의 불안을 느껴본 적이 있는지조차 잘 모르겠다. 거의 환각에 가깝다.

심지어 킥젝 선생님마저 나를 쳐다본다. 몇 초가 지난 다음에야 니는 모두의 이목이 내게 쏠린 이유를 알아차린다. 방금 전에 스피커에서 **내** 이름이 불렸기 때문이다.

나? 에번 핸슨? 나는 교장실로 불려 다니는 그런 학생이 아니다. 그런 건 비행 청소년이나 한 반의 웃음 담당이나 얼간이들의 몫 아닌가? 남에게 영향을 미치는 행동을 저지르는 사람들 말이다. 나는 아무에게도 영향을 미치지 않는다. 나는 거의 없는 거나 마찬가지인 존재다.

"에번?" 킥젝 선생님이 나를 부르며 내가 제대로 들었음을 확인시켜준다. 교장선생님이 나를 만나고 싶어 한다. 그것도 지금 당장.

내 어설픔 지수는 나를 쳐다보는 사람들의 숫자와 정비례한다. 대략 스물다섯 쌍의 시선이 꽂히자 나는 끼익 소리를 내며 의자를 밀어서 뒤의 책상과 부딪히게 만들고, 지퍼를 열어놓은 내 배낭을 차서 바닥에 내용물을 쏟고, 통로를 지나는 동안 누군가의 발에 걸려서 하마터면 넘어질 뻔한다.

빈 복도를 따라 교장실로 걸어가는 동안 최악의 시나리오가 슬라이드 쇼처럼 머릿속에서 펼쳐진다. **이미지**, **등장인물**, **주제**는 같다. 편지, 코너, 수치심이다. 나는 3년 동안 교장선생님과 엮인 적이 딱 한 번밖에 없었다. 2학년 때 어느 변변찮은 단편소설 공모전에서 3등을 했더니 하워드 교장선생님이 전체 조회 시간에 내게 상장을 수여했다. 내 작품은 어렸을 때 아빠와 갔던 낚시 여행을 바탕으로 하되 기본적으로 헤밍웨이의 『두 개의 심장을 가진 큰 강』을 조잡하게 도용했다. 하워드 선생님의 머릿속에 그날의 기억이 전혀 없대도 놀랍지 않은 것이 그 정도로 한심한 공모전이었고 3등은 사실 탈락이나 다름없었다. 그런데 하워드 선생님이 **오늘** 나를 만나고 싶어 하는 이유가 뭘까?

교장실 앞에 다다르자 손바닥을 셔츠에 대고 닦아보지만 그래도 땀이 마를 줄 모른다. 행정직원에게 내 이름을 밝히자 뒤편의 열린 문을 가리킨다. 나는 어두컴컴한 구석으로 다가가는 경찰처럼 그 문을 향해 천천히 움직인다. 다만 이 시나리오에서 나는 경찰이 아니다. 하워드 선생님이 경찰이니 자동적으로 나는 범인이된다. 셔먼 선생님은 나더러 최악의 상황을 상상하는 성향이 있고 내가 상상하는 그런 일은 벌어질 리 없다지만, 지금 이걸 보면지난 몇 년 동안 내가 했던 걱정이 다 증명된다. 이 방정식의 모든 항을 합하면—코너의 결석 더하기 조이의 결석 더하기 내 바보 같은 편지 더하기 교장실로 불려 온 일—어느 정도로 굴욕적이고 암울한 상황이 나를 기다리고 있을지 계산조차 되지 않는다.

나는 교장실 안으로 고개를 들이민다. 하워드 선생님은 보이지않고 책상 맞은편에 어떤 남자와 여자가 앉아 있다. 그들은 나를보고 혼란스러워하는 표정을 짓는다. 이 방에는 권위적이거나 공무적인 구석이 없고 내가 상상한 교장실과 전혀 다르다. 하지만모든 사진에 하워드 선생님의 얼굴이 있는 걸 보면 내가 맞게 찾아왔다.

남자는 무릎에 팔꿈치를 얹고 몸을 앞으로 수그리고 있는데,두툼한 어깨가 양복 재킷을 빈틈없이 채운다. 여자는 멍한 표정을 지은 채 충혈된 눈을 내 쪽으로 돌리지만 나를 쳐다보지는 않는다.

"죄송해요." 뭔가 중요한 일을 방해한 느낌이라 사과를 하지 않을 수가 없다. "교장실로 오라는 방송이 나오길래요."

"네가 에번이구나." 남자가 말한다. 묻는 건 아니지만 묻지 않는 것도 아니기에 나는 맞는다는 뜻에서 고개를 끄덕인다.

그가 허리를 펴고 마침내 나를 제대로 쳐다본다. "하워드 선생님은 나가셨어. 우리가 다른 사람이 없는 데서 너랑 얘기를 나누고 싶다고 했거든."

그는 빈 의자 쪽으로 손짓한다. 앉으라는 뜻이다. 이게 무슨 일인지 모르겠다. 이들은 누구일까? 대학교 입학사정관이라고 하기에는 조금 우울해 보인다. 대학교 입학사정관들이 실제로 어떻게 생겼는지는 나도 전혀 모른다. 그냥 입학사정관 몇 명이 우리 학교 미식축구팀의 스타 트로이 몽고메리를 만나러 찾아온 적이 있다는 얘기만 들었을 뿐이다. 하지만 그는 재능이 특출한 운동선수고 나는 이류 단편소설 공모전에서 3등상을 한 번 수상한 적 있는 일반 학생에 불과하다. 이들은 누구이고 나를 보자고 한 이유는 뭘까?

머릿속에서 들리는 목소리는 그냥 서 있으라고 하지만 나는 자리에 앉는다.

남자는 다리 사이로 똑바로 떨어지게 넥타이 끝을 바로잡는다. "우리는 코너의 엄마, 아빠다."

이거다. **벌어질 수 있는 최악의 상황.** 내가 기다리고 또 기다렸던 상황이 드디어 찾아왔다. 하지만 어떤 상황인지는 여전히 잘 모르겠다. 코너 머피의 부모님이 나랑 얘기를 나누고 싶어 하는 이유가 뭘까? **그것도 다른 사람이 없는 데서.**

이들이 코너 머피를 낳은 부모라니 믿기지가 않는다. 아니, 조이 머피의 경우에도 마찬가지다. 코너와 조이가 한 부모 밑에서 태어났다니 상상이 되지 않는다. 붉은 기가 도는 조이의 머리칼은 누구한테 물려받았을까? 아버지는 체구가 탱크 같은데 코너는 왜 그렇게 비쩍 말랐을까? 우리 어머니와 아버지를 보면 그 조합으로 나처럼 생긴 아이를 낳은 게 누가 봐도 빤한데 말이다.

머피 씨는 아내의 손 위에 자기 손을 얹는다. "시작해, 여보."

"나도 지금 최대한 노력하고 있어." 그녀가 쏘아붙인다.

어렸을 때 옥신각신하는 우리 부모님을 보면 불편하다는 생각이 들었다. 이제 보니 다른 집 부모가 그러는 걸 보면 몇 갑절 더 어색하다는 걸 알겠다. 아마 나는 곧 코너와 조이가 며칠 동안 결석한 이유를 알게 될 것이다. 그런데 그 많은 사람들 중에서 **나한테** 얘기하겠다고 했으니 내 편지와 관련이 있을 수밖에 없다. 우리 셋을 연결하는 고리는 그것뿐이다.

하지만 머피 씨가 자기들을 **코너와 조이**가 아니라 **코너**의 엄마, 아빠라고 소개했다는 게 흥미롭지 않은가. 두말하면 잔소리지만 코너와 관련된 문제다. 두말하면 잔소리다. 관건은 코너가 무슨 짓을 저질렀느냐는 거다.

한참 동안 침묵이 흐른 뒤 머피 부인이 핸드백에서 뭘 꺼내 내 손에 쥐어준다. "코너가 전해달래. 너한테 주고 싶다면서."

보지 않아도 뭔지 알 수 있다. 느껴진다. 내 편지다. 이게 드디어 내 수중으로 돌아왔다. 하지만 아직 숨을 크게 쉴 수가 없다. 이게 어떤 경로를 거쳤고 여기까지 오는 동안 누가 읽었는지 알 수 없는 일이다. 코너가 나한테 '주고 싶어' 했다면 왜 직접 전해 주지 않았을까? **그는 어디 있을까?**

"네 이름은 한 번도 들어본 적이 없어." 머피 씨가 얘기한다. "코너는 네 얘기를 한 적이 없었거든. 그러다가 '에번 핸슨에게'라고 적힌 편지를 보게 됐지."

머피 씨 부부가 내 편지를 읽었다니 당황스럽지만 코너가 읽은 거나 조이가 읽은 것과 비교하면 성격이 다르다. 내가 진심으로 알고 싶은 건 그거다. 또 누가 이 편지를 봤을까? 이게 어쩌다 머피 부인의 핸드백 안으로 들어갔을까?

"너희 둘이 친구인 줄 몰랐다." 머피 씨가 얘기한다.

나는 웃고 싶어진다. 내가 그들의 아들 때문에 지난 48시간 동안 얼마나 괴로웠는지 알면 우리 둘을 친구라고 부르지 못할 거다.

"우리는 코너한테 친구가 한 명도 없는 줄 알았어." 그가 얘기한다.

뭐, 그보다 더 정확할 수 없는 소견이다. 내가 본 바로도 코너는 진정한 외톨이다. 우리 둘의 공통점이 그거다.

"하지만 이 편지를 보니까 말이다." 머피 씨가 얘기한다. "너하고 코너가, 적어도 코너의 입장에서는 너를……."

그는 다시 말을 멈춘다. 나는 내가 남들 앞에서 말을 꺼내지 못해 애를 먹는 성격인 줄 알았더니 코너의 부모님은 본론을 얘기하지 못해서 끙끙 앓는 수준이다.

그가 편지 쪽으로 손짓한다. "내 말은, 거기 그렇게 적혀 있잖니. '에번 핸슨에게'라고."

내 편지를 돌려준 건 감사하지만 거기에 뭐라고 적혔는지에 대해서 얘기하고 싶지는 않다. 나로서는 여기 이렇게 앉아 있는 것만으로도 충분히 치욕스럽다. 어쩌면 그들이 이렇게 심란해 보이는 이유도 그래서일지 모른다. 조이처럼 지금까지 코너를 대신해서 수천 번 사과를 해야 했을 테니 이제는 그냥 신물이 나는 거다.

이쯤 되자 나는 편지를 챙겨서 그만 나가고 싶은 마음이 굴뚝같아진다. 하지만 안타깝게도 머피 부인은 할 말이 남았다.

"자, 에번. 읽어봐."

나는 읽을 필요가 없다. 한 글자도 남김없이 외우고 있다. 이 글자들이 우리 학교 앞 전광판에 뜨거나, 교지에 실리거나, 파란 하늘에 연기로 적히면 어떤 식으로 보일지 상상했다. 코너 머피가 나를 골탕 먹이려고 들면 어떤 식으로 활용할 수 있을지 하나씩 따져가며 상상했다.

나는 교장실로 들어온 이래 처음으로 입을 벌린다. 하지만 무슨 말을 하면 좋을지 모르겠다.

"괜찮아. 펼쳐봐. 네 이름이 적혀 있잖아." 머피 씨가 얘기한다. "코너가 너한테 쓴 편지야."

나는 내가 대책 없는 아인 줄 알았다. 그런데 알고 보니 이분들이 나보나 훨씬 우왕좌왕이다. "두 분은 코너가……." 인 그래도 분위기가 이보다 더 불편할 수는 없겠다고 생각되던 참인데 이제는 내가 내 펜팔이라고 설명까지 해야 하게 생겼다. "아니에요." 나는 얘기한다. "두 분이 오해한 거예요."

"아니야." 머피 부인이 얘기한다. "우리 아들이 너에게 하고 싶었던 말이 여기 적혀 있단다."

"마지막으로 남긴 말이지." 머피 씨가 덧붙인다.

이번에도 이게 무슨 소린지 곧바로 접수가 되지 않는다. 나는 그를 쳐다본다. 그녀도 쳐다본다. 좀 전까지만 해도 면목 없어 보였던 이들의 표정이 갑자기 전혀 다른 무언가를 닮은 듯이 느껴진다.

"죄송해요. **마지막으로** 남긴 말이라니 그게 무슨 말씀이세요?"

머피 씨가 헛기침을 한다. "코너가 떠났거든."

무슨 소린지 모르겠다. 기숙학교로 옮겼다는 얘긴가? 가출해서 사이비 종교집단에 가담했다는 얘긴가?

"스스로 목숨을 끊었어." 머피 씨가 얘기한다.

그는 턱에 힘을 준다. 그녀는 눈물을 훔친다. 면목 없는 게 아니다. 망연자실이다.

"걔가…… 뭐라고요?" 나는 묻는다. "하지만 어젯밤에 봤는걸요."

"그게 무슨 소리니?" 머피 부인의 목소리에 전에 없던 생기가 돈다.

"잘은 모르겠지만." 나는 얘기한다. "저는 코너인 줄 알았어요. 어두워서요."

"이틀 전에 그렇게 됐어." 머피 씨의 이 말은 나에게라기보다 자기 부인에게 하는 얘기에 더 가깝다. "충격이 클 거라는 건 안다만."

나는 간밤에 잠을 설쳤다. 코너가 우리 옆집 마당에 서서 내 방 창문을 쳐다보는 게 아닐까 생각했다. 그런데 내 착각이었던 모양이다. 내 공포심이었던 모양이다.

시간이 필요하다. 그것도 아주 많이 필요하다. 이건 현실이 아니다. 현실일 리 없다.

"찾은 게 그 편지밖에 없었어." 머피 씨가 얘기한다. "접어서 주머니에 넣어놨더구나."

나는 마침내 내 편지를 쳐다본다.

"보면 알겠지만." 머피 씨가 얘기한다. "그 아이는 설명하고 싶어 했어. 거기 다 적혀 있단다."

나는 종이에 적힌 글을 읽는다. 내가 쓴 글이고 외우고 있는데도 이제는 낯설게 느껴진다. 누군가가 마구 뒤섞었다가 티가 나지 않겠거니 생각하며, 메시지는 같겠거니 생각하며 같은 순서대로 다시 붙여놓았지만 같은 메시지가 아닌 느낌이다. 어떻게 읽느냐에 따라 두 가지 메시지가 될 수 있는데, 코너의 부모님은 내가 의도한 방식대로 읽고 있지 않다. 이 편지, 내 편지를 코너가 썼다고 생각한다. 내게 썼다고 말이다.

머피 씨는 내가 쓴 문장을 암송한다. "모든 게 달라졌으면 좋겠다. 나도 마음을 붙일 데가 있었으면 좋겠다."

"이 아이가 직접 읽게 해, 래리."

"내가 하는 얘기에—"

"래리, 제발."

"—무게가 실렸으면 좋겠다.'"

교장실이 고요해진다.

나는 주변을 두리번거리지만 뭘 찾느라 그런 건지 모르겠다. 도움의 손길인가? 그런 건 없다. 하워드 선생님은 코빼기도 보이지 않는다.

나는 뭐라고 말을 해보려고 한다. 못 하겠다. 익숙한 감정이 밀려오는 게 느껴진다. 공포다. 녀석은 날마다 나를 찾아오고 별로 강렬하지 않은 때도 있지만 지금은 내 모든 능력을 압도하기에 충분하다.

"이 편지는요. 그게 아니라……."

"그게 아니라니?" 머피 씨가 묻는다.

나는 숨을 죽인다. "코너가 아니에요."

머피 부인이 나를 쳐다본다. "그게 무슨 소리니?"

"코너가……."

"응?"

"코너가 쓴 게……."

"코너가 쓴 게?"

"아니라고요."

"저 아이가 지금 무슨 소리를 하는 거야, 래리?"

"충격을 받았나 봐."

"아뇨, 저는 다만…… 걔 아니에요." 나는 그들의 오해를 바로

잡아보려고 하지만 머릿속이 계속 뒤죽박죽이다.

"여기 그렇게 적혀 있잖니." 머피 부인은 편지를 가리킨다.

어떤 목소리가 들린다. 아까부터 들렸는데 지금에서야 관심을 기울인다. 내 안에서 점점 더 우렁차게 들린다. **일어나.** 그 목소리는 이렇게 얘기한다. **나가.**

"죄송하지만 저는 이제 그만……."

머피 부인이 나를 붙잡고 내 손을 움켜쥐자 우리 둘이서 편지를 같이 쥔 형태가 된다. "이게…… 코너가 쓴 편지가 아니라면 그럼……."

"신시아. 왜 이래. 진정해."

나는 시선을 피한다. "이제 그만 나가볼게요."

"그 애가 너한테 무슨 얘기한 거 없니?" 머피 부인이 애원한다. "너는 뭐 **본** 거 없니?"

"신시아, 여보. 지금은 이럴 때가 아니잖아."

내가 손을 놓자 편지가 온전히 그녀의 손으로 넘어간다. "우리한테는 이것뿐이야." 그녀가 얘기한다. "우리한테 남은 건 이게 **전부야.**"

"저 이제 정말 가봐야 해요."

머피 씨가 나를 돌아본다. "그렇겠지." 그가 얘기한다. "이해한다. 그냥 너한테 먼저 알려주고 싶었을 뿐이야."

머피 부인은 얼굴을 묻는다. 그녀는 무너지지 않으려고 기를 쓰고 있다. 나도 마찬가지지만 나는 그녀를, 이 여인을 도울 방법이 없다. 그녀는 산산조각이 났고 나도 그녀를 진심으로 안타깝게 여기고 최대한 이해하지만 그녀와 그들과 그리고 나 자신과 더불어 이 자리에 어떤 식으로 있으면 좋을지 모르겠다. 나가야 한다.

자리에서 일어나려고 하자 두 사람이 나를 붙잡는다.

"가기 전에." 머피 씨가 안쪽 가슴주머니에서 명함을 꺼내 뒤집 더니 하워드 선생님의 펜으로 뭐라고 적는다. 펜을 제자리에 돌 려놓고 내 눈을 쳐다보며 명함을 건넨다. 나는 그게 뭔지 알아차 리기도 전에 이미 손을 내밀고 있다.

"장례식은 가족끼리만 치르기로 했어." 머피 씨가 얘기한다. "하 지만 오늘 저녁에 추도식이 몇 시에, 어디서 열리는지 적어 놨다."

나는 뭐라고 대꾸하면 좋을지도 모르겠고 대꾸할 겨를도 없다. 머피 부인이 자리에서 벌떡 일어나 앞으로 뻗은 내 팔을 잡는다.

"래리. 이것 좀 봐."

워낙 순식간에 벌어진 일이라 막을 수도 없다.

"이 아이 깁스를 봐."

머피 씨도 아내가 본 걸 본다. 지워지지 않는 잉크로 아들의 이 름이 적혀 있다.

머피 부인이 남편을 돌아보며 놀랍다는 듯이 서서히 미소를 짓 는다. "진짜야. 정말 진짜야. 그 아이의 '가장 가깝고 가장 소중한 친구'였어."

—

교장실에서 화장실로 직행한다. 변기 위로 몸을 숙이지만 아무것도 나오지 않는다. 앞 못 보는 사람이 핸들을 좌우로 획획 꺾어 가며 운전하는 자동차의 조수석에 앉은 것처럼 뱃속이 빙글빙글 소용돌이친다. 이 어지러운 느낌을 정리하고 싶은데, 밖으로 끄집어내고 싶은데, 나오려고 하지 않는다.

나는 영어 수업 중인 교실로 돌아가지만 **정말로** 돌아간 건 아니다. 원래 있었던 자리로 돌아갈 수가 없다. 킥젝 선생님의 목소리는 들리지만 말은 들리지 않는다. 종이 울리자 나는 자리에서 일어난다. 운동화로 바닥을 딛지도 않은 채 옆 교실로 건너간다.

몽롱한 상태가 마지막 시간까지 계속된다. 잠시 후 스피커에서 내가 몇 시간 전에 들었지만 하루 종일 믿지 못하는 소식이 방송으로 들린다. "대단히 슬픈 소식을…… 사랑하는 우리 학교 학생이…… 추도식은 오늘 저녁 5시에서 7시까지고…… 대화 상대가 필요한 학생은…… 지금 이 시간 이후에 강당으로 알바레스 선생님을 찾아가면 됩니다."

내 주변의 아이들이 그 소식을 접수하기 시작한다. 충격을 받은 아이들의 표정을 보고 나는 멍한 상태에서 깨어난다. 진짜다. 정말 진짜다. 코너 머피가 죽었다.

i

나는 꿈인 줄 알았다. 무슨 수로 꿈이 아니란 걸 알 수 있었겠
는가? **어이, 참고 삼아 얘기하는데 너 죽었어.** 이런 식으로 알려주는
사람이 있는 것도 아니고 말이다.

그날은 여느 날과 다름없이 시작됐다. 온 가족이 행복하게 식
탁에 둘러앉아 아침을 먹었다. 사실 나는 먹지 않았다. 래리도 마
찬가지였다. 전화기를 들여다보느라 바빴기 때문이다. 신시아도
마찬가지였는데 우리 시중을 드느라 바빴기 때문이다(우리 부모
님은 내가 이름으로 부르는 걸 좋아한다). 사실상 조이만 뭘 먹고
있었다.

나는 학교에 가기 싫었다. 어머니는 내 말을 듣지 않으려고 했
다. 첫날이니까 선택의 여지가 없다고 했다. 학교에 가면 도움이
될 거라고 했다. 어머니는 내가 여름방학 내내 자는 걸 지켜보았

다. 그래서 나를 집에서 내보내고 싶어서 안달이었다.

하지만 정말이지 학교에 가는 게 무슨 소용일까? 학교에서는 나를 어떻게 하면 좋을지 절대 알지 못했다. 학교에서 정한 상자에 맞지 않는 사람은 내동댕이쳐진다. 나는 집에서 배우는 게 훨씬 많았다. 책을 읽고 영화 〈바이스〉를 보면서 배우는 게 훨씬 많았다. 적어도 해노버에서는 내가 니체를 운운해도 선생님이 멍한 눈빛으로 나를 쳐다보지 않았는데.

(안타깝게도 사립학교는 대실패였다. 각성제 애더럴을 먹으면서 기말고사 기간이나 하루를 버티는 건 전혀 아무 문제없다. 하지만 사물함에 마리화나 몇 대가 들어 있는 건 용서받을 수 없다. 위선자들 같으니라고. 이제 그들은 자기들이 얼마나 엉터리인지 알게 될 거다. 어이, 천재 양반들, 마리화나로 죽는 사람은 없어. 하지만 약은? 그래, 너희들이 짐작하는 대로야.)

신시아는 래리를 끌어들이려고 했다. 그럴 때마다 항상 웃고 싶어진다. **학교 가야지, 코너.** 그가 할 수 있는 말은 그게 전부였다. 귀찮아하는 아버지를 보고 어머니가 폭발했다. 둘은 내가 그 자리에 없는 듯이 한참 동안 서로 맹렬하게 물어뜯었다. 머피의 집에 오신 걸 환영합니다. 이름이 조이인 분은 신나는 모험이 펼쳐질 테니 안전벨트를 매주시기 바랍니다. 코너라면 음, 얌전히 멍하니 있는 게 좋을 거예요.

나는 결국 학교에 갔다. 상대할 가치가 없는 싸움도 있는 법이다. 조이가 태워다줬다. 그것도 나로 지내는 데 따르는 특전이다. 여동생 차를 얻어 타고 다니는 것. 그게 다 명품족 래리가 월계관이라도 되는 듯이 건넨 스바루가 어딘지 모를 폐기물 처리장으로 견인됐기 때문이다.

(그날 밤 도로에 사슴은 없었다. 이제는 실토할 수 있다. 나는 그냥 그러고 싶어서 나무를 들이받았다. 내가 저지른 한심한 일들은 늘 그런 식이었다. 순식간에 결정을 내렸다. 열 번 중 아홉 번은 다치기만 하고 그만이었다. 하지만 열 번째에는⋯⋯.)

이제 보니 내가 학교를 빼먹고 싶을 만한 이유가 있었다. 나는 조회 시간에 지적을 당했다(전화기를 본 아이가 나 말고도 있었는데). 식당에서 누가 날 긁었다. 컴퓨터실에서 또 긁었다. 썅, 신경 *끄고* 지내려고 했는데. 그것마저 허용되지 않았다.

그런데 겨우 첫날이었다. 남은 1년을 어쩌란 말인가. 170일하고도 며칠이 남았는데. 그걸 무슨 수로 버티란 말인가.

버틸 수가 없었다.

마지막 수업 두 개를 빼먹었다. 학교를 박차고 나왔다. 자유 낙하하는 기분을 떨쳐버릴 수가 없었다. 붙잡을 게 아무것도 없는 듯했다. 나는 도움받을 수 있는 딱 한 사람에게 손을 내밀었다. 그리고 그마저도 소용이 없었을 때…….

깨어나 보니 병원이었다. 가족들이 옆에 있었다. 다들 바닥이나 전화기를 쳐다보거나 시선을 내리깔고 있었다. 서로를 보거나 나를 보는 것도 아닌 다른 곳만 쳐다보았다. 나는 앞으로 무슨 일이 벌어질지 알았다. 나는 구제불능이다. 나도 안다. 그러니까 이쯤에서 그만해주길. 나는 누가 무슨 말을 하기 전에 침대에서 일어났다. 그냥 밖으로 나섰다. 아무도 나를 따라 나오려고도 하지 않았다.

안내 데스크에 간호사가 두 명 있었다. 한 명이 말했다. **124호실 말이야. 너무 슬프다. 에번이랑 같은 나인데.**

그러게. 다른 간호사가 한숨을 쉬며 말했다.

첫 번째 간호사가 전화를 걸어서 메시지를 남겼다. **안녕, 아들, 그냥 뭐 하나 싶어서. 오늘 하루 어떻게 보냈는지 궁금하네. 깁스에 사인 받았어? 내가 집에 들어갈 때쯤이면 자고 있겠지만 내일 아침에 보자. 많이 사랑한다. 그걸 꼭 알아줬으면 해.**

그녀는 전화기를 내려놓고는 이마 위에 손을 얹었다가 관자놀이를 문질렀다. 나는 믿기지가 않았다. 이 간호사가 설미.

아드님이랑 저랑 아는 사이인 것 같아요. 내가 말했다. **제가 오늘 걔 깁스에 사인을 했어요.**

그녀는 아무 대꾸도 없이 그냥 자리를 옮겼다. 이런 애정 어린 반응이라니. 우리 둘 사이에서 무슨 일이 있었는지 에번이 얘기한 모양이었다. 자기는 아무 잘못 없는 것처럼 포장했겠지. 천사처럼 서 있었는데 덩치 크고 못된 코너 머피가 등장했다고 했겠지. 하지만 나를 밝은 게 그 녀석이다.

(그를 밀칠 생각은 없었다. 그것도 순식간에 내린 결정이었다. 아니, 무조건 반사에 가깝다. 아니면 그보다 더 심오한 것. 내 천성의 일부. 내가 그런 식이다. 뭘 망가뜨린다. 항상. 원하건 원하지 않건 간에. 망가뜨리는 게 내 인생을 통틀어 가장 잘하는 일일 수도 있다. 결국 나는 그렇다는 걸 알게 되겠지. 그래도 멈출 여력이 없을 것이다. 아니면 너무 겁이 나서 멈추지 못하든지.)

기다리고 있는 가족들을 좀 더 너그럽게 대하기로 다짐하며 복도를 되짚어서 갔다. 병실에 다다랐다. 124호다. 안을 들여다보았다. 그때 나는 그를 보았다. 침대에 누워 있는 아이를. 나였다.

나는 그—또 다른 나—의 위로 허리를 숙였다. 피부가 잿빛이었다. 입을 힘없이 벌리고 있었다.

내가 바라던 성과를 거둔 모양이었다.

나는 이제 자유다. 아무도 나를 막을 수 없다. 아무도 덫을 놓고 길모퉁이에서 기다리지 않을 것이다. 아무도 내 눈이 빨간지 체크하지 않을 것이다. 밤새 어디 있다 왔느냐고 물으면서. 약속을 하면서.

나는 그 뒤로 계속 병원을 서성이고 있다. 다들 나처럼 망가지고 부서졌다. 심지어 직원들도 마찬가지다. 환자들보다 더 그럴듯하게 숨기고 있을 뿐이다.

특히 그 간호사. 에번의 엄마. 그녀는 무슨 재앙처럼 항상 복도를 질주한다. 하지만 괜찮은 사람 같다. 오늘은 쉬는 시간에 샌드위치를 거의 건드리지도 않았다. 에번을 위해 대학교 정보를 찾았다. 신시아의 그런 모습은 상상이 되지 않는다. 나는 그녀의 일생일대 작품인데도 말이다.

우리 어머니는 남한테 맡기는 걸 좋아했다. 나를 인테리어 프로젝트처럼 대했다. 도와줄 사람을 고용했다. 전문가를 불렀다. 업계 최고로. 이 아이를 고쳐봅시다. 필요한 조치는 뭐든 취하세요. 하룻밤 데려가도 좋고 아니면 몇 주씩 데려가도 좋아요. 약을 있는 대로 먹이세요. 일대일 상담. 그룹 상담. 돈은 있으니까 신경 쓰지 마시고. 비용은 얼마가 들든 상관없어요. 우리 문제만 해결해주시면 돼요. 그리고 서둘러주세요. 남편이 점점 조바심을 내고 있거든요. 믿음을 잃어가고 있다고요. 왜 엉뚱한 데 돈을 쓰냐고 해요. 지금까지 몇 년 동안 그래 봐야 소용이 없지 않았느냐고. 이제 프로젝트를 폐기하는 게 좋지 않겠느냐고. 작업을 중단하자고. 당분간만이라도. 그냥 기다려보자고. 어떻게 되는지.

그랬더니 이렇게 됐네요.

6장

나는 집에 들어가자마자 재러드에게 폭풍 문자를 보내서 내 편지가 어떻게 됐는지, 어떤 식으로 마침내 (잠깐이나마) 내게 돌아왔는지, 그걸 코너가 나한테 쓴 편지라고 착각한 그의 부모님이 이제 어떤 식으로 그와 내가 단짝 친구였다고 생각하는지, 막판에 내 깁스를 본 순간 그 말도 안 되는 착각이 어떤 식으로 굳어졌는지 설명했다. 내가 화면 가득 입력한 문자를 보고 나니 재러드가 다음과 같은 답장을 보낼 수밖에 없었겠다는 생각이 든다.

맙. 소. 사.

내 말이.

> 와. 이. 씨.

> 내 말이.
>
> 나는 진실을 밝히려고 했어.
>
> 진짜야.
>
> 노력했어.

> 이. 런. 쌍.

> 그런 일이 벌어지다니 믿기지가 않아.
>
> 내 말은 코너 말이야.
>
> 걔가 죽었다니.

나는 불과 며칠 전에 코너와 대화를 나누었다. 그런데 이제는 두 번 다시 그와 대화를 나눌 수 없다. 그의 옆을 지나갈 수도 없다. 그가 학교 기물을 파손했다는 소문도 들을 수 없다. 절대. 그와 나는 초등학교 때부터 한 학교에 다녔다. 그는 어쩌다 한 번씩 한참 동안 자취를 감추었다. 우리가 친구나 뭐 그런 사이는 아니었지만 그래도 그는 우리 그룹, 우리 반, 우리 학년의 일원이었다.

내 주변에서 누가 죽은 건 처음이다. 나는 양쪽 할아버지, 할머니가 모두 살아계신다. 심지어 애완동물을 떠나보낸 적도 없다. 이와 가장 비슷한 사건이라고 해봐야 내가 아는 유명인이 죽은 것 정도다. 영화를 보고 노래를 들으며 많은 시간을 함께 보낸 것처럼 느껴졌던 사람이 죽으면 훅 하고 공기가 빠져나가고 강력한 슬픔이 온몸을 강타하지만 이내, 심지어 몇 분 만에 그 느낌은 사라지고 아무렇지 않게 다시 살아가게 된다. 하지만 나는 코너의 부모님과 만난 지 몇 시간이 지났는데도 울렁거리는 뱃속을 잠재우지 못하고 있다.

물론 코너의 죽음이 미치는 영향은 절반에 불과하다. 나머지 절반 때문에 내가 정말 불안한 거다. 우리가 친구였다는 오해. 그걸 바로잡아야 한다.

> 추모식에 갈 거야?

아니. 내가 왜?

> 글쎄. 가야 하는 거 아닌가?
> 나는 가야 할 것 같은데.

네가 사실 걔랑 친구가 아니었다는 건
알고 있는 거지?

> 나도 알아.
> 하지만 두 분의 표정을 네가 봤어야 해. 걔 엄마는……
> 그리고 내가 나오려고 했을 때 날 쳐디보던 걔 아빠의 눈빛.

내가 와주길 바라는 것 같은데.

어떻게 하면 좋을까?

그냥 집에 있어.

그러면 돼.

하지만 나중에 우연히 마주쳤을 때

두 분이 나더러 왜 코너의 추모식에

오지 않았느냐고 물으면?

코너네 부모님하고 우연히 마주칠 가능성이 얼마나 된다고.

추모식에 뭘 입고 가면 될까?

야 이 씨, 내가 어떻게 아냐?

우리 집안은 그런 식으로 하지 않아.

누구 집에 모여서

파스트라미하고 베이글을 잔뜩 먹지.

두 시간 있으면 시작인데.

거기서 만날래?

나는 재러드의 답장을 기다리지만 감감무소식이다.

하긴 말도 안 되는 얘기지. 코너의 추모식에는 가지 않을 거다. 집에 있을 거다. 괜찮다. 그들의 아들을 위한 추모식 아닌가. 내가 없어도 모를 거다. 게다가 거기 참석할 의무가 있는 것도 아니다. 재러드도 말했다시피 우리는 사실 친구 사이도 아니었다.

나는 운동화를 벗고 노트북을 연다. 목표는 코너의 생각을 지우는 건데 불가능하다. 학교 애들이 전부 코너 얘기뿐이다.

록스 편히 쉬어라 친구!

크리스틴 카바렐로 너무 슬퍼 💜

케일라 미첼 CM이 그런 식으로 떠날 줄은 몰랐어.

엘레나 베크 코너 머피의 끔찍한 소식이 아직까지 믿기지 않는데. 이 사진에서는 너무나 행복해 보이는데. 활기가 느껴지는데. 우리는 이 모습으로 그를 기억해야 한다. 동의한다면 이 포스팅을 공유해주길.

다들 똑같은 코너 사진을 여기저기 퍼 나르고 있는 눈치다. 머리를 짧게 잘라서 귀가 좀 더 눈에 띄는 걸 보면 몇 년 전 사진이다. 그는 내가 잘 보지 못했던 옅은 파란색 버튼다운 셔츠를 입었고 그보다 더 희한하게 함박웃음을 짓고 있다. 남자로 보이는 다른 누군가를 팔로 감싸 안았는데 사진에서 잘라내는 바람에 옆 사람은 어깨만 남았다. 눈을 감고 코너를 상상하면 사진과 완전히 정반대의 이미지가 떠오르기 때문에 이 모든 게 이상하게 느껴진다.

그는 왜 그랬을까? 아니, 나도 인간이 얼마나 우울해질 수 있는지 안다. 기분이 가라앉으면 사소한 것도 감당할 수 없는 일로 바뀌고 문득 정신을 차려 보면 어두컴컴한 길을 걷고 있는데 돌아갈 방법을 찾을 수가 없다. 하지만 **내가** 코너를 그렇게 만든 원흉이라면? 나와 내 편지 때문에 그가 그런 짓을 저질렀다면? 그 무의미한 편지 때문이라면? 애초에 그런 편지를 쓰는 게 아니었다. 내가 마침내 진실을 공개하자 어떻게 됐는지 보라. 거짓이 되어 버렸다.

나는 깁스를 내려다본다. 그걸 뜯어낼 수 있었다면 뜯어냈을 것이다. 아직 다 낫지 않았더라도 상관없다. 떼어버리고 싶다. **그를** 떼어버리고 싶다.

코너의 엉성한 사인을 내려다보자 주머니에 든 게 생각난다. 코너 아버지에게 받은 명함을 꺼내 뒤집으니 거기에 직접 적은 메시지가 보인다.

맥두걸 장례식장
바우어스 & 프랭클린
5-7시

직접 적었을 뿐 아니라 직접 전해주기까지 했다. 그는 이 명함을 건네줄 때 매우 처절한 눈빛을 보였다. 말보다 더 심오한 눈빛이었다. 코너의 추모식에 참석하는 것이 인간으로서의 도리라고 일깨우는 듯했다.

거기 적힌 주소를 다시 한번 확인한다. 장례식장은 우리 집에서 걸어갈 수 있는 거리다.

어떻게 가지 **않을** 수 있을까? 그의 부모님이 기다리고 있는데. 그들을 실망시키고 싶지 않다. 코녀도 실망시키고 싶지 않다. 나는 그에게 진 빚이 있지 않은가. 그를 잘 알지 못했지만 이런 일을 겪고 나니 일종의 유대감 같은 게 느껴진다. 그리고 누가 죽으면 조의를 표하는 것이 예의다. 입장이 바뀌면 나도 남들이 그래주길 바랄 것이다. 사실 생각해보니 내 장례식에는 누가 참석할지 궁금해진다. 엄마는 당연히 참석하겠지. 할아버지, 할머니도. 하지만 또 누가 있을까? 아빠는 비행기를 타고 날아올까 아니면 그냥 조화만 보낼까?

나는 침대에서 일어나 붙박이장 문을 연다. 이 안 어딘가에 까만색 정장 구두가 묻혀 있다. 마지막으로 신은 게 언젠지 기억도 나지 않는다. 아직 맞는지도 모르겠다.

잠깐 가서 얼굴만 비칠 거다. 오해가 생긴 부분을 얼른 정리하고 나오면 된다. 아무것도 아니다. 그리고 그러는 게 예의이기도 하다. 그리고 내 뱃속에서 퍼덕거리는 이 악마의 나비들을 내쫓으려면 그 방법밖에 없을지 모른다.

━

휴대전화상의 지도에 따르면 도착했다고 한다. 대로에서 멀찌 감치 물러나 있고 뒤편에 주차장이 갖추어진, 별 특징 없는 단층

짜리 건물이다. 학교에 왔다 갔다 하는 동안 수천 번은 지나갔을 텐데 단 한 번도 이 건물이 뭔지 생각해본 적이 없었다. 그리고 장담컨대 앞으로도 절대 생각할 일이 **없을** 것이다.

걸어가는 동안 소매를 내려서 팔을 최대한 덮는다. 뭘 입을지 열심히 고민한 끝에 가장 팬찮은 카키색 드레스 셔츠에 붙박이 장에서 찾은 까만 구두를 신었다. 구두는 수세미로 깨끗이 닦아야 했다(엄마, 미안해요).

아직 건물 근처에 다다르지도 않았는데 앞문이 열리면서 양복을 입은 남자가 옆으로 비켜서 내가 오길 기다린다. 나는 원래 밖에서 꾸물거리다 누가 (아무라도) 등장하면 따라 들어갈 생각이었는데 그러기엔 늦어버렸다. 위치가 들통나버렸다. 내가 지나가자 양복 입은 남자는 목례를 하고 뒤에서 문을 닫는다.

환하게 불을 밝힌 복도로 들어서자 가벼운 웅성거림과 향수 냄새가 나를 맞이한다. 사이드테이블에 가족사진이 놓여 있다. 코너는 열 살쯤 됐을까, 창백하고 가냘픈 어린애다. 조이는 오빠의 어깨 뒤에 숨어서 얌전히 서 있다. 그녀의 얼굴이 보고 싶다. 이런 순간에 그런 생각을 하면 안 될지 모르겠지만 진짜다. 그녀는 이번 일을 어떻게 받아들이고 있을까? 팬찮았으면 좋겠다.

사진 옆에 열두어 명의 이름이 적힌 방명록이 있다. 내가 아는 이름은 없다. 양복 입은 남자를 돌아보니 창밖을 주시하느라 여념이 없다. 나는 방명록에 이름을 적는다. 코너 부모님이 사람들 속에서 나를 발견하지 못하더라도 내가 왔다 갔다는 증거가 남을 것이다.

복도 끝에 다다르자 다리가 후들거리고, 내가 눈에 띄지 않을 가능성이 없다는 걸 한눈에 알 수가 있다. 이 뒷방으로 걸어오는 동안 나는 아무리 엄숙한 순간이라지만 학교 친구들이 어쩌면 이렇게 조용할 수 있을까 생각했다. 이제 보니 이유를 알겠다. 그들은 이 자리에 참석하지 않았다. 그래서 목소리가 들릴 일이 없었다. 단 한 명도 보이지 않는다.

나가자. 당장. 당연히 그래야 한다. 누가 봐도 그렇다. 그런데 그럴 겨를이 없다. 내가 갑작스럽게 문 앞에 등장한 걸 모두가 지켜본다. 머피 부인은 대화를 나누다 나와 눈을 맞춘다. 이제는 빠져나갈 방법이 없다.

한쪽 다리에게 앞으로 내디디라고 명령을 내린 다음 이번에는 다른 쪽 다리를 움직이자 금세 평범하고 멀쩡한 사람처럼 방의 이쪽 끝에서 저쪽 끝으로 이동할 수 있다. 자리를 찾으려고 가는 도중에 낯익은 얼굴이 눈에 들어오자 기껏 쌓은 가속도에 제동이 걸린다.

"G 선생님? 여기 어쩐 일로—" 나는 말을 하다 말고 멈춘다. 그렇게 우렁찬 목소리로 물어보려던 건 아니었는데 놀라서 사고를 치고 말았다. 이제 그걸 수습해야 한다. "반가워서요. 저기, 그러니까 선생님을…… 여기서 뵈니까 좋아서요." 내가 무슨 소리를 하는지 모르겠다.

선생님은 자기만의 생각에 잠긴 표정을 지을 뿐, 동요하지 않는다. 순간 언제 가르친 누구인지 기억을 더듬느라 그렇게 심각한 표정을 짓는 건가 하는 생각이 든다. 하지만 이윽고 선생님이 입을 열자 그 표정이 나나 내가 중얼거린 어설픈 대사와는 무관한 일로 밝혀진다.

선생님은 경직된 미소를 지으며 이렇게 말한다. "코너는 특별한 아이였다."

나는 동의하는 뜻에서 고개를 끄덕이고 황급히 달아나 맨 마지막 줄에 가서 앉는다. G 선생님의 뒤통수와 목의 핏줄, 회색의 짧은 머리를 물끄러미 바라본다. 여기서 만날 줄은 상상도 하지 못했다. G 선생님은 내 담임이었던 적이 없었는데, 워낙 위압적이고 엄격한 걸로 명성이 자자했기에 나는 다행스럽게 생각했다. 복도에서 마주치면 굼벵이처럼 기어가도 천천히 다니라고 했다. 선생님과 코너가 불꽃 튀기는 한 쌍이었던 것도 놀랄 일이 아니다. 그런데 자기한테 프린터를 집어 던진 코너를 위해 이 자리에 참석하다니.

참석자가 모두 합해서 스무 명이 될까 말까 하니 시사하는 바가 크다. 게다가 대부분이 어른이다. 남자들은 전부 양복을 입었다. 웨이터처럼 보이는 바보는 나 하나뿐이다. 나는 빨간 머리를 찾아서 주위를 두리번거린다. 조이가 보이지 않는 이유를 모르겠다.

조문객들은 대부분 꽃으로 가득한 이 방의 앞쪽에서 코너의 부모님 주변으로 옹기종기 모여 있다. 그들 뒤로 관이 놓여 있다. 관을 보게 될 줄은 몰랐다. 관은 장례식 때나 보이는 줄 알았다. 다행히 뚜껑이 닫혀 있다. 그런데도 그 존재를 모르는 척하기가 쉽지 않다. 그의 존재를 말이다.

다들 어디 있을까? 코너 머피가 유명하거나 인기가 많은 아이는 아니었지만 나는 **몇 명**이라도 올 줄 알았다. 우리는 그를 알았고 같이 어린 시절을 보냈고 복도에서 스쳐 지나갔다. 그런 건 중요한 게 아닌가? 록스와 크리스틴 카바렐로와 엘레나 베크는 어디 있을까? 코너를 운운하며 온라인에 포스팅은 하겠지만 직접 조의를 전할 생각은 없다는 건가?

재러드의 말대로 집에 있을 걸 그랬다. 아무도 보지 않을 때 뒷문으로 빠져나가야겠다. 화장실에 가는 척 나와서 그길로 곧장 나가야겠다. 계획에 협조하라고 나는 두 다리에게 사전 통보한다.

하지만 구체적으로 탈출 작전을 실행할 기회를 놓치고 만다. 머피 부인이 손을 들더니 허공에 대고 흔들기 시작한 것이다. 나는 뒤를 돌아본다. 뒤에 아무도 없다. 그녀는 두 눈을 크게 뜨고 자신의 의도를 전한다. 그렇다, 나를 보자는 거다. 나를 자기 쪽으로 부르지 말고 자기가 내 쪽으로 와주면 얼마나 좋을까. 사람들도 이렇게 많은데.

나는 천천히, 조심스럽게, 끙끙대며 자리에서 일어나 통로로 나가고 G 선생님을 지나 앞쪽으로 걸어간다. 가는 동안 생각한 대사를 연습한다. **그 편지는 제가 쓴 거예요. 저희가 친구 사이는 아니었지만 저는 그 애를 많이 좋아했어요. 아드님의 명복을 빕니다.**

문장이 몇 줄 빠졌다. 설명하는 데 필요한 키워드가 몇 개 빠졌다. 머리가 과열됐다. 양말이 완전히 젖은 것 같다.

머피 부인이 길을 트고 모인 사람들 사이로 나를 부른다.

머피 씨가 손을 내민다. "얼굴 보니까 좋구나, 에번. 와줘서 고맙다." 그는 섬뜩할 정도로 아귀힘이 세다. 나는 땀이 나서 죄송하다고 사과하지만 머피 씨는 내 말을 듣지도 않는 눈치다.

머피 부인은 팔로 나를 감싸고 우리 어머니보다 더 세게 끌어안는다. 삐죽빼죽한 목걸이가 내 가슴을 찌른다.

아드님의 명복을 빕니다.

"아, 떨고 있구나, 딱하기도 하지."

그 편지를 쓴 사람은 코너가 아니라 저예요.

그녀가 팔을 풀고 내 쪽에서 그녀의 눈을 쳐다볼 수밖에 없게끔 나를 붙잡는다. 그녀는 억지로 미소를 짓더니 내 어깨를 잡고 돌려서 모든 사람들을 마주 보게 한다. "여러분, 이쪽은 에번이에요."

"안녕, 에번."

"에번은 코너의 제일 친한 친구였어요." 머피 부인이 얘기한다.

"친구의 명복을 빌게."

사람들이 **나한테** 이 말을 한다. 그들은 나를 안타까워한다.

머피 부인은 나를 반대편으로 데리고 가서 코너의 관 바로 앞에 세운다. 나는 고개를 돌려서 방을 마주 본다.

"네가 와줘서 정말 기뻐." 머피 부인은 이렇게 얘기하지만 그녀도 그렇고 이 공간도 그렇고 기쁜 구석이 하나도 없다.

그 편지는 심리 치료사가 저한테 준 숙제였어요. 코너가 그걸 들고 간 거예요.

하고 싶은 말은 많은데 입 안에서 맴돌기만 한다.

"래리하고 내가 얘기를 했는데." 그녀는 말을 하다가 멈추고,

산소를 들이마실 수 있게 손으로 가슴을 쓸어내리며 길게 한숨을 쉰다. "너를 우리 집으로 초대해서 저녁을 같이 먹었으면 좋겠어. 묻고 싶은 게 많아서……." 그녀는 다시 말을 멈추고 공기를 좀 더 마신다. 지금 나 혼자만 하고 싶은 말을 하지 못해서 애를 먹는 게 아닌 모양이다. "전부 궁금하거든. 너랑 코너. 너희 사이. 아무 때나 시간 날 때 와주면 정말 고맙겠다. **정말** 고맙겠어. 너랑 같이 앉아 있기만 해도 소중한 시간이 될 거야."

"저는……."

"생각해봐. 찬찬히."

그녀는 숨을 뱉고 나를 다시 끌어안은 다음 옹기종기 모여 있는 사람들 곁으로 돌아간다. 이제 탈출할 수 있게 됐다. 나는 문을 향해 몸을 돌리는데, 너무 서두르는 바람에 하마터면 누군가와 부딪칠 뻔한다. 조이다.

내가 다시 몸의 균형을 잡는 동안 그녀는 혼란을 달랜다. "여긴 어쩐 일이야?" 그녀가 묻는다.

정말이지 예리한 질문이다. 내가 적절한 답변을 알면 얼마나 좋을까.

그녀는 울었다. 빨갛게 부은 눈을 보면 알 수 있다.

"명복을 빌게." 내가 말한다. "너희 오빠 말이야."

그녀는 팔짱을 낀다. 자기 몸을 끌어안을 정도로 세게 낀다. 그녀는 딱 한 번 고개를 끄덕이고 걸음을 옮긴다.

나는 그, 아니, 그가 누워 있는 관을 다시 한번 쳐다보고 그곳을 빠져나온다.

고블린스키 선생님. 선생님은 내게 관심을 보였다. 남들은 선생님과 내가 원수지간인 줄 알았다. 그 소문 때문에 그랬을 거다. 그 전설 때문에. 그게 전설의 문제다. 진실을 옆으로 밀치고 좀 더 드라마틱한 걸로 대체한다.

나도 책임이 있다. 나도 그 소문을 숱하게 들었고 심지어 내 입으로 직접 언급하기까지 했다. 그 소문의 축약본을 믿기 시작했다. **코너 머피가 G 선생님한테 프린터를 던졌다.** 그렇다, 하지만······.

그건 오래전 얘기다. 초등학교 2학년 때 일이다. 내게 남은 건 단편적인 기억뿐이다. 우리에게는 모두 맡은 역할이 있었다. 벽에 차트가 걸려 있었다. 점심 보조, 시간표 알림이, 칠판 지우기 담당, 간호 보조, 재활용 담당. 그중에서도 가장 중요하고 의미 있는 역할은 줄반장이었다. **다들** 줄반장이 되고 싶어 했다. 내가 보기에 줄반장은 책임자였다. 통솔자였다(우리가 그때 암을 고치거나 그런 건 아니었지만 진심으로 당시에는 아주 진지했다).

날마다 G 선생님은 우리 이름을 한 칸씩 옮겼다. 나는 내 이름이 전진하는 걸 지켜보며 내 차례가 오길 기다렸다. 마침내 한 칸밖에 안 남았다. 다음 날 나는 정장을 입고 등교했다. 그 정도로 흥분을 감추지 못했다. 그런데 뭔가 착오가 생겼다. 내가 줄반장이 아니었다. 내게 다른 역할이 맡겨졌다. 그날은 나의 날이 될 예정이었는데.

아이들이 다른 아이 뒤로 줄을 섰다. 나는 G 선생님을 불렀다.

코너, 지금은 질문하는 시간이 아니다.

G 선생님은 정말이지 고지식하고 모든 걸 교과서대로 처리하는 성격이었다. 모든 일에는 알맞은 방식이 있었다. 질서가 있었다. 그런데 그 질서가 어그러졌다. 착오가 생겼다. G 선생님이 당장 바로잡아 줄 것이었다. 뭐가 위기에 처했는지 알아차릴 것이었다.

내가 말했다. **제 차롄데 넘어갔어요.**
뒤로 가서 서라, 코너.

하지만 이번이 제 차례—

말 들어.

아뇨. 이건 불공평해요.

나는 줄 앞으로 가서 섰다. 한 아이가 나를 밀쳤다. 나는 설명하려고 했다. 몸에서 점점 열이 나는 게 느껴졌다. 교실이 점점 내 앞으로 다가왔다. 눈물이 솟았다.

코너, 네 자리로 가서 서라.

하지만…….

코너, 이번이 마지막 경고다.

하지만 오늘은 제가 줄반장이 될 차례였다고요!

나는 무작정 손을 내밀었다. 양손으로 프린터를 잡고 책상 아래로 쓸어내렸다. 프린터는 바닥으로 미끄러져 G 선생님의 발치에서 멈추었다. 트레이가 박살 나서 교실 저편으로 날아갔다.
교실이 고요해졌다. 모든 시선이 나에게로 꽂혔다.

에머슨 선생님이 아이들을 밖으로 데리고 나갔다. G 선생님은 내 옆에 남아서 나를 진정시키려고 했다. 나는 선생님을 쳐다볼 수조차 없었다. 이게 전부다. 다들 우리의 얘기가 이렇게 끝이 난 줄 안다. 내가 눈이 뒤집혀서 G 선생님에게 프린터를 던진 걸로 말이다.

하지만 그게 끝이 아니었다.

다음 날 프린터는 제자리로 복귀했다. 트레이만 빼고 다시 책상 위로 돌아갔다. 그리고 역할을 소개하는 차트에서 줄반장 옆에 내 이름이 적혔다.

그리고 G 선생님은 내 자리를 선생님 책상과 가까운 곳으로 옮겼다. 선생님은 내게 조그만 메모지를 주었다. 나는 문제가 생기거나 질문이 있으면 메모를 한 장 뜯어서 동그랗게 뭉쳐 선생님 책상 위에 놓인 유리병에 넣었다. 선생님은 나를 위해 수업을 중단하지 않았다. **소란 피우는 건 더 이상 용납하지 않겠다.** 하지만 내가 종이를 뭉쳐서 병에 넣으면 알고 있겠다고 약속했다. 나중에 적당한 때가 되면 나를 부르기로 했다. 나는 인내심을 발휘해야 했다. 인내심을 발휘하면 선생님은 나에게 귀를 기울이고, 내 얘기를 들어주었다.

학교에서 그 프린터 사건을 모르는 사람은 없었다. 그 사건은 나를 계속 따라다녔다. 내가 어떤 아인지 알리는 내 영화의 요약본이었다. 나는 악당이었다. 그것이 나에게 주어진 배역이었다. 그리고 G 선생님은 희생양이었다. 오랫동안 그것이 우리 둘에 얽힌 사연이었다. 하지만 이제 수정해야 한다. 선생님은 실수를 저질렀다. 나도 마찬가지였다.

7장

코너의 추모식에 참석하고 집으로 가는 길에 걷는 속도보다 더 빠르게 재러드에게 문자를 보낸다.

> 내가 왜 갔을까?

> 그러게 내가 말렸잖아.

> 나는 도리를 다하려고 했을 뿐이야.

> 누가 그러라고 시켰냐?

> 걔네 부모님한테 저녁 초대를 받았어.

코너하고 나에 대해서
좀 더 알고 싶대.
우리의 '우정'에 대해서.

점점 재밌어지네.
언제 갈 건데?

아무래도 못 갈 것 같아.

사진 찍어 와.
그 집 어떻게 생겼는지 궁금하다.

나는 차량들이 쌩쌩 지나가는 번잡한 사거리에서 걸음을 멈춘다. 이제 7시가 지났다. 옥스퍼드 셔츠가 내 목을 조이는 것처럼 느껴진다. 침대 속으로 기어들어 가 이불 밑으로 숨고 싶은 마음뿐이다. 요즘 들어 집을 나설 때마다 말썽만 일으킨다.

신호가 바뀌자 나는 다시 걷기 (그리고 문자를 보내기) 시작한다.

그러니까 저녁 먹으러 가야 한다는 거야?

이제는 어쩔 수 없잖아.
뭐라고 얘기할 건데?

진실을 밝혀야지.
마지막으로 이번만큼은
솔직하게 말씀드려야지.

진실을 밝히겠다고?

왜?

코너네 엄마, 아빠를 찾아가서
아들이 남긴 유일한 유품이
네가 너한테 보낸 해괴망측하고
야한 편지였다고 폭로하겠다고?
들키면 감옥에 갈 수 있다는 걸
알고서 하는 얘기지?

나는 아무것도 잘못한 게 없는데?

아니야, 에번, 너한테 이런 말하기 싫다만
너는 이미 위증죄를 저질렀을지 몰라.

그건 선서를 했을 때만 해당되는 거 아니야?
이를테면 법정에서.

글쎄, 너도 선서를 하지 않았나?

어떻게 보면.

음, 아니야, 그렇지 않아.

야, 이번만큼은 네 생각해서 내 말 들어.

작년 영어 수업 시간 때처럼

멘붕 일으키고 싶냐?

데이지 뷰캐넌을 주제로

발표하기로 했는데

네가 노트만 보면서 가만히 서서

뇌혈관이 터진 환자처럼 계속

"어, 어, 어"라고만 했던

그때처럼 말이야.

나더러 어쩌라는 거야?

계속 거짓말을 하라고?

나는 거짓말하라고 한 적 없어.

그냥 고개를 끄덕이면서 맞장구만 치면 돼.

그 사람들이 코너에 대해서 뭐라고 하건 고개만 끄덕여.

아니라고 하지 말고 없는 말 지어내지도 말고.

그러면 실패할 일 없어.

> 사실 나는 솔직하게 얘기한 적이 한 번도 없는데
> 우리 엄마, 아빠는 전혀 몰라.

나는 재러드의 지침을 받아들인다. 그가 하라는 대로 애쓰는 한편으로 그러지 않을 방법을 고민한다. 지금 당장은 우리 집 말고는 어느 누구의 집에도 가고 싶지 않다.

집에 도착하고 보니 거의 날이 저물었다. 집 앞 진입로에 아무 것도 없고 불은 꺼져 있다. 나는 우편함 밖으로 삐져나온 편지 봉투와 전단지를 못 본 체한다. 내 앞으로 온 건 없다.

현관문을 열자 문이 신음 소리를 낸다. 이제 드디어 집 안으로 들어왔지만 내 바람과 다르게 안도감이 느껴지지 않는다.

내 방문에 메모가 붙어 있다. **그대로 있어. 꽉 잡아. 천둥 길이야!** 엄마는 별자리 운세 아니면 브루스 스프링스틴의 가사를 종종 인용한다. 꼭 나한테 어떤 식으로 말을 걸어야 좋을지 모르는 사람 같다.

나는 메모를 꾸깃꾸깃 뭉치고, 엉뚱한 옷을 입은 거울 속의 나를 빤히 쳐다본다. 양복을 입어야 한다는 걸 알았다 한들 나는 양복이 없다. 가장 최근에 양복을 입은 게 아빠의 결혼식 때였는데, 그때도 대여한 옷이었다. 엄마와 나는 비행기를 타고 콜로라도로 건너갔다. 엄마는 결혼식에 참석하고 싶지 않아 했지만 내가 원했다. 엄마가 나를 위해 같이 가주었는지 아니면 아빠에게 과거를 깨끗하게 정리했다는 걸 입증하고 싶은 마음이었는지 그건 잘 모르겠다. 내 앞에서는 그걸 입증하지 못했다. 피로연을 마치고 호텔로 돌아왔을 때 엄마는 구두를 거꾸로 들고, 카펫이 자잘한 유리조각으로 뒤덮일 때까지 액자에 넣은 결혼사진을 구두 굽으로 때렸다. 나는 그때 엄마가 액자가 마음에 안 들어서 그러는 줄 알았다. 그때 나는 겨우 열 살이었다.

지금 콜로라도는 6시가 다 됐다. 아빠는 회계사 일을 마치고 이제 막 퇴근했을지 모른다. 아빠는 옷걸이에 외투를 건다. 테리사는 라자냐 아니면 촉촉한 프라임립으로 저녁상을 이미 차려 놓았다. 모두 자리에 앉고 테리사의 큰딸 헤일리가 기도를 주관 하지만 아빠는 한때 무신론자였다. 헤일리의 여동생 딕시가 우유로 만든 깜찍한 수염을 달고 앉아 있다. 아빠는 두 번째 부인에게 윙크를 보내고 두 번째 아이들에게 다정한 미소를 짓고 그들은 테리사가 오후 내내 열심히 준비한 저녁을 먹고 온 가족이 돌아가며 오늘 하루 동안 있었던 일을 얘기한다.

아빠. 나는 내 방을 향해 텅 빈 복도를 걸어가며 중얼거린다. **제가 오늘 어떤 하루를 보냈는지 궁금하세요?**

현관문이 내는 귀에 익은 삐삐 소리가 아빠와 나누는 소중한 대화를 어지럽힌다. 공포 영화에나 어울림직한 몸서리가 등골을 타고 번진다. 엄마의 목소리가 들렸을 때 나는 이미 정장용 구두를 벗어서 붙박이장에 넣은 후다. 셔츠 단추 하나가 말을 듣지 않다가 막판에 가서야 겨우 풀린다. 카키색 바지를 입은 채 이불 밑으로 들어간 순간 엄마가 내 방문 앞에 등장한다.

"안녕, 아들."

"일찍 퇴근하셨네요."

"그렇지도 않아. 8시인걸."

"아, 와우, 몰랐어요. 너무 바빴거든요."

"그래? 뭐 하느라?"

내가 뭘 숨기려고 하는지도 잘 모르겠다. 그걸 파악할 여유조차 없었다. 가능한 한 말을 아끼는 게 가장 신중한 선택인 듯하다.

"그냥 이런저런 생각 좀 하느라요."

엄마의 표정이 바뀐다. "그 일에 대해서?" 엄마는 방 안으로 들어와서 침대 가에 어색하게 걸터앉는다.

"무슨 일요?" 나는 바닥에 벗어놓은 쭈글쭈글한 셔츠를 흘끗 쳐다본다. 엄마가 내 방을 들쑤시고 다니며 입은 적 없는 그 옷을 붙박이장에서 끄집어낸 이유를 추궁하는 건 시간문제다.

"너희 학교에서 보낸 이메일을 받았어." 엄마가 얘기한다. "자살한 애 있잖니? 코너 머피라던가?"

엄마의 목소리로 그 이름을 들으니 기분이 묘하다. "네, 맞아요."

"너도 아는 애니?"

"아뇨." 나는 곧바로 분명하고 단호하게 대답한다. 코너의 부모님 앞에서도 이런 결단력을 보였더라면 얼마나 좋았을까.

"그래, 뭐든 하고 싶은 얘기가 있으면 여기 이 엄마한테 해. 엄마가 없으면 전화하고. 아니면 문자나 이메일이나 뭐든."

나는 콜로라도가 얼마나 멀게 느껴지는지 생각하는 중이었는데, 엄마는 나랑 한집에서 살지만 솔직히 그보다 더 가깝게 느껴진다고 말하지는 못하겠다.

엄마는 고개를 숙이고 바지에 달린 끈을 만지작거리기 시작한다. 엄마의 정수리를 덮은 짙은 갈색 모근이 보인다. 점점 더 번져나가며 엄마가 최근에 받은 머리 손질을 무색하게 만들고 있다. 엄마가 마지막으로 미용실에 다녀온 게 언제인지 모르겠지만항상 가야 할 때가 한참 지났다는 말을 입에 달고 지낸다.

"너 깁스." 엄마가 얘기한다.

나는 깁스한 팔을 이불 밑으로 쑤셔 넣으려고 하지만 동작이너무 굼뜨다. 엄마가 내 팔을 잡는다. 이 빌어먹을 깁스는 발에있어야 맞겠다. 내 아킬레스건이 되고 있으니 말이다.

"여기 '코너'라고 적혀 있네." 엄마의 눈빛이 날카로워진다. "모르는 애라며."

"네, 몰라요. 모르던 사이예요. 이건 다른 코너예요." 거짓말에서툰 사람으로서 단언하건대 거짓말은 절대 쉬워지는 법이 없다. "올해 새로 전학 왔길래 깁스에 사인하게 했어요. 애들하고도 좀어울리고 그러려고요."

엄마는 숨을 토하고 가슴 위에 손바닥을 얹는다. "순간 걱정했잖니."

나는 지금도 걱정하는 중이다.

"저기 있잖아." 엄마가 얘기한다. "우리 내일 〈벨 하우스〉 갈까?"

예전에는 토요일마다 〈벨 하우스〉에서 아침을 먹었는데 엄마의 스케줄이 바쁘다 보니 못 간 지 제법 됐다. 요즘은 무슨 계획을 세우면 대개 일이 생긴다. 〈벨 하우스〉의 팬케이크를 사랑하기는 하지만 지금은 집에서 재충전하는 게 현명한 선택일 듯하다. "숙제가 많은 것 같은데요." 내가 말한다.

"왜 그래." 엄마가 말한다. "새 학기 시작된 지 일주일밖에 안 됐는데 네 얼굴을 거의 본 적이 없잖아."

자살자가 한 명 생기자 엄마가 갑자기 내게 관심을 기울이고 있다. 나는 엄마가 직장에서 접하는 광경―오물 범벅이 된 수많은 환자용 변기통은 물론이고 자상, 화상, 약물 과다 복용, 총상, 약물로 인한 혼수상태―을 감안했을 때 지금쯤은 비극에 무감각해졌을 줄 알았다. 하지만 이건 남의 일 같지 않은 거다. 엄마가 느끼는 것보다 훨씬 더 남의 일 같지 않은 거다.

아무 스케줄 없는 토요일에 엄마와 외출하는 것이 죽어도 못 할 짓은 아니지 않을까. 게다가 나는 그 식당의 팬케이크를 엄청 좋아한다. "알았어요. 갈게요. 좋아요."

"그럼 엄마랑 데이트하는 거다?" 엄마는 내 다리에 대고 힘찬 드럼 연주를 한다. "신난다."

나는 차에 올라타서 가는 게 진짜로 확실해질 때까지 흥분을 자제하기로 한다.

엄마는 침대에서 일어나 옆 탁자에 놓인 내 아티반을 집는다. "약 다시 받아 온 거 잘 듣니?"

하도 여러 번 물어서 이제는 거의 잘 자라는 인사 대신이나 마찬가지다.

"네." 나는 보통 이렇게 대답한다. 오늘 분위기로 봐서는 평소보다 더 일찍 약을 다시 받아야 할지 모르겠지만.

"다행이다. 그럼 너무 늦게 자지 마."

"알았어요." 나는 얼른 대화를 끝내고 싶어서 이렇게 대답한다.

엄마는 내 방문 앞에서 걸음을 멈춘다. "사랑한다."

나는 엄마를 쳐다본다. "저도요."

엄마는 불안한 미소를 지으며 드디어 문을 닫는다. 나는 침대에서 벌떡 일어나 드레스 셔츠를 옷걸이에 걸어서 다시 붙박이장에 넣는다. 일이 다 끝나자 나를 덮치는 어떤 감정을 느끼고 잠깐 동작을 멈춘다. 나는 창가로 다가가 블라인드를 올리고 밖을 내다본다. 길거리에 아무도 없는 듯하다. 일대가 완벽하게 고요하다. 밖에 아무도 없다. 당연한 일이지만.

═══

〈벨 하우스〉의 여사장은 우리더러 아무 데나 마음에 드는 곳에 앉으라고 한다. 엄마는 테이블을 고르라는 뜻에서 나를 쳐다보지만 '아무 데나'는 나 같은 사람의 기준에서는 너무 광범위한 개념이기에 나는 마비된다. 때문에 엄마가 보일락 말락 하게 고개를 저으며 앞장선다.

오늘 아침의 이 식사는 내게 중요한 문제가 아니다. 내 머릿속은 온통 코너네 부모님과 먹어야 하는 저녁 생각뿐이다. 재러드 말로는 내가 가는 수밖에 없다는데 나는 그의 논리에 반박할 근거를 생각해내고 싶은 마음이 굴뚝같다.

"네가 너무 멀게 느껴진다." 자리에 앉자 엄마가 말한다. "네 옆으로 가서 앉고 싶네."

"그러지 마세요." 나는 애원한다. 엄마가 평소에 입고 다니던 (매력적으로 헐렁한) 수술복이 아니라 타이트한 청바지에 가슴이 파인 셔츠를 입고 나오는 바람에 안 그래도 데이트하는 기분이다.

엄마가 마지막으로 남자와 데이트다운 데이트를 했던 게 언제였는지 기억이 나지 않는다. 아주 오래전에 가죽 재킷을 입고 다니던 안드레아스라는 남자가 있었는데 그는 어떻게 됐는지 모르겠다. 나는 그가 오토바이 묘기를 하다가 죽었다고 믿고 싶다.

점원이 주문을 받으러 오자 나는 메뉴판을 열어보지도 않은 채 주문한다. 팬케이크, 해시브라운, 오렌지주스다(나는 아무 생각하지 않고 멍하니 행동할 때 최고의 능률을 발휘한다). 엄마는 오믈렛이다.

메뉴판이 치워지자 엄마가 핸드백 안에서 서류 폴더를 꺼낸다. "아들, 작년에 입상한 단편소설 공모전 기억나?"

"입상이라고 하기도 뭐해요. 3등상을 받았잖아요." 엄마가 이제와서 그 얘기를 꺼내는 이유가 뭘까? 나랑 할 얘기가 공식적으로 다 떨어진 걸까?

"전국에서 3등이었잖아."

"사실 우리 주에서, 그것도 내 연령대에서 3등이었어요."

"아무튼 엄청 대단한 성과였어." 엄마는 테이블 위에 서류 폴더를 올려놓고 연다. "온라인에서 이걸 찾았어. 대학 장학금 에세이 공모전. 공영 라디오에서 요전 날 오전에 이걸 심층 소개하더라. 종류가 수백만 개야. 내 점심시간을 통째로 바쳐서 검색한 거야."

엄마는 내게 자료를 한 장 건네고 다른 자료들을 보며 읽기 시작한다. "존 F 케네디 재단 선정 용기 있는 인물상―1만 달러, 대학은 선택 가능. 헨리 데이비드 소로 장학금―5,000달러." 엄마는 내게 자료를 통째로 넘긴다. "너 정도 실력이면 이거 다 휩쓸 수 있어."

이제 엄마가 나의 예상을 깨고 오늘 아침 약속을 지킨 이유를 알겠다. 단순히 나랑 같이 시간을 보내기 위해서가 아니라 또 다른 임무를 부여하기 위해서였다.

"와." 내가 보일 수 있는 반응은 이게 전부다.

엄마는 서류 폴더를 집어서 다시 핸드백에 넣는다. 내가 엄마의 기분을 상하게 만든 모양이다. 종종 있는 일이다.

"좋은 기회라고 생각했는데." 엄마가 얘기한다. "너는 예전부터 글을 잘 썼잖아. 그리고 대학에 가려면 있는 도움, 없는 도움 다 끌어 모아야 할 판국이고. 너희 새엄마가 칵테일 웨이트리스로 일하면서 두둑하게 받은 팁을 모아서 네 이름으로 나도 모르는 신탁을 들어놨다면 얘기가 달라지겠지만."

엄마는 테리사가 칵테일 웨이트리스에서 전업주부로 변신했다는 사실을 절대 잊지 못할 거다. 그리고 엄마의 남편을 훔침으로써 그렇게 됐다는 것도 말이다. 나는 가끔 엄마가 이 나라 반대편에 사는, 자기보다 어린 후임을 향해 보이지 않는 가운뎃손가락을 날리는 차원에서 그렇게 죽도록 일을 하는 게 아닐까 의문이들 때도 있다.

엄마의 분노를 이해한다. 특히 그렇게 열심히 일하는데 버는 돈은 쥐꼬리만 하니 그럴 만도 하다. 엄마는 절대 거절할 수 없는 상황이기 때문에 계약 노예처럼 호출을 받을 때마다 병원으로 달려간다. 거절하면 병원에서는 다른 사람을 쓸 것이다. 엄마에게 기댈 언덕이 있는 것도 아니다. 야간대학에서 학위를 받고 그걸로 득을 보려면 아직 한참 기다려야 한다.

팬케이크 더미가 내 앞에 등장한다. 〈벨 하우스〉의 팬케이크가 특별한 것은 매장에서 만든 시럽, 딸기 버터, 슈거 파우더 때문이다. 팬케이크 자체는 상당히 평범하다.

"대학 생활이 너에게 아주 값진 경험이 될 거야, 아들. 원점으로 돌아가서 다시 시작할 수 있는 기회가 인생에서 몇 번이나 되겠니?"

매력적으로 들린다. 오늘부터 다시 시작하면 안 될까?

"고등학교를 좋아하는 애들은 치어리더하고 미식축구 선수들뿐인데, 걔네들은 전부 나중에 쪽박 차게 되어 있어."

"엄마도 치어리더 아니었어요?" 나는 짚고 넘어간다.

"한 일주일 동안. 그건 한 거라고 볼 수도 없지."

엄마가 치어리더로 활약했다는 기간이 날이 갈수록 점점 더 짧아진다. 예전에는 한 시즌 동안 했다고 주장하더니 이제는 겨우 일주일이었다고 한다. 내가 아는 건 나머지 팀원들과 사진을 찍을 정도는 됐다는 것뿐이다. 아빠한테 실상을 물어볼 수도 있지만—두 분은 고등학교 때부터 민났다—아빠와 니에게 드디어 대화의 기회가 주어졌을 때 가장 얘기하고 싶지 않은 주제가 '엄마'다.

엄마가 내 손을 잡는 바람에 팬케이크를 집을 수가 없다. "내가 하고 싶은 말이 뭐냐면 창창한 미래가 너를 기다리고 있다는 거야. 그것만 기억해. 꼭대기까지 가려면 한참 걸리겠지만 그럴 만한 가치가 있는 일이야."

나는 고개를 끄덕이고 팬케이크를 먹으려고 손을 거둔다. 하지만 엄마는 그대로 얼어붙은 채 자기가 주문한 음식을 빤히 쳐다보기만 한다. 내가 불편해질 정도로 오랫동안 그러고 있다.

"엄마."

엄마는 화들짝 놀라서 깬다. "미안." 엄마는 종이 냅킨을 펼쳐서 무릎에 얹는다. "뭐 좀 생각하느라."

"무슨 생각요?"

"그 아이 생각……."

내 입 속으로 들어간 팬케이크가 문득 맛을 잃는다. 그가 어떤 수단을 동원했을지 계속 궁금하다. 면도칼? 약? 올가미? 일산화탄소? 추모식 때 관 뚜껑이 닫혀 있었던 걸 보면 총이었을까? 내 편지가 말짱했던 걸 보면 다리에서 뛰어내리지는 않았다. 그의 죽음을 둘러싼 자세한 정황은 어디에서도 알아낼 수가 없다. 인터넷에서는 다들 약물 과다 복용이었을 거라고 하는데 논리적으로 앞뒤가 맞는다. 그럴듯하다. 하지만 아닐 수도 있다. 어느 시점에 다다랐을 때 그가 후회했을지 궁금하다. 결심하고 실제로 숨이 끊기기 전에 생각이 바뀐 순간이 있었을지.

엄마가 포크를 든다. "부모님이 참 딱하지. 나는 상상도 못 하겠어."

나는 상상할 수 있다. 직접 목격했으니까. 그의 부모님의 슬픔은 내가 알거나 상상하는 수준 이상이었고, 전적이고 끝이 없었다. 그의 어머니는 맥이 다 풀렸고 아예 무너졌다. 지금 그들은 단둘이 앉아서 혼란스러워하며 내가 궁금해하는 부분들을 자문하고 있을 것이다. 정말 골 때리는 건 뭔가 하면 이 궁금증 가운데 일부는 영영 답을 알 길이 없다는 거다. 그걸 안다는 게 최악이지 않을까.

하지만 내 편지가 있다. 그들에게 엉뚱한 답을 제시하지만 그래도 그게 어딘가. 뭔가를 제시하는 게 어딘가.

"나는 너를 떠나보내면." 엄마는 첫입을 먹으며 이렇게 얘기한다. "뭘 어쩌면 좋을지 모를 거야." 엄마는 속절없이 웃는다.

엄마에게 그건 가정일 뿐이다. 하지만 코너의 부모님에게는?

저녁 한 끼다. 길어야 두 시간이다. 재러드의 문자가 내 머릿속에서 계속 반복된다. 그냥 고개를 끄덕이면서 맞장구만 치면 돼.

8장

머피 부부의 집까지는 버스로 40분 거리다. 차를 몰고 가면 그 절반이면 되지만 나는 운전을 하지 않는다.

처음에는 얼른 면허를 따고 싶은 마음이 굴뚝같았다. 마음만 먹으면 어디든 갈 수 있는 능력이 간절했다. 하지만 운전에 대해 품었던 낭만적인 기대는 금세 무너졌다. 운전 교육을 받으러 가면 교육 기관에서 꿈에 나올까 두려운 교통사고 영상과 섬뜩한 사망률을 보여준 다음 연습 면허증을 발부하고 운전석에 앉힌다. 물론 조수석에 앉은 '전문가'의 코치를 받지만 운전대를 잡고서 그때까지 배운 규칙을 끙끙대며 기억해야 하는 사람은 나고, 하나둘씩 요령을 터득하다 보면 내가 아무리 흠잡을 데 없이 운전을 하더라도 도로 위의 다른 모든 운전자들도 그럴 거라고 믿어야 한다는 깨달음이 찾아온다.

그런데 그렇지 않다. 깜빡이를 켜거나 보행자가 지나가면 완전히 서거나 양보하는 사람은 없는 듯하다. 신호등이 초록색으로 바뀌려는 찰나에 뒤에서 빵빵거린다. 그런가 하면 도로로 뛰어드는 동물도 있고 길모퉁이에서 기다리는 경찰도 있고 휴대전화를 들여다보는 운전자도 있다. 차를 타고 가는 도중에 마비, 외관 훼손, 뇌손상, 과실치사, 익사, 참수, 분쇄, 소각, 도움의 손길을 기다리는 동안의 과다출혈 등 끔찍한 일이 수도 없이 벌어질 수 있는데 목적지에 도착한다는 것 자체가 기적이다.

운전면허 시험을 보는 날, 나는 화장실에 들어가서 문을 잠갔다. 엄마가 통화하는 소리가 들렸다. "면허를 딸 수 있다는데 무슨 애가 신나하질 않아?" 잠시 후에 엄마는 내게 수화기를 건네려고 했다. "아빠가 너랑 통화하고 싶대." 아빠한테 전화하다니 엄마가 미웠다.

마침내 내가 문을 열자 엄마는 눈물을 흘렸다. "계속 이런 식으로 살 수는 없어." 엄마가 말했다. "너는 이런 기분을 느낄 필요 없어. 너도 기분이 좋아지고 싶지 않니?" 일주일 뒤에 셔먼 선생님에게 처음으로 상담을 받은 걸 보면 그렇다고 대답했어야 했나 보다. 나는 그로부터 몇 달 뒤에 내 친구 렉사프로의 도움 아래 면허증을 딸 수 있었다. 하지만 면허증을 활용한 적은 없다. 나로서는 다행스러운 일이지만 우리는 차를 한 대 더 장만할 여력이 되지 않는다.

코너네 가족은 집도 더 크고 마당도 더 넓고 진입로도 더 긴 신시가지에 산다. 비스기 엘리슨 공원 정문 앞을 지나자 내가 지난

여름 동안 열심히 재단장한 **환영합니다** 팻말이 불을 훤히 밝히고 있는 게 보인다. 조이가 공원 근처의 이 동네에 산다는 건 전부터 알았지만 어딘지는 정확히 몰랐다. 날마다 출근길에 그녀의 집 앞을 지났으면서 그런 줄 꿈에도 몰랐다.

버스 정류장에서 가까웠지만 그래도 그 집 앞에 도착했을 무렵, 내 겨드랑이는 흠뻑 젖었고 꽃다발을 감싼 종이는 손 안에서 질퍽질퍽한 곤죽이 되었다. 나는 현관에서 종이를 벗기고 공처럼 뭉쳐서 바지 주머니에 쑤셔 넣었다.

코너네 집은 널찍한 골목 끝에 서 있는 두 그루의 거대한 너도 밤나무 사이에 평화롭게 자리 잡고 있다. 현관문은 동화책에 나옴직한 빨간색이다. 초인종을 눌러야 하는데 웬일인지 팔을 들 수가 없다. 이 꽃다발은 애정이나 뭐 그런 것의 징표로 조이에게 바쳐야 마땅하건만 그녀 대신 아들을 떠나보낸 그녀의 어머니에게 선물하게 생겼다. 내가 이 집을 찾아온 건 다 코너의 부재 때문이니까. 나는 그에 대해 어떤 감정을 느껴야 할까?

나는 초인종을 누르지 않는 데 정신이 팔린 바람에 현관문이 획 열리면서 어리둥절한 미소를 짓고 있는 코너의 어머니가 등장했는데도 알아차리지 못한다.

"거기서 뭐 하니?"

"안녕히 주무세요. 아니, 안녕하세요, 머피 부인."

"들어와라. 그리고 신시아라고 불러줘."

나는 꽃을 내민다.

"아. 다정하기도 하지. 에번, 고맙다."

머피 부인이 나를 끌어안는데 포옹이 조금 길다. 쿵쾅거리는 내 심장이 느껴질까 봐 걱정스럽다. 그녀의 어깨 너머로 계단을 내려오는 조이가 보인다. 조이는 어머니와 다르게 나를 보고 반가워하지 않는다. 진실을 밝힐 줄 모르는 데다 초대한다고 바보같이 찾아온 내 정체를 파악한 듯한 눈빛이다.

—

식탁 중앙에 사과를 담은 그릇이 놓여 있다. 사과가 너무 반질반질하고 완벽해서 가짜 같다. 하지만 10분 동안 빤히 쳐다본 끝에 먹을 수 있는 사과라는 결론을 내린다.

접시에 담긴 음식도 마찬가지지만 그걸 삼키기는커녕 숨을 쉬기조차 버겁다. 나는 포크 갈퀴 사이에 밥을 한 톨씩 가두려고 애를 쓰며 시간을 때우는 중이다.

"여기 너무 덥네." 머피 부인이 손부채질을 하며 얘기한다. "나만 더운가?"

나는 녹아내릴 지경이지만 아무 대꾸도 하지 않는다.

"9월치고 후텁지근하네." 머피 씨가 얘기한다. "에어컨 온도 낮춰줄까?"

"아냐, 괜찮아." 그녀는 냅킨으로 이마를 가볍게 누른다.

조이는 내가 등장한 이래 한 마디도 하지 않는다. 지난주에 드디어 몇 년 만에 둘이서 대화를 나누었는데(그것도 두 번이나!) 보아하니 그 두 번이 마지막이 될 모양이다. 오늘은 월요일이라

학교에 나올 줄 알았는데 결석했다. 다시 등교를 하기는 할는지 궁금하다.

머피 씨가 접시를 든다. "닭고기 더 먹을 사람?"

"입맛 있는 사람이 당신뿐인 것 같은데, 래리." 머피 부인이 말한다.

그는 잠깐 망설이다 닭고기 한 조각을 자기 접시로 옮긴다. "뭐, 이걸 버릴 수는 없잖아. 해리스 부부가 애써 갖다준 건데."

나는 닭고기를 한 조각 자르지만 입으로 가져가지는 않는다.

"코너한테 해리스 가족 얘기 들은 적 있니?" 머피 부인이 내게 묻는다.

공원에서 실습하는 동안 나는 공원 관리인 윤리 수칙에 대해서 배웠다. **생각과 행동이 정직해야 한다**고 안내서에 적혀 있었다. 안타깝게도 그 안내서에는 고등학교라는 정글에서 살아남는 법과 안 좋은 상황이 더 안 좋아지지 않게 막는 법에 대해서는 일언반구도 없다. 나는 그 방면에 있어서는 공원 관리인 수칙 안내서가 아니라 재러드에게 조언을 청한다. 그게 한심한 판단으로 결론이 내려질지 몰라도 애초에 내가 그의 충고대로 코너의 추모식에 참석하지 않았더라면 오늘 저녁에 초대를 받는 일도 없었을 것이다.

나는 대답 삼아 고개를 끄덕이고 물을 한 모금 마신다. 이 부분에 관한 한 나는 재러드와 생각이 같다. 이게 꼭 거짓말은 아니다. 나는 사실상 말을 하지 않고 있다.

"우리랑 가족끼리 아주 오래된 친구거든." 그녀가 얘기한다.

내가 뭐라고 얘기해주길 기다리고 있다는 걸 안다. 하지만 나는 계획대로 아무 말도 하지 않을 작정이다—그런데 이 여인과 그녀의 절박한 눈빛을 직접 마주하고 보니 저녁 내내 한 마디도 하지 않는 게 예의 없어 보이는 건 물론이고 불가능한 일처럼 느껴진다.

"으음." 나는 이렇게 말하지만 따지고 보면 말을 한 거라고 볼 수는 없다. 말을 한 거라 치더라도 한 마디에 불과한 데다 내가 먹는 척하는 저녁을 두고 한 말일 수도 있다.

"같이 스키를 타러 가곤 했지." 머피 부인이 얘기한다. "스키장에서 얼마나 재미있게 놀았는지 몰라."

나는 고개를 끄덕이고 끄덕이고 끄덕이다가 나도 모르게 불쑥 입을 연다. "코너는 스키를 좋아했어요."

"오빠는 스키 싫어했어." 조이가 얘기한다.

나를 향한 조이의 시선이 느껴지지만 감히 그녀 쪽을 쳐다보지 못하겠다. 내가 이걸 감당할 수 있을 거라고 생각한 이유가 뭘까? 나는 압박감을 조금만 받아도 바로 무너지는데. 압박감은 나의 크립토나이트♦다. 코너가 스키를 싫어하듯 나는 압박감을 싫어한다.

"맞아, 코너는 그걸 **싫어했어**. 내 말이 그 말이야. 스키가 화제로 오를 때마다 아주 질색했지. 자기가 스키를 얼마나 싫어하는지 얘기하는 걸 **좋아했고**."

♦ 〈슈퍼맨〉에 나오는, 힘을 약하게 하는 화학 물질.

"그럼 너희 둘이 자주 놀았니? 너하고 코너 말이야." 머피 부인이 묻는다.

사과가 담긴 그릇에서 시선을 떼면 안 되는데, 시선을 떼고 만다. 머피 부인이 티끌만 한 정보라도 달라고 애원하는 표정을 짓고 있다. 뭐든 좋다고. 아무거나 좋다고.

내가 생각해낸 대답은 "상당히 자주요"고 나는 이 대답에 자부심을 느낀다. 긍정은 아닌 데다 '자주'의 기준이 사람마다 다를 수 있기 때문이다. 나는 아빠하고 **자주** 대화를 나누고 있을까? 아프가니스탄 파병군이 아버지와 대화하는 횟수에 비하면 그렇다고 볼 수 있을 것이다.

하지만 조이는 구체적인 답을 원한다. "어디서?"

"우리가 어디에서 자주 놀았느냐고?"

"응. 어디서?"

재러드는 예나 아니오의 단답을 넘어선 질문에 대해서는 구체적으로 지시를 내린 적이 없다. 보아하니 이건 객관식이 아니다. 서술형 시험이다.

"음"이라고 말하고 나는 헛기침을 한다. "대개 우리 집에서 놀았어. 가끔 아무도 없으면 걔네 집—그러니까 여기 말이지—도 갔었고." 그녀는 나를 거짓말쟁이, 사기꾼으로 몰아세우려 하고 있다. 나도 안다. 나는 이 집에서 쫓겨날 테고 그러면 나는 단순히 투명인간으로 전락하는 게 아니라 따돌림을 당할 거다. 홈스쿨링을 해야 할 테고 바깥세상과 연결되는 유일한 통로는 소셜 미디어와 이메일이 될 거다. 아! "이메일." 나는 얘기한다. "우리는 대개 이메일을 주고받았어. 너희 오빠가 직접 만나는 걸 별로 원하지 않을 때도 있었거든. 나도 이해했지. 우리는 그런 점에서 비슷했던 것 같아."

"우린 오빠 이메일도 살펴봤어." 조이가 얘기한다. "너한테서 온 이메일은 한 통도 없던데."

조이가 내게 다시 말을 건다는 데 흥분한 걸까? 그러면 안 된다는 걸 알면서도 점점 더 내가 말이 많아진 이유가 그 때문일지 모른다. "뭐, 그래, 그야 너희 오빠한테 다른 계정이 있었거든. 비밀 계정. 진작 얘기했어야 하는데. 좀 헷갈렸겠다. 미안."

"왜 몰래 그랬어?" 조이가 묻는다.

"왜 몰래 그랬느냐고?" 나는 그녀의 말을 따라 한다. 이제 식사를 시작할 때가 된 것처럼 느껴진다. 나는 밥을 몇 톨 입 안에 쑤셔 넣고 먹던 걸 모두 삼킨 다음 조이의 더할 나위 없이 타당한 질문에 답변할 생각임을 모두에게 손짓으로 알린다. 모두 알다시피 음식을 먹으면서 말을 하는 건 엄청난 결례이기 때문이다. 나는 밥을 삼키고 물로 전부 씻어 내린다.

"몰래 그랬던 이유는…… 너희 오빠가 그래야 남들 모르게 연락할 수 있다고 생각했기 때문이지."

머피 부인이 고개를 젓는다. "내가 뭐랬어, 래리. 당신이 자기 이메일을 읽는다는 걸 걔도 눈치챈 거야."

"난 후회하지 않아." 머피 씨가 와인 잔을 잡으며 말한다. "누군가는 악당 역할을 맡아야 했잖아."

그들은 시로 뻔히 쳐다보며 강력한 침묵의 언어로 계속 대화를 이어 나간다. 나는 시선을 돌림으로써 그들에게 프라이버시를 할애한다.

"희한하네." 조이가 말한다. "너랑 오빠랑 같이 있는 걸 본 게 지난주에 오빠가 학교에서 너를 밀쳤을 때뿐인데."

젠장. 그녀는 기억하고 있다. 당연히 기억할 수밖에.

머피 부인이 허리를 숙인다. "코너가 너를 밀쳤다고?"

"저라면 그렇게 표현하지 않겠어요, 머피 부인. 그런 식으로는요. 사실은 제가 발에 걸려서 넘어진 거였거든요."

"왜 이러니, 에번. 신시아라고 부르라니까."

"아, 맞다, 죄송해요." 화제가 바뀐 데 안도한다. "신시아." 나는 신시아를 보며 미소 짓는다.

"나도 그 자리에 있었어." 조이가 말한다. "처음부터 끝까지 봤다고. 오빠가 너를 밀쳤어. 그것도 세게."

겨드랑이에서 나온 땀방울이 상반신을 타고 청바지 허리 밴드까지 흘러내린다. 단순히 화제를 바꾸는 정도로는 이 사태에서 빠져나오지 못하겠다.

"아, 이제 기억난다." 내가 얘기한다. "어떻게 된 일이었는지. 네가 오해한 거야. 왜냐하면 사실은 너희 오빠가 학교에서는 서로 말을 섞고 싶지 않다고 했는데 내가 그랬거든. 학교에서 너희 오빠한테 말을 걸었거든. 사실 별일 아니었어. 내 잘못이었고."

"왜 오빠가 학교에서는 서로 말을 섞고 싶지 않다고 했어?" 조이가 묻는다.

끝이 없다. 내가 대답을 하면 할수록 질문이 많아진다. 이 사태를 멈추어야 한다. 하지만 무슨 수로?

"우리가 친구인 걸 아무한테도 밝히고 싶어 하지 않았거든." 나는 대답한다. "창피했나 봐."

"어째서 창피하게 여겼을까?" 머피 부인, 아니 **신시아**가 묻는다.

나는 냅킨으로 이마를 닦는다. 세련돼 보이지 않지만 정말이지 어쩔 수가 없다. "아마 그 친구 눈에는 제가……."

"찌질이로 보였을 거라고?" 조이가 얘기한다.

"조이!" 그녀의 아버지가 흘끗 쳐다보지만 조이는 아랑곳하지 않고 나를 계속 물고 늘어진다. "하려던 말이 그거야?" 그녀가 묻는다.

"사실 루저라는 단어를 쓰려고 했는데. 하지만 **찌질이**라고 해도 되겠다."

신시아가 내 팔 위에 손을 얹는다. "별로 좋지 않은 태도였구나."

"뭐." 조이가 말한다. "오빠가 별로 좋지 않은 사람이었으니 말이 되네요."

신시아는 한숨을 쉰다. "너희 오빠는…… 복잡한 사람이었지."

"아니에요, 오빠는 나쁜 사람이었어요. 그거랑 그거는 다르죠."

"조이, 왜 그러니." 머피 씨가 말한다.

"아빠, 아빠는 나랑 생각이 다른 척하지 마요."

"여기 너무 덥다." 신시아가 한 말인데 나도 그렇게 생각하고 있던 참이다.

"내가 에어컨 온도를 낮출게." 머피 씨가 아까 했던 말을 반복하지만 자리에서 일어나지는 않는다.

이제 보니 부모님이 이혼한 것과 집에서 엄마와 함께 저녁을 먹을 일이 없는 것의 좋은 점을 최소한 한 가지 알겠다. 이런 상황을 견딜 필요가 없지 않은가.

신시아가 이마를 훔친다. "좋은 점은 기억하질 않으려고 드네. 둘 다. 둘 다 긍정적인 면은 보지 않으려고 해."

"왜냐하면 좋은 게 없었으니까요." 조이가 말한다. "좋은 점이 뭐가 있었는데요?"

"손님 앞에서 이런 대화 나누고 싶지 않다." 신시아가 얘기한다.

나는 물을 좀 더 마시고 잔을 비운 뒤에도 한참 동안 계속 물을 마시는 척한다.

"좋은 점이 뭐가 있었는데요, 엄마?"

"좋은 점이 있었지." 신시아가 주장한다.

"알았어요. 그러니까 그게 뭐였냐고요. 얘기해봐요."

"좋은 점이 있었지."

"계속 그 소리만 반복하고 있잖아요. 그러니까 그게 **뭐였냐고요.**"

신시아는 대답을 하지 않는다. 머피 씨는 자기 접시를 내려다본다.

그 질문이 아무도 빠져나갈 수 없는 짙고 뜨거운 스모그처럼 이 공간을 덮는다. 나는 숨을 쉬려고, 존재하려고 버둥거리는 이 가족을 쳐다본다. 이들은 버둥거리고 있다.

"나는 코너의 좋은 점을 많이 기억하는데."

모두 시선을 돌린다. 방금 전에 그 말을 한 사람이 나였다. 내가 한 얘기였다. 내가 왜 그런 얘길 했을까? 어쩌다 그런 말이 내 입에서 튀어나왔을까?

"예를 들면 어떤 거?" 조이가 알고 싶어 한다.

"아냐." 내가 말한다. "내가 괜한 소리를…… 미안."

"또 미안하다고 하네." 조이가 이 말로 내 존재 자체를 묵살한다.

"들어보자, 에번. 무슨 말을 하려고 했잖니." 신시아가 말한다.

"중요한 거 아니에요. 정말로요."

"네 얘기를 듣고 싶은데. 부탁한다, 에번."

내가 과연 그럴 수 있을까. 그런 일을 겪은 이 여인의 기대를 저버릴 수 있을까. 그녀의 심장이 내 손에 얹혀 있다. 내가 느끼기로는 그렇다. 심지어 그녀의 남편조차 포크를 내려놓고 초롱초롱한 눈빛으로 기다리고 있다. 나는 식탁에 앉은 마지막 인물을 흘끗 쳐다본다. 조이. 호기심이 잠깐 의구심을 이겼는지 표정이 부드러워졌다. 이 가족에게는 뭔가가 필요하다. 이들의 기분을 달래줄 **어떤 말**을 해줄 필요가 있다.

"그게요." 나는 말문을 연다. "코너하고 얼마 전에 같이 아주 재미있는 시간을 보낸 적이 있거든요. 그래서 코너에 얽힌 좋은 추억이 남았어요. 저는 그 추억을 계속 생각해요. 그날을. 그 하루를."

알다시피 이 정도로는 부족할 것이다. 이들은 더 많은 걸 원할 것이다. 네가 나를 계속 궁지로 몰아가고 있다. 이들은 구체적이고 자세한 설명을 원한다. 그걸 **필요로** 한다. 나는 계속 식탁 한가운데 놓인 과일 그릇을 빤히 쳐다보며 뭐라고 얘기를 이어 나가면 좋을지 고민한다.

"사과." 나는 충분히 생각해보지도 않고 불쑥 내뱉는다. "둘이서 사과…… 농장에 갔어요." 나는 고개를 든다. "좀 한심한 소리라는 거 알아요. 제가 이 얘기를 꺼낸 이유를 모르겠네요." 여기서 나가야 한다. 지금 당장. 나는 손톱이 손바닥을 파고들도록 주먹을 쥐어서 무릎 위에 올려놓는다. 어떻게 하면 결례를 저지르지 않고 여기서 빠져나갈 수 있을까?

"걔가 너를 농장에 데려갔다고?" 신시아가 묻는다.

나는 그녀의 표정을 살핀다. 내가 뭔가를 건드린 모양이다. 모두의 눈빛이 전과 다르게 반짝인다. 이들의 표정이 내게 용기를 불어넣는다. 이대로 떠날 수는 없다. "네, 맞아요."

"언제?" 신시아가 묻는다.

"한 번요. 그때 딱 한 번요."

"거기 문 닫은 줄 알았는데." 머피 씨가 말한다. "오래전에."

"맞아요. 그래서 거기 갔을 때 엄청 실망했어요. 완전히 문을 닫았더라고요. 코너 말로는 거기 사과가 세상 최고라고 하던데."

신시아는 미소를 짓지만 눈에 눈물이 그렁그렁 맺혔다. "예전에 수시로 그 농장에 갔었거든. 소풍 삼아서. 기억하지, 조이?"

"네." 조이가 말한다. 그녀는 아쉬워하며 놀라워하는 동시에 억지로 무관심한 척하는 표정을 짓고 있다.

신시아는 식탁 너머로 남편을 쳐다본다. "당신하고 코너가 장

난감 비행기를 만들어서 날렸잖아. 당신이 그걸 개울에 빠뜨릴 때까지."

머피 씨는 보일락 말락 하게 미소를 짓는다. "비상 착륙이었지."

"아, 에번, 코너가 너를 거기 데려갔다니 믿기지가 않는다." 신시아가 얘기한다. "재미있었겠다. 둘이서 아주 재미있는 시간을 보냈겠어."

"맞아요. 하루 온종일 그야말로…… 끝내줬어요. 제가 기억하기론 봄이었던 것 같아요."

"래리, 그 근처에 우리가 좋아했던 아이스크림 가게 이름이 뭐였더라?" 신시아가 묻는다.

"〈아 라 모드〉." 그가 대답한다.

"맞아." 그녀는 진심으로 고마워한다. "〈아 라 모드〉였지."

"사실 저희도 거기 갔었어요." 나는 점점 흥분을 자제하지 못한다. "그 〈아 라 모드〉라는 곳에서 아이스크림을 먹었어요."

"직접 만든 초콜릿 시럽도 팔았는데." 머피 씨가 기억을 떠올린다.

"플라타너스로 둘러싸인 벌판에 앉아 있곤 했지." 신시아는 조이를 보며 미소를 짓는다. "너랑 네 오빠는 네 잎 클로버를 찾아 다녔고."

"거길 까맣게 잊고 있었네." 머피 씨가 얘기한다.

"코너는 잊지 않았나 봐." 신시아가 얘기한다. "그렇지, 에번?"

나는 그녀와 머피 씨, 조이를 차례대로 쳐다보고 가슴 속에 담겨 있던 숨을 모두 토해내고는 그들이 간절히 듣고 싶어 하는 대답을 한다. "맞아요."

그들도 가슴 속에 담겨 있던 숨을 내뱉는다. 그렇게 느껴진다. 안도감이, 작지만 확실한 안도감이 이 공간에 감도는 것이 느껴진다. 내가 하는 행동, 내가 하는 얘기가 효과가 있고 도움이 되고 있다. 나는 도움을 주고 싶은 마음뿐이다.

"사실 저희는 늘 그런 식으로 놀았어요." 나는 이제 나를 막을 방법을 모르겠다. "어디 가서 얘기를 나누는 식으로요." 친구처럼. 동무처럼. "영화 얘기도 하고 학교 얘기도 하고. 여학생들 얘기도 하고. 뭐 그런…… 평범한 얘기요. 코너는 말이 잘 통하는 친구였어요."

내 얘기가 이들에게 얼마나 큰 의미인지 알겠다. 이 가족을 기분 좋게 만들 수 있다니 기분이 좋다. 잠깐이나마 아픔을 잊게 했으니 나는 지금 옳은 일을 하는 거다.

"그날." 나는 얘기한다. "농장에 간 날, 어떤 풀밭이 보이길래 거기 드러누워서 하늘을 올려다보면서 그냥…… 얘기를 나누었던 기억이 나요."

우리 일상에 대해. 우리가 있는 곳에 대해. 우리가 가는 길에 대해. 학교를 졸업하면 어떻게 될지에 대해. 정확하게는 알지 못했다. 짐작만 할 수 있을 따름이었다. 그래도 서로에게 기댈 수 있었다. 뭐가 됐든…….

"……무엇이든 가능할 것 같았어요."

나는 이들을 잊고 있었다는 생각에, 이성을 잃었다는 생각에 하던 얘기를 멈추지만 이미 엎질러진 물이다. 내 입이 제멋대로 움직이고, 말들이 내뱉어지는 순간을 평생 동안 기다렸다는 듯이 쏟아진다.

"그리고 그날의 태양, 얼마나 환했는지 그려져요. 우리는 거기 누워서 하늘을 올려다봤죠. 끝없이 이어지는 것처럼 느껴졌어요."

그리고 그 나무.

"어떤 나무가 보였어요. 어마어마하게 큰 오크나무가요. 다른 나무들보다 더 컸어요. 우리는 일어나서 그 앞으로 달려갔고 나무를 타고 올라갔어요. 생각하고 말고 할 겨를도 없이."

코너네 가족은 내가 하는 말을 한 마디도 놓치지 않고 나와 함께 나무를 타고 오른다.

"우리는 계속 올라갔어요. 점점 더 높이, 더 높이." 올라가고 올라가서 거의 꼭대기에 다다랐을 때……. "가지가 부러졌죠."

나는 떨어졌다.

"저는 땅바닥으로 떨어졌어요. 팔에 아무 느낌이 없더라고요. 누운 채로 기다렸죠."

금세 올 거야. **금세 올 거야.**

"그리고 나서 고개를 돌려 보니 누가 오는 게 보이는데……."

보이는데…….

"……코너였어요. 개가 저를 구하러 온 거죠."

나는 드디어 말을 멈춘다. 그들은 얘기가 더 이어지길 기다리는 듯이 일제히 나를 쳐다본다. 하지만 나는 지금까지 무슨 얘기를 했는지조차 잘 모르겠다. 꼭 꿈을 꾸고 일어난 기분이나. 여기 앉아서 그날, 그 끔찍했던 날을 설명했지만 사실 정확하게 말하면 그날은 아니었다. 이번에는 코너가 등장했다. 그가 진짜로 거기 있었던 건 아니지만 내 마음속에서는 있었던 걸로 느껴졌고 그러자 갑자기 그날이 별로 끔찍하게 느껴지지 않았다. 뭔가 다르게 느껴졌다.

신시아가 팔을 뻗는 게 곁눈으로 보이고 나를 감싸 안는 그녀의 팔이 느껴진다.

"고맙다, 에번." 그녀가 얘기한다. "고맙다."

이렇게 황홀한 기분은 처음이다. 그리고 이렇게 처참한 기분도 처음이다.

═

조이가 집 밖까지 나를 따라 나온다. "집까지 태워다줄게." 그녀가 말한다.

내가 조이 머피를 거부하는 순간이 올 줄은 꿈에도 몰랐건만 지금 당장은 혼자 있고 싶은 생각뿐이다. "그럴 필요 없어."

"드라이브 좀 하고 싶어서 그래. 타."

그녀는 말발굽 모양으로 생긴 진입로를 둥그스름하게 빠져나와 도로로 쌩하니 진입한다. 몇 시간 만에 처음으로 숨을 크게 쉴 수 있을 줄 알았더니 아니다. 나는 지금 조이 머피가 모는 파란색 볼보 조수석에 앉아 있다.

나는 이런 식으로 바로 옆에서 그녀와 단둘이 있는 순간을 그야말로 꿈꾸어왔다. 그런데 지금은 흥분할 상황이 아니다. 누가 날 좀 말려주세요.

정적이 나더러 제발 깨뜨려달라고 애원한다. "차 좋다. 독일 거야?"

"쓰레기야." 조이가 말한다. "계속 여기저기 문제가 생겨."

조이가 속도를 높이자 엔진이 굉음을 낸다. 그녀는 이후로 우리 집까지 가는 내내 한 마디도 하지 않는다. 내가 어느 길로 가면 되는지 알려줄 때조차 마찬가지다. 나는 그 조용한 시간을 틈타 그날 저녁을 되돌아보고 누가 봐도 전적으로 실패작이었다는 결론에 도달한다. 중간에 속도계가 100킬로미터를 넘기자 나는 안전벨트를 풀고 문을 열어서 번잡한 도로로 뛰어내리는 상상을 한다. 얼마나 비극적인 사건이 될까.

불이 꺼진 우리 집 앞에 도착했을 때 조이가 드디어 차를 세우더니 고개를 돌려서 나를 알은 체한다. "너는 내가 2학년이고 아무것도 모를 거라 생각하겠지만 사실은 어떻게 된 일인지 다 알아."

그녀의 표정이 섬뜩하게 날카롭다. "그게 무슨 소린지 모르겠네."

"너랑 오빠랑 이메일을 몰래 주고받았던 건 둘이 친구라서 그런 게 아니었어."

기회가 있었을 때 차에서 뛰어내렸어야 했다. "뭐라고?"

"두 사람이 왜 서로 대화를 나눴을지 저녁 내내 머리를 싸매고 고민했거든." 조이가 말한다. "내가 알아맞혀볼까? 약물 때문이었어."

"약물?"

"그래서 오빠가 요전 날 점심시간 때 버럭 한 거지? 오빠가 널 밀쳤을 때 말이야. 제발 솔직하게 얘기해줘. 나는 진실을 알고 싶어."

"아니야. 미쳤어? 내가? 나는 절대 그럴 일 없어. 그건 내가 연루될 만한 일이 아니야. 맹세해." 드디어 진실다운 진실을 털어놓는다.

"그래? 맹세한다고?"

조이의 어머니는 내게 계속 포옹 세례를 퍼부었지만 조이는 의심스러워하는 눈빛만 계속 퍼부었다. "맹세해."

그녀는 잠깐 동안 나를 빤히 쳐다보더니 이제 내려도 좋다는 뜻에서 고개를 돌린다.

나는 문을 열려고 하지만 잠겨 있다. 그녀가 버튼을 누르는 동시에 내가 손잡이를 잡아당긴다. 나는 곧 그녀가 바보 같은 내 손의 방해를 받지 않고 문을 열 수 있도록 아예 손잡이를 놓는다. 마침내 철컥 하는 천상의 소리가 들리자 나는 문을 활짝 열고 상쾌한 공기를 가슴 가득 들이마신다. 등 뒤로 조심스럽게 문을 닫고 밤 속으로 쌩하니 돌진하는 그녀를 바라본다. 첫 단추부터 너무 잘못 꿰었다. **벌어질 수 있는 최악의 상황.** 아직 끝나지 않았다.

9장

새로운 참사가 벌어질 때마다 왜 계속 재러드에게 보고하는지 모를 일이다. 그와 대화를 나누고 나서 기분이 좋아진 적이 없다. 재러드는 내가 저지른 실수를 부각시켜서 처음에 느꼈던 것보다 더 심각해 보이도록 만드는 재주가 있다.

하지만 어두컴컴한 우리 집 거실 소파에 혼자 앉아 있는데 이렇게 난감할 수가 없다. 이 세상을 통틀어 지금 내 처지를 눈곱만큼이라도 이해할 수 있는 사람은 재러드 한 명뿐이다. 나는 우주를 유영하는 중이고 그는 중앙 사령부에서 이어폰을 통해 전달되는 목소리다. 그의 작전에 동의하지 않더라도 그가 없으면 영영 집으로 돌아가지 못할 공산이 크다.

나는 코너의 집에서 무슨 일이 있었는지 재러드에게 설명한다. 늘 그렇듯 그는 예상치 못했던 부분에 미판의 초점을 맞춘다.

걔네 부모님은 너희 둘이 사랑하는 사이였다고 생각하겠다.

그건 너도 알지?

뭐라고? 걔네 부모님이 왜 그렇게 생각하는데?

음. 너희 둘이 단짝 친구였는데

걔가 학교에서는 말을 걸지 말라고 했다?

말을 걸었더니 혼쭐을 냈다?

몰래 사귀는 게이 고등학생들의

공식이잖아.

맙소사.

내가 어떻게 하면 되는지 가르쳐줬잖아.

내가 뭐랬냐?

고개를 끄덕이면서 맞장구만 치면 된다고 했잖아.

그러려고 했어. 네가 몰라서 하는 얘기야.

걔네 가족이 내 눈을 똑바로 쳐다보면 얘기가 달라진다고.

불안해졌어. 그래서 얘기를 하기 시작했는데

일단 시작했더니

멈출 수가 없었구만.

개네 가족이 계속해주길 바랐다고!

　진짜다. 이제 와 생각해보니 내가 이야기를 어떤 식으로 전개하면 좋을지 몰라서 난감해하면 그들이 구멍을 메워가며 나를 거들었다. 그들을 비난하는 건 아니다. 절대 아니다. 전부 내 책임이라는 건 안다. 하지만 그들은 내가 얘길 계속해주길 바라는 표정을 지었다. 그들은 내가 그래주길 원했다.

　사실 나는 진실을 밝히려고 했다. 아니, 진실을 **밝혔다**. 코너의 부모님에게 그 편지를 쓴 사람은 그가 아니라고 했다. 단도직입적으로 얘기했건만 그들이 들으려고 하지 않았다.

개떡 같은 실수 저지른 거 또 있어?

뭐, 이제는 조이가 나를 싫어할 거야.
코너랑 내가
같이 약을 한 줄 알거든.

너 진짜 짱이다.
진심 최고.
또?

없어.

없다고?

음, 우리 둘이 이메일을 주고받았다고 했어.

이메일?

응. 코너랑 내가 이메일로 연락했다고.
그리고 코너한테는 비밀 계정이 있었다고.

아, 그래, '비밀' 계정.
그렇지. 서로 거시기 사진을 찍어서 보내려면
그런 게 있어야지.

이 모든 게 그에게는 배꼽 잡는 사건일 뿐이다. 내가 왜 계속
재러드에게 조언을 청하는지 모를 일이다.

아냐, 그냥 걔한테 비밀 계정이 있었고
서로 이메일로 연락했다고 그렇게만 얘기했어.

진짜?
어쩌면 일을 이 지경으로 만들 수가 있냐.

그렇게 심각해?

> 걔네 부모님이 네 이메일을 보여달라고 할 거 아냐.

> 설마.

> 그렇다니까.

> 젠장.

그들은 당연히 이메일을 보여달라고 하겠지. 나는 왜 이럴까? 진심으로 궁금하다. 최악의 상황은 이미 지나갔다고 나를 계속 속이는 이유가 뭘까? 사태는 **항상** 점점 더 나빠지게 되어 있다. 반드시 그렇다. 인생이 원래 그렇다. 태어나는 순간부터 점점 나이를 먹고 머리가 세고 몸이 아프게 되어 있고 그걸 거스르려고 아무리 애를 써도 1분, 1초가 지나갈 때마다 죽음에 가까워진다. 반복될 뿐이다. 우리는 나빠지고 나빠지고 나빠지다가 죽음을 맞는다. 나는 앞으로도 최악의 상황을 맞이하기까지 한참 남았다. 지금은 시작일 뿐이다.

> 망했다.
> 이제 어떻게 하지?

> 내가 도와줄 수 있어.

그게 무슨 소리야?

이메일은 내가 만들어줄 수 있다고.

네가 만들어줄 수 있다고? 어떻게?

간단해. 계정을 만든 다음
예전 날짜로 이메일을 작성하면 돼.
내가 지난여름에 민간인 중에서 유일하게
컴퓨터 클러스터에 접속할 수 있는 키 카드를 괜히 받았겠냐.
내가 능력이 좀 된단다, 아가.

나는 그들이 원하는 걸, 그들이 **필요로 하는** 걸 줄 수 있을 것이다. 그들을 도울 수 있을 것이다.

솔깃하다. 진짜 그렇다. 하지만 또 한편으로는…… 역겹다고해야 하나? 계속 이런 식으로 딱한 사람들을 속일 수는 없다. 나는 그럴 수 있는 성격이 못 된다. 오늘 저녁 때 도중에 눈에서 땀이 나는 것처럼 느껴진 적도 있었다. 그 정도로 안절부절못했다. 땀을 한 방울만 더 흘렸다면 나는 미라가 됐을 것이다. 계속 이런식으로 살 수는 없다. 진이 다 빠진다.

전화기를 뒤집어 엎어놓는다. 화면 불빛이 깁스 위에서 춤을춘다. 코너네 가족 앞에서 지어낸 얘기가 다시금 떠오른다. 그 가족들이 농장을 운영했을 때 나는 그걸 보고 엘리슨 공원을 떠올렸던 것 같다. 이제 엘리슨 공원을 떠올릴 때마다 그 나무와 거기서 떨어졌던 게 생각난다. 물론 코너는 그날 그 자리에 없었다. 하지만…… 있었을 수도 있다.

나는 어두컴컴한 거실을 지나 2층으로 올라간다. 침대에 누워서 헤드폰을 쓰고 '초보자를 위한 재즈'라고 된 플레이리스트를 스트리밍해서 듣는다. 내가 재즈를 완벽하게 이해한다고 볼 수는 없지만 노력하는 중이다. 음악이 나를 어디론가 데려가주길 기다리지만 절대 그런 일은 벌어지지 않는다. 하도 집중해서 듣느라 이성이 탈출할 겨를이 없다. 솔직히 관심 있는 악기는 딱 하나뿐이다. 기타가 어떤 식으로 나올지 들으려고 계속 기다린다.

엄마가 문 앞에 나타나자 하는 수 없이 베개에서 고개를 든다. 엄마가 뭐라는지 들으려고 헤드폰을 벗는다.

"저녁 먹었니?" 엄마가 묻는다.

"음. 네." 나는 엄마가 이어서 뭐라고 물을지 알기 때문에 알맞은 후보군을 잽싸게 훑는다. 샌드위치 만들어 먹었어요, 냉동 피자 데워 먹었어요, 중국 음식 먹었어요.

그런데 엄마는 내가 아직 식전이길 바랐던 듯이 "젠장"이라고 중얼거린다.

"지난번에 재밌었지?" 엄마가 묻는다. "나가서 아침 먹은 거 말이야."

그날 아침을 먹은 이후로 어찌나 많은 일이 벌어졌던지 몇백 년 전의 일처럼 느껴진다. "네. 그럼요. 재밌었어요."

"생각해봤는데 내가 이번 주말에 단축 근무를 하면 어떨까? 우리가 마지막으로 저녁에 타코 파티를 벌인 게 언제였니?"

기억이 나지 않지만 냉장고에 넣어둔 토티야가 지금쯤 제대로 썩었을 거다. "아. 그러실 것 없어요."

"아냐, 그러고 싶어. 어떤 식으로 에세이를 쓰면 좋을지 같이 고민해보는 것도 좋을 것 같고."

에세이. 그럼 그렇지. 엄마는 기대하는 표정으로 기다린다. "알았어요." 나는 대답한다. "그럼 좋겠네요."

"와. 신난다." 엄마는 의기양양한 표정으로 얘기한다. "벌써부터 신난다. 기다릴 게 있으니까 말이야."

"그러게요."

=

다음 날, 조이가 식당을 가로질러서 친구들이 있는 테이블로 가는 걸 본다. 내가 앉아 있었기에 망정이지 안 그랬다면 주저앉고 말았을 것이다. 내 몸이 느끼기에 그 정도로 충격적인 사건이다. 첫날 이후로 학교에서 만난 건 처음이다.

일주일 동안 너무 많은 일들이 벌어졌다. 나는 추모식에서, 그녀의 집에서, 그녀의 차 안에서 조이와 그 어느 때보다 많이 부딪혔지만 전부 최악의 분위기에서였다. 학교 식당 테이블에 앉은 그녀의 모습이 정상적이고 자연스럽게 느껴진다. 늘 보아왔던 그녀의 모습이다. 이제야 말이 된다.

조이도 맞은편에서 쏟아지는 내 시선을 느꼈는지 나를 마주 본다. 눈빛이 어찌나 강렬한지 시선을 돌리라고 싸움을 거는 것처럼 느껴진다. 나는 시선을 돌릴 수가 없다. 그러고 싶지 않다. 뭘 어째야 하는지 모르겠다. 나는 미소를 지으며 그녀도 똑같이 해주길 바란다. 그녀는 그러지 않는다. 노력을 해도 안 되는 듯한 표정을 짓고 있다.

조이는 쟁반을 들고 친구들이 있는 테이블에서 일어난다. 그녀는 점심을 쓰레기통에 처박고 내 쪽을 쳐다보지도 않은 채 식당 밖으로 나간다.

나는 살아 숨 쉬는 사람들이 내리는 결정보다 책이나 소설을 훨씬 더 잘 이해한다. 하지만 이 경우에는 킥젝 선생님의 비평적인 분석 전략을 방금 전에 목격한 실제 행동에 아무 문제없이 적용할 수 있다. 우리의 아름답고 지당하신 여주인공 조이 머피가 점심을 쓰레기통에 버린 건 화자에 대한 평가를 상징하는 행동이다. 조이 머피의 눈에 에번 핸슨은 쓰레기인 것이다.

또다시 나를 과대평가하고 있다. 어찌나 금세 '메'한 자신을 망각하는지. 그게 나랑 상관이 있을 거라고 생각하는 이유가 뭘까? 그녀의 오빠가 **죽었다**. 그래서 그냥 입맛이 없는 걸지 모른다. 나도 그 심정을 이해할 수 있다. 다만 저녁을 먹는 자리에서 그녀의 표정이 밝아지는 걸 보고 났더니 심란해하는 그녀의 표정을 보기가 괴로울 따름이다. 코너 얘기를 하는 동안 그녀의 기분이 달라졌다. 내가 그녀와 그녀의 부모님에게 그들이 모르던 사실을 알려주었을 때. 빠진 구멍을 채워주었을 때. 나에게 그들의 고통이 지닌 무게를 잊게 만드는 능력이 주어진 것 같았다. 그들에게 일말의 위안을 선물한 것 같았다.

나는 재러드가 앉은 자리를 쳐다본다. 아침에 약밖에 먹은 게 없는 빈속이지만 점심을 다시 싸서 그의 테이블로 건너간다.

"이메일은 어떻게 돼가고 있어?" 내가 묻는다.

"음, 이메일은 '전자 우편'의 다른 말이지." 재러드가 얘기한다. "1971년에 그 기술을 발명한 사람은 레이 톰린슨이지만 사실은 우리 모두 알다시피 시바 아야두라이의 작품이었어."

"장난치지 말고." 나는 최대한 목소리를 낮춘다.

재러드는 공모하는 사람처럼 몸을 앞으로 숙인다. "돈이 좀 들겠는데."

"얼마나?"

"2,000." 재러드가 얘기한다.

"2,000달러? 미쳤어?"

"그럼 500."

"20은 줄 수 있어."

"좋아. 하지만 너 밥맛이다." 재러드가 얘기한다. "학교 끝나고 4시에 만나. 장소는 문자로 알려줄게."

10장

〈워크아웃 헤븐〉의 주차장으로 꺾어져 들어온 재러드의 SUV가 주차 공간에 요란하게 멈춰 선다. 그는 나를 지나쳐 헬스클럽 회전문을 통과한다.

그를 따라서 나도 안으로 들어간다. "여기서 만나자는 이유가 뭐야?"

재러드는 프런트 데스크를 지키는 근육질 형제에게 회원 카드를 슬쩍 보여주고 나를 일일 방문객이라고 소개한다. 나는 서류를 작성하고 재러드를 따라 시끄럽고 휑뎅그렁한 공간으로 들어간다.

〈워크아웃 헤븐〉은 모든 면에서 나의 불안을 자극한다. 눈부신 형광등, 어마어마한 소음, 노출된 살갗의 면적. 이런 데 온 이유가 뭔지 여전히 알 수가 없다.

"너 여기서 운동해?" 내가 묻는다.

"아니. 하지만 엄마, 아빠는 그런 줄 알아." 재러드가 얘기한다. "날 믿어, 여기가 숙제를 하기에 딱 좋은 곳이거든. 너 러닝머신에서 뛰는 여자 본 적 있어?"

"그건— 나는—"

"야, 이런 작업을 집에서 할 수는 없잖아. 추가 예방 조치라고 생각해. 공개 와이파이를 쓰면 우리를 추적하기 힘들어지니까."

그 말을 들으니 우리의 계획이 아주 부적절하게 느껴진다. "난 이런 일에 대해 아는 게 없어서. 우리 학교 학생이 우리를 보면 어떻게 해?"

"내가 그런 사태를 용납할 리 없지. 나도 지켜야 할 평판이라는 게 있는데. 그리고 우리 학교 학생들은 여기 오지 않아. 봐, 전부 애 엄마 아니면 쓰레기뿐이잖아."

헬스클럽을 둘러본다. 시끄럽긴 하지만 거의 빈 거나 다름없다. 쿵쾅거리는 음악과 높은 천장 때문에 시끄러운 모양이다. "그래도 이러면 안 될 것 같은데. 분명 다른 방법이 있을 거야. 코너네 부모님이 이메일에 대해 물으면 아무 대답도 하지 말지, 뭐. 설마 나를 추적하거나 그럴 리는 없지 않을까?"

"이제 와서 발을 빼더라도 나한테 20달러는 줘야 해." 재러드는 뒤편 벤치에 앉으며 이렇게 얘기한다.

나는 점심시간에 조이가 지었던 표정을 떠올린다. 그녀의 부모님도 지금 그녀처럼 무겁고 좌절한 표정을 짓고 있을 것이다.

"일단 시험 삼아 이메일 한 통만 보내보자." 내가 얘기한다.

재러드는 노트북에 새 창을 띄우고 타자를 치기 시작한다.

　헤이 에번,

　미안, 요즘 연락이 뜸했네. 요즘 기분이 엿 같아서.
　어떤 기분 말하는지 알지?

"왜 그런 말투로 설정해?"
"그런 말투라니?" 재러드가 반문한다.
"알잖아, 그런 말투. 그냥 평범한 말투로 써봐."
재러드는 문장을 전부 지우고 다시 쓴다.

　친애하는 핸슨 씨께

　요즘 격조했던 데 진심으로 사죄의 말씀 전합니다.
　최근 들어 사는 게 이만저만 힘든 게 아니었습니다.

"이제는 무슨 귀족 같잖아. 그냥 너랑 나 같은 말투로 써봐. 그리고 내가 쓴 편지랑 정확히 일치해야 해. 첫 문장을 '에번 핸슨에게'라고 해."
"너희 둘이 왜 성까지 붙여가며 편지를 주고받겠냐?"
"글쎄. 아무튼 그래야 해, 응?"
"맘대로 하세요."

에번 핸슨에게

그동안 연락 못 해서 미안해. 좀 정신이 없었어.

"완벽하다." 내가 얘기한다.

그동안 온통 네 생각뿐이었다는 걸 너도 알아주었으면 좋
겠어. 나는 매일 밤마다 너의 그 사랑스럽고 사랑스러운 얼
굴을 떠올리며 젖꼭지를 문질렀어.

"그런 소리를 늘어놓는 이유가 뭐냐?" 내가 묻는다.
"나는 그냥 진실을 공개하려는 것뿐이야."
"그런 식으로 장난칠 거면 집어치워. 이 이메일은 우리 둘이 실
제로 친구였다는 증거가 되어야 한다고. 철저하게 사실적으로."
"한 남자가 다른 남자를 사랑하는 마음에 비현실적인 구석이
뭐가 있다고."
"내가 불러주는 대로 적어. '네가 없으니까 사는 게 힘겹다.'"
재러드는 조그맣게 웃음을 터뜨린다. "'힘겹다'고?"
"좋아. 그럼 '버겁다'로 바꾸자."
"변태 같잖아."
"야, 내가 쓸게."

네가 없으니까 사는 게 힘들다.

너랑 같이 인생이며 이런저런 얘기를 했던 때가 그리워.

"아주 구체적이구만." 재러드가 얘기한다.
"시끄러."

　나는 부모님을 좋아해.

"누가 그런 소릴 하냐?" 재러드가 묻는다.

　나는 부모님을 사랑하지만 자꾸 부딪쳐서 싫어.
　정말이지 내가 약물 흡입을 중단해야 하는데.

"'약물 흡입?'" 재러드는 실망스럽다는 듯이 고개를 젓는다.
"네가 잘 다듬어봐."
"전혀 현실적이지 않은데?"
"네가 어떻게 알아? 코너에 대해서 아는 것도 없으면서."
　그는 다시 한번 나를 쳐다본다.
"우리의 목적은 내가 좋은 친구였다는 걸 보여주는 거야. 내가 그를 진심으로 도우려고 했다는 걸."
"맙소사." 그는 다시 노트북을 움켜쥔다.

　네가 충고한 대로 코카인을 끊어야겠어.

"코카인이라고?" 나는 묻는다. "너무 많이 간 거 아니야? 우리 학교에 진짜로 코카인을 하는 애가 있을까?"

네가 충고한 대로 마리화나를 끊어야겠어.
그럼 모든 게 괜찮아질지 몰라.
그리고 나는 좀 더 좋은 사람이 되도록 노력할 거야. 행운
을 빌어줘.

"그 정도면 괜찮네." 내가 얘기한다. "이제 맨 밑에 '나로부터'라고 적어."
"어련하시겠습니까." 재러드가 얘기한다. "이제 됐냐?"
"딸랑 한 통 보여줄 수는 없잖아. 내가 코너한테 보낸 답장도 있어야지."

문신한 남자가 무거운 역기를 바닥으로 떨어뜨리자 요란하게 쿵 하는 소리가 난다. 바닥에 두툼한 충전재가 깔려 있는데도 그 충격으로 발치가 진동한다. 남자는 이제 출전 준비를 하는 과격한 MMA 파이터처럼 주변을 어슬렁거린다. 마음만 먹으면 얼마든지 사람 머리를 목에서 떼어낼 수도 있을 것 같다.

이해할 수 있다. 스테로이드로 돋운 공격성이나 손으로 목을 벨 수 있는 능력이 아니라 성냥불만 갖다 대면 폭발할 것 같은 그 느낌을 말이다. 에너지를 발산할 배출구를 찾았다는 점에서 이 남자가 부러울 지경이다. 나는 운동을 하거나 체력적으로 부담이 가는 취미 활동을 하지 않는다. 지난여름 동안 엄청나게 걸어 다

니긴 했지만 그게 전부다. 셔먼 선생님은 편지 쓰기를 통해 내가 그런 종류의 심오한 해방감을 느끼길 바랐을 것이다. 하지만 그렇게 되질 않고 있다.

"좋아." 나는 얘기한다. "준비됐냐?"

재러드는 헬스클럽 저편을 물끄러미 바라보고 있다. "저기 저 여자 엉덩이 좀 봐."

나는 쳐다보고 싶은 유혹을 참는다. "좋았어. 내가 불러주는 대로 적어. '코너 머피에게, 지금 헬스클럽에 다녀오는 길이야.'"

"헬스클럽이라고?" 재러드가 반문한다. "진심이냐?"

"'지금 좀 걷다가 오는 길이야.'"

"그게 좀 더 그럴듯하겠다." 재러드가 얘기한다.

"'정말 근사한 나무 사진을 몇 장 찍었어.'"

"그건 아니지." 재러드가 얘기한다.

"하지만 진짜로 나무 사진을 찍은 적이 있는데."

"가끔 너 때문에 내 억장이 무너질 때가 있다니까."

코너 머피에게

이 힘든 시기를 꿋꿋하게 버텨보기로 했다니
네가 정말 자랑스럽다.
진심으로 달라지겠다고 마음을 먹은 모양이네.
언제든 필요하면 내가 네 곁에 있다는 걸 잊지 마.

"너희 둘의 우정이 참으로 눈물겹구나." 재러드가 얘기한다.

"그치. 괜찮아 보이지, 응?"

히죽거리는 재러드의 표정을 보건대 농담이었나 보다. 나는 이런 친구가 있으면 괜찮지 않겠느냐는 뜻에서 물은 거였는데. 이런저런 얘기를 할 수 있는 사람이 있다면, 내 얘기를 들어줄 사람이 있다면.

추신. 네 동생 섹시해.

"이건 또 뭐야?"

"아차, 나의 실수." 재러드는 맨 마지막 줄을 지운다.

"좋아, 이제 하나 더."

우리는 빤한 미사여구를 늘어놓는다. **에번 핸슨에게, 너 같은 친구가 있어서 정말 다행이다. 코너 머피에게, 나는 항상 네 편이야, 친구야. 에번 핸슨에게, 너한테 신세 많이 졌다. 코너 머피에게, 별소릴 다하네. 에번 핸슨에게, 네 뒤에는 내가 있는 거 알지?**

전부 합해서 열두 통의 이메일을 만들어낸다. 여섯 통은 코너, 여섯 통은 내가 보낸 거다. 나는 정수기 옆에서 헉헉대는 대머리 남자처럼 숨이 가쁘고 짜릿하다. 코너 몫으로 가짜 이메일 주소를 만든 다음 재러드가 묘기를 발휘해 이메일이 작성된 시기를 봄으로 설정한다.

"이거 인쇄해야겠다." 내가 얘기한다.

재러드는 노트북을 덮는다. "이 근처에 사무용품 전문점 있어."

"완벽해." 나는 자리에서 일어선다. "그런 다음 부탁할 게 한 가지 더 있어."

"미안하지만 네 20달러는 용도를 다했는데?"

"진짜? 코너네 가족이 어디 사는지 구경하고 싶다고 하지 않았나?"

그날 저녁에 재러드가 차를 몰고 코너네 집 앞 진입로 끝까지 살금살금 다가갔다. 차창을 열고 나는 벽돌로 만든 우체통에 이메일을 넣었다. 점점 멀어지자 재러드는 주먹을 내밀어 내가 주먹으로 부딪혀주길 기다린다. 우리의 성공을 자축하고 싶어서지만 나는 그 주먹에 호응하지 않는다. 사이드미러로 멀어지는 코너네 집을 바라보는데 자축할 기분이 전혀 아니다.

"차 세워." 내가 얘기한다.

"왜?"

"진짜야, 차 세워. 토할 것 같아."

iii

우리 가족이 거실에 옹기종기 모여서 크리스마스카드 속 그림 같은 분위기를 연출하고 있다(나는 집으로 돌아올 생각이 없었다. 그럴 만한 이유가 있었기에 이 집을 떠난 것 아니겠는가. 그런데 어찌 된 영문인지 떠나질 못하겠다).

래리는 스카치위스키를 마시고 있다. 신시아와 조이는 종이 더미를 같이 읽고 있다.

코너가 나무에 이렇게 관심이 있는 줄 몰랐네. 신시아가 얘기한다.

호랑이도 제 말하면 온다는 속담은 이런 때 쓰는 거겠지. 내가 도마 위에 올랐다는 사실이 놀랍지는 않다. 저들은 내가 살아 있었을 때도 내 뒤에서 수군대는 걸 좋아했다.

마리화나 얘기인 게 분명해요. 조이가 얘기한다.

어디? 내 눈에는 안 보이는데. 신시아가 얘기한다.

나무라는 말도 없잖아요.

아. 신시아가 말한다. 아.

어머니의 어깨 너머로 허리를 숙이니 종이에 적힌 내 이름이
보인다. 에번 핸슨이라는 이름도 보인다.

래리, 당신도 이거 좀 읽어봐.

래리는 고개를 끄덕이며 라프로익을 홀짝인다(스카치위스키
는 술로 여겨지지 않는다. 그냥 업무의 일부분이다. 그래서 회사
에서 해마다 크리스마스가 되면 새로 한 병씩 선물한다. 아버지
가 모아놓은 술을 조금씩 마셔보았다. 내 취향은 아니었다. 흥분
제 중에서 술이 제일 별로였다).

뭐랄까, 우리가 아는 걔랑 달라. 신시아가 얘기한다.

다들 이메일을 읽고 있다. 내가 에번에게 보낸 이메일, 에번이
내게 보낸 이메일이다. 이게 뭐지? "네기 얘기한 그 다큐멘터리

봤어. 유쾌하더라." 요즘 누가 저런 식으로 얘길 한담? "이번 여름에 너랑 같이 한참 동안 걸을 생각을 하니까 신난다." 무슨 소름 끼치는 소설 같다. "네가 한 말을 진지하게 생각해봤어. 가족이 가장 소중한 존재라고 봐."

나는 약에 취해서 해롱거린 게 몇 날 며칠인지 셀 수가 없다. 밤늦게까지 마리화나를 피운 적도 있고 어이없는 헛소리를 끼적인 적도 있다. 하지만 이런 또라이 짓은 생각해본 적도 없다.

"에번 핸슨에게, 너 최고다."

놀랍다.

"삶이 나아지고 있어. 괜찮아지고 있어."

아까 했던 말 취소다. 이 헛소리는 압권이다.

"나는 이제 달라질 거야. 모두 네 덕분이야."

에번이 왜 이런 짓을 하는 걸까? 처음에는 보란 듯이 편지를 흘리더니 이제는 우리 가족까지 끌어들여서 거짓말로 구워삶아? 엄마. 내가 '다르게' 느껴지는 이유는 쌍, 내가 아니기 때문이에요.

엄마는 사진 찍을 때는 절대 쓰지 않는 독서용 안경을 벗는다. **사과 농장으로 놀러 다닌 게 그 아이한테 그렇게 의미 있는 일이었는지 몰랐어.**

사과 농장. 한참 동안 잊고 지냈던 곳이다. 기억을 더듬어보니 떠오르는 끔찍한 추억이 하나도 없다. 발끈해서 싸움을 벌인 적도 없고 충격적인 사건이 벌어진 적도 없다. 대개 기억을 깊숙이 헤집으면 맨 먼저 가장 끔찍한 추억이 떠오르는데. 그런데 사과 농장에서는 특별한 에피소드가 없었다. 좋은 의미에서 그랬다. 우리는 평범한 가족처럼 굴었다. 어머니가 점심 도시락을 준비했다. 조이와 나는 그 울퉁불퉁한 언덕을 데굴데굴 굴러서 내려왔다. 아버지는 일을 내려놓고 우리에게 관심을 보였다. 왜 좀 더 자주 그러지 못했을까? 왜 그 기분을 집에까지 품고 가지 못했을까?

그 농장이 문을 닫았을 때 어린 시절이 끝난 것 같았대. 생각해보면 말이 되지 뭐야. 그때부터 걔의 행동이 심각하게 달라지기 시작했으니까.

음, 아닌데. 엄마, 해답을 찾고 싶은 건지 몰라도 헛다리 짚었는데요. 그게 우리 어머니의 특징이다. 아버지는 모든 질문의 정답이 하나뿐이라고 생각한다. 하지만 어머니는 끊임없이 해답을 찾아다닌다. 모든 걸 일일이 시험한다. 훌륭한 태도처럼 들릴지 모르지만—그리고 그게 사실일지 모르지만—그런 태도조차 고문처럼 느껴질 수 있다. 특히 실험실의 쥐 입장에서는 말이다.

못 읽겠어요. 조이가 얘기한다. 그녀는 종이를 내려놓고 소파에서 일어선다. 제대로 작동하는 헛소리 탐지 능력을 갖춘 사람이 한 명이라도 있어서 다행이다.

하지만 조이는 탈출하지 못한다. 래리가 상투적인 질문을 날린다. **학교생활은 어떠니?**

아주 좋아요. 조이가 얘기한다. **난데없이 다들 제 친구가 되지 못해 안달이에요. 죽은 학생의 동생이니까요.**

죽은 학생. 나다.

콘트럴 선생님은 네가 다시 연습하러 나가서 좋아하시겠네. 어머니가 얘기한다.

두 분, 이러실 필요 없어요. 조이가 얘기한다.

뭐가?

제 방문을 두드리면서 아무 이유 없이 죽여버리겠다고 고래고래 소리를 지르던 오빠가 사라졌다고 해서 우리가 갑자기 빌어먹을 행복한 가족이 되는 건 아니잖아요.

오빠로서 마음 편하게 들을 만한 얘기는 아니다. 하지만 사실 그 안에 일말의 칭찬이 담겼다고 생각한다. 적어도 나에 대한 변호가 담겼다고 말이다. 왜냐하면 종종 얘기했다시피 내가 가족이라는 연못을 오염시킨 주범이 아니라 그 반대일 수도 있기 때문이다.

조이는 거실을 박차고 나간다. 사실 그 정도면 박차고 나가는 거라고 볼 수도 없다. 나였다면 뭔가를 부쉈을 거다(그런 다음 후회했을 거다. 하지만 사과할 만큼 후회하지는 않았을 거다. 두 번 다시 반복하지 않을 만큼 후회하지도).

괜찮을 거야. 어머니가 얘기한다. **우리 모두 저마다의 방식으로 상심을 달래고 있으니까.**

래리는 스카치위스키 잔을 내려놓는다.

어머니는 다시 이메일에 집중한다. **걔의 새로운 측면을 보는 듯한 기분이야. 이 안에서는 훨씬 밝아 보여. 걔의 웃음소리를 마지막으로 들어본 게 언제인지 기억도 나지 않는데.**

나는 자주 웃는다. 그러니까 자주 웃었다. 모든 게 너무 어이없도록 엿같아서 웃었다. 달리 할 수 있는 게 없어서 웃었다. 인간은 웃을 수도 있고 울 수도 있다. 나는 둘 다 많이 했다. 하지만 어머니는 나의 본능적이고 충동적인 면을 접할 때마다 감당하지 못했다. 어머니의 눈빛은 공포로 가득했다. 사랑도 있었다. 나도 보았다. 하지만…… 나를 강타한 건 공포였다. 그런 눈빛을 보고 나면 내 속내를 드러내고 싶어지지 않는다. 그러기는커녕 잽싸게 마음의 문을 닫아버린다.

이제 그만 자야겠다. 아버지가 딱 잘라 말한다.

나랑 같이 있어줘.

피곤해.

래리, 어떨 때 보면 당신 말이야, 꼭―

오늘 밤은 사양할게. 부탁이야.

내가 높다란 벽을 쌓은 대가가 이런 게 아닐까 싶다. 우리 가족은 내 생활에 대해 아는 게 전혀 없었다. 내가 가끔 친구를 들먹이긴 했다. 친구랑 놀러 나간다고, 친구한테 받았다고. 하지만 내 말을 믿지는 않았을 것이다. 가뜩이나 내가 이름을 밝히지도 않았으니.

(지금도 그의 이름을 입에 담기 싫다. 궁금하다. 그는 내가 죽

은 걸 알고 있을까?)

나는 2층의 조이 방으로 간다. 플러그를 뽑아놓은 전기기타를 치고 있다. 그녀가 나를 두고 한 말이 다 맞지는 않다. 조이에게 몇 번 소리를 지르기는 했다. 문을 두드린 적도 있었다. 하지만 죽여버리겠다고 협박한 적은 없었다. 조이는 정말 그걸 믿는 걸까? 두말하면 잔소리지만 나는 조이를 해친 적이 없었다. 그 구절과 같았다고 보면 된다. "소음과 격정으로 가득하지만 아무런 의미가 없는 것." 그게 나였다(역시 셰익스피어가 한 말답다. 내가 『맥베스』 리포트를 제출하지 않았다고 해서 관심을 기울이지 않은 건 아니었다. 어쩌면 너무 관심을 기울였는지도 모른다).

그녀는 침대에 등을 대고 카펫 바닥에 앉아 있다. 기타를 퉁기다 말고 멈춘다. 픽을 입에 물고 공책에 끼적인다.

그녀의 방에 마지막으로 들어와 본 게 언제였는지 기억이 나지 않는다. 우리는 지나가다 마주치면 인사를 나누는 이웃과 같았다. 깔끔한 성격인 줄 알았더니 방이 난장판이다. 여기저기 널부러진 옷가지. 즉석 카메라로 찍은 흐릿한 정물 사진. 풀어놓은 기타 줄 무더기. 오래된 토스트가 담긴 접시와 그 옆의 지저분한 나이프.

(레이디 맥베스도 유명한 자살자다. 내가 밑줄 쳐놓은 그녀의 대사가 있다. 파괴를 유도하는 것으로는 영원한 만족을 누릴 수

없다는 식의 대사다. 결국 진정한 해결책은 자기 자신을 파괴하는 것뿐이다.)

다시금 무슨 소리가 들린다. 조이가 얘길 하고 있다. 얘기가 아니다. 나지막이 노래를 부르고 있다.

몸을 웅크리고 내 방에 숨을 수도 있어
침대에 누워서 내일까지 계속 흐느끼며

그녀는 기타 소리를 줄인다. 공책에 좀 더 끼적인다. 무반주로 노래한다.

우울함에 무너질 수도 있어
하지만 말해봐, 말해봐, 무엇을 위해서인지

가사를 적으며 콧노래를 부른다. 곡을 만드는 거다. 그녀는 픽을 다시 쥔다. 어렸을 때 들고 다녔던 그 너덜너덜한 곰 인형처럼 기타를 가슴에 끌어안는다.

처음에는 우리 둘의 사이가 괜찮았다. 우리는 같은 차의 뒷좌석에 나란히 앉아서 다녔다. 여행을 가서는 한 침대를 썼다(래리가 자기 이름이 인쇄된 편지지를 할당받을 만한 위치에 오르기 전까지 온 가족이 한 호텔방에 몸을 욱여넣었다). 우리는 현관 계단 아래에서 키운 고양이들에게 밥을 주었다(옛날 집에서 있었던 일이다. 신시아는 고양이를 집 안에 들이지 못하게 했다. 병이 옮는다고 했다). 핼러윈 사탕을 맞교환했다(조이는 초콜릿을 좋아했다. 나는 신맛이라면 사족을 못 썼다). 조이는 뭐든 나를 따라 하고 싶어 했다. 내 자동차와 엑스맨을 가지고 놀았다. 내 부대의 병사인 척했다.

하지만 어느 시점부터 그녀는 더 이상 나를 위해 싸우지 않았다. 충성심이 어디로 사라져버렸을까? 그날 점심시간에 에번과 내가 옥신각신했을 때도 **그가** 괜찮은지 살폈다. 나는? **나는** 누가 챙겨주나?

왜 내가 마음이 무거워져야 하나?
왜 내가 산산이 부서져야 하나?
왜 내가 너에게서 멀어져야 하나?

나는 조이가 방 안에서 노래를 한다는 것도 몰랐다. 한번 듣기 시작하니 듣지 않을 도리가 없다. 그녀는 한 음절, 한 음절씩 또박또박 발음하며 내 관심을 요구한다. 부지불식간에 공유하는 우리 둘만의 순간이다. 그녀의 목소리에는 상처가 가득하다. 가사는 더욱 그렇다.

왜 내가 슬퍼하는 척 거짓말을 해야 하나?

네가 보고 싶다고 너의 빛이 없으니

내 세상이 컴컴해졌다고

오늘 밤에는 진혼곡을 부르지 않을 거야

이걸 자장가라고 할 수는 없겠다.

11장

랜스키 선생님은 시험지를 걷으며 오늘 본 쪽지 시험 결과는 성적에 반영되지 않을 거라고 약속한다. 거의 집중하지 못했던 나로서는 다행스러운 일이다. 랜스키 선생님은 우리가 각기 다른 물질의 상태에 대해 어디까지 알고 어디까지 모르는지 파악하고 싶어 한다. 나는 내 인생에 대해 어디까지 알고 어디까지 모르는지 파악하는 데 더 관심이 많다.

내가 아는 것 : 재러드와 나는 화요일에 코너의 집에 이메일 뭉치를 배달했다. 오늘은 목요일이다.

내가 모르는 것 : 코너의 가족이 이메일을 잘 받았을까. 그걸 읽었을까. 읽었다면 무슨 생각을 했을까. 이메일이 도움이 됐을까. 코너 가족은 이제 나한테서 뭘 원할까.

재러드와 네가 뭐라고 썼는지조차 기억나지 않는다. 무슨 영감이라도 받은 듯 단어들이 정신없이 쏟아졌다. 유일한 출력본을 그들에게 넘겼다. 재러드가 아직 삭제하지 않았을 거라는 가정 아래 파일을 보내달라고 할 생각이었지만 보고 싶지 않다는 결론을 내렸다. 나는 이메일의 존재를 잊으려고 노력하는 중이다. 우리가 그런 짓을 저질렀다는 사실도.

종이 울리고 점심시간이다. 나는 뒤에 남아서 꾸물거린다. 서두를 필요가 없다. 이 일이 있기 전에도 나는 혼자였지만 몇 번 쥐어짜면 나올 만큼의 용량이 희망이라는 튜브에 남아 있었다. 코너 머피는 내 일상과 아무 상관없었다. 그는 나처럼 배경으로 존재하는 인물이었다. 우리가 걷는 길은 서로 엇갈리지 않았고 엇갈렸다 한들 둘 다 알아차리지 못했다. 나는 식당 뒤편에 앉아서 조이를 흘끗흘끗 훔쳐보며, 전혀 얼토당토않은 이야기일지라도 우리 둘이 함께 할 수 있는 날을 상상했다. 그런데 지금은 점심시간 때 고개를 들 수조차 없다. 그녀의 냉랭한 눈빛을 다시 마주하게 될까 봐 너무 겁이 난다.

나는 열린 문을 지나서 향수와 소음의 전쟁터 속으로 들어선다. 내가 맨 마지막인 모양이지만 상관없다. 점심을 먹을 수 있을지도 잘 모르겠고 먹는다 한들 시간이 많이 필요하지도 않다. 평소에 앉던 테이블에 빈자리가 많다. 한 자리를 정해서 앉는데 누군가가 말을 건다. "안녕, 에번."

맞은편에 앉은 아이의 얼굴이 낯이 익지만 이름은 모르겠다.

"샘이야." 그가 얘기한다. "너랑 영어 수업 같이 듣는."

"아. 맞다. 안녕."

샘은 다시 점심을 먹는다. 나는 숲처럼 빽빽한 그의 머리칼을 쳐다본다. 그는 어디에서 왔을까? 예전부터 이 자리에 있었을까? 나는 고등학교를 다니는 내내 기본적으로 별 볼 일 없는 존재였다. 누군가가 갑작스럽게 알은 체하다니 기분이 묘하고 불안하다.

이왕 시선을 든 김에 잠깐 동안 주변을 둘러본다. 걱정했던 것처럼 나를 주시하는 사람이 있다. 하지만 이번에는 조이가 아니다. 식당 곳곳에서, 그것도 순차적으로 나를 주시하고 있다. 주시한다기보다 흘끗 쳐다보는 것에 가깝다. 이쪽에서 누군가가 고개를 돌린다. 저쪽에서 누군가가 살짝 훔쳐본다.

나는 고개를 숙이고 샌드위치 포장을 벗긴다. 이쯤 되자 평소처럼 땅콩버터를 바른 샌드위치를 쳐다보기만 해도 구역질이 난다. 여름 동안 엘리슨 공원에서 일했을 때는 공원 관리를 맡은 상사 거스와 근처 푸드 트럭에서 점심을 해결하곤 했다. 내가 가장 좋아했던 메뉴는 한국식 타코였다. 그 타코를 생각하면 지금도 침이 고인다. 그런 게 사는 맛이었다. 그러고 보니 오늘 저녁이 기대된다. 엄마랑 저녁에 타코를 먹기로 한 날이다.

나는 샌드위치 맛이 나는 스티로폼을 손에 들고 한 입 베어 문다. 누가 내 옆자리에 앉자 벤치가 흔들린다.

"어머, 안녕." 엘레나 베크다. "잘 지내고 있지?"

나는 원래 사회적 상황에서 반응 시간이 느린 편이지만 엘레나를 상대할 때는 더욱 심해진다. 그녀가 어찌나 환한지 눈밭에 반사된 햇살 같다.

엘레나가 나의 안부에 왜 이렇게 관심을 보이는지 모를 일이지만 물어봐주니 좋긴 하다. "괜찮아, 아마도."

그녀는 어디 아픈 사람처럼 움찔한다. "너 정말 대단해."

"내가?"

"재러드가 동네방네 얘기하고 다니던데. 너하고 코너가 얼마나 친하게 지냈는지 모른다고, 너희 둘이 단짝이나 다름없었다고."

이번에는 내가 어디 아픈 사람처럼 움찔한다. 궤양이 1초 만에 생길 수도 있을까?

"다들 네가 이번 주에 얼마나 꿋꿋하게 잘 버티고 있는지 그 얘기뿐이야." 엘레나는 침대에 누운 환자를 위로하는 간호사처럼 손깍지를 낀다.

"그래?" 내 목소리가 갈라지고 나도 덩달아 갈라질 것 같다.

나는 식당을 둘러본다. 그래서 다들 나를 쳐다보는 건가? 샘이기가 막힌 타이밍에 고개를 끄덕인다.

"다른 사람 같았으면 무너졌을 거야." 엘레나가 얘기한다. "데이나 P 같은 경우에는 어제 점심시간에 하도 우는 바람에 얼굴에 쥐가 나서 병원에 갔거든."

"데이나 P는 올해 입학한 신입생 아니야? 코너를 알지도 못하잖아."

"그래서 그렇게 울었던 거지. 이제는 만날 기회조차 없으니까. 코너 덕분에 학교가 하나로 뭉치고 있어. 정말 놀라운 일이야. 나랑 지금까지 말 한번 섞은 적 없던 애들이 이제는 나랑 얘기를 나누고 싶어 해. 코너가 나한테 얼마나 소중한 아이였는지 알거든.

정말 감동적이야. 사실 블로그를 하나 개설했어. 걔를 추모하는 공간 삼아서."

나는 입을 열지만 아무 말도 할 수가 없다. 심장이 세 배로 빨리 뛴다. 물을 벌컥벌컥 들이켜도 도움이 되지 않는다. "너랑 코너랑 친구인 줄 몰랐는데."

"사실 친구는 아니었어. 그보다는 아는 사이에 가까웠지. 아는 사이 중에서도 **가까운** 사람."

내 심장의 뛰는 속도가 두 배로 느려진다.

"걔가 내 얘기를 하거나 그런 적은 없었을 거야." 그녀가 덧붙인다.

그게 질문인지 단정인지 모르겠다. 어떤 경우가 됐건 나는 입을 굳게 다문다.

"사실은 말이야." 엘레나가 얘기한다. "나는 너희 둘이 친구라는 걸 어느 정도 알았던 것 같아. 너는 아주 제대로 숨겼지만 나는 전부 알고 있었어." 그녀는 내 쪽으로 몸을 기울인다. "솔직히 대답해봐."

"뭘?"

"여기저기서 포스팅한 코너 사진 말이야. 같이 찍은 옆 사람은 잘라낸 사진. 그 옆 사람이 너지, 그렇지?"

그녀가 나를 빤히 쳐다본다. 나는 너무 놀라서 숨도 제대로 쉬지 못한다.

그녀가 미소를 짓는다. "그럴 줄 알았어."

샘도 미소를 짓는다.

나는 아무 말도 하지 않았다. 아무 반응도 보이지 않았다. 고개를 끄덕이지도 윙크하지도 움찔거리지도 않았다.

"힘내, 에번." 그녀는 이렇게 말하고 일어선다.

여기가 아닌 다른 데 있고 싶다. 나는 점심을 챙겨서 출입문으로 향한다.

내 앞에 등장한 재러드가 두 팔을 벌리고 환영한다. 나는 그의 품속으로 들어간다.

"뭐하는 짓이야?" 그가 나를 밀친다.

"미안. 나는 네가……."

"너한테 보여줄 게 있어서 그랬지, 이 멍청아." 그는 자기 가슴을 가리킨다. 코너 머피의 웃는 얼굴이 담긴 배지를 달고 있다. 그 사진 속의 얼굴이다. 재러드는 어깨에 짊어진 캔버스 가방에서 똑같은 배지를 꺼내 내 셔츠에 달아준다. "개당 5달러에 팔고 있지만 너한테는 4달러만 받을게."

"이걸로 돈을 벌고 있다고? 코너의……." 나는 차마 그 단어를 입 밖으로 꺼내지 못한다.

"나뿐만이 아니야." 재러드가 얘기한다. "사브리나 파텔이 쉬는 시간에 코너의 이니셜이 적힌 팔찌를 파는 거 못 봤어? 아니면 매트 홀처의 엄마가 만든 티셔츠는?"

"못 봤어. 그런 짓을 하다니 믿기지가 않는다."

"수요와 공급의 문제야, 친구. 지금이 피크인 거고." 그는 불룩한 캔버스 가방을 토닥인다. "코너 머피 기념품 시장이 붕괴하기 전에 이 배지들을 처분해야 해."

그는 걸음을 옮긴다. 나는 뒤따라가며 그를 부른다. "난 이거 안 할래." 배지가 얼른 빠지질 않는다. 그에게 배지를 던진다. 그러는 동안 그의 어깨 너머에서 나를 노려보는 조이 머피와 시선이 마주친다. 내가 셔츠에서 코너의 배지를 떼어내 경멸조로 던지는 걸 지켜본 것이다.

재러드는 어슬렁어슬렁 사라지고 그를 대신해 조이가 내 앞에 선다. "뭐야?" 그녀가 묻는다. "우리 오빠 얼굴을 가슴에 달고 다니기 싫다는 거야?"

배지를 하나 집어서 핀으로 내 눈을 찌르면 어떨까? 그러면 정의가 구현될까?

조이가 식당을 둘러본다. "오빠가 이걸 봤다면 질색했을 거야." 그러더니 나를 돌아보며 묻는다. "그랬을 것 같지 않아?"

진심으로 내 의견을 묻는 것 같다. 하지만 테스트일 수도 있다. "아마도." 나는 대답한다.

그녀의 눈빛에 엄청난 무게가 실렸다. 그 무게가 무얼 의미하는지 어떤 형태를 띠는지 나로서는 알 길이 없지만 그걸 모두 합한 총량이 어마어마한데도 나는 똑바로 쳐다본다.

그녀는 걸음을 옮기려다가 멈춘다. 고개를 숙이자 그녀가 본 것이 내 눈에도 들어온다. 깁스 위에 적힌 이름이다. 나는 그녀의 표정을 살피려고 하지만 이미 늦었다. 그녀는 이미 식당을 반쯤 걸어가서 인파 속으로 사라졌다.

=

다시 컴퓨터실에 들어서자 섬뜩한 기분이 든다. 코너 머피에게 내 편지를 빼앗긴 게 고작 지난주였다. 나는 그때 그가 컴퓨터실에 있는 줄도 몰랐다. 오늘은 또 누가 있는지 어깨 너머로 확인한다. 아이들이 몇 명 있다. 코너는 보이지 않는다. 당연히 코너는 보이지 않는다. 그는 살아 있지 않다. 살아 있지 않은 사람은 보이지 않는 법이다.

내가 그 바보 같은 편지를 출력하지 않았다면 그는 아직 살아 있었을지 모른다. 내가 키보드의 엔터키를 친 순간 비극적인 연쇄 작용이 시작된 거나 다름없다. 와이파이가 끊겨서 명령이 프린터에 전달되지 않았다면 코너는 살아 있었을지 모른다. 엄마가 그날 셔먼 선생님과 상담 예약을 잡지 않았다면 코너는 살아 있었을지 모른다. 뿐만 아니라 내가 팔을 부러뜨리지 않았다면 코너는 깁스에 사인할 일이 없었을 테고 이런 헛소문이 석고 반죽처럼 굳어버리기 전에 아니라고 반박할 수 있었을지 모른다.

나무의 높이를 감안했을 때 나는 더 심하게 부러졌을 수도 있었다. 운이 좋았다. 다들 그렇게 얘기했다. 평생 느껴본 적 없을 만큼 잔인한 고통에 시달리며 땅바닥에 누워 있었을 때는 내가 운이 좋았다는 생각이 들지 않았다. 하지만 맞는 말이었던 것 같다. 허리가 망가질 수도 있었다. 머리가 깨질 수도 있었다. 그보다 더 심하게 다칠 수도 있었다.

관리원 거스가 나를 병원까지 데려다주었다. 그 나무에는 뭐하러 올라갔느냐고 계속 물었다. 나는 일할 시간에 갑자기 나무를 타고 싶어졌다는 걸 어떤 식으로 설명하면 좋을지 알 수 없었다.

그래서 좀 더 그럴듯하게 들리길 바라며 즉석에서 말을 지어냈다. 순찰을 돌다가 길 잃은 강아지를 발견했는데 잡으려고 했더니 달아나는 바람에 추격전에 나섰다고 둘러댔다. 높은 데 올라가면 사방이 더 잘 보일 것 같았다고 했다.

"나한테 워키토키로 연락했어야지." 관리원 거스가 말했다. "내가 몇 번을 얘기했니? 뭐든 이상한 게 보이면 워키토키로 연락하라고 했잖아." 그는 화를 냈다.

나는 여름 동안 갑작스럽게 변하는 관리원 거스의 말투에 허를 찔린 경우가 몇 번 있었고 그럴 때마다 그가 아무리 친구처럼 느껴져도 실은 상사라는 사실을 다시금 상기했다. 내가 **관리원**이라는 직책을 빼고 거스라고 불렀을 때도 그는 그냥 넘어가지 않았다.

"규칙은 안전을 도모하는 차원에서 만들어진 거야." 공원에서 쓰는 픽업트럭의 운전석에서 관리원 거스가 말했다. "공원을 비롯해 모두를 안전하게 지키기 위해서. 지금 내 눈엔 네가 그걸 전부 폐기 처분한 걸로 보인다."

그의 말이 맞았다. 솔직히 그 순간에 나는 안전은 안중에도 없었다. 그건 내 관심사가 아니었다.

"나도 네가 아프다는 건 알아." 관리원 거스가 말했다. "하지만 이 일을 통해 배우는 게 없으면 그 고통이 무의미해지는 거야."

관리원 거스가 심하게 나무라도 섭섭하지 않았다. 솔직히 좀 고마웠다.

"부모님께는 연락드렸니?" 그가 물었다.

175

관리원 거스가 보인 반응이 아빠가 보인 반응보다 나았다. 다음 날 내가 연락하자 아빠는 큰딸 헤일리가 작년에 손목이 부러진 적이 있다며 장황설을 늘어놓기 시작했다. 금세 나아서 곧바로 운동을 할 수 있었다고 했다. 아빠는 나를 위로하려고 한 얘기였을지 몰라도 핀트가 맞지 않았다. 내 입장에서는 아빠가 다른 반응을 보이는 게 더 좋았을 것이다. 어쩌면 그렇게 어설프냐고 놀리거나 아팠겠다고 동정하거나 어렸을 때 **아빠**의 뼈가 부러졌던 사건을 들려주었더라면 좋았을 것이다. 헤일리 얘기는 듣고 싶지 않았다.

"엄마한테 메시지 남겼어요." 나는 관리원 거스에게 말했다. "지금 수업 듣고 계실 거예요." 공교롭게도 그날 병원에 도착하고 보니 엄마가 없었다. 그걸 알았을 때 다행스럽게 여겼던 기억이 난다.

실습이 끝난 이후에 관리원 거스와 연락한 적은 없다. 두 달 동안 일주일에 5일씩 함께 보냈는데 이제는 서로 볼 일이 없다. 모르겠다. 그냥 좀 혼란스럽다. 한때는 우리가 한 팀이나 뭐 그 비슷한 거였는데 그도 지금 새로운 실습생을 가르치느라 정신없을 것이다.

컴퓨터 화면을 깨운다. 관리원 거스에게 이메일을 보내서 안부를 물을 수도 있다. 하지만 인터넷에 거의 접속하지 않는 그의 성향을 감안할 때 몇 주 지난 다음에야 내 이메일을 확인할 것이다. 나는 그와 공원을 소개하는 SNS 프로필을 만들어보려고 했지만 잘되지 않았다. 관리원 거스는 과학기술이 사회를 망가뜨리고 있다고 생각하며 원시적으로 산다. 게다가 이메일로 그의 근황을 물으려면 내 근황도 얘기해야 한다.

===

그날, 저녁을 먹기 전에 열심히 키보드를 두드려가며 숙제를 하는데 메일함에 새로운 메일이 들어온 게 보인다. 제목이 '고맙다'다. 열어 보니 신시아 머피가 보낸 메일이다. 그녀의 이름을 보기만 해도 눈앞이 아득해진다. 내가 왜 그녀에게 건넨 이메일에 내 실제 주소를 첨부했을까? 나도 가짜 계정을 만들었어야 하는 건데.

나는 이메일을 읽기 시작한다.

에번에게

두고 간 소포 잘 받았다. 이렇게 개인적으로 주고받은 이메일을 우리에게 맡겨주다니 고마운 마음을 무슨 말로 표현할 수 있을까. 그 이메일을 통해 우리가 한 번도 접한 적 없는 코너, 우리가 아는 아이와는 거의 닮은 구석이 없는 코너의 모습을 엿볼 수 있었단다.

이메일이 더 있다고 했지? 어떤 내용이 됐건 언제가 됐건 상관없으니 좀 더 볼 수 있을까? 이메일을 읽었더니 코니가 살아 있는 것처럼 느껴져서 그 느낌을 영원히 누리고 싶은 욕심이 생기더구나.

그리고 한 가지 부탁할 게 있는데. 혹시 코너가 다른 이메일에서도 약물 문제에 대해 언급한 적 있니? 특히, 누구한테서 약물을 조달받는지 이름을 얘기한 적이 있니? 그런 적이 있는지 체크해줄래? 물론 남편은 시간 낭비라고 하지만 네가 이메일을 전부 훑어보았는데 아무것도 없었다고 하면 단잠을 잘 수 있을 것 같아서.

마지막으로, 언제 또 만날 수 있을까? 내일 저녁에 시간 괜찮니? 다시 저녁 초대를 하고 싶은데.

사랑을 담아서

신시아

그녀는 그 이메일로 만족하지 못했다. 더 보고 싶어 한다. 영원히 끝이 없을 것이다.

이름? 이름을 묻는 이유가 뭘까? 경찰에 신고하려는 걸까? 선물 바구니를 보내려는 건 아닌 게 분명하다. 그녀가 원하는 건 정의 실현이다. 이것이 이 이메일에 대한 나의 해석이고 난 영어에 있어서만큼은 자신 있다. 그리고 자신 있게 단정 지을 수 있는 사실이 또 하나 있다면 신시아 머피가 경찰서로 찾아가는 것이야말로 **앞으로 벌어질 수 있는 최악의 상황**이라는 것이다.

내 침대 옆 탁자를 보면 대학 에세이 장학금 자료 옆에 병이 두 개 있다. 하나는 물이 가득 든 병이고 나머지 하나는 아티반이다. 나는 두 번째 병에 든 약을 한 알 입에 넣고 첫 번째 병에 든 물로 삼킨다. 눈을 감고 약효가 온몸에 번지길 바란다. 내 설정 상태가 바뀌길 기다리는 동안 어깨의 긴장이 풀리고 호흡이 느려진다.

좋다. 이제는 멈추어야 한다. 내가 제동을 걸어야 한다. 신시아 에게 이름 같은 건 없다고 얘기해야겠다. 그게 진실이다(나는 이 사태에서 빠져나가는 길을 알려주는 빵 부스러기라도 되는 양 계속 진실을 따지기 시작했다). 하지만 그걸로는 부족하면 어쩐 다? 그녀가 그럴 리 없다고 하면? 상대는 상심한 어머니다. 이 어 머니는 아들을 여의었다. 그녀의 입장에서 이건 장난이 아니다. 나도 마찬가지지만.

됐다. 더는 못 견디겠다. 진실을 공개할 때가 됐다. 모든 진실 을. 애초부터 그럴 작정이었는데 큰 소리로, 분명하게 얘기하지 못했다. 내가 정리해야겠다. 코너의 집에 다시 찾아가 두 눈을 똑 바로 쳐다보며 터뜨려야겠다. 고백해야겠다.

"무슨 일 있니?"

엄마가 내 방문 앞에 서 있다. 장담하건대 엄마는 난처한 순간 에 느닷없이 내 방문 앞에 등장하는 초능력을 가진 게 분명하다.

"아뇨. 그럴 리가요. 아무 일 없어요." 아까 먹은 아티반이 얼른 약효를 발휘해야 할 텐데.

"엄청 집중한 표정을 짓던데." 엄마는 실눈을 뜨고 나를 있는 대로 흉내 낸다. "내가 알아맞혀볼까?" 엄마는 내 쪽으로 다가온다. "수학 때문이야? 항상 수학이 제일 말썽이었잖아."

나는 엄마가 덮치기 전에 얼른 노트북을 닫는다. 엄마는 다가오다 말고 걸음을 멈춘다. 우리는 서로 쳐다본다.

"그냥…… 재러드한테 이메일 보내는 중이었어요." 나는 손을 떨면서 얘기한다. "저한테 뭘 물어본 게 있어서요."

나는 시선을 피하다 엄마가 수술복을 입고 있다는 사실을 알아차린다.

"너하고 재러드하고 요즘 들어 전보다 더 시간을 많이 보내는 것 같네?" 엄마는 다행스럽게 여기는 표정이다. "내가 전부터 그랬잖아, 좋은 친구라고."

"네, 정말 좋은 친구예요." 엄마는 어깨에 핸드백을 걸치고 자동차 열쇠를 들고 있다.

"네가 자랑스럽다. 그렇게 노력하고 그러는 게."

"그러게요." 나는 심드렁하게 대답한다.

"아무튼 엄마는 이만 나갈게. 식탁에 돈 있어." 엄마는 몸을 돌린다. "뭐든 먹고 싶은 거 시켜 먹어, 알았지?"

넌더리 나고 아픈 느낌이 점점 커지면서 기존의 뭔지 모를 감정과 섞인다. 그냥 아무렇지 않게 넘길 수 있다면 얼마나 좋을까. "오늘 저녁에 타코 먹기로 하지 않았어요? 에세이 주제 검토하면서."

엄마의 눈이 휘둥그레진다. "그게 오늘 저녁이구나. 으악. 어떡하니. 새까맣게 잊어버렸어. 젠장." 엄마는 열쇠로 자기 머리를 때린다.

"됐어요." 나는 이렇게 얘기한다. 달리 뭐라고 할 수 있겠는가.

엄마는 내 침대에 앉아서 탁자에 놓인 자료를 쳐다본다. "이렇게 하면 어떨까? 너 혼자 먼저 에세이 주제를 훑어봐. 그러다 좋은 아이디어가 떠오르면 나한테 이메일을 보내. 그걸 보고 나도 좋은 아이디어가 생각나면 답장을 보낼게. 그런 식으로 하는 게 더 좋지 않겠니? 그러면 천천히 생각해볼 수도 있고."

나는 대화를 이대로 접을 준비를 하며 고개를 끄덕인다. "네. 그렇겠네요."

"타코는 나중에 먹자, 에번. 내일 먹으면 되겠다. 내일 저녁 어때?"

"내일은 안 돼요. 내일은…… 바빠요."

엄마는 내 대답을 듣지 않는다. 휴대전화에 뜬 시간을 쳐다본다. "젠장. 늦었다."

나는 침대 밖으로 나간다. "얼른 가세요." 환자용 변기통이 저절로 씻길 리 없지 않은가.

"아냐, 이 문제를 해결해야지."

"괜찮다니까요."

"에번……."

나는 문으로 간다. "저녁은 제가 알아서 먹을게요." 나는 늦은 엄마를 내 방에 홀로 남겨두고 나간다.

12장

　이건 코너 머피가 쓰던 더블베드다. 그의 부츠가 쓸고 지나간 나무 바닥이다. 뭘 잔뜩 붙여놓은 흰색 벽이다. 영화와 밴드 포스터, 직접 만든 미술 작품, '나 오늘 바지 입었다'라고 적힌 장난감 메달 사이로 가운뎃손가락을 내민 손을 클로즈업해서 찍은 사진이 확 눈에 들어온다. 검은색으로 칠한 가운뎃손가락 위에 흰색으로 자잘한 글씨가 적혀 있다. 사진 앞으로 얼굴을 바짝 갖다 대야 흰색으로 뭐라고 적혔는지 알 수 있다. '우왁!'

　그래, 무섭네. 하지만 나는 코너의 방 안으로 들어오기 전부터 겁에 질려 있었다. 신시아가 저녁 준비를 하는 동안 여기 올라가보라고 했다. 전전긍긍하느라 한 시간 일찍 도착한 게 화근이었다. 혼자 저녁을 준비하는 것 같기에 옆에서 거들겠다고 했건만 신시아는 가서 "코너와 단둘이" 시간을 보내라고 우겼다.

바깥 기온은 거의 27도에 가까운데 나는 이 집 안에서 벌벌 떨고 있다. 조금 있으면 1층에 있는 그 여인의 가슴이 나 때문에 다시 한번 찢어질 것이다. 그녀는 코너와 내가 주고받은 이메일이 얼마나 의미 있었는지 모른다고, 코너를 생생하게 추억하는 데 얼마나 도움이 됐는지 모른다고 거듭 얘기했다. 오늘 저녁에는 그녀가 전과 다르게 밝아 보인다. 하지만 나는 그녀에게서 코너를 다시금 떼어내고 내가 얼마나 끔찍한 인간인지 이 자리에서 폭로할 것이다. 그러기 정말 싫지만 선택의 여지가 없다. 나와 그녀의 아들을 둘러싸고 계속 거짓말을 늘어놓는 것보다는 낫지 않은가.

코너의 사적인 공간에 있으려니 괴롭기 짝이 없지만 그의 본모습을 가장 가까이서 볼 수 있는 기회이기도 하다. 그의 방과 내 방은 확연하게 다르지만—내 방은 크기가 이 방의 절반이고 바닥에 카펫이 깔려 있고 벽이 옅은 초록색이다—두드러진 공통점이 있다. 이 방에는 스포츠와 관련된 물건이 하나도 없다. 나는 스포츠를 직접 하는 것에도, 관람하는 것에도 전혀 관심이 없기 때문에 내 또래 아이들 사이에서 항상 소외감을 느꼈다.

그리고 나처럼 코너도 책꽂이마다 책이 넘쳐 난다. 『은하수를 여행하는 히치하이커를 위한 안내서』, 『호밀밭의 파수꾼』, 『위대한 개츠비』, 『피츠버그의 마지막 여름』이 보인다. 들어본 적 없는 책도 있고 내가 가지고 있는 책도 있다. 2학년 때 배운 『맥베스』 복사본도 있다. 커트 보니것의 소설이 못해도 대여섯 권은 된다. 책등에 듀이 십진분류법 번호가 붙은 책도 몇 권 있다. 어째 상호

모순처럼 느껴진다. 코너 머피와 도서관이라니.

존 크라카우어가 쓴 『인투 더 와일드』. 나한테도 있는 책이다. 나는 영화를 먼저 보고 난 다음 책을 읽었다. 알래스카에서 혼자 살아보려고 했던 이십 대 초반의 청년 이야기다. 그는 자연에 관한 한 모르는 게 없었다. 최고의 공원 관리인이 될 수 있는 재목이었다. 하지만 안타깝게도 치명적인 실수를 저지르는 바람에 야생에서 비명횡사하고 말았다.

코너와 내가 같은 책을 읽었다는 걸 알고 났더니 기분이 묘하다. 나는 학교의 다른 아이들보다 그와의 공통점이 더 많았을지 모른다. 우리가 점심시간에 같은 테이블에 앉았더라면 예를 들어 『제5도살장』처럼 둘 다 읽은 책을 주제로 대화를 나눴을 수도 있다. 실제로 친구가 됐을 수도 있다. 뭐 그런 거지.✦

하드커버 중에 표지도 제목도 없는 책이 있다. 나는 그 책을 책꽂이에서 꺼낸다. 스케치로 가득한 일기장이다. 그림들이 기괴하고 불안감을 조성하는 동시에 난해하고 독특하다. 어떤 작품에서는 덧신을 신은 남자가 우산을 들고 있다. 하늘에서는 쥐와 거미들이 쏟아진다. 땅바닥과 나무들도 쥐와 거미로 뒤덮였다. 아래쪽에 이런 제목이 달려 있다. Crittercism.✦✦ 재밌다.

"오빠 방에서 뭐하는 거야?"

나는 코너의 스케치북을 말 그대로 책꽂이 안으로 던져 넣은

✦ So it goes. 『제5도살장』에 나오는 유명한 문장이다.
✦✦ 동물이라는 뜻의 critter와 비난이라는 뜻의 criticism을 합성한 단어다.

다음 조이를 돌아본다. "내가 너무 일찍 오는 바람에 너희 엄마께서 여기 있으라고 하셨어."

"우리 집에서 노상 죽치고 있으면 너희 부모님이 속상해하지 않을까?" 그녀가 묻는다.

내가 노상 여기서 죽치고 있는 건 아니다. 겨우 두 번 온 게 전부다. 하지만 그녀의 집에서 조이 머피의 말에 반박할 생각은 없다(다른 데서도 마찬가지긴 하지만).

"나는 엄마랑 단둘이 살아." 내가 얘기한다. "그리고 엄마는 거의 매일 저녁 일을 하고. 아니면 수업을 듣거나."

그녀는 문틀에 기댄다. "무슨 수업?"

"법률 수업."

"아 그래? 우리 아빠가 변호사인데."

"아." 나는 귀를 긁는다. 가렵지도 않은데 갑자기 미친 듯이 귀를 긁고 싶어진다.

"아빠는 어디 계시고?" 조이가 묻는다.

나는 이번에는 헛기침을 한다. 헛기침을 하며 귀를 긁는다. 전혀 해괴한 행동이 아니다. "콜로라도에 사셔. 내가 일곱 살 때 떠나셨어. 그래서. 아빠도 내가 여기 있거나 말거나 별로 신경 쓰지 않아."

그녀의 눈썹이 위로 번쩍 솟구친다. "콜로라도면 가까운 곳도 아닌데."

"응, 그렇지. 사실 2,900킬로미터 거리야. 그쯤 돼. 계산해보지는 않았지만." (물론 나는 계산해보았다.)

조이가 방 안으로 들어오자 나는 뒤로 물러서다가 실수로 양철 쓰레기통을 찬다. 심벌즈인가 싶을 정도로 요란한 소리가 메아리 친다.

우리는 코너 방의 이쪽 끝과 저쪽 끝에 어색하게 서 있다. 앉을 만한 곳이 침대와 책상 의자뿐이다. 나는 어느 쪽으로도 움직이지 않는다.

"아무튼 너희 부모님은 정말 좋은 분 같아."

"맞아." 조이는 재미있어하는 투로 얘기한다. "서로 견디질 못해서 싸우는 게 일이거든." 그녀는 좀 더 가까이 다가와 코너의 침대에 앉는다. 적갈색 코듀로이 바지가 위로 올라가서 맨 발목이 드러난다.

나는 좀 더 뒤로 물러나려고 하지만 벽이 있어서 하마터면 벽에 걸린 뭔가를 떨어뜨릴 뻔한다. "뭐, 모든 부모님들이 싸우지 않나? 그게 정상이지."

"우리 아빠는 전면 부인 상태야. 심지어 장례식장에서도 울지 않았어."

그 말에 뭐라고 대꾸하면 좋을지 전혀 모르겠다. 싫어하는 사람에게는 공개하지 **않을** 만한 정보이기는 하다. 하지만 그녀가 지금은 나를 싫어하지 않을지 몰라도 나중에는 반드시 싫어하게 될 것이다. "너희 엄마 말로는 저녁 메뉴가 글루텐 없는 라자냐라고 하던데." 내가 얘기한다. "그거 정말······."

"못 먹을 음식 같아?"

나는 애써 웃음을 참는다. "무슨 소리야. 엄마가 요리를 잘해서 얼마나 좋냐. 우리 엄마랑 나는 거의 날마다 피자를 시켜 먹는데."

"피자를 먹을 수 있다니 좋겠다." 조이가 얘기한다.

"너는 피자 못 먹어?"

그녀는 눈을 부라린다. "이제는 먹을 수 있지 않을까 싶긴 해. 작년에는 엄마가 불교를 믿어서 육식 금지였거든."

"작년에는 불교를 믿었는데 올해에는 아니라는 말이야?"

"엄마가 그런 식이거든. 전혀 다른 것에 빠져서 정신을 못 차려. 한동안은 필라테스였다가 그다음은 『시크릿』이었다가 그다음은 불교였어. 요즘은 『잡식 동물의 딜레마』인가 뭔가에서 얘기하는 방목 농장이지. 일일이 기억하기도 벅차."

우리 엄마는 점성술과 록 콘서트 말고는 관심사도 취미도 없다. 내가 하이킹을 몇 번이나 가자고 했을 때도 벌레가 싫다고 했다.

조이는 주근깨가 난 어깨를 긁더니 두 손을 딛고 몸을 뒤로 기댄다. 그녀가 나를 보며 미소를 짓자 내 몸은 그걸 유혹으로 해석한다. 나는 아래를 내려다보며 무슨 얘기를 하고 있었는지 애써 기억을 더듬는다. "다양한 일에 관심이 많으시다니 멋지다."

그녀는 내가 말귀를 못 알아들어서 당황스러워한다. "아니야. 돈은 많고 할 일은 없을 때 벌어지는 현상이거든. 미쳐버리는 거지."

"우리 엄마는 돈이 없는 것보다는 많은 게 낫다고 입버릇처럼 얘기하는데."

"그럼 너희 엄마는 돈이 많아 본 적이 없는 모양이네."

"그리고 너는 돈이 없어 본 적이 없고."

지금 이게 내가 한 말이 맞나? 내 얼굴에서 시뻘건 열기가 뿜어져 나오는 게 느껴진다.

"미안." 내가 얘기한다. "그럴 생각은 아니었는데—내가 너무 함부로 얘기했다."

그녀는 웃음을 터뜨린다. "너도 뾰족한 말을 할 줄 아네."

"아니야. 나는 뾰족한 말을 할 줄 몰라. 뾰족한 **생각**도 할 줄 모르고. 그게, 정말 미안해."

"감탄하고 있었는데. 네가 분위기를 망치고 있잖아."

이런 젠장. "미안." 젠장.

"계속 그 소리를 반복할 수밖에 없는 모양이네?"

그렇다. 입이 근질거린다.

그녀는 일어나 앉아서 코너의 침대 옆 테이블에 놓인, 다 맞춰진 루빅큐브를 집어 든다. "또 미안하다고 하고 싶지?"

"응. 미치도록."

그녀가 나를 보며 아무한테나 거저 보여주지 않는 진짜 함박 웃음을 짓자 그 미소가 나를 흠뻑 적시는 듯한 기분이 든다. 마치 내가 일구어낸 성과처럼 느껴진다.

그녀는 큐브의 한 줄을 돌렸다가 완벽하게 맞춰진 상태를 망가 뜨리고 싶지 않은 듯 다시 제자리로 돌려놓는다. 원래 있었던 침대 옆 테이블에 슬그머니 내려놓는다.

"너한테 이메일 보낸 거, 엄마를 대신해서 내가 사과할게. 내가 말렸는데." 조이는 나를 올려다본다. "엄마가 원하는 거 못 찾았지?"

나는 고개를 끄덕인다.

"그럴 줄 알았어. 우리 엄마는 그런 방면에 젬병이야. 오빠가 약에 취해서 해롱거려도 전혀 몰랐거든. 말을 엄청 느리게 하는데도 그냥 '피곤해서 그런 거야' 이러고." 그녀는 하던 말을 멈추고 루빅큐브를 빤히 쳐다본다. "오빠가 왜 그런 말을 했을까?"

속삭임에 가깝다. 나는 그게 무슨 소린지 알아듣지 못한다.

"유서에 말이야." 그녀가 얘기한다. "'조이가 있으니까? 내 모든 희망이 조이에게 달려 있지. 잘 알지도 못하고 나를 알지도 못하는 그 아이에게.' 왜 그런 말을 썼을까? 그게 무슨 뜻일까?"

"아. 그거." 편지다. 조이가 편지를 외우고 있다.

그녀는 나를 빤히 쳐다보며 대답을 기다린다. 내가 아무 대답도 하지 않자 고개를 떨구고 다리를 반대편으로 비스듬히 옮긴다. 나는 사라지길 바라는 듯 몸이 저절로 움츠러드는 그 느낌을 안다.

이런 그녀를 가만히 보고 있을 수가 없다. 이렇게 절박한 모습이라니.

"글쎄." 나는 말문을 연다. "100퍼센트 장담은 못 하겠지만 생각해보니까 코너는 늘 그렇게 생각했던 것 같아. 너희 둘이 좀 더 가깝게 지낼 수 있다면—"

"우리는 가깝게 지내지 않았어." 조이가 얘기한다. "전혀."

"그래, 나도 알아. 하지만 코너는 너랑 가깝게 지낼 수 있었으면 좋겠다고 했어. 가깝게 지내고 싶다고."

그녀가 턱을 든다. 그렇게 다시 살아난 듯한 분위기를 풍긴다. "그러니까 너랑 오빠랑, 둘이 내 얘기를 했다고?"

"아 그럼, 가끔 했지. 너희 오빠가 얘길 꺼내면. 내가 먼저 꺼낸 적은 없었어. 절대. 내가 왜 먼저 그러겠어? 하지만 맞아, 너희 오빠는 네가 멋지다고 생각했어."

그녀는 뭔가 구린 냄새를 맡는다. "나 보고 **멋지다**고 했다고? 우리 오빠가?"

"응. 당연하지. 그러니까, 정확히 그 단어를 쓰지는 않았을지 몰라도—"

"어떤 식으로?"

"너희 오빠가 너를 어떤 식으로 멋지다고 생각했느냐고?"

"응." 그녀는 무릎을 들어서 침대 위에 책상 다리를 하고 앉는다. 나는 침을 꿀꺽 삼키며 소리가 들리지 않길 바란다.

"흠, 좋아, 기억을 더듬어봐야겠다. 아. 그렇지." 조이가 어떤 식으로 멋진가는 마침 내가 아주 잘 아는 주제다. "너는 재즈 밴드에서 독주를 할 때 눈을 감고—너는 아마 그러는 줄도 모를 테지만—방금 전에 세상에서 제일 재미있는 얘기를 들었지만 비밀이라 아무한테도 얘기할 수 없는 사람처럼 언뜻 미소를 짓지. 하지만 그 미소를 통해 우리한테 비밀을 흘리는 거나 다름없어."

"내가 그런다고?"

"그렇다니까. 코너가 얘기하기로는 그랬어."

"멀쩡한 정신 상태로 내 공연을 듣는 줄도 몰랐는데. 엄마, 아빠가 항상 억지로 보냈거든."

당연히 멀쩡한 정신 상태로 들었지! 그런 소릴 하다니 진짜 배꼽 빠지게 웃긴다! 라고 얘기하는 듯이 나는 웃음을 터뜨린다.

그녀는 아래를 내려다보며 코너의 이불에 난 바늘땀을 긁는다. 또 똑같은 실수를 반복했다. 선을 넘어버렸다. 탈출하겠다는 일념으로 이 집을 찾아왔건만 이렇게 수렁 속으로 더 깊숙이 나를 밀어 넣고 있다니. 얘기해. 얼른. 당장.

"오빠가 나에 대해서 처음으로 좋은 말을 한 게 그 유서였어." 조이가 얘기한다. "너한테 쓴 유서 말이야. 나한테 직접 얘기하지도 못하고."

"아. 뭐. 걔도 직접 얘기하고 싶어 했어. 그런데…… 못 한 거지."

그녀는 한참 동안 그 말에 대해 곰곰이 생각한다. 그러다 수줍은 듯이 묻는다. "나에 대해서 또 다른 얘기한 거 없어?"

이 질문에는 뭐라고 대답해야 할까?

내가 그럴듯한 대답을 하기도 전에, 그녀가 번쩍 정신을 차린다. "됐어. 괜찮아."

"아냐. 그런 거 아냐. 그게, 너에 대해서 한 말이 워낙 많았거든."

그녀가 위를 쳐다본다. 시선이 나를 훑고 지나간다. 내가 왜 이러는 걸까?

"내가 알기로 걘 너를 예쁘다고 생각했어—그러니까, 미안, 내 말은 뭔가 하면 네가 머리를 파란색으로 염색했을 때 예쁘게 **멋지다고** 생각했다고."

"진짜?" 그녀는 허공을 빤히 쳐다보며 몇 가닥을 파란색으로 염색했던 1학년 시절로 시간을 거슬러 올라가는 듯한 표정을 짓는다. "이상하네. 왜냐하면 오빠는 그걸 가지고 계속 놀렸거든."

"뭐, 너를 놀리는 걸 좋아했잖아. 너도 알겠지만."

"응." 그녀는 혼자 고개를 끄덕인다.

"걘 너에 대한 모든 것을 알았어. 너를 관심 있게 지켜봤고. 계속 파악했다고 할까."

또다시 그녀의 모든 관심이 내게로 쏟아진다.

"네가 지겨워지면 청바지 밑단에 어떤 식으로 낙서를 하는지 알았어."

그녀는 멋쩍은 미소를 짓는다. 나는 마침내 우리 둘 사이를 가르던 선을 넘고 침대에 앉아서 그녀를 마주 본다.

"그리고 네가 어떤 식으로 볼펜 뚜껑을 씹는지도. 화가 나면 어떤 식으로 이마를 찡그리는지도."

"나한테 전혀 관심이 없는 줄 알았는데."

"어휴, 아니야. 너한테 관심을 기울이지 않을 수 없었지."

그녀는 심란해한다. "진작 알았으면 좋았을걸."

나는 숨을 크게 들이마신다. "그러게. 그는 다만, 이런 말을 너한테 어떤 식으로 하면 좋을지 몰랐던 거야. 어떤 식으로…… 자기를 너의 가장 열렬한 팬이라고 얘기하면 좋을지. 그보다 더 열렬한 팬은 없었거든. 걘 네가 얼마나 대단한지 알았어."

그녀의 눈. 그 눈이 내 눈을 쳐다보고 있다.

"너는 정말 대단해, 조이."

주근깨가 박힌 코.

"너한테 얘기할 수조차 없을 정도야."

반짝이는 머릿결.

"진짜야."

분홍색 베개 같은 입술. 나를 보며 미소를 짓는 그 입술.

"너는 세상의 전부야."

그 입술이 느껴진다. 생각했던 것보다 더 부드럽다.

그녀가 내 가슴에 손을 얹고 뒤로 밀친다.

"지금 뭐하는 거야?" 조이가 묻는다.

"아니…… 그게…… 내가…….'

말을 할 수가 없다. **도대체 이게 무슨 짓이지?**

그녀는 벌떡 일어나 이마를 찡그리고 나를 빤히 쳐다보며 사태를 파악하려고 한다.

"미안. 그럴 생각은—"

"저녁 다 됐다." 신시아가 1층에서 소리친다.

조이의 분노, 혼란, 상처, 이 모든 감정이 나 때문에 한꺼번에 고개를 드는 광경을 목격한다.

"나는 안 먹는다고 전해."

내가 붙잡을 틈도 없이, 내가 새롭게 저지른 사고를 수습할 겨를도 없이 조이는 밖으로 뛰쳐나간다.

―――

뭘 어쨌다고?

그 정도로 심각해?

조이 머피한테 키스를 하려고 했다며.

오빠의 침대 위에서.

오빠가 죽은 뒤에.

네가 그런 식으로 적은 걸 보니까
정말 몹쓸 짓을 저지른 것처럼 느껴진다.

부었네.

간이 부었어.

간이 그렇게 부었는데

무슨 수로 걸어 다니냐?

작정하고 저지른 거 아니야.
어쩌다 보니 그렇게 된 거지.

그 순간의 분위기에 휩쓸렸을 뿐이다. 그녀가, 우리가, **무슨 일**인가가 벌어지려는 듯이 느껴졌다. 몸을 앞으로 숙이자 마치 우리 둘이 서로를 잡아당기고 있는 듯, 내 몸이 내 뜻과는 상관없이 움직이는 것처럼 느껴졌다.

신시아가 방문 앞에 나타나 저녁 준비가 다 됐다고 다시 한번 알려줄 때까지 내가 얼마나 오랫동안 코너의 침대에 앉아 있었는지 모르겠다. 2초일 수도 있고 20분일 수도 있다. 나는 창문 밖으로 뛰어내릴까 고민했다. 2층밖에 안 됐다. 괜찮을 수 있었다. 나는 그보다 높은 데서 떨어져도 죽지 않았다. 나는 어둠 속으로 사라져 두 번 다시 뒤를 돌아보지 않을 수 있었다.

하지만 어찌어찌 침대에서 몸을 일으키고 계단을 내려가 그 식탁에 앉았다. 조이가 나오지 않자 그녀의 부모에게 몸이 안 좋은가 보다고 말했다.

아니나 다를까, 신시아는 내가 지금까지 집에서 한 번도 본 적 없는 음식을 차려놓고 그 앞에서 이메일을 보다가 뭐 발견한 게 있느냐고 물었다. 래리는 그녀가 그 말을 꺼낸 것 자체에 짜증이 난 듯했다. 그들이 티격태격하는 동안 나는 지금이야말로 실토할 시점이라고 마음을 다잡았다. 그나마 조이가 그 자리에 없다는 게 작지만 무의미하지는 않은 위안이었다. 모든 걸 털어놓고 싶은 마음이 굴뚝같았다. 꼬박 일주일 동안 내 뱃속은 뜨거운 용광로와 같았다. 더 이상은 견딜 수 없었다. 하지만 그걸 완벽하게 없애려면 용기를 내야 했다. 계획이 그 지점에서 한계에 봉착했다. 그럴 수가 없었다. 나는 용기가 없었다. 극단적으로 용기를 낼 수 없었다.

용기 없는 사람이 되는 건 숨 쉬는 것만큼이나 수월한 일이다. 나는 그걸 이런 식으로 실천했다. 먼저 고개를 끄덕였다. 그런 다음 "아무것도 없었어요"라고 말했다. 그걸로 끝이었다. 그 순간이 지나갔다. 코너의 부모님은 화제를 바꾸는 데 아무 불만이 없었고 나도 마찬가지였다. 새로운 화제가 뭐였는지는 기억이 나지 않는다. 상관없었다. 결국에는 다시 코너 얘기로 돌아갔다. 그들은 내게 이런저런 것들을 물었다. 나는 그들이 듣고 싶어 할 만한 대답을 했다. 그들이 들으면 좋아할 만한 대답을 했다.

나한테도 그렇게 해주는 사람이 있으면 얼마나 좋을까.

13장

학교 가는 버스 안에서 셔먼 선생님께 제출할 편지를 새로 쓴다.

에번 핸슨에게

오늘은 근사한 날이 될 거야, 왜냐하면
어제와 다르게 비가 오지 않는다고 하거든.
우산을 두고 왔더니 배낭이 조금 가벼워진 것 같아서 좋다.

진심을 담아

내가

짧고 감동적인 구석이라고는 없지만 사실이다. 상담 시간에 셔먼 선생님이 이 편지에 대해 묻더라도 진정한 사실이기에 당당하게 대답할 수 있다.

야심 차게 나서는 것도 이제 신물이 난다. 재러드의 말이 틀렸다. 내 간은 붓지 않았다. 간의 크기가 자신감과 비례한다면 내 간은 인간에게 허락되는 한도 안에서 가장 작을 것이다. 내 간은 콩알만 하다.

내가 조이 머피에게 입을 맞추려고 한 지 4일이 지났다. 아니, **실제로** 입을 맞춘 지 4일이 지났다. 눈 깜빡할 순간이었고 그녀도 같이 입을 맞추지는 않았지만 실제로 벌어진 일이었다. 나로서는 없었던 일이었으면 좋겠지만, 아니다.

내 평생을 통틀어 세 번째 키스였지만 이전의 두 번은 키스라고 할 수도 없었다. 운전하고 헌혈하고 여권을 만들 수 있는 나이를 감안하면 상당히 절망스러운 수치다. 첫 번째 키스 상대는 길 건너편의 1층짜리 집에 살던 로빈이었다. 장소는 그녀의 집 풀장이었다. 전광석화와 같은 입맞춤이었고 우리 둘 다 어떤 기분인지 궁금해서 한 거였기 때문에 무엇보다 재미 삼아서 한 느낌이 강했다. 두 번째 키스는 열 살 때였고 상대는 에이미였다. 어느 날 쉬는 시간에 그녀가 나를 덮치자 나는 단박에 사랑에 빠졌지만 그건 그녀가 다음 일주일 동안 다른 두 남자아이에게 똑같이 하는 걸 보기 전까지의 얘기였다.

조이와 입을 맞춘 이후로 나는 다른 사람이 되었다. 먹지도 자지도 아무 생각도 하지 못하겠다. 책을 읽어보려고 하면 단어들이 흔들리며 흐릿해진다. 영화를 틀어도 화면에서 벌어지는 일에 집중할 수가 없다. 밤에 엄마가 퇴근하면 잠든 척하지만 사실은 어둠 속에 가만히 누워 있다. 심지어 컴퓨터 앞에 앉을 수조차 없다. 또 저녁을 먹으러 오라거나 이메일을 보내달라고 하는 코너 부모님의 이메일을 받을까 봐 겁이 난다. 그들은 그날 저녁 이후로 연락이 없다. 드디어 필요한 걸 찾았을지 모른다. 나하고는 볼일이 끝났을지 모른다.

그게 내가 원하는 바 아니었던가. 속으로 계속 그렇게 중얼거리고 있다. 그런데 지금 실망감과 놀라우리만치 비슷한 감정을 달래며 여기 이렇게 앉아 있는 이유가 뭘까? 코너의 가족들에게 어떤 방법으로든 위안을 주고 내 일상으로 다시 돌아가는 게 나의 계획이라면 계획이었다. 그런데 모든 게 끝난 지금, 이건 아닌 것 같다는 생각이 든다.

버스가 덜컹거리며 달린다. 나는 잠깐 기사가 낭떠러지 너머로 버스를 몰고 가는 상상을 한다. 안타깝게도 시내에는 낭떠러지가 없다. 그 대신 재비어 다리 너머로 몰고 가면 어떨까? 아니면 너무 낮은 고가도로 아래로 몰고 가든지. 통과하려다가 걸리겠지.

짧은 상상으로 일말의 위안을 느낀 것도 잠시, 어마어마한 죄책감이 엄습한다. 감히 죽음을 운운하다니. 코너 머피가 실제로 세상을 떠난 마당에 여기 이렇게 앉아서 그와 닮은꼴이 되고 싶은 척하다니. 나는 죽고 싶지 않다. 이제는 드디어 확신할 수 있다. 내가 바라는 건 그저 딱 하루 아니면 단 몇 시간 동안만이라도 살아가는 데 아무 문제가 없는 것뿐이다. 나는 한순간도 느긋하게 앉아서 앞으로 나아가지 못한다. 룩스 같은 사람들은 누워서 쉬며 물살에 배를 맡겨도 된다. 나는 아니다. 나는 언제나 물에 빠지기 직전이다.

버스가 움찔하고 멈추자 우리는 한 줄로 내린다. 다행히 아직까지 학교에서 조이를 만난 적이 없다. 그녀를 피하려고 노력 중인데 그녀도 똑같이 하고 있는 모양이다. 그런데도 모퉁이를 돌면 그녀가 서 있을지 모른다는 공포에 계속 시달린다. 진짜 황당한 일은 따로 있다. 너무 신경이 곤두서면 손에서 난 땀이 펜을 타고 떨어져 종이가 축축해지고 거기에 뭘 적으려고 펜을 갖다 대면 공교롭게도 종이가 갈기갈기 찢어진다는 거다. 그게 압권이다.

나는 혼자만의 생각에 잠겨 있느라 앞쪽에서 벌어진 소동을 알아차리지 못한다. 아이들이 보텔 선생님이라는 화물 열차를 피하느라 옆으로 비켜선다. 그녀는 끌로 깎아놓은 듯한 두 팔로 종이 상자를 들고 빠른 속도로 걸어온다. 그 뒤를 하워드 교장선생님이 쫓아오고 있다. "선생님이 사태를 더 심각하게 만들고 있어요. 그건 학교 재산이라고요."

"이건 **제** 소지품이에요."

"선생님, 왜 이러세요."

보텔 선생님은 몸을 돌려서 하워드 교장선생님을 마주 본다. "마음의 준비를 하세요, 교장선생님. 제가 정식으로 고소할 생각이니까요."

우리가 일제히 턱을 떡 벌린 가운데 보텔 선생님은 성큼성큼 주차장으로 걸어가 까만색 스포츠카에 올라탄다.

하워드 교장선생님은 프로답게 미소를 지으며 우리에게 어서 들어가라고 재촉한다. 하지만 이미 본 걸 안 본 척할 수는 없는 법이다. 우리가 방금 전에 본 광경은 뭐였을까?

＝

코너와 나에 대한 소문이 맨 처음 터졌을 때에 비하면 점심시간에 나를 쳐다보는 아이들의 숫자가 줄었다는 걸 어제 이미 알아차렸다. 이제는 몇 명이 흘끗 쳐다보는 수준이다. 그 몇 명의 시선마저 나를 겨냥하는지 확실하지가 않다. 아리송하다.

나는 최대한 은밀하게 식당을 살피다 샘을 발견한다. 나와 같은 쓸쓸한 외톨이. 그런데 오늘은 식당 저편의 테이블에 앉아 있다. 지난 며칠 동안은 내 테이블에 앉았다. 우리는 심지어 몇 마디 대화를 나눈 적도 있었다. 그러니까 몇 번 "안녕" 하고 인사를 주고받았다는 얘기다. 우리는 둘 다 집에서 싸 가지고 온 도시락을 먹는다. 둘 다 혼자 있는 걸 좋아한다. 식당에서 여기보다 나은 자리를 찾지 못했다. 그런데 알고 보니 마지막 부분은 나의 착각이었다. 샘에게는 선택의 여지가 있는 게 분명하다.

나는 다시 내 샌드위치 쪽으로 시선을 돌린다. 또다시 실망감이 느껴진다. 나는 투명인간으로 지내는 데 이골이 나 있다. 점심을 먹는 동안 사람들이 나를 쳐다보는 게 싫었다. 그러니까 이제 마음이 편해져야 하는 거 아닌가? 아마 남들의 시선이 불편하기는 했지만 주목을 받는다는 게 기분이 좋기도 했던 모양이다.

코너 머피는 날마다 점심시간을 이떤 식으로 버텼는지 궁금해

진다. 어디 앉았을까? 누구랑 뭘 먹었을까? 나는 관심을 기울인
적이 한 번도 없었다. 나한테 관심을 기울이는 사람이 없는 것처
럼.

나는 할 일을 마련하는 차원에서 전화기를 꺼낸다. 스크롤을
내리며 온갖 뉴스를 확인한다. 대개 유명인의 섹스 스캔들 아니
면 얼마 앞으로 다가온 선거 관련 기사뿐이다. 이번 주말에 보고
싶은 대작 영화가 개봉하지만 3부작의 3편이고 아직 1편과 2편
을 보지 못했다.

수백 개의 목소리가 나를 감싸고 하나의 벽을 형성한다. 그 벽
을 뚫을 수가 없다. 손에 든 이것이 안으로 들어갈 수 있는 유일
한 통로, 내 세상에서 무슨 일이 벌어지는지 파악할 수 있는 유일
한 경로다.

이 전화기에 따르면 학교의 주요 뉴스마다 한 개의 이름에 초
점이 맞추어져 있다. 내가 자주 보았던 이름이 아니다.

=

사물함을 닫고 보니 엘레나 베크가 앞에서 기다리고 있다. 겁
이 많은 내 심장을 막느라 갈비뼈가 기를 쓴다. "깜짝이야. 놀랐
잖아." 내가 말한다.

"너한테 보여줄 게 있어."

엘레나가 입을 열 때마다 나는 혼이 나는 듯한 기분이 든다. 엘
레나는 인문과학대학의 학장처럼 옷을 입고 다니는데 어쩌면 진

짜 미래의 모습일지 모른다. 그녀는 규칙을 지키는 데 희열을 느낄 뿐 아니라 어떤 규칙이 있는지 아는 유일한 사람이기도 하다.

그녀가 180도 몸을 돌리자 빌어먹을 배낭이 나를 때린다. 그녀를 따라 복도를 걸어간다. 쓰레기통 앞에서 걸음을 멈추고 엘레나가 그 안을 가리킨다. 쓰레기 더미 맨 위에 재러드가 팔았던 코너 머피 배지가 놓여 있다.

"이게 세 개째야." 엘레나가 얘기한다. "첫 번째는 주차장 땅바닥에 떨어져 있었어. 누가 차로 밟고 지나갔더라고. 그리고 여학생 화장실 변기에 또 하나 들어 있었고."

그것 때문에 물이 잘 안 내려가겠다.

"이걸 나한테 보여주는 이유가 뭔데?" 내가 묻는다.

"애들이 코너 얘기를 하는 횟수가 점점 줄어드는 걸 진작부터 느꼈는데 이제는 이런 사태까지 벌어졌잖아. 이젠 아무도 신경 쓰지 않아. 다들 보텔 선생님 얘기뿐이야. 그 선생님이 학생이랑 잤다고 얘기하는 애들도 있지만 하워드 교장선생님이랑 바람을 피웠을지 모른다는 소문도 들었어."

"그럴 리가."

그녀는 한심하다는 듯이 고개를 젓는다. "애들은 코너 머피를 까맣게 잊었어. 네가 그걸 그냥 두면 안 되지, 에번. 너는 코너의 단짝 친구였잖아."

엘레나의 얘기가 말도 안 되는 것처럼 느껴지지 않는다. 아, 그게 사실이 아니라는 건 나도 안다. 하지만 따지고 보면 사실에 **가까울** 수도 있다. 코너가 죽던 날 마지막으로 말을 건 사람이 나였을 가능성이 크다. 우리는 명실상부한 대화를 나누었다. 코너와 나 같은 아이들에게 그 정도의 상호작용은 드문 경우고 그로 인해 우리 둘 사이에 분명히 유대관계가 생겼다. 그날 그가 어떤 기분이었는지 조금이나마 알았던 사람은 나밖에 없을지 모른다. 지난주 동안 그를 1초라도 생각했던 사람이 나 (그리고 엘레나) 말고 또 누가 있을까? 아무도 없다. 황당하게 들릴지 몰라도 진지하게 따져보았을 때 이 학교를 통틀어 나보다 더 코너와 가까웠던 사람이 있을까?

"조이한테 조치를 취하라고 얘기해보든지." 엘레나가 얘기한다.

아, 조이를 빠뜨렸군.

"조이야말로 애들의 관심을 다시 끌어 모으기에 완벽한 인물이잖아." 엘레나가 얘기한다. "말 그대로 동생이니까."

"미안. 그런 식으로 그를 기억하게 만드는 건 좋은 방법이 아닌 것 같아."

엘레나의 눈빛에 나는 반으로 쪼그라든다. "네가 가만히 있으면 아무도 코너를 기억하지 않을 거야. 그게 네가 원하는 거니?"

그녀는 대답을 듣지도 않고 총총히 사라진다. 나는 쓰레기통에 담긴 코너의 얼굴을 내려다본다. 나도 이런 분위기가 싫지만 뭘 어쩔 수 있을까.

셔먼 선생님이 내 편지를 읽는 동안 나는 손톱을 물어뜯는다. 선생님의 정수리에 몇 가닥 안 남은 머리카락이 벽에 생긴 금을 닮았다. 엄마는 우리 건강보험으로 감당할 수 있을 뿐 아니라 젊다는 이유에서 셔먼 선생님을 선택했다. 내 눈에는 나이 들어 보이는데 엄마 말로는 서른'밖에' 안 됐다고 한다.

셔먼 선생님이 노트북을 돌려준다. 나는 노트북을 닫고 선생님이 얘기를 꺼내길 기다린다. 대개는 그러기까지 시간이 좀 걸린다. 선생님은 내가 얘기하는 쪽을 더 좋아한다. 내 생각은 다르다. 가끔 우리가 상대방이 첫 마디를 내뱉을 때까지 기다리는 치킨 게임을 하는 것 같은 느낌이 들 때도 있다. 나로 말할 것 같으면 일반적인 상황에서는 침묵을 견디지 못하지만 여기서는 내가 얼마나 버틸 수 있는지 관찰하는 데서 스릴을 느낀다. 내가 생각하는 이상적인 상담은 '안녕하세요'와 '안녕히 계세요'로만 이루어져 있다. 셔먼 선생님의 소중한 시간을 낭비하려는 건 아니다. 선생님에게 악감정은 전혀 없다. 다만 가끔 전 세계를 통틀어 가장 훌륭한 심리 치료사도 나를 고칠 수 없을 듯한 기분이 들 따름이다.

몇 초 뒤에 셔먼 선생님이 백기를 든다. "그동안 어떻게 지냈니?"

어디 보자. 근사하지 않았나? 좋지 않았나? **안** 끔찍하지 않았나? 어떻게 보면 지금까지 보낸 수많은 날들과 똑같았고 또 어떻게 보면 전혀 달랐다. 너무 많은 일들이 너무 순식간에 벌어졌다. 속도를 조금만 늦출 수 있으면 좋겠다. 무슨 일이 벌어지건 말건 세상은 계속 굴러가고 코너 같은 사람들은 뒤에 남겨지다니 너무하다. 그야말로 하루는 누군가의 가슴에 배지로 달렸다가 바로 다음날 쓰레기통으로 직행한 거 아닌가. 어떻게 그럴 수 있을까?

혼자 그렇게 이 생각, 저 생각하다 그중 몇 마디가 입 밖으로 튀어나온 것도 무리는 아니다. "이건 잘못됐어요."

나는 내 목소리를 듣고 놀라서 고개를 든다. 그 정도만 얘기를 했는데도 갑자기 속이 후련해진다.

좀 더 털어놓고 싶다. 전부는 안 되겠지만 그래도 **할 수 있는** 얘기가 많다. 나는 유혹에 넘어가고 만다. 셔먼 선생님에게 코너 머피에 대해서, 그가 어떤 식으로 죽었고 모두들 한동안 어떤 식으로 그의 얘기를 했으며 한순간은 그에게 관심을 보이는 듯하더니 지금은 다른 새로운 것에 꽂혀서 어떤 식으로 더 이상 신경 쓰지 않는지 얘기한다.

"그래서 신경 쓰이니?" 셔먼 선생님이 묻는다.

"음, 네." 나는 대답한다. "신경 쓰여요. 사람을 그런 식으로 내치는 건 잘못이라고 생각하거든요. 방금 전까지만 해도 그에게 관심을 기울이다가 금세 관심을 끄다니. 그가 그냥…… 잊히는 것 같잖아요."

셔먼 선생님은 의자에 앉은 채로 자세를 바꾼다. 내가 지금까지 관찰한 바에 따르면 드디어 좀 더 파고들 만한 뭔가가 생겼을 때 하는 행동이다. 나는 시간이 아직 남았는지 흘끗 시계를 확인한다.

"지금 네 얘기를 듣고 보니 너희 아버지에게 벌어진 변화가 생각난다."

이번에는 내가 의자에 앉은 채로 자세를 바꾼다.

"아버지의 새 아내가 임신했다는 소식을, 너희 아버지에게 둘째 아들이 생긴다는 소식을 맨 처음 들었을 때 네가 엄청 심란해하는 것 같았는데. 너에 대한 아버지의 감정에 영향을 미칠 거라고 생각하는 눈치였고."

셔먼 선생님은 기록을 확인한다.

"우리가 그 문제에 대해서 의논한 게 약 한 달 전이구나." 선생님이 얘기한다. "너는 그 이후로 그 일에 대해서 전혀 언급하지 않았고. 그래서 궁금해진다만 어떤 식으로 대처하고 있니?"

━━

침대에서 이미 본 영화를 또 본다. 노트북 아랫면이 내 허벅지를 데우며 암을 유발한다. 시선은 화면에 고정되었지만 영화를 거의 보고 있지 않다. 상담 시간에 셔먼 선생님이 꺼낸 얘기를 되새김질하느라 여념이 없다. 그건 내가 생각하지도, 얘기하지도 않으려고 하는 주제이니 셔먼 선생님으로서는 슬쩍 들먹이고 싶은 유혹을 느낄 수밖에 없다.

좋다, 테리사가 임신을 했다. 아빠에게 다른 아들이 생긴다. 그 얘길 꺼낸들 무슨 의미가 있을까? 셔먼 선생님은 나한테서 무슨 말이 듣고 싶은 걸까? 그 아이는 한참 있다 태어날 테고 태어나더라도 콜로라도에서 살 거다. 그 아이는 나를 무를 테고 나도 그 아이를 모를 거다. 어렸을 때 나는 부모님에게 동생을 낳아달라고 졸랐다. 동생이 생기는 날을 꿈꾸었다. 하지만 지금은? 사양하고 싶다.

매트리스가 꺼진다. 언제 내 옆에 앉았는지 모를 엄마가 등에 베개를 받치고 있다. 엄마가 집에 들어오는 소리도 듣지 못했는데. 거기서 인생의 비밀이라도 방송되는 듯 노트북 화면을 열심히 들여다본다.

엄마는 아이 소식을 들었을 때 좋아하지 않았다. 관심 없는 척하려고 했지만 나는 엄마가 친구와 통화하는 걸 들었다. **나도 마음만 먹으면 지금 당장이라도 애를 가질 수 있어. 지금 당장이라도!** 그리고 이어서 **그 인간, 아이를 또 낳기에는 조금 나이가 많은 거 아니니?**

"뭐 보고 있어?" 엄마가 묻는다.

비비언 마이어의 다큐멘터리다. 얼마나 훌륭한 사진작가인지 죽기 전까지 아무도 몰라주었던 유모 말이다.

"얘기를 하는 사람은 누군데?" 엄마가 묻는다.

"그녀가 죽은 뒤에 그녀의 사진들을 발견한 남자요. 그녀를 주제로 영화를 만든 사람이기도 해요. 크라우드 펀딩으로 비용을 조달했어요."

"이 남자 대단하다."

"남자 아니에요. 여자예요. 비비언 마이어는 여자예요."

"나도 알아. 어우. 엄마가 바보인 줄 아니? 이걸 다 만든 사람 말이야."

아. 그렇다. 영화 제작자. 그의 이름은 존 말루프이고 이 영화는

그가 주인공이기도 하다. 엄마의 말이 맞는다. 그는 대단하다. 그가 없었다면 아무도 비비언 마이어를 몰랐을 거다.

나는 화면 속의 남자를 좀 더 자세히 들여다본다. 그는 스타이거나 뭐 그런 존재는 아니다. 천만에 말씀이다. 안경을 쓰고 피부가 안 좋은 얼간이다. 그리고 정말 어려 보인다. 그는 애정이 있었기에 수수방관하지 않았다. 비비언 마이어의 진가를 세상에 알리는 걸 자신의 임무로 삼았다. 비비언 마이어는 아무도 모르는 존재였다. 하지만 존이 그걸 바꾸어놓았다. 사람들이 그녀를 무시하거나 잊어버리도록 방치하지 않았다. 관심을 기울이게 **만들었다**. 그녀를 구제했다.

나는 이불 밑에 넣어두었던 한쪽 팔을 들어서 깁스 위에 적힌 이름을 다시 한번 읽어본다.

14장

부엌에 들어선 엄마가 그 자리에서 얼어붙는다. "일찍 일어났네?"

나는 노트북의 키를 한 번 더 치고 덮개를 탁 닫는다. 거실에서 프린터가 끽끽거리며 깨어난다. 나는 식탁에서 일어선다. "끝내야 할 게 있어서요."

엄마는 커피메이커에 원두를 넣는다. "설마 그 장학금 에세이는 아니겠지?"

"음. 그건 아직 시작하지 않았어요. 하지만 아이디어를 백만 개쯤 생각해내고 있어요." 에세이는 까맣게 잊고 있었다.

"엄청 궁금한데?" 엄마는 말하면서 딱 하나 남은 깨끗한 머그잔을 커피가 추출되는 구멍 아래에 넣는다. "다시 하루 날 잡아서 같이 고민하지 않아도 되겠어? 이번에는 상사한테 나는 없는 셈

치라고 얘기할게. 나는 그날 없는 사람이라고. 너한테만 예외고. 약속할게."

엄마는 타코를 먹기로 해놓고 펑크 낸 걸 이미 50번쯤 사과했고 나도 엄마의 노고를 인정하는 바이지만 지금 그 에세이는 안중에도 없다. "알았어요. 그럴 마음이 생기면 얘기할게요."

"잠깐. 어디 가니?"

꾸물거릴 시간이 없다. 출력돼서 나오는 종이를 얼른 수거해야 한다. 지난번에 개인적인 문건을 출력했다가 엉뚱한 사람의 수중에 들어가지 않았던가.

"별일 없는 거지?" 엄마가 묻는다.

나는 문 앞에서 엄마를 돌아본다. "네. 그냥 학교에서 필요한 자료예요."

"아니, 내 말은 전반적으로 말이야. 셔먼 선생님하고 상담은 잘 끝났지? 대답을 듣기 전에 미리 밝히자면 어젯밤에 물어보려고 했는데 너한테도 상담 내용을 처리할 시간이 필요하다는 걸 알기 때문에 지금 물어보는 거야. **이 정도면** 올해의 어머니상 수상감 아니니?" 엄마는 어색하게 웃음을 터뜨린다.

"엄마야 떼놓은 당상이죠." 나는 벽에서 떨어져 나온 칠을 긁는다. "셔먼 선생님하고 조금 돌파구가 생긴 것 같기도 해요."

누가 보면 내가 엄마한테 당첨된 복권을 건넨 줄 알 거다. 엄마는 양쪽 엄지손가락을 들어 보이고 허공으로 춤을 추듯 주먹을 날린다. "바로 그거야."

행복헤헤는 고객이 또 한 명 탄생했다.

나는 교실로 향하는 엘레나를 따라잡는다. 학교까지 오는 길에 출력한 종이를 3등분해서 두 번 접었다. 팸플릿 비슷하게 말이다. 엘레나는 내 팸플릿을 하나 집어서 제일 앞면에 적힌 문구를 읽는다.

"'코너 프로젝트'?" 엘레나가 묻는다.

"맨 처음 생각난 명칭이 그거였어." 내가 얘기한다. "바꿔도 상관없―"

"마음에 들어. 이게 뭔데?"

"코너에 얽힌 추억을 유지하고 그가…… 소중한 친구였다는 걸 보여주려는 모둠 활동이야. 모두가 소중한 친구라는 걸 보여주려는."

엘레나는 아무 말도 하지 않는다. 나는 좀 전에 했던 말을 속으로 되뇌어본다. 다시 들어보니 어처구니없게 느껴진다. 샘플 삼아서 만든 팸플릿이 내 가방에 못해도 열댓 장은 들어 있다. 학교에 서류 절단기가 있는지 궁금해진다. "그냥 대충 생각해본 거야. 다른 형식이 되어도 상관없어."

"진심 영광이다." 엘레나가 얘기한다. "코너 프로젝트의 부회장을 **꼭** 맡고 싶어."

"부회장?"

"맞다. 우리 둘이 공동 회장을 해야지?"

그 말은 곧 내 아이디어가 마음에 든다는 뜻인 것 같다. "그러니까 이 프로젝트를 추진해야 한다고 생각하는 거야?"

"지금 장난해, 에번? 당연히 추진해야지. 네 말처럼 코너만이 아니라 모두를 위해서." 그녀는 팸플릿을 들어서 얼굴 옆에 갖다 댄다. "욕해서 미안하지만 보텔 선생님은 엿이나 먹으라 그래."

나는 지금까지 미래의 계획을 한 번도 실천에 옮긴 적이 없다. 때문에 앞으로 어떻게 하면 되는지 잘 모르겠다. "근사한 홈페이지가 필요할지 모르겠다. 도움이 될 만한 친구는 알아. 돈이 들 수도 있어서 그렇지."

=

"기술 고문." 점심시간에 엘레나와 내가 찾아가자 재러드가 얘기한다.

"그게 뭔데?" 엘레나가 묻는다.

"**대부** 비슷한 거지?" 내가 얘기한다.

"바로 그거야." 재러드가 얘기한다. "코너 프로젝트의 기술 고문이라고 불러주면 수임료를 면제해줄게."

"좋아, 뭐든." 내가 얘기한다. "홈페이지에 그렇게 적어."

"아니, 일상적인 대화에서도 나를 그렇게 불러야 해."

"재러드, 왜 이러냐."

"너한테 회계를 추가로 맡기면 어때?" 엘레나가 제안한다. "대입 원서에 그걸 적으면 그럴듯하게 보일 텐데."

재러드는 엘레나의 얼굴을 뜯어본다. 엘레나는 시선을 피하지 않는다.

"그럼 우리 엄마, 아빠가 좋아하겠다." 재러드가 말한다.

"당연하지." 엘레나가 얘기한다.

"좋아. 이제 나 점심 먹어도 되냐?"

"잠깐." 엘레나가 얘기한다. "좀 더 추진하기 전에 코너의 부모님에게 허락을 받아야 하는 거 아니야?"

나도 생각한 부분이었다. "아직 준비하는 단계라 그러기에는 좀 시기상조가 아닌가 생각했거든."

"코너의 부모님에게 승인을 받기 전에는 열심히 준비해봐야 아무 소용없잖아." 엘레나가 주장한다. "당장 설득 작전에 나서야겠다. 오늘 저녁에라도."

"우리 셋이 다 같이 가자는 거야?" 내가 묻는다.

재러드가 고개를 끄덕인다. "그래. 그 집으로 찾아가자."

"아마 괜찮을 거야." 나는 어안이 벙벙하지만 흥분된다.

"단체로 출동하는 거지." 엘레나는 내 팔을 꼭 쥐려다 깁스를 보고 생각을 바꾼다. "신난다. 그거야말로 사기를 높이는 최고의 방법이지."

"운전은 내가 할게." 재러드가 얘기한다. "언제 데리러 가면 되는지 문자로 알려만 줘."

"하나 더." 엘레나가 떠나려는 재러드를 붙잡는다. "전교 차원의 발족식을 기획하면 어떨까?"

나는 엘레나가 알맞은 파트너일 줄 알았다. 공을 받아서 열심히 달릴 줄 알았다. "그러게. 그러면…… 좋겠다."

"완벽해. 내가 가서 하워드 교장선생님한테 얘기할게. 오늘 저녁에 보자." 그녀는 사라지고 재러드도 사라진다.

어젯밤까지만 해도 희미하고 미심쩍은 계획에 불과했다. 그런데 이제는 정말로 이루어질 것 같은 현실이 되었다. 이토록 순식간에 활기를 띠는 과정을 목격하고 보니 짜릿하지만 느닷없이 나는 앉을 만한 곳이 필요하다. 다리에 힘이 풀렸다.

=

길가에 세우라고 그렇게 잔소리를 했는데도 재러드는 C자 모양으로 된 그 집 진입로 한복판에 SUV를 턱하니 주차한다. 현관문을 향해 걸어가는 동안 엘레나가 서류 폴더를 열고 두 개의 두툼한 고무줄로 묶은 알록달록한 팸플릿을 보여준다. 내가 쓴 코너 프로젝트라는 제목이 조그맣고 얌전한 서체에서 두툼하고 대담한 서체로 바뀌었다.

"방과 후에 조금 짬이 나길래." 엘레나는 내가 팸플릿을 쳐다보는 걸 알아차리고 이렇게 말한다.

"두 분의 말씀을 먼저 들어야 하지 않을까?" 내가 얘기한다.

"이미 우리 역할이 정해진 듯한 분위기를 풍기면서 들어가야 해."

"하지만 무슨 면접을 보러 가는 것도 아니잖아."

엘레나는 셔츠 소매를 당겨서 손목을 덮는다. "인생이 곧 면접이야, 에번."

어디서 그런 걸 배우는지 모르겠다. 엘레나의 부모님은 아주 잘나가는 모양이다. 한 명은 판사고 나머지 한 명은 외과 의사일 거다. 그녀는 태어난 순간부터 인생의 엉덩이를 걷어차는 교육을 받았을 거다.

"가정부가 문을 열어주려나?" 재러드가 초인종을 누르며 묻는다.

"가정부는 없어." 내가 얘기한다.

"이 기둥 크기를 봐. 코너 부모님은 스와펑족인가 보다."

"뭐? 아니야. 그냥 평범한 분들이야."

재러드는 웃는 척한다. 이제 보니 학교에서 판매 중인 코너 배지를 달고 있다. 떼라고 얘기할 겨를도 없이 현관문이 열린다.

코너의 엄마다. "에번, 네가 웬일이니."

"안녕하세요, 부인, 아니, 신시아. 아주 놀라운 소식을 전할 게 있어서 왔어요." 내가 얘기한다.

"아." 그녀는 엘레나와 재러드를 보고 미소를 짓는다. 재러드의 셔츠에 달린 배지를 발견한다. 그녀의 표정을 읽기도 전에 그녀가 우리를 안으로 안내한다.

미니 생수병과 함께 우리를 식탁에 앉혀놓고 그녀는 잠깐 자리를 비운다. 엘레나는 새로 만든 팸플릿이 담긴 서류 폴더를 무릎에 올려놓고 식탁으로 가린다. 그러는 동안 재러드는 한쪽 구석에 있는 술장에서 괴상한 뭔가를 한 모금 슬쩍 마시려 든다. 녀석은 또 거실 천장에 뚫린 구멍에 접었다 폈다 할 수 있는 프로젝터가 있을 거라고 장담한다. 나는 축축한 손을 청바지에 닦으며 자리에서 기다린다. 긴장되지만 기대감으로 잔뜩 부풀어 있다.

신시아가 래리와 함께 부엌으로 돌아온다. 래리가 퇴근했을지 알 수 없었는데 폴로셔츠에 모자를 쓴 걸 보니 회사를 제치고 대신 골프를 치러 다녀왔을 수도 있겠다 싶다.

조이가 아버지를 뒤쫓아 들어와서 내 바로 옆자리에 앉는다. 그녀는 말이 아니라 표정으로 인사를 대신하는데, 늘 그렇듯 무슨 의미인지 알 수가 없다.

모두들 자리를 잡고 앉자 나는 물을 마시고, 오면서 대충 생각한 프레젠테이션을 시작한다. "제가 요즘 들어서 열심히 고민을 했어요. 계속 스스로에게 물어보았고요. 코너가 잊히지 않을 방법이 있지 않을까? **항상** 기억될 방법이 있지 않을까? 그에 얽힌 추억이 사람들에게 도움이 될 방법이 있지 않을까?"

나는 청중을 살핀다. 모두 온전히 나에게 집중하고 있다.

"코너는 떠났죠." 나는 조심스럽게 얘기한다. "하지만 그의 유산은 아니에요. 그의 유산까지 떠나보낼 필요도 없고요."

나는 잊지 않고 숨을 쉰다. 설명해야 하는 부분들이 너무 많다.

"자." 나는 얘기한다. "먼저, 우리 팀의 기술 고문인 여기 이 재러드가 근사하고 유익한 홈페이지를 만든다고 상상해보세요."

재러드는 고개를 끄덕인다. "네. 제가 순식간에 만들 수 있거든요."

"교육적인 자료와 뜻깊은 실천 방안을 참고할 수 있게 이 홈페이지에 링크를 걸 거예요." 엘레나가 참지 못하고 끼어든다.

"맞아요. 네. 그리고 그건 시작에 불과해요." 나는 우리가 머리를 맞대고 작성한 목록을 읊기 시작한다. "소셜 미디어를 통해 꾸준히 봉사 활동도 하고…… 지역사회 이벤트도 벌이고……."

엘레나가 이어서 얘기한다. "전략적 후원사와 제휴하고…… 대규모 모금 운동을 펼치고…… 자살 예방 활동을 하고…… 정신건강 교육을 지원하고."

"이런 식으로 코너 같은 사람들을 도울 수 있죠." 내가 얘기한다.

"맞아요." 엘레나가 얘기한다. "이 모든 게 저희가 추진하려는 계획의 일부예요. 이 계획의 명칭은—"

"코너 프로젝트예요." 내가 얘기한다.

엘레나의 열정은 고맙게 생각하지만 이 모든 게 내 아이디어였다. 그리고 나는 이 단어를 그렇게 큰 소리로 외치고 싶지 않았다.

"코너 프로젝트." 신시아는 중얼거리며 남편을 돌아본다.

"네." 나는 엘레나를 흘끗 쳐다보며 때가 됐다는 신호를 보낸다.

그녀는 폴더를 열고 팸플릿을 한 장씩 나눠 준다. 팸플릿을 받아 보니 놀랍게도 종이의 질감이 상당히 튼튼하다.

"저희는 코너 프로젝트를 제대로 출범시키고 싶어요." 엘레나가 얘기한다. "이번 주 금요일에 추모 집회를 열겠다고 하워드 교장선생님께 이미 말씀드렸어요. 학생, 선생님, 누구든 참석해서 일어나 얘기를 나눌 수 있는 자리예요."

"이 모든 게 어떤 영향을 미치는지에 대해서 말이죠." 내가 얘기한다.

"맞아요. 그리고 모두 어떤 심정인지."

"코너를 생각하면 말이에요."

"네. 그가 어떤 의미였는지."

"그가 우리 **모두**에게 어떤 의미였는지."

이쯤에서 설명을 중단하면 효과 만점일 것 같다고 우리 모두 알아챈다. 나는 엘레나와 재러드를 돌아보며 자부심과 성취감을 느낀다. 섬뜩한 정적과 침묵이 부엌을 감싸고 잠시 후에 제빙기가 요란하게 **덜거덕** 하는 소리를 낸다. 코너의 부모님은 물을 몇 모금 마시고 팸플릿을 좀 더 살펴본 다음에야 말문을 연다.

"코너가 여러 사람들에게 이 정도로 의미 있는 아이인 줄 몰랐다." 래리가 얘기한다.

"무슨 말씀이세요." 엘레나가 얘기한다. "코너는 저랑 알고 지내던 애들 중에서 제일 가까운 사이였어요. 화학 시간에는 실험 파트너였고 영어 시간에는 『헉 핀』 발표를 같이 했고요. 코너는 엄청 재밌는 아이였어요. 그 책을 『헉 핀』이라고 부르지 않고 '헉'을 다른 단어로 바꿔서……" 그녀는 정신을 차린다. "저희 반에서 그런 생각을 한 애가 아무도 없었는데 말이죠."

조이는 팸플릿을 받은 이후로 계속 그것만 들여다보고 있다. 조이가 우리 계획에 동참하지 않으면 나도 의욕을 잃을 것 같다. "생각해봤는데." 내가 얘기한다. "집회 때 재즈 밴드가 할 일도 있지 않을까?"

조이가 시선을 든다. "아. 응. 그리게. 콘트럴 선생님한테 여쭤

볼게."

재러드가 내 등을 때린다. "잘 생각했네, 에번."

"고맙다, 재러드." 나는 이를 악물고서 얘기한다.

"여보?" 래리가 신시아의 어깨를 건드린다. "당신 생각은 어때?"

대개는 신시아가 이들 가족을 대신해서 대화를 주도하는데, 아까부터 이상하리만치 말이 없다. 나를 똑바로 쳐다보고 있지만 내 눈을 보는 건 아니다. 우리 둘 사이의 공간 너머로는 시선이 닿지 않는 사람 같다.

그러다 잠시 후 그녀가 몽유 상태에서 깨어난다. "아, 에번. 정말…… 훌륭하구나. 고맙다." 그녀는 식탁을 가로질러서 내 손을 잡고 꼭 누른다. 기분이 너무 좋아서 나는 당황하는 것도 잊어버릴 뻔한다.

=

다시 코너의 방이지만 이번에는 그의 어머니와 함께 있다. 엘레나와 재러드는 먼저 갔다. 같이 나설 준비를 할 때 신시아가 나를 한쪽으로 데려가더니 좀 더 있다가 가라고 부탁했다. 나는 집까지 버스를 타고 가도 상관없었다.

그녀는 코너의 붙박이장을 들여다본다. 벽 너머에서 기타를 치며 노래를 부르는 소리가 들린다. 몇 번 끊겼다가 다시 시작되는 걸 듣고 나는 음반이 아님을 알아차린다.

신시아가 몸을 돌린다. 넥타이를 들고 있다. 넥타이를 잠깐 뚫어져라 쳐다보다가 내게 내민다. "집회 때 해."

"아."

"코너가 중학교에 입학했을 때 내 친구들이 죄다 그랬거든. '성인식 시즌이 시작되겠구나. 매주 토요일마다 다른 파티에 참석할 거야.' 나는 걔를 데리고 가서 양복이랑 셔츠 몇 벌이랑…… 넥타이를 샀지." 그녀는 말을 하다 말고 멈춘다. "그런데 코너는 단 한 번도 초대를 받은 적이 없었어."

우리는 그녀의 손에 들린 넥타이를 내려다본다. 코너의 넥타이다. 그의 하나밖에 없는 넥타이이다. 그는 이 넥타이를 맨 적이 없다. 맬 이유가 없었다.

"추모사를 할 때 이걸 매면 좋을 것 같아서." 그녀가 얘기한다.

혀에서 공포의 맛이 느껴진다. "뭐를 할 때요?"

"엘레나가 그랬잖니, 누구든 원하는 사람에게 발언할 수 있는 기회가 주어진다고. 다들 네가 맨 처음 나설 거라고 생각하지 않을까?"

"저는……."

공포에서는 짠맛이 난다. 조그만 유리 수조 안에 서 있는데 물이 점점 차오르는 듯한 기분이다. 이렇게 짠 걸 보면 바닷물인가 보다. 바닷물이 내 수조 안으로 쏟아져 들어온다. 이미 내 입까지 잠겼고 조만간 얼굴을 덮으면 익사할 것이다. 수조에서 탈출할 방법은 없다. 물이 나를 에워싸는 동안 기다리는 것 말고는 아무것도 할 수가 없다. 나는 목을 길게 빼고 마지막으로 공기를 마신다. 숨이 막힌다. 바로 그때, 내가 숨조차 제대로 고를 수 없을 때 차오르던 물이 멈춘다. 물은 항상 빠진다. 내가 익사할 일은 없다. 하지만 상관없다. 익사할 것 같은 느낌이 실제로 익사하는 것보다 더 끔찍하다. 사실 익사는 평화롭다. 익사할 것 같은 느낌은 순도 100퍼센트의 고통이다.

"저는 사실 사람들 앞에서 말을 하는 데 소질이 없어요. 별로 잘 못해요. 제 추모사를 듣고 싶지 않으실 거예요. 진짜예요."

"당연히 듣고 싶지." 신시아가 얘기한다. "전교생이 네 추모사를 듣고 싶어 할 거야. 래리와 난 듣고 싶어. 그리고 조이도……."

그녀는 내 손에 넥타이를 쥐어준다.

"생각해보렴."

그녀는 나를 코너의 방에 혼자 남겨두고 나간다. 나는 마비된 채 그 자리에 서서 물이 모두 빠져나가길 기다린다.

코너의 넥타이를 쳐다본다. 두툼하고 까끌까끌하다. 감색에 옅은 파란색 스트라이프가 사선으로 이어진다. 시커멓고 거친 바다를 가르며 굽이치는 파도 같다. 코너도 그 물에 빠졌다. 숨을 쉬려고 헐떡이다 더 이상 싸우고 싶지 않아졌을 것이다. 내가 아는 건 별로 없지만 그건 분명히 이해할 수 있다.

문 앞에서 무슨 소리가 들린다. 조이가 팔짱을 끼고 서 있다.

"미안." 내가 말한다. "이제 나가려던 참이야. 너희 엄마하고 얘기 좀 하느라."

그녀는 방 안으로 들어와서 내 주변을 천천히 한 바퀴 돌고 마침내 침대에 걸터앉는다. 마지막으로 단둘이 이렇게 코너의 방에 있었을 때 나는 이성을 잃었다. 이번에는 정신을 똑바로 차려야 한다.

프레젠테이션 이후에 조이는 별말을 하지 않았다. 프레젠테이션이 끝나자 그냥 2층으로 사라졌다. 나는 그녀가 먼저 말문을 열길 기다리다가 아무 말도 하지 않자 아주 조심스럽게 묻는다. "좀 전에 기타 친 사람, 너였어?"

그녀는 고개를 끄덕인다.

"네가 노래도 하는 줄 몰랐는데." 내가 얘기한다.

"하지 않아. 그러니까 잘 못한다고. 새로 시작한 거야. 사실 지난 일요일에 캐피틀 카페 무대에서 처음으로 불렀어. 몇 곡."

"우와. 말도 안 돼. 커버곡? 아니면⋯⋯."

"내가 쓴 곡." 그녀는 조금 망설이는 기미를 보이다가 훌훌 털어버린다. "희한해. 그 노래들이 내 안에서 기다리고 있었던 듯한 느낌이거든. 그러다 이제 드디어 고개를 내민 느낌."

무슨 말인지 이해된다. 사실 질투가 난다. 나도 **내** 안에서 휘몰아치는 온갖 것들을 발산할 방법이 있었으면 좋겠다.

나는 굴러떨어지지 않는 한도 내에서 최대한 멀찌감치 거리를 두고 침대에 앉는다. "멋지다."

그녀가 나를 돌아본다. "지난번에 나한테 키스는 하지 말았어야지. 얼마나 짜증 났는지 알아?"

젠장. 내가 자초한 일이었다. "알아. 미안."

"하지만." 그녀가 얘기한다. "기겁한 건 내 실수야. 내가 오버했어."

"아냐, 그 정도면 오버한 것도 아니지. 내가 왜 그랬는지 모르겠다."

그녀는 나무를 뚫고 들어가려는 듯 신발을 오므라뜨리고 바다를 물끄러미 바라본다. "사람이 상심하면 희한한 짓을 저지르게 되는 것 같아. 평소라면 하지 않았을 짓을 말이야."

내가 할 수 있는 대답은 한 가지밖에 없다. "그러게 말이야."

조이가 침대에서 일어나 서성거리자 나는 그녀를 눈으로 좇는다. 잠시 후에 조이는 걸음을 멈추고 나를 똑바로 쳐다본다. "오빠가 그날 널 밀친 이유가 뭐야?"

"응? 아. 그거. 아마……" 바닷물이 다시 밀려들어온다. 이제 막 몸이 마르기 시작했는데. "내가 전에 얘기하지 않았나?"

그녀는 고개를 젓는다. "나는 너 못 믿겠어."

내 심장에 금이 간다. 나는 고개를 돌리고 커닝 페이퍼라도 되는 듯이 코너의 방 벽을 뚫어져라 쳐다보지만 오히려 더 혼란스러울 따름이다. 나는 눈을 감고 내 안을 들여다본다. "나는 가끔…… 사람들한테 말을 거는 게 무서워질 때가 있어. 약간, 좀." 진실을 고백했더니 마음이 진정된다. 나는 천천히 눈을 뜬다. "코너는 항상 나를 좀 더 외향적인 성격으로 바꾸고 싶어 했어. 그러다 가끔 짜증을 냈고. 내가 열심히 노력하지 않는다 싶으면 말이야. 그런 맥락이었어."

그녀는 내 말을 곰곰이 따져본다. "아무튼, 우리 엄마는 너한테 반했어. 이 코너 프로젝트라는 것에도 푹 빠졌고."

내 심장이 다시 붙는 게 느껴진다. "정말 좋은 분이야."

조이는 열린 문을 흘끗 쳐다보며 내 눈에는 보이지 않는 무언가를 눈에 담는다. "엄마는 네가 여기 있는 걸 좋아해. 그러면 오빠가 살아 있는 것처럼 느껴지거든. 네가 오빠를 데리고 온 것처럼. 그런데 엄마가 기억하는 오빠가 아니야. 달라. 엄마가 기억하는 것보다 훌륭해."

"누구나 세상을 떠나면 그렇게 되지 않나? 죽은 사람과의 나빴던 추억을 떠올릴 필요가 없잖아. 내가 원하는 모습으로 영원히 보존할 수 있는데. 완벽한 모습으로 말이야."

말이 되는 얘긴지 잘 모르겠다. 조이를 보며 그녀의 반응을 기다린다. 그녀는 그 자리에 가만히 서서 아무 말도 하지 않는다. 그러다 마침내 고개를 끄덕이고 몸을 돌려서 나간다.

iv

전봇대에 전단지가 붙어 있다. **코너 프로젝트 발족식.**

그리고 내가 이렇게 납시었다. 그냥 지나칠 수 없는 자리 아닌
가. 나를 기념하는 행사라는데. 학생들, 선생님들, 지역 신문사,
심지어 우리 부모님까지 보인다.

기념사가 잇따른다. 슬라이드가 상영된다. 조이와 재즈 밴드
아이들이 공연한다. 훌륭하다. 진심이다—거의 과분하게 느껴질
지경이다. 하지만 습관이라 그런지, 나를 놀리는 게 아닌가 하는
의심을 떨쳐버릴 수가 없다.

그럴 수밖에 없다. 다들 내가 자신들에게 얼마나 큰 의미였는
지 토로한다. 내게 얼마나 공감하는지. 내가 느낀 걸 그들도 어
떤 식으로 **느끼는지**. 고립, 자격지심, 외로움. 하지만 내가 어떤 기

분이었는지 그들이 무슨 수로 알 수 있을까? 내가 죽은 다음에야 내가 살아 있었다는 걸 알아차린 사람들이.

나는 떠날 준비를 한다. 하지만 새로운 연사가 무대로 호명된다. '코너의 단짝 친구'라고 한다.

떨린다. 정말 그 친구일까? 어쩌면 그가 드디어 나의 부재를 인식했을지 모른다. 좀 더 바짝 다가가서 들여다본다. 하지만 연사가 무대에 등장하자마자 다른 사람이라는 걸 알아차린다. 뻣뻣하고 자신 없는 걸음걸이부터 그와 생판 다르다(언감생심 그런 상상을 하다니 바보 같기는).

그가 아니라 또 다른 단짝 친구 에번 핸슨이다. 얘는 왜 이렇게 나대는지 모르겠다. 게다가 쌍…… 내 넥타이를 맨 이유가 뭐지?

내 넥타이인 게 분명하다. 오래전에 내가 직접 고른 거다. 어머니가 양복을 사자며 나를 데리고 나갔다. 특별한 경우에 대비해서 한 벌 장만해놓으면 좋을 거라고 했다. 우리 어머니는 항상 꿈속에서 산다. 나는 어머니의 환상을 깨뜨리고 싶지 않아서 거기에 장단을 맞추었다. 특별한 경우가 조만간 찾아올 거라고 믿도록 내버려두었다.

호기심에 무대로 좀 더 다가간다. 여기서 보니 전혀 다르게 느껴진다. 조금 너무 친밀히다. 그의 이마에 맺힌 땀방울이 보인다.

메모지를 더듬는 손도 보인다. 그는 청중을 쳐다보지도 않는다. 무대에 오른 지 1분이 지나도록 인사조차 건네지 않았다.

마침내 그가 입술을 달싹인다. 마이크를 댔는데도 목소리가 너무 가냘프다. 몸을 앞으로 기울여야 들을 수 있다. 우리 둘 사이의 거리가 몇 미터 되지 않는데도 말이다. 이보다 더 가냘픈 게 세상에 있을까 싶을 정도다. 솔직히 그가 조명을 받고 화르르 타버린대도 놀랍지 않을 정도다.

그는 불안을 떨치며 메모지를 두 장 읽는다.

학생 그리고 교직원 여러분, 안녕하세요. 저는 오늘 이 자리에서…… 저의 단짝 친구였던…… 코너 머피에 대해 몇 마디 하려고 합니다.

저희가 어텀 스마일 사과 농장에 갔던 그날에 대해 얘기하고 싶은데요. 코너하고 저하고 이렇게 둘이서 오크나무 아래에 서 있었을 때 코너가 나무 꼭대기에서는 세상이 어떻게 보일지 궁금하다고 하더군요. 그래서 저희는 직접 알아보기로 했죠. 가지를 하나씩 붙잡고 천천히 올라갔어요. 한참 만에 뒤를 돌아보니 벌써 9미터 높이까지 올라왔더군요. 코너가 저를 보며 평소처럼 웃었어요. 그런데 잠시 후에…… 제가……

그는 셔츠에 대고 손을 닦는다.

떨어졌습니다.

그는 계속 손을 닦는다.

저는 그렇게 땅바닥에 누워서……

그가 다음 카드로 넘긴다.

학생 그리고 교직원 여러분, 안녕하세요. 저는……

메모지 더미가 통째로 바닥에 떨어진다. 온 사방으로 흩어진
다. 나는 고개를 돌려서 사람들의 반응을 살핀다. 청중들이 인내
심을 잃었다. 여기저기서 수군대던 것이 끊임없는 웅성거림으로
발전한다. 휴대전화가 번쩍거리며 무대 위에서 펼쳐진 드라마를
촬영해 영원한 기록으로 남긴다. 딱한 친구는 그걸 알지만 인식
하지는 못한 채 무릎을 꿇고 원고를 수습한다. 눈물이 고이는 게
보인다. 나는 이 표정을 안다. 속마음이 쏟아져 나오려고 하는데
막기에는 너무 늦었을 때 나오는 표정이다. 벌거벗은 나를 모두
가 구경한다. 그들이 무방비한 상태가 된 나를 보고 달려든다. 자
비란 없다.

15장

정적이 모든 걸 덮는다. 그게 언제부터 시작됐는지, 원래부터 있었는지 잘 모르겠다. 나는 문득 혼자가 됐나 싶어 실눈을 뜨고 조명 사이를 쳐다본다. 아니다. 다들 아직 있다. 수백 명이다. 나를 빤히 쳐다본다. 기다린다. 내가 뭐라도 해주길. 무슨 말이라도 해주길. 물속에서 그만 허우적거리길.

나는 부들부들 떨리는 무릎으로 무대를 딛고 바닥에 앉아 있다. 떨림을 멈출 수가 없다. 메모지가 사방으로 흩어지고 뒤죽박죽으로 섞였다. 나는 눈물을 참는다.

시선을 안으로 돌렸을 때 가슴에 매달린 것이 눈에 들어온다. 넥타이다.

나는 손가락으로 넥타이를 훑는다. 무게를 느낀다. 거기에 실린 힘을 흡수한다.

추모사를 마쳐야 한다.

다리는 후들거리고 온몸이 정신없이 떨리지만 나는 일어선다. 모든 기운과 아드레날린을 총동원해야 발을 딛고 설 수 있다. 그래야 몸을 일으킬 수 있다.

메모지는 바닥에 남아 있다. 없어도 된다. 수도 없이 반복했던 얘기라 자면서도 읊을 수 있을 지경이다. 입을 열고 **말을 하기만** 하면 된다.

천천히 턱을 들고 마이크 쪽으로 몸을 기울인다.

"저는 떨어졌습니다." 내 목소리가 멀리까지 울려 퍼진다.

나는 한 단어씩 밖으로 밀어낸다.

"저는 그렇게…… 땅바닥에 누워서……."

나는 눈을 감는다. **금세 올 거야.**

"그런데 세상에, 눈을 떠보니…… 코너가 옆에 있었어요."

그는 항상 내 옆에 있다. 왜 그런지 모르겠다. 날이면 날마다 그가, 그에 대한 생각이 나를 찾아온다. 밤에는 환영이 보인다. 내 팔에 적힌 그의 이름. 내가 무얼 하든 어딜 가든 끊임없이 상기시킨다. 뭘? 내가 어떤 사람인지. 어떤 사람이 될 수 있는지. 어떤 사람이 **되어야** 하는지.

나는 눈을 뜬다. "그것이 그가 제게 준 선물입니다…… 혼자가 아니라는 걸 보여준 것 말입니다. 나는 소중한 존재라는 것."

그렇다. 나는 소중한 존재다. 그리고 나뿐만이 아니다.

"모두가 소중한 존재라는 것. 그게 그가 우리 모두에게 남긴 선물이죠. 다만……."

이게 가장 끔찍한 부분이다. 이 얼마나 불공평한 일인가.

"우리도 그 선물을 그에게 줄 수 있었더라면 얼마나 좋았을까요."

그 말이 내게 엄습한다. 내 안으로 스며든다. 서서히 정신이 든다.

그러자 공포가 돌아온다. 깨달음이 찾아온다. 여기는 어디인가. 나는 지금 무얼 하고 있는가. 무슨 말을 하고 있는가. **내가 무슨** 말을 하고 있는가.

나는 강당에 메아리치는 내 목소리를 들으며 내가 무슨 말을 했는지 파악하려고 한다. 나를 따라잡으려고 한다. 하지만 내 목소리는 사라진 지 오래다. 남은 건 정적뿐이다.

방금 전까지 내가 무슨 얘기를 한 게 맞을까? 아니면 내가 상상한 걸까?

나는 고개를 들지만 조명 때문에 앞이 보이지 않는다. 내가 무슨 짓을 한 걸까?

나가. 당장.

나는 공포를 달래며 몸을 돌려서 걸음을 옮기고 뒤도 돌아보지 않는다.

V

그는 마이크 앞을 떠나 허둥지둥 무대를 빠져나간다.

온 사방이 일시 정지한다. 저게 뭐지?

나는 또다시 기본값으로 설정된 반응을 보인다. 장난치는 거겠지. 내 앞에서 까부는 거겠지. 하지만 나의 직감은 아니라고 한다. 그가 한 얘기는 사실이 아니었다. 그런 사건은 벌어진 적이 없었다. 하지만 그 얘기에 담긴 정신과 그의 전달 방식은 묘하게도 진짜처럼 느껴졌다. 그가 진심을 담아서 하는 얘기 같았다.

나는 지난 몇 년 동안 좋은 소리를 별로 들은 적이 없다. 어쩌다 한 번씩 칭찬을 듣더라도(**코너, 너 진짜 그림 잘 그린다, 재밌다, 열정이 넘친다**) 절대 믿지 않았다. 부정적인 반응을 워낙 많이 접하다보니 기분 좋은 빛 마니 말은 받아들여지지가 않았다. 그리고 칭찬을 하는 사람이 누구인지도 중요했다. (칭찬을 남발하는) 어머니의 칭찬은 의미가 덜했고 (칭찬에 인색한) 아버지의 칭찬은 그보다 의미 있었고 그중에서도 최고는⋯⋯.

그게 이 추모사의 우라질 문제다. 진정한 친구가 한 얘기였다면 진심으로 의미 있었을 것 아닌가. 그가 저 자리에 서서 그런 얘기를 했어야 했다. 나는 그를 위해 모습을 드러냈으니까. 그를 위해 모든 걸 걸었으니까.

내 주변에서 소음이 점점 커진다.

(그랬다가 결국 늘 그렇듯이 나만 상처를 받고 말았다.)

처음에는 드문드문 들리다가.

(그 모든 게 무슨 소용이었을까?)

꾸준히 이어지며.

(내가 의미 있는 존재이긴 했을까?)

나를 때린다. 천천히. 내 귀에 그 소리가 들린다. 마치 해답처럼.

박수갈채다.

16장

베개로 얼굴을 덮고 귀를 막아도 침대 옆 탁자에 놓아둔 휴대 전화의 진동 소리가 들린다. 오늘 아침 들어 세 번째로 전화기가 그렇게 춤을 추고 있다. 오늘 연락하는 사람이 있을 줄 알았다면 잠자리에 들기 전에 양말 서랍 안에 묻어버렸을 텐데. 하지만 지금까지는 아무도 나한테 연락한 적이 없었다. 그리고 어찌 됐건 간에 온 세상이 나를 모르는 척해주었으면 하는 날이 있다면 바로 오늘이다.

우주가 내게 자비를 베푸사 집회가 열린 어제가 금요일이었고 덕분에 나는 오늘 학교에 얼굴을 들이밀 필요가 없다. 어제의 심란한 잔상들이 내 기억 속에서 번쩍거린다. 사방으로 날아간 메모지. 바닥에 무릎을 꿇은 나. 귀청이 터질 듯한 정적. 하지만 기억나지 않는 한 가지가 있다면 그 위에서 내가 한 얘기다.

나는 집회가 어떤 식으로 끝났는지 남아서 확인하지 않았다. 사람들, 그중에서도 특히 코너의 가족을 대면할 생각만 해도 도망치기에 충분했다. 나는 맹목적인 공포를 느끼며 학교를 박차고 나왔고 마지막 수업 몇 개를 빼먹었다. 같은 반 친구들이 나를 가운데 놓고 방금 전에 무대에서 목격한 비극의 품평을 늘어놓을 테니 버스를 타고 올 엄두도 나지 않았다. **코미디일 줄은 몰랐는데 군데군데 빵 터지는 대목이 있더라? 앞으로는 에번 핸슨이라는 이름이 '박살 나다, 쪽팔리다, 망하다'를 뜻하는 동사로 쓰일 거야.** 그건 사양하겠다.

전화기가 계속 웅웅거린다. 베개를 치운다. 엘레나의 전화다. 나 자신을 증오하느라 이 정도로 정신이 없지 않았다면 그녀를 증오했을 것이다. 집회를 열자는 게 그녀의 아이디어였으니 말이다. 애초에 코너 프로젝트 얘기를 꺼냈을 때 엘레나가 나를 부추긴 게 화근이다. 나한테 솔직하게 얘기하지 않은 게 화근이다. **미안하지만 에번, 당장 포기해. 너의 인간적인 능력으로는 절대 감당할 수 없는 일이거든.**

"어디 갔었어?" 내가 마침내 전화를 받자 엘레나가 묻는다. "이메일에도 문자에도 답장 없이."

나는 아무 대꾸도 하지 않는다.

"여보세요?" 엘레나가 얘기한다.

나는 아티반을 입에 넣고 이틀 묵은 물로 삼킨다. "듣고 있어."

나는 추모사를 열두 시간 동안 했다. 조명이 작렬하는 무대에 서 있었을 때 그 정도로 길게 느껴졌다. 그들의 얼굴이 보이지 않았지만 그 자리에 있다는 건 알 수 있었다. 이렇게 긴 시간 동안 물에 빠지기 직전인 적은 처음이다. 기운이 하나도 없다. 어쩌면 두 번 다시 침대에서 일어나지 못할 수도 있다.

"그거 봤어?" 엘레나가 묻는다.

시작이로군. 내가 왜 전화를 받았을까? "그거라니?"

"네 추모사에 대한 반응 말이야."

이제는 엎질러진 물이다. 이제는 모르고 지나갈 수 없게 됐다. "내 추모사에 대한 반응?"

"누가 그걸 촬영해서 인터넷에 올렸어." 그녀가 얘기한다.

"내 추모사를?" 눈이 번쩍 뜨인다. 온몸의 세포가 눈을 번쩍 뜬다. 완전히 망했다.

"에번, 지금 완전 미쳤어. 사람들이 그걸 공유하기 시작해서 온 사방으로 퍼졌다니까? 온 사방이 코너로 뒤덮였어."

"그게 무슨 소리야, **온 사방**이라니?"

"오늘 아침에는 코너 프로젝트 사이트 팔로워 숫자가 56명이었거든."

나쁜 성적은 아니었다. 마지막으로 내가 체크했을 때만 해도 10명대였다. "지금은 몇 명—"

"지금은 4,000명이 넘어."

"사……."

"천 명."

전교생을 합친 숫자보다 많다.

나는 일어나서 노트북을 연다. 엘레나가 계속 뭐라고 종알거리지만 듣는 둥 마는 둥 한다. 브라우저를 새로고침 한다. 거짓말이 아니다. 아니, 이제는 거의 6,000명에 육박했다. 이게 무슨 일일까?

재러드가 보낸 메시지가 나를 기다린다.

> 친구야. 네 추모사가 온 사방에 퍼졌다.

"좀 있다 내가 다시 전화할게." 나는 엘레나에게 얘기한다.

새 메일로 수신함이 터질 지경이다. 엘레나가 보낸 첫 번째 메일을 찾아서 동영상 링크를 클릭한다. 재생되기 전에 동영상을 멈춘다. 내 추모사를 볼 필요는 없다.

하지만 동영상 아래에 줄줄이 달린 코멘트는 그냥 넘길 재간이 없다. 일부 포스팅은 내가 아는 이름으로 되어 있지만 대부분 모르는 이름이다. 어떤 코멘트에는 링크가 걸려 있다. 그 링크를 클릭하자 다른 웹사이트와 전혀 모르는 사람들이 나누는 새로운 대화로 연결된다. 내가 이 별에서 저 별로 우주를 누비며 그림을 그리고 있다. 이제 그림의 전체적인 모양새가 눈에 들어오기 시작하지만 그 그림의 의미가 무엇이며 어쩌다 그런 그림이 탄생됐는지는 모르겠다. 전혀 예상하지 못했던 결과물이다.

> 아, 한 명도 빠짐없이 이 영상을 봐야 한다

> 자꾸만 이 영상을 보게 된다

열일곱 살이라니

5분만 투자하면 하루가 달라질 거다

사랑하는 사람들과 공유하길

스크랩

전 세계가 다 같이 들었으면 좋겠다

아름다운 헌사

관심글

오늘 이 추모사를 들려주고 싶은 사람이 있다

고마워, 에번 핸슨

예스, 예스, 예스

코너, 나는 너를 만난 적 없지만
여기 와서 포스팅을 읽어봐

외롭다고 느껴지기 십상이지만
에번의 말처럼 우리는 혼자가 아니다

어느 누구도

우리는 혼자가 아니다

어느 누구도 혼자가 아니다

좋아요

전달

공유

흉흉한 뉴스가 들리는 요즘 같은 때 특히 필요한 메시지다

왜 이런 감동이 좀 더 많아질 수 없는 걸까?

공유

미시간에서 기도를 보냅니다

리치먼드에서도요

버몬트에서도요

탬파에서도요

새크라멘토에서도요

캔자스시티에서도요

전달

고마워 에번 핸슨

러브

최고다

폭풍 감동

왜 눈물이 나는 걸까?

누군가가 나를 알아봐준 기분이다

고마워, 에번

끝까지 보세요

고마워, 에번 핸슨

지금은 이 동영상이 전부다

고마워, 에번

만감이 교차한다

결국 중요한 건 공동체

우정의 의미

코너를 기억할 공간을,

서로를 알아볼 수 있는 공간을 만들어줘서

고마워, 에번 핸슨.

고마워

에번에게 김사를

진짜다. 내 추모사가 온 사방에 퍼졌다. 그뿐만이 아니다. 사람들이 좋아한다. 진심으로 좋아한다.

종소리에 나는 화들짝 놀란다. 현관문에서 들린다. 초인종 소리다.

엄마가 나가겠지. 나는 다시 수신함으로 시선을 돌린다. 이름 모를 회사가 아니라 실제 사람들이 보낸 이메일로 가득하다. 영어 선생님이 보낸 이메일도 있다. 점심시간에 만났던 샘도 어찌어찌 내 주소를 알아낸 모양이다.

초인종이 다시 울린다. 나는 침대에서 기어나간다. 샤워기 물소리가 들리고 엄마가 외친다. "에번, 누가 왔나 봐." 엄마의 방에서 창밖을 내다보니 진입로에 차가 한 대 서 있다. 파란색 볼보다.

거울을 잽싸게 들여다본다. 머리가 못 봐줄 지경이지만 고칠 방법이 없다. 이번만큼은 손바닥에 물기가 좀 있으면 좋을 텐데 완벽하게 보송보송하다. 그래도 마침 옷은 입고 있다.

조이가 어쩐 일일까? 지금 여기 있으면 안 되는데. 엄마는 그녀의 가족과 나 사이에 무슨 일이 있었는지 전혀 모른다. 일부러 쉬쉬한 건 아니었다. 어쩌다 보니 그렇게 됐다.

나는 계단을 달려 내려가서 문을 연 다음에서야 최소한 가글이라도 해야 했다는 걸 깨닫는다.

그녀의 뒤에서 태양이 포효한다.

"안녕." 내가 얘기한다.

"안녕." 그녀가 얘기한다.

그녀도 나만큼 피곤해 보인다. 그런데 왠지 모르게 어울린다.

"들어오라고 하고 싶은데 엄마가 많이 편찮으셔서 내가 간호하는 중이거든. 미안. 여긴 어쩐 일이야?"

그녀는 시선을 떨어뜨린다.

"매너 없게 들렸겠다." 내가 얘기한다. "그럴 작정으로 한 얘기는 아닌데."

잘한다, 또 시작이다. 그녀는 나를 쳐다보려고 하지도 않는다. 내가 에번 핸슨다운 짓을 저지른 것이다.

그녀는 눈을 비빈다.

"잠깐. 너 지금 우는 거야?"

조이는 고개를 끄덕인다.

"왜? 왜 울어?"

그녀는 고개를 젓는다. 말을 할 수 없기 때문이다. 아니면 왜 우는지 모르기 때문이다. 아니면 그러거나 말거나 상관없기 때문이다.

"네가 추모사에서 한 모든 얘기. 네가 우리 모두를 위해서 한 모든 일들. 우리 가족. 나."

"아냐, 나는……." 무슨 말을 하고 싶은 걸까? 나도 모르겠다. 뇌가 작동을 멈추었다. 사과를 하고 싶은 걸까? 진실을 공개하고 싶은 걸까? 땅바닥이 나를 집어삼켜주길 바라는 걸까?

그녀가 고개를 든다. 한발 다가온다. 잠시 후 내 입술과 그녀의 입술이 다시 맞닿는다. 다만 이번에는 내가 그런 게 아니다.

그녀는 몸을 뒤로 빼고 숨을 내쉰다.

"고마워, 에번 핸슨." 그녀가 말한다.

그녀는 몸을 돌려서 멀어지고 나 혼자 문간에서 폭발한다.

2부

DEAR
EVAN
HANSEN

17장

"안녕하세요, 여러분. 저는 코너 프로젝트의 공동 회장, 부회계, 언론 고문, CTO, 창의적인 공공정책 추진 위원회의 보조 크리에이티브 디렉터 겸 공공정책 디렉터를 맡고 있는 엘레나입니다."

"안녕하세요, 저는 에번입니다. 코너 프로젝트의 공동 회장이고요."

화면의 한쪽에 뜬 내 얼굴과 다른 쪽에 뜬 엘레나의 얼굴이 보인다. 자기 집에 있는 엘레나의 화면에도 그렇게 보일 테고 시청자들도 마찬가지일 테지만 라이브 스트리밍 방송은 처음이라 확실하지는 않다.

"저도 시청자 여러분의 근사한 얼굴을 볼 수 있으면 좋겠는데 말이죠." 엘레나가 얘기한다.

"여러분 모두 근사한 하루 보내고 계시길 바랍니다." 내가 딧붙인다.

우리가 무슨 얘기를 할지 궁금해하며 기다리는 사람이 몇 명이나 되는지 생각하면 아찔하다. 시청자 숫자가 현재 몇백 명에서 점점 늘어나고 있다. 내 기준으로는 엄청난 성공이지만 엘레나가 말하길 중요한 건 라이브로 시청하는 사람들의 숫자가 아니라고 한다. 그 이후의 여파라고 한다. 오늘 아침에 우리가 로그오프하고 나면 우리 홈페이지에서 볼 수 있고 모든 소셜미디어 채널로 확산될 수 있게 영상이 업로드될 것이다. 재러드 덕분에 누가 우리 영상을 클릭했는지 유용한 데이터도 입수할 수 있다.

"많은 분들이 저희 홈페이지에 있는 감동적인 영상을 보셨을 텐데요." 엘레나가 얘기한다.

"지난주에 올린 코너의 부모님과 여동생의 영상을 시청해주신 분들께 감사의 말씀을 전합니다—"

"그리고 코너의 단짝 친구이자 저와 공동 회장을 맡고 있는 에번 핸슨이 올린 영상도요."

나는 미소를 짓는다(아마 어색한 미소일 거다).

영상을 찍을 때 내 방에 절대 아무도 들어오지 못하게 했다. 혼자 촬영하다보니 열일곱 번이나 시도를 한 다음에야 공유할 만한 작품을 건질 수 있었다. 엘레나는 각자 코너한테서 배운 가장 중요한 덕목이 뭔지 얘기해주길 바랐다. 신시아는 인내심이었다. 래리는 공감이었다. 내 대답은 희망이었다. 100퍼센트 완전한 진실이라고 할 수 있는 게 그것밖에 없었다.

조이는 영상을 촬영할 때 나보다 더 긴장했던 것 같다. 그녀는 무슨 말을 하고 싶은지 안다고 했지만 내가 촬영을 시작할 때마다 번번이 조개처럼 입을 다물어버렸다. 결국 그녀는 독립심과 자립심의 중요성에 대해 배웠다고 말했다. 원래 생각했던 대답인지 아니면 막판에 바꿨는지 궁금했지만 나는 묻지 않았다. 그녀가 묻지 말아주길 바라는 눈치였다.

"여러분도 아시다시피 코너가 세상에서 가장 좋아했던 공간이 어텀 스마일 사과 농장이었는데요." 내가 얘기한다.

"안타깝게도." 엘레나가 얘기한다. "이 농장은 7년 전에 문을 닫았습니다. 지금은 이런 모습이에요."

화면에 웃자란 풀과 나무 그루터기들만 남은 텅 빈 들판이 등장한다. 썩어가는 울타리에 **매물** 팻말이 매달려 있다.

나는 그 농장을 실제로 본 적이 없다. 위치는 알지만 코너하고는 물론이고 어느 누구하고도 가본 적이 없다. 이렇게 다 쓰러져가고 황량할 줄은 몰랐다. 내 상상 속에서는 줄줄이 늘어선 나무에 빨간 사과가 점점이 달린, 파릇파릇하고 생기 넘치는 공간이었는데.

사진이 사라지고 다시 우리의 얼굴이 등장한다. 나는 힘없이 미소를 짓고 있다가 기운을 차리고 내 몫의 대사를 읊는다. "코너는 나무를 사랑했습니다."

"코너는 나무에 **집착했죠**." 엘레나가 얘기한다. "코너와 에번은 농장에 앉아서 나무를 감상하고 나무와 함께 있는 시간을 즐기며 나무에 대해서 아는 재미있는 정보를 서로 가르쳐주곤 했답니다."

"맞습니다. 예를 들어, 나뭇가지에 새집을 매달아놓으면 나무가 자라도 새집은 그냥 그 자리에 있는 거 아세요?"

"저는 몰랐는데요." 엘레나가 얘기한다. "아주 흥미로운 사실이네요."

엘레나가 보낸 원고에 따르면 이제 내가 어마어마한 발표를 앞두고 시동을 걸어야 하는 시점이다. 지난 몇 주는 코너 프로젝트의 정확한 성격과 방향성을 고민하는 기간이었다. 처음에는 팸플릿 몇 장과 부모님의 동의, 예상했던 것보다 훨씬 훌륭하게 끝난 발족식밖에 없었다. 실질적인 측면에서나(홈페이지가 두 번 다운됐다. 재러드는 당황한 눈치였다) 감정적인 측면에서 내 추모사가 일으킨 반향에 대응할 준비가 되어 있지 않았다.

재러드와 나는 우리 둘만 완벽하게 이해할 수 있는 수준의 아찔함이 느껴지자 하던 일을 멈추고 그때까지 입 밖으로 내지 않았던 사실을 인정했다. 우리 둘 다 동의했다시피 진실을 알 수 있는 사람은 아무도 없었다. 우리가 시작한 이 프로젝트는 실질적으로 사람들에게 도움이 되고 있었다. 이제 와서 진실을 밝힌들 피해만 끼칠 따름이었다.

내가 추모사를 하고 꼬박 일주일이 지난 다음에서야 우리는 그 많은 관심을 활용하지 않고 허송세월하고 있다는 사실을 깨달았다. 새로운 팔로워가 계속 유입되었지만 기존의 팔로워 가운데 일부는 벌써 흥미를 잃고 떠났다. 혼자가 아니라는 새로운 깨달음, 그런 부담감을 짊어지고 살아갈 필요 없다는 새로운 깨달음, 똑같이 느끼는 수많은 사람들과 그 심정을 공유하면 강도를 줄

일 수 있다는 새로운 깨달음에 자극을 받은 사람들이 계속 홈페이지의 문을 두드렸다. 우리는 그들을 우리의 새 집으로 초대했지만 구체적으로 제공할 게 아무것도 없다는 사실을 금세 깨달았다. 그들의 참여를 지속적으로 유도할 만한 수단이 없었다.

그래서 우리는 조치를 마련했다. 재러드가 홈페이지에 이메일 등록 서식을 설치해 정기적으로 소식지를 발송할 수 있게 했다. 엘레나는 '코너에게 배운 덕목' 영상을 촬영하게 했다. 그리고 이제 우리는 가장 야심찬 시도를 개시하려는 시점을 앞두고 있다.

"코너가 무엇보다 바라던 게 한 가지 있었는데요." 내가 얘기한다. "사과 농장이 예전의 모습을 되찾는 거였죠."

"이 지점에서 여러분의 도움이 필요합니다."

엘레나가 디지털로 아름답게 변신시킨 농장의 이미지를 띄운다. 목가적인 공원이 수많은 나무와 평온한 벤치를 품고 있다. 새 한 마리가 태양을 가로지르며 날아오른다. 재러드가 무료로 쓸 수 있는 3D 모델링 프로그램을 가르쳐주자 엘레나가 주말에 독학으로 사용법을 터득했다.

"오늘 저희는 대규모 온라인 모금 캠페인의 시작을 선포합니다." 내가 얘기한다.

"인터넷이 탄생된 이래 가장 야심만만한 크라우드 펀딩이라고 볼 수 있을 거예요."

"3주 동안 5만 달러를 모금할 생각이거든요."

"엄청난 금액이죠. 하지만 엄청 근사한 계획이기도 해요."

"기금은 농장을 재단장하는 데 쓰일 겁니다." 내가 얘기한다.

"그곳은 모두가 즐길 수 있는 공간으로 꾸며질 테고요."

내가 코너 프로젝트에 쏠린 세간의 관심을 활용해 기금을 조성하고 그것으로 농장을 재단장할 계획이라고 얘기하자 신시아는 나를 숨도 쉬지 못할 만큼 세게 끌어안았다. 그 농장을 뭐라고 부르고 싶은지 얘기했을 때는 이러다 죽을 때까지 놓지 않는 거 아닌가 싶을 정도였다.

"이 방송을 보고 계신 여러분의 도움이 필요해요. 코너 머피 기념 농장을 꿈이 아닌……." 엘레나가 얘기한다.

그녀는 잠깐 기다리다가 헛기침을 하고 했던 말을 반복한다. "**꿈**이 아닌……."

아차. 큐 사인인데 놓쳤다. "**현실**로 이룰 수 있게 말이죠."

우리는 시청자들에게 감사 인사를 전하고 방송을 마친다. 엘레나의 얼굴이 내 화면을 가득 메운다.

"무사히 끝났네." 나는 그녀에게 얘기한다. 속이 후련하고 나 자신에게 살짝 감동을 받았다.

"응, 다음번에는 생방송하기 전에 리허설을 해야겠다." 엘레나가 얘기한다.

가끔은 내가 공동 회장이 아니라 부회장인 것 같은 기분이 들 때도 있다. 하지만 괜찮다. 다 잘되자고 그러는 거니까.

"좋아." 엘레나가 얘기한다. "이제 지역 봉사 활동에 대해 의논해보자."

나는 커서를 움직여 몇 시인지 확인한다. 벌써 늦은 아침이다. "뭐, 지금?"

"쇠뿔도 단김에 빼라잖아."

"사실 지금은 시간이 안 되거든. 미안. 다른 일이 있어서."

예전에는 사라질 줄 모르는 엘레나의 미소에 감탄했다. 하지만 지금은 그녀에게도 다른 표정이 있다는 걸 안다. 사실 그녀는 예전처럼 자주 미소를 짓지 않는다. 예컨대 지금 나를 보며 짓는 표정은 노골적으로 냉랭하다.

"알았어." 그녀가 얘기한다. "나는 농장 캠페인을 홍보하는 엽서를 출력할게."

"아주 좋은 생각이다." 내가 얘기한다.

"내가 돌아다니면서 나누어 줄 때 네가 도와주면 진짜 좋은 생각이 되겠지."

"당연하지. 두말하면 잔소리. 언제든 필요하면 말만 해."

"그래. 알았어. 그럼 나는 해야 할 일이 많아서. 너는 가서 재밌게 놀아. 나중에 얘기하자."

그녀는 짜증 난 티를 팍팍 내며 접속을 끊는다. 하지만 나는 그녀의 충고를 따르기로 한다. 재밌게 놀기로 한다. 그 단어의 진정한 의미를 이제 드디어 파악했다.

———

뒤를 돌아본다. "훔쳐보지 마."

"알았어." 조이가 얘기한다.

그녀는 눈을 감은 듯이 보이지만 안내를 하는 편이 더 안전할 뻔했다.

"거의 다 왔어." 내가 얘기한다. "조심해. 길이 울퉁불퉁해지거든."

그녀는 내 배낭끈을 붙잡고 엘리슨 공원의 가이드를 자처한 나를 따라오고 있다.

몇 미터 더 가자 완벽한 지점이 등장한다. 조이는 고분고분 눈을 감고 있고 나는 배낭에서 들고 온 준비물을 꺼낸다.

"떨린다." 그녀가 얘기한다.

"나도."

그녀에게 어디 앉으면 되는지 알려준다(말로만 알려준다. 그렇게 많은 시간이 지났는데도 그녀와 신체적인 접촉을 하려면 긴장이 된다).

"이거 담요야?" 조이가 묻는다.

"이제 눈 떠도 돼."

그녀는 아래와 주변과 나를 쳐다본다. "소풍이잖아!"

나는 여기까지 들고 온 하얀 종이봉투를 연다. 조이를 만나기 전에 마지막으로 챙긴 물건이다.

"푸드 트럭에서 파는 한국식 타코를 먹어본 적 없다고 하길래……." 나는 알루미늄 포일에 싸인 타코를 건넨다. 손가락끼리 가볍게 스치고 우리는 서로를 향해 미소를 짓는다.

"그리고 마지막 깜짝 뉴스." 나는 한쪽 팔을 허공에 들어 보이지만 그녀는 알아차리지 못한다. 팔을 꿈틀거리며 힌트를 준다. "손바닥 춤추는 건 아니야."

그녀는 한참을 쳐다본 다음에서야 이해한다. "깁스 풀었구나! 깁스하고 있었다는 걸 완전 깜빡했어."

나는 팔을 내리고 소매를 당긴다. 조이가 너무 빤히 들여다보는 건 싫다. 귀신처럼 허여멀건 살이 굵고 시커먼 털로 덮여서 볼만한 광경이 못 된다. 예전부터 깁스를 풀고 싶었는데 막상 없어지니까 조금 허전하다. 내 일부분이 사라지기라도 한 듯 불안하고 벌거벗은 느낌이다.

"나 이상한 질문 하나 하고 싶은데." 조이가 얘기한다.

나는 그녀가 뭘 물어볼 때마다 마지막을 준비한다. "그래."

"깁스는 어떻게 했어?"

별로 이상한 질문도 아니다. 병원에서 톱으로 잘라낼 때 그걸 어떻게 하겠느냐고 물었다. 내 본능은 깁스를 버리라고 했다. 처음부터 내게 골칫거리만 안긴 흉물이라고 했다. 그걸 간직하고 있어봐야 그동안의 괴로움만 생각날 거라고 했다.

"버리지 않았어." 내가 얘기한다. "왜 그랬는지 모르겠지만."

진짜다. 나는 깁스를 버리지 않았고 왜 그랬는지 이유를 **모르겠다.**

조이는 내 대답에 만족한 눈치다. 타코에 대해서도 마찬가지다. 온 사방에 김치 국물이 떨어진다. 그녀는 하얀 종이봉투 안에서 냅킨을 찾는다. "여름 내내 여기서 일한 거야?"

"응. 다시 오니까 기분이 묘하다."

"바보 같은 질문일지 모르지만 공원 관리인 실습생은 하는 일이 정확히 뭐야?"

"바보 같은 질문 아니야. 나도 몰랐거든. 그냥 자연 속에서 많이 걸을 줄 알았는데 그게 전부가 아니더라고. 생태계, 지리, 천연자원, 역사 등 공원의 모든 걸 파악해야 해. 방문객이 물어보면 대답할 수 있어야 하니까. 그리고 관리에 따르는 업무도 있지. 화장실 청소하고 지도도 다시 채우고 전구도 갈고. 비상사태에 대비해서 기초적인 응급 처치법도 알고 있어야 해. 그리고 무엇보다 공원 전체를 관리하는 경찰관 비슷하게 모든 규칙을 숙지하고 사람들이 잘 따르는지 확인해야 하고."

"그 일이 정말 재밌었나 보다."

"응, 맞아."

공원에 있으면 평범한 존재에서 잠깐이나마 벗어날 수 있었다. 갈 곳과 할 일이 생겼다. 여기가 내 직장이라는 걸 대개 잊을 수 있었다. 걷다가 멈추고 주위를 둘러보면 글쎄, 마음이 차분해졌다고 해야 할까, 아무튼 그랬다.

"그러니까 우리 오빠랑 이메일로 나무 얘기를 했다고 했을 때 진짜 나무 얘기를 한 거였어?" 조이가 묻는다.

"당연하지. 그럼 무슨 얘기를 했을 거라고 생각했는데?"

"아니야."

좀 더 캐물을 겨를도 없이 그녀가 다른 질문을 한다. "예전부터 자연을 그렇게 좋아했어?"

"그랬던 것 같아." 나는 물과 함께 타코를 넘기며 얘기한다. "아마 아빠한테 물려받았을 거야."

아빠가 콜로라도로 이사한 이유가 그 때문이었다. 동부는 너무 인구가 많다고 했다. 엄마는 아빠가 녹지 어쩌고저쩌고 하는 건 핑계라고, 사실은 그냥 테리사를 따라간 거라고 믿어 의심치 않지만 내가 기억하기로는 그렇다. 하도 오래전 기억이라 내가 틀렸을 수도 있지만.

"우리 부모님이 이혼하기 전에 아빠랑 몇 번 낚시를 갔었고 한 번은 여기 이 공원에서 주말 내내 캠핑을 한 적도 있었어."

타코를 씹는 동안 추억이 점점 되살아난다. 별을 보면서 잘 수 있게 아빠가 두 나무 사이에 해먹을 매달았던 게 생각난다. 나는 나무가 부러지지 않을지 무슨 수로 아느냐고 물었다. **나를 믿어.** 아빠는 말했다. **허리케인이 강타해도 이 나무들은 끄떡없을 테니까.**

나는 아빠를 믿었지만 그래도 계속 걱정이 됐다. 나무가 쓰러져서 아빠가 다치는 광경이 계속 떠올랐다. 하지만 아빠 말이 맞았다. 엄마와 내가 다음 날 아침에 텐트 밖으로 나가보니 아빠는 계속 거기 매달려 있었다. 아빠 말로는 평생 그렇게 단잠을 잔 적은 처음이라고 했다. 아빠는 자리를 정리하기 전에 내가 나무에 이니셜을 새길 수 있게 도와주면서 다음에 와서 찾아보자고 했다. 하지만 다음은 없었다.

공원에서 실습을 시작했을 때 가장 먼저 한 일이 그 나무를 찾는 거였다. 새로운 길을 지날 때마다 주위를 두리번거렸지만 찾지 못했다. 결국 나는 포기했다. 공원은 너무 넓었고 너무 오래전 일이었다.

"아빠는 네 추모사를 보고 뭐래?" 조이가 묻는다.

아빠 얘기를 꺼낸 내 잘못이다. 당연히 아빠는 내가 그런 추모사를 한 줄 모른다. 가장 최근에 그 비슷한 소식을 아빠에게 전하려고 했을 때 통화가 화기애애한 분위기로 끝나지 않았다.

조이는 내 침묵을 통해 충분한 정보를 습득한다. "안 보여드렸어?"

"타코 어때? 맛있지?"

"에번."

그녀가 내 이름을 불러주면 기분이 좋다. 그녀는 내가 자기를 믿어주길 바라며 끈질기게 앉아서 기다린다. 그녀를 믿을 수 있을 것 같다.

"보여드릴 작정이야." 조심스럽게 말을 꺼낸다. "알맞은 때를 기다리는 게 아닌가 싶어. 요즘 일도 그렇고 테리사도 임신을 하는 바람에 아빠가 정신이 없거든. 그리고 이사할 집을 찾고 있는데 아이가 태어나기 전에 옮기고 싶을 테고."

"잠깐. 아기 얘기는 한 적 없잖아. 아들이야 딸이야?"

"아들."

조이는 얼굴을 환히 밝힌다. "말도 안 돼. 잘됐다. 그럼 남동생이 생기는 거네?"

"아마도." 내 대답은 이것으로 끝이다. 그녀를 믿지만, 진짜로 그렇지만 나 자신은 믿지 못하기 때문이다.

조이가 조용해지자 나는 한 가지 사실을 깨닫는다. 조이는 오빠를 잃었는데 나한테는 남동생이 생기게 된다는 사실이다. 어쩌면 나에게는 투덜거릴 권리가 없을지 모른다.

"남동생이 생긴다는 데 아직 완전히 적응이 되지 않아서." 나는 말한다. 밝히지 않은 진실이 있다면 항상 내 쪽에서 먼저 얘기하지 않아도 아빠가 내 일상을 알고 있었으면 좋겠다는 거다.

"흠." 조이가 얘기한다. "너는 세상에서 가장 훌륭한 형이 될 거야. 그리고 너희 아빠가 아무리 바쁘시더라도 네가 일군 업적을 자랑스러워할 겨를도 없을 만큼은 아닐 테고."

지금까지 많은 얘기를 했지만 조이가 아는 건 절반에 불과하다.

═

"예전에는 여기가 전부 사유지였어." 나는 우리 주변을 손짓하며 얘기한다. "1920년대에는 어떤 남자가 여기서 가족들이랑 살았거든. 사람들은 그의 이름이 엘리슨이었는 줄 알지만 사실은 휴잇이었어. 엘리슨은 만든 이름이야."

조이가 내 말을 듣고 있는지 확인하려고 그녀를 돌아본다. 우리는 한참 동안 여길 걷는 중이고 나는 그보다 더 한참 동안 조잘대고 있다. 조이가 내 마음에 지핀 불이 꺼질 줄 모른다. "미안, 너한테 왜 이런 얘기를 하는지 모르겠다."

"아냐, 좋아. 계속해줘."

"알았어. 그러다 어떤 일이 벌어졌는가 하면 존 휴잇의 집에 큰 불이 나서 아내와 아이들을 비롯해 모든 게 날아가버렸거든. 그러자 더 이상 여기서 살 수 없게 된 그는 이곳을 가족을 추모하는 공원으로 만들어달라고 주 정부와 일종의 합의를 했어. 공원

이름은 엘리슨으로 해달라고 했고. 아내의 이름이었던 엘런과 두 아이, 라일라와 넬슨의 이름을 조합해서 말이야."

"말도 안 돼." 조이가 얘기한다. "방금 소름 돋았어."

"그치? 나도 상사한테 들은 얘기야."

내가 그 사연에서 가장 인상 깊게 여긴 부분은 그 가족의 성씨인 휴잇을 선택했어도 그들 모두가 포함될 수 있었다는 거다. 하지만 그는 자신은 빼고 그들만 남겨두고 싶었던 것 같다. 누구 덕분에, 어떤 경로를 거쳐서 이 공원이 탄생되었는지 더 많은 사람들에게 알려졌으면 좋았을 텐데 안타까운 일이다.

"그 집의 위치를 알아?" 조이가 묻는다. "그 가족이 살았던 데 말이야."

나는 고개를 젓는다. 조이를 실망시켜서 미안한 마음이 든다. 관리원 거스에게 아느냐고 물어봤더라면 좋았을 텐데.

조이는 걸음을 멈추고 주변을 넓게 둘러본다. "솔직히 나는 이런 곳이 있다는 걸 계속 잊고 지냈어. 엎어지면 코 닿을 데 있는데도 말이야."

그 코는 또 얼마나 완벽한가. 그녀의 미모가 공원을 훌쩍 뛰어넘는다. "그런데." 내가 얘기한다. "내가 여름 내내 여기서 일하는 동안 너는 어디서 뭘 했어?"

"낮에는 리버사이드에 있는 캠핑장에서 일했어. 저녁에는 큰길가에 새로 생긴 그 요거트 가게에서 몇 번 아르바이트했고."

고개를 끄덕이며 지난여름에 그녀가 요거트 가게에서 일한다는 얘기를 듣고 그 앞을 지나간 적이 있으면서 시치미를 뗀다.

"바빴겠다."

"아마도." 조이가 얘기한다. "나는 웬만하면 집에 있지 않으려고 해."

나하고 정반대다. 아니, 정반대였다고 해야겠다.

조이가 앞장선다. 조이에게 오늘 운동화를 신고 나오라고 했을 때 컨버스는 생각지 못했다. 컨버스는 하이킹에 적합한 신발이 아니다. 가파른 내리막길이 우리를 기다리고 있다.

"돌멩이 조심해." 내가 얘기한다. "미끄러울지 몰라." 손을 잡고 안내하고 싶지만 그녀가 두 눈 똑바로 뜨고 있는 마당에 그럴 필요가 없을 테고 내 안내를 받고 싶을지도 알 수 없는 일이다.

"나는 열두 살쯤에……."

"응?"

"가출하려고 한 적이 있었어." 조이가 얘기한다.

그녀가 하는 얘기를 더 잘 듣고 싶어서 바짝 다가간다.

"우리 부모님이 1년 365일 오빠한테만 안달복달했거든. 침낭을 들고 공원에 몰래 들어가서 부모님이 찾을 때까지 여기 있으려고 했어."

관리원 거스는 공원에서 잠을 자고 관리원들이 아침 청소를 하러 나설 즈음이면 황망히 떠나는 노숙인들이 있다고 했다. 관리원들도 그들이 남긴 흔적을 보고 미루어 짐작할 따름이었다.

"가방 가득 필요한 용품을 챙겼어." 조이가 얘기한다. "〈문라이즈 킹덤〉이라는 영화 알지? 그거랑 비슷했다고 보면 돼. 휴대용 레코드플레이어만 안 챙겼을 뿐."

그녀는 갈림길에서 걸음을 멈춘다.

"아무튼 실제로 저지르지는 않았어." 조이가 얘기한다. "공원 입구까지 왔는데 너무 어두컴컴하니까 무서워져서 그냥 집으로 돌아갔지. 엄마가 아침에 깨우러 왔다가 나를 못 찾게 하려고 침대 아래에서 잤지만…… 엄마는 내가 그런 줄도 몰랐어."

코너랑 한집에서 살면 어떨지 나로서는 상상조차 되지 않는다. 회오리바람이랑 같이 사는 것과 비슷하지 않을까. 그와 같은 교실, 같은 버스, 같은 복도에 있는 것만으로도 충분히 힘들었는데 말이다. 날이면 날마다 그런 난장판을 감수해야 했으니 숲이 상당히 아늑해 보였을 것이다.

나는 조이에게 방향 선택권을 주지 않고 왼쪽 길로 걸음을 옮긴다. 그쪽으로 가면 클로버 들판과 오크나무가 나온다.

"저기." 그녀가 얘기한다. "지난번에 내가 캐퍼틀 공개 무대에서 노래를 불렀다고 했잖아. 음, 다음 주말에 또 할지 몰라."

"**할지** 모른다고?"

"응, 할지 몰라."

"어, 그럼 나도 **가고 싶어질지** 모르겠다."

"그럼 나는 고마워질지 몰라."

새 한 마리가 우리 옆을 지나서 창공으로 날아오른다. 내가 그렇게 용솟음치고 있다. 이렇게 짜릿한 기분은 처음이다.

짹짹거리는 소리가 들리지만 조이의 휴대전화에서 나는 소리다. "엄마다." 그녀가 얘기한다. "너한테 이메일이 더 있느냐고 내가 물어봐주길 바라거든. 미안, 나도 엄마가 짜증 나게 군다는 거 알아."

"아. 아니야. 괜찮아. 지금 보고 싶으시대?"

"지금 **당장**은 아니고. 아무 때나 괜찮을 때."

그렇지. 아무 때나 괜찮을 때.

나는 땅으로 추락한다. 나는 절대 하늘 위에 오랫동안 머물 수 없다. 추악하고 무거운 진실이 나를 계속 잡아당기는데 어떻게 그럴 수 있겠는가.

18장

오늘 구내식당의 '그 구역'을 지나가는데 내 이름이 들린다. 누가 그런 별명을 지어서 붙였는지 모르겠지만 아무튼 식당 한복판, 학교에서 잘나가는 아이들이 앉는 테이블이 바로 '그 구역'이다. 하늘에서 떨어진 대형 트레일러가 이 지점에 착륙하면 우리 학교의 상류 계급을 일거에 청소할 수 있다(나는 작년에 『맥베스』를 읽었기 때문에 '일거에'라는 단어의 유래를 안다).

'그 구역'의 맨 앞 정중앙은 록새너라고 불리는 새로운 실세 커플의 자리다. 록새너는 록스와 그의 새 여자 친구 애너벨로 이루어졌다. 가엾은 크리스틴 카바렐로는 바깥쪽 테이블로 쫓겨났다. 그런 게 자연도태인가 보다. 내가 록새너 옆을 지나가는데 록스가 고개를 끄덕이며 "안녕, 핸슨"이라고 한다. 애너벨은 내 눈을 쳐다보는데, 같은 학교를 다닌 지 3년 만에 처음 있는 일이다.

말문이 막혀서 그들을 멍하니 쳐다보기만 한다. 나는 투명인간에서 벗어나는 과정에 아직까지 완전히 적응하지 못했다. 그 추모사를 한 이후로 많은 게 달라졌다. 나는 드디어 **메**라는 무관심의 상태에서 탈출했다. 지금은 전적으로 **응**이다. 나는 에번 핸슨이다.

'그 구역'을 지나서 재러드의 테이블로 간다. 그는 크기가 계산기만 한(생김새도 비슷하다) 해시브라운을 우적우적 먹고 있다. 그의 옆에 털썩 주저앉는다.

"이메일이 좀 더 있어야겠어." 내가 얘기한다. "학교 끝난 뒤에 만날 수 있어?"

"오늘은 안 돼." 재러드가 말한다. "치과 예약이 있거든."

"알았어. 그럼 내일은 어때?"

"아마 될 거야."

이런 식으로 여유를 부릴 겨를이 없다. 재러드는 신흥 자본가답게 공급이 수요를 따라가지 못하면 얼마나 치명적인지 안다. "아니면 나한테 방법을 가르쳐주든지." 내가 얘기한다. "네가 하는 거 충분히 봤으니까 배울 수 있을 것 같은데."

"아, 그래?" 재러드는 비웃는다. "그렇게 생각해? 그럼 그러든지, 친구야." 사악한 미소가 그의 얼굴 위로 번진다. "그리니치 표준시하고 시간차 계산하는 거 잊지 마. 안 그러면 시간대 전환이 완전 엉망진창이 될 테니까."

포기하는 게 좋겠다. "내일 만날 수 있는 거야, 없는 거야?"

재러드는 자세를 똑바로 한다. "네, 알겠습니다, 대장님. 표준시에서 마이너스 네 시간대 기준으로 17:00시에 출두하겠습니다."

"그러니까 몇 시라는 거냐."

재러드는 눈을 부라린다. "5시."

"4시로 하자. 저녁에 할 일이 있어서."

마지막 한 입 남은 해시브라운을 음미하는 재러드를 두고 드디어 나의 새로운 본거지에 다다른다. 조이의 테이블이다. 이 테이블에는 다방면의 아이들이 모여 있다. 재즈 밴드의 몇몇 뮤지션. 나는 지금까지 우리 학교에 있는 줄도 몰랐던 골프팀 소속 선수. 가벼운 고스족으로 반쯤 넘어간 여학생. 여학생 축구팀 후보 골키퍼. (보텔 선생님은 축구팀 코치 겸 체육 교사로 완전히 대체됐다. 그녀가 풍채 넉넉한 학생들의 이름을 들먹이며 잔인하게 놀리는 장면이 영상으로 찍힌 모양이었다.) 그리고 마지막으로 조이의 친구인 비. 내가 보기에 그녀는 조이의 가장 친한 친구지만 확실히 그렇다고 단언할 수는 없고 비도 자신과 조이가 어떤 사이인지 잘 모르는 눈치다. 알고 보니 조이는 나한테만 속을 잘 보이지 않는 게 아니다.

비가 맨 처음 나를 보고 알은 체한다. "변장해, 에번?"

나는 내 차림새를 확인한다. 내가 뭘 빼먹지 않은 이상 평소와 차림새가 다를 게 없다.

"핼러윈 때 말이야." 비가 설명을 덧붙인다.

아, 핼러윈. 며칠 안 남았다는 걸 깜빡했다. "아직 모르겠어."

나는 절대 변장하지 않는다. 그럴 이유가 없다. 사탕을 얻으러 다니기에는 너무 나이가 많고 우리 학교는 코스튬을 엄격하게 금지하고 있다.

조이가 내 쪽으로 몸을 숙인다. "둘이 같이 할 만한 걸 생각해야 해. 유명한 커플로. 보니와 클라이드. 마리오와 피치 공주."

나는 그녀의 접시를 내려다본다. "감자튀김과 케첩."

그녀는 미소를 짓는다. 나는 우리 둘 중 누가 케첩을 맡을지, 코스튬을 입고 어디에 갈지, 그녀가 무슨 뜻에서 '커플'이라고 한 건지 궁금해진다. 뭘로 변장하는지는 상관없다. 뭐든 될 수 있다. 땅콩버터와 잼. 넷플릭스와 짜릿함. 〈아메리칸 고딕〉✦. 뭐가 됐건 나는 찬성이다.

=

다음 날 오후에 재러드와 나는 〈워크아웃 헤븐〉을 찾는다. 자리에 앉자마자 재러드는 초코바를 하나 뜯더니 주변에서 땀을 뻘뻘 흘리는 불쌍한 인간들을 유혹이라도 하는 듯 천천히 뜸을 들여가며 먹는다.

"이거 어때?" 재러드가 묻는다.

에번 핸슨에게

사람들이 나를 재활센터에 넣으려고 했지만 나는 노, 노,

✦ 미국 농가를 배경으로 쇠갈퀴를 든 농부와 부인을 그린 그랜트 우드의 작품.

노라고 했어.

"노래 가사잖아."✦ 내가 얘기한다.
"**훌륭한** 노래 가사지."
"바꿔."

에번 핸슨에게

재활센터에는 다시 가기 싫어. 요가는 괜찮고 그룹 상담은
나쁘지 않아. 하지만 사람들이 각성제를 얻으려고 거시기
를 빨아줬다는 둥 섬뜩한 헛소리를 늘어놓는단 말이지.

"재러드!"
"실제로 벌어지는 일이야. TV에서 봤어."
"지워."

에번 핸슨에게

이걸 끊을 방법을 찾아야겠어. 다시 재활센터 신세지기는
싫어. 재미없단 말이지.

✦ 에이미 와인하우스가 부른 〈리햅〉 가사다.

270

"괜찮네." 내가 얘기한다. "이제 문단 바꾸고."

"너 팔 왜 그래?" 재러드가 묻는다.

"깁스를 풀었어."

"그건 나도 안다, 천재야. 내 말은 왜 그렇게 계속 붙잡고 있느냐는 거지. 보고 있으니까 불안하잖아."

나는 내려다본다. 진짜다. 내 오른팔이 왼팔을 부여잡고 있다. "모르겠네. 아무튼. 신경 쓰지 말고 계속하면 안 될까?"

우리는 열심히 이메일 하나를 완성하고 내가 단짝 친구답게 긍정적이고 푸근하게 응원하는 답장을 작성한다. 나는 그런 친구의 역할에 전념하고 있다. 코너에게 목적의식이 필요하면 내가 부여한다. 그가 비틀거리면 내가 바로잡아준다. 그가 가족들에 대해 불평하면 내가 그들은 그를 사랑한다고, 도와주려고 그러는 것일 뿐이라고 일깨워준다.

우리는 열 통의 이메일을 뚝딱 만들어낸다. 하도 뚝딱 만들어내는 바람에 재러드의 기발한 작품을 하마터면 못 보고 지나칠 뻔했다.

에번 핸슨에게

재러드 클라인먼이라고 우리 학교 다니는 미치도록 멋있는 녀석 알아? 내가 뭐라는 거냐? 너도 당연히 재러드 클라인먼이 누군지 알겠지. 모르는 사람이 없잖아. 그 녀석을 끌어들여서 우리가 삼총사로 다니면 어떨까?

"안 돼, 재러드. 절대 안 돼."

"왜? 왜 안 되는데?"

"너는 그와 친하게 지내지 않았잖아. 그건 없는 얘기야."

"이제 스토리를 좀 확장할 때가 됐을지 몰라." 재러드가 묻는 다. "좀 진부해진 것 같지 않냐?"

"아니, 그렇지 않아. 전혀. 그에게 친구는 나 하나뿐이었어. 너 도 알잖아. 막 지어내면 안 되지."

재러드가 안경을 벗어서 셔츠로 닦자 허여멀건 배가 꿀렁거리 며 모든 헬스클럽 이용객들에게 인사한다. "그러네, 에번, 있지도 않은 이메일을 날조하면서 내가 말을 막 지어내려고 하다니 도 대체 무슨 생각으로 그랬을까?"

꼭 어린애를 상대하는 기분이다. "기본 틀을 바꾸지는 말자, 응?"

그는 사무적으로 다시 안경을 쓴다. "이메일이 추가로 필요하 면 다음 주까지 기다려야 해. 내가 이번 주 내내 바쁘고 주말에는 같이 캠프 다녀온 친구들이랑 놀기로 했거든. 그러니까 **진짜** 친구 들이랑."

"이메일은 당분간 이 정도면 될 것 같아." 나는 스크롤을 올리 며 얘기한다. "오늘은 여기까지 하자."

우리는 짐을 챙기고 운동기구를 지그재그로 관통한다. 그렇게 출구를 향해 가는데 재러드가 러닝머신에서 뛰고 있는 어느 엄 마를 보라며 내 옆구리를 찌른다. 나는 거부하지만 그가 계속 고 집을 부린다.

"농담이 아니라." 재러드가 얘기한다. "우리한테 손 흔드는 것 같아."

거짓말이 아니다. 러닝머신 쪽으로 우리를 부르고 있다.

어쩔 수 없이 재러드를 따라간다. 그녀는 말을 하려고 러닝머신 속도를 낮춘다. "네가 나온 영상 봤어." 그녀가 얘기한다. "코너 프로젝트에서. 에번, 맞지?"

나는 고개를 끄덕인다.

"역시 내 짐작이 맞았네. 네 추모사 보고 얼마나 감동을 받았는지 몰라. 진짜야. 우리 애들도 그랬고."

코너 프로젝트가 얼마나 많은 사람들에게 전파됐는지 모른다. 전 세계 사람들이 날마다 이메일과 메시지로 우리가 벌인 이 프로젝트 덕분에 삶이 달라졌다고 고백한다. 우리는 하나의 운동을 시작했다. 집단의 감성을 건드렸다. 그리고 나는 이제 환히 빛나는 이 여자의 얼굴을 통해 그걸 육안으로 확인한다.

고맙다고 인사한 후 마침내 재러드와 함께 〈워크아웃 헤븐〉을 빠져나온다. "와. 너 섹시한 아줌마들 사이에서 인기 짱이다."

"그만해."

"장난이야. 하지만 나도 방송 스케줄을 잡아야겠다. 길거리에서 만난 사람들에게 농장 캠페인을 홍보하는 걸 찍으면 어떨까? 생일 선물로 끝내주는 카메라를 받았는데."

"모금 운동은 엘레나하고 나로 충분할 거야. 하지만 뭐든 생각나는 거 있으면 너한테 얘기할게."

"알았어." 재러드는 그렇게 말하고 인도를 내려다본다. "너 집스 풀어서 조이가 좋아하겠다."

"그렇겠지."

"분위기가 나지 않았을 거 아냐. 자기 남자 친구 팔에 써진 오빠의 이름을 계속 보고 있으면."

"나는 걔 남자 친구 아니야. 우리가 무슨 사이인지 모르겠어." 나는 우리가 무슨 사이인지 끊임없이 고민하는 중이지만 지금 당장으로서는 근거 없는 추측이 전부다.

"그 부분에 대해서는 걱정할 것 없어." 재러드가 주머니에서 자동차 열쇠를 꺼내며 얘기한다. "지금 너는 코너를 기념하는 그 농장을 건설하는 사업만 걱정하면 돼. 코너에 얽힌 일말의 진실이 있다면 나무를 사랑했다는 거니까. 잠깐, **너도** 나무를 사랑하잖아. 그거 참 희한하네. 그거 참 희한하지 않냐?"

재러드의 직설적인 농담에 익숙해졌지만 이 마지막 잽 공격은 평소보다 더 잔인하게 느껴진다. 나를 두고 쌩하니 차를 세워놓은 곳으로 달려가는 걸 보니 그렇게 느껴지는 데에 근거가 없는 것도 아니다. 나를 집까지 태워다주지 않으려는 모양이다.

나는 〈워크아웃 헤븐〉을 등지고 버스 정류장까지 걸어가며 재러드가 무슨 말을 어떤 식으로 했는지 생각하지 않으려 하지만 처참하게 실패한다. 그 불쾌한 중압감이 당장 되돌아와 내 온몸으로 번지는 바람에 다리를 움직이기조차 버겁다.

뱅글뱅글 추락하고 있을 때 갑자기 한기가 느껴진다. 미행을 당하고 있는 것 같다. 홱 하니 고개를 돌려서 뒤를 확인한다. 하지만 보이는 것이라고는 텅 빈 저녁뿐이다.

vi

나는 그를 지켜보고 있었다. 그러지 않을 재간이 없다. 처음에는 호기심이었지만 지금은 다른 이유에서다. 말도 안 되는 일이지만 에번과 내가 정말 친구였던 것처럼 느껴진다. 그 소리를 귀에 못이 박이도록 들었더니 실제로 믿기기 시작한다. 혹시 모를 일이다. 다른 세계에서는 우리가 친구가 될 수 있을지도.

내가 이 방면에 경험이 많은 건 아니다. 나는 기본적으로 평생 외톨이 인생을 살았다. 미젤을 만나기 전까지는. 그게 그의 이름이었다. 어떨 때는 M. 마이크인 적은 없었다.

(그가 보고 싶지만 계속 참는 중이다. 그 과정을 다시 겪을 이유가 없다.)

우리는 해노버 2학년 시설에 만났다. 남학생 학교였다. 그래서 싫을 줄 알았더니 오히려 사는 게 단순해졌다(나와 여학생들 간의 경험을 점수로 매기자면 '아주 만족스럽지 못함'과 '해당 사항 없음'의 중간 어디쯤이다). 내게 필요한 건 새 출발이었다. 공립학교에서는 모든 아이들이 나에 대해 가진 선입견에서 벗어날 방법이 없었다. 해노버에서 나는 다시 태어났다. 오점 하나 없이.

그렇게 믿을 수 있도록 가장 많은 영향을 미친 사람이 미겔이었다. 우리는 첫 주 생물 수업 시간에 파트너가 되었다. 내가 중얼거린 농담에 그가 웃음을 터뜨렸다. **염색체의 성별을 무슨 수로 구분하는지 알아? 유전자를 벗겨보면 돼.+** 우리의 관계는 자연스럽게 느껴졌다. 내가 상상한 자연스러움에 부합했다.

그는 뭐든 모르는 게 없었다. 가상화폐와 알칼리성 식품처럼 생각해본 적도 없는 주제에 대해 얘기했다. 니체와 데이비드 세다리스처럼 들어본 적 없는 사람들에 대해 얘기했다. 퍼퓸 지니어스와 디 워 온 드러그스처럼 내가 모르고 지나쳤던 아티스트들의 노래를 들었다. 내가 물어볼 줄 몰랐던 질문에 대답했다. 9.11 사태 때 정부가 제7세계무역센터를 무너뜨렸을까? 바다가 산성화돼도 인류는 살아남을 수 있을까? 새끼 비둘기들은 다 어디 갔을까? 그는 뭘 얼마만큼 먹으면 가라앉는 게 아니라 둥실 떠오르는지 정확하게 파악하는 재주도 있었다.

✦ 유전자genes와 청바지jeans의 발음이 같은 데 착안한 말장난이다.

그는 나에게 순진하다고 했다. 내가 생각하는 나와 정반대의 평가였지만 나도 속으로는 그의 말이 맞는다는 걸 알았다. 그는 나보다 먼저 나를 알아보았다.

내 주변에서 공개적으로 당당하게 동성연애자임을 선포한 사람은 그가 처음이었다(나는 어정쩡했다. 유동적이었다. 여자와 남자, 양쪽 모두에게 끌렸다. 내가 마음속에 품었던 생각들을 이제 막 행동으로 옮기기 시작한 시점이 그 무렵이었다).

우리는 학교에서는 많은 시간을 함께 보내지 않았다. 하지만 방과 후에는 단짝이었다. 시내로 놀러 갔다. 따뜻한 서점으로 피신했다. 어원 센터에서 스케이트보드 타는 사람들을 구경했다. 그가 빵집으로 일하러 가면 나는 그 앞에서 기다리곤 했다. 남은 바게트를 그의 사촌에게 갖다줄 때 나도 따라갔다. 급기야는 벤치에서 새들에게 빵을 던져주며 이 세상은 낭비가 너무 심하다고 한탄했다. 이런 대화를 버스에서 나눌 때도 있었다. 그렇지 않은 날은 그의 집 거실 소파에서 나누었다. 그의 어머니는 퇴근하면 잔칫상을 차려주었다. 나는 배 속과 머릿속을 가득 채우고(가슴속도 마찬가지였다) 잠잘 시간이 돼서야 집으로 돌아왔다.

그러던 2학기의 어느 날 그가 공황 상태에 빠졌다. 마리화나를 소지하다가 걸린 것이다. 처음으로 그에게서 허세가 사라졌다. 나는 대수롭지 않은 일인 척하려고 했다. **기껏해야 미리화나잖아. 그**

리고 학교에서 쫓겨난들 뭐 어때. 여기서 나가면 오히려 다행이지.

내가 여기 입학하는 과정이 간단했는지 알아? 너는 그랬을지 모르지만 난 아니야.

나는 최악의 상황을 상상해보았다. 그가 **정말로** 퇴학을 당하면 어쩐다? 그러면 나는 어떻게 될까? 내가 녀석 없이 뭘 할 수 있을까? 그리고 잠시 후 순식간에 결정을 내렸다.

나는 학생주임을 찾아가서 내 것이었다고 얘기했다. 내가 무슨 생각으로 그랬는지 모르겠다. 충분히 고민하지 않고 그냥 직감이 시키는 대로 했다. 우리는 동일한 교칙을 준수하겠다고 서명했다. 무관용이 원칙이었다. 처벌은 퇴학이었다. 우리 부모님이 항의했지만 소용없었다. 미겔의 기록은 깨끗하게 유지됐고 나는 재활센터로 직행했다. 아버지는 그 전해부터 나를 거기 보내겠다고 협박했다. 어머니가 설득해서 나를 여름 황야 캠프를 거쳐 해노버로 보냈다. 황당한 게, 나는 그 당시 기본적으로 마리화나를 피운 게 전부였다. 하지만 상관없었다. 내 전적도 내 주장을 뒷받침하지 못했다. 내게 남은 기회는 없었다. (아이러니하게도 나는 재활센터에서 나쁜 습관들을 새롭게 배웠다.)

재활센터에 비하면 황야 캠프는 그야말로 공원 속의 산책이었다. 나와 함께 있었던 아이들은 중독이 심각했다. 그중 몇몇은 아이라고 볼 수도 없었다. 피부, 치아, 눈빛이 이미 세파에 찌들 대로 찌들었다. 인간이라기보다 좀비에 가까웠다. 직원들도 그들을 그렇게 대했다. **우리를** 그렇게 대했다. 내가 있을 곳은 거기가 아니었지만 나는 그런 척했다. 실제보다 심각한 마약쟁이인 척했다. 섞여 들어가기 위해. 살아남기 위해. 하지만 속으로는 벌벌 떨었다. 집이 그리웠다(난생처음 집을 그리워할 만한 이유가 생겼다).

재활센터에서 나온 이후로는 그와 만나는 횟수가 점점 줄었다. 학교가 달랐다. 그는 일을 하고 국제 앰네스티 활동을 하느라 바빴다. 그리고 그의 엄마가 나와 어울리지 못하게 했다. (그의 아버지는 만난 적도 없었고 그분이 나의 존재를 알았을까 싶다.) 그래도 문자는 자주 주고받았다. 나는 그에게 공립학교에 대해서, 여기서 내가 받는 대접에 대해서 투덜거렸다. 사람들은 누가 재활센터에 다녀왔다고 하면 독극물 대하듯이 한다. 그러다 보면 점점 그들의 생각을 믿게 된다. **엿 먹으라 그래.** 미겔은 얘기했다. 간단하고 단호하게. **엿 먹으라 그래.** 도움이 됐다.

문득 꼬여버린 내 인생이 생각날 때마다 분노가 폭발했다. (이제 와 생각해본다. 내가 해노버를 계속 다녔더라면 어떻게 됐을까? 사는 게 지금과는 달라졌을지 모른다.)

그러던 지난봄의 어느 날. 미겔이 놀러 왔다. 그는 호들갑을 떨었다. 멕시코 출신 중에서 너희 집에 월급 받고 일하러 온 게 아닌 사람은 내가 처음이지 않을까? 나는 아니라고 했다. 그에게 얘기하지 않은 부분이 있다면 **누구든** 우리 집에 놀러 온 손님이 처음이라는 거였다. 내가 초대한 첫 번째 손님이라는 거였다(나는 그 무렵 사람들을 만나고 다녔다. 하지만 아무나 집으로 데리고 와서 부모님에게 소개하지는 않았다).

집에는 아무도 없었다. 우리는 내 방에서 놀았다. 그가 내 책 하나를 보고 놀렸다. 『어린 왕자』? 진짜? 참 많은 걸 설명하는 대목이다. 그는 내가 남자의 옷을 입은 어린아이라고 했다. (그는 내게 수없이 많은 책과 작가를 소개했다. 그에게서 빌린 『피츠버그의 마지막 여름』은 돌려주지 못했다.)

우리 둘 사이에서는 새로운 에너지가 흘렀다(우리는 이제 나이를 먹었다. 경험이 많아졌다. 생각을 행동으로 옮겼다).

우리는 취해서 방바닥에 드러누웠다. **머리가 길었네.** 그가 말했다. 나는 당장 가위를 찾고 싶었다. 하지만 잠시 후에 그가 말했다. **보기 좋아.**

그가 내게 노래를 들려주었다. 노래가 끝나자 나는 한 번 더 들려달라고 했다. 한 부분이 귀에 꽂혔다. "더는 망설이지 마. 나는 자유롭게 벗어나고 싶어."(나는 그 노래를 몇 달 동안 날마다 들었다. 너무 괴로워서 들을 수 없을 때까지 그랬다.)

그렇게 누워 있는데 그의 목에 있는 반점이 보였다. 그전까지
는 있는 줄도 몰랐던 점이었다. 나는 손을 뻗어서 손가락으로 그
걸 건드렸다. 우리의 시선이 마주쳤다.

그 반점이 마법의 버튼이었다. 누르자 온 세상이 갑자기 환해
졌다.

19장

팬 관리가 나의 새로운 일상 과제가 되었다. **팬**이라는 단어가
역겹게 들린다는 건 나도 알지만 달리 뭐라고 불러야 할지 모르
겠다. **팔로워**라고 해도 해괴하긴 마찬가지다(내가 마지막으로 확
인한 이래 모든 매체를 통틀어 팔로워가 최소 100명은 생겼다).
그들은 어쩌다 보니 내가 대표를 맡게 된 우리의 조그만 공동체
에서 희망을 발견한 사람들이다. 나와 똑같이 외로운 사람들이다.

한 가지 확실한 게 있다면 이들에게는 누군가와 소통하고 싶
은 간절한 바람이 있다는 거다. 이들은 우리에게서 자극을 받고
자신들의 사연을 공유한다. 주변의 기대에 못 미쳤을 때. 갚지 못
할 돈을 빌렸을 때. 위탁 가정을 떠나지 못할까 봐 두려울 때. 아
이를 떠나보냈을 때. 딱 한 명뿐인 자기편을 속였을 때. 필요했던
일자리가 다른 사람의 차지가 됐을 때. 권력을 쥔 사람이 특권을

남용했을 때. 지금까지 원동력이 되어주었던 목표가 이제는 무의미하게 느껴졌을 때. 침대에서 일어나거나 밖으로 나가거나 출근하기가 버거웠을 때. 분노를 어디에다 표출하면 좋을지 알 수 없었을 때. 아니면 외로움을 견디는 법, 실수를 되돌리는 법, 포기하지 않는 법을 알 수 없었을 때.

거의 대부분 나도 아는 느낌이지만 나보다 훨씬 심각하다.

그리고 이들은 내게 메시지를 보낼 때 단순히 자기 얘기만 하는 게 아니라 내 얘기도 듣고 싶어 한다. 내가 어떻게 생각하는지 궁금해한다. 처음에는 코너에 대해서 좀 더 알고 싶어 했지만 지금은 나와 내 삶에 대해서 알고 싶어 한다. 거창하고 인상적인 부분뿐 아니라 어떤 헤어 제품을 쓰고 옷은 어디서 사는지와 같은 일상적인 부분까지 말이다(둘 다 엄마에게 일임하고 있지만 그렇다고 얘기하지는 않는다).

많은 사람들이 같은 질문을 반복한다. **왜 본인 사진은 올리지 않아요?** 나는 원래부터 카메라 기피증이 있다. 내가 느끼기로는 코너도 마찬가지였다. 그의 사진도 많지 않다.

놀랍게도 비비언 마이어는 자기 사진을 수백 장 찍었다. 내가 놀랍다고 하는 이유는 자신을 드러내지 않는 성격이었기 때문이다. 그녀는 가명을 썼고 과거에 얽힌 정보를 절대 공개하지 않았다. 그렇게 익명 생활을 즐기는 듯해 보였는데도 셀카가 유행이 되기 오래전부터 셀카를 수없이 찍었다. 비비언 마이어처럼 부끄럼이 많고 서툰 사람이 셀카를 찍었다면 나도 찍을 수 있을 것이다.

나는 거울을 보며 머리를 정리하고 침대에 앉아서 전화기를 멀찌감치 내민다. 사진을 몇 장 찍고 어떻게 찍혔는지 확인한다. 성범죄를 저지를 준비를 하는 사람처럼 나왔다. 설정을 바꿔서 다시 찍어본다. 이번에는 창가에 서서 자연광을 받아본다. 이불을 개지 않은 지저분한 침대가 뒤로 보인다. 하지만 미소가 어처구니없지 않다. 나는 침대를 자르고 얼굴을 클로즈업한다. 필터 처리를 조금 한 다음 용기를 내서 세상에 공유한다.

이제 전화기를 치우고 노트북을 연다. 새 이메일을 코너의 부모님께 전달하기 전에 숙제를 마쳐야 한다. 하지만 먼저 업로드한 내 사진을 클릭해 반응이 있는지 살핀다. 벌써 하트가 열 개가 넘는다. 새로고침 하자 하트 숫자가 껑충 뛴다. 누군가는 벌써 코멘트를 달았다.

꽃미남! 😎

옆에 아무도 없는데도 얼굴을 붉히고 웃음을 터뜨리는 동시에 숨을 헐떡거린다.

"뭐 보니?"

엄마다(두말하면 잔소리).

"아무것도 아니에요." 나는 얼른 노트북을 덮는다.

"아무것도 아니라고? 함박웃음을 지으면서 앉아 있어 놓고?"

"제가요? 설마요."

나는 출력한 이메일이 든 가방 안에 노트북을 넣는다.

"내가 방에 들어올 때마다 네가 노트북을 덮는 느낌이야." 엄마가 말한다. "도대체 그걸 가지고 뭘 하길래 나한테 보여주지 않고 숨기려는 건지 모르겠네."

나는 가방 지퍼를 닫는다. "숙제하고 있었어요."

"잠깐 시간 되니?" 문 앞에 서 있는 엄마가 탈옥을 저지하는 교도소 간수처럼 보인다.

"사실 재러드네 집에 가려던 참이었어요."

"오늘 오후에 만나지 않았어?"

"원래는 그러기로 했는데 재러드가 취소해서 저녁에 만나요. 스페인어 프로젝트 숙제를 끝내야 하거든요." 한쪽 운동화는 신었는데 나머지 한쪽이 어디 있는지 보이지 않는다. "엄청 늦을 수도 있으니까 기다리지 마세요. 걔가 집까지 태워다줄 거예요."

"5분도 안 돼?" 엄마가 묻는다.

나는 생각해보는 척한다. "안 되겠는데요."

"오늘 페이스북에서 정말 희한한 걸 봤어."

"그래요? 혹시 거기서 제 운동화 보셨어요?"

"코너 프로젝트인가 뭔가 하는 영상이었는데. 너도 들어본 적 있니?"

나는 얼어붙는다. 이런 순간이 닥칠 수밖에 없다는 걸 알면서도 지금까지 그럴 리 없다고 어찌어찌 나를 속여 왔다.

엄마의 보고는 아직 끝나지 않았다. "홈페이지에서 보니까 네가 회장이라고 하던데."

공동 회장인데요.

"영상 봤어."

엄마뿐 아니라 이 도시의 나른 모든 엄마들이 보았을 것이다.

"네가 추모사를 하더라. 그 아이에 대해서. 코너 머피. 둘이 어떤 식으로 같이 나무를 탔는지."

나무 타기는 이제 안녕이다. 더는 그럴 만한 에너지가 남아 있지 않다. 나는 침대에 앉는다.

"너는 걔를 모른다고 했잖아. 그 애 말이야."

"알아요. 하지만……."

"그러더니 추모사에서는 네가 단짝 친구였다고 하더라." 엄마는 다가와서 허리를 숙이고 내 얼굴을 쳐다본다. "에번. 나를 봐."

이제는 도망칠 수도 없다. 신발을 한쪽밖에 못 신었다.

"어떻게 된 거니?" 엄마가 애원하는 목소리로 묻는다.

나는 전부 실토하면 어떤 기분일지 시험해본다. 엄마에게 얘기한다. "거짓말이었어요."

"뭐가 거짓말이었는데?" 엄마가 묻는다.

이 외줄 타기도 이제 지긋지긋하다. 너무 버겁게 느껴진다. 안전하고 든든한 땅바닥이 그립다. 마음만 먹으면 지금 이 자리에서 당장 끝낼 수 있다.

하지만 그러고 나면 나는 어떻게 될까? 다른 모든 것들도 끝장날 것이다. 내가 코너의 가족과 나누었던 모든 것들이 사라질 것이다. 엄마는 내게 진실을 공개하라고 할 것이다. 모두 나를 미워할 것이다. 나의 의도를, 나는 도우려고 했을 뿐이라는 것을 이해하지 못할 것이다.

안 된다. 그건 내가 원하는 바가 아니다.

"걔를 모른다고 했던 거요." 결국 나는 이렇게 대답한다.

엄마는 손바닥을 이마에 대고 머리를 주무르며 이해하려고 한다. "그럼 코너 머피랑 같이 놀러 갔다가 팔을 부러뜨린 거야? 농장에서?"

나는 고개를 끄덕인다. 재러드에게 맨 처음 배운 수법이 그거다.

"나한테는 일하다가 부러졌다고 했잖아." 엄마가 얘기한다. "공원에서."

나는 침대에서 일어선다. "누가 나를 병원까지 데리고 갔겠어요? 누가 세 시간 동안 응급실에서 나랑 같이 기다려줬겠어요? 엄마는 그때 수업 듣고 있었잖아요, 기억 안 나요? 심지어 전화를 받지도 않았잖아요."

"상사가 병원까지 데려다줬다며."

"그래요?" 나는 어깨를 으쓱한다. "그럼 제가 거짓말을 했나 보네요."

"나한테 언제 이 얘기를 할 작정이었니? 아니면 아예 얘기하지 않을 생각이었니?"

"도대체 언제 얘기할 겨를이 있었겠어요? 엄마는 집에 있지도 않은데."

"지금 이렇게 있잖아."

"일주일에 하루 저녁요?" 나는 다시 운동화를 찾기 시작한다. "참고로 말씀드리자면 대부분의 부모님은 그것보다 좀 더 열심히 노력을 해요."

나는 엎드려서 침대 아래를 들여다본다. 아니나 다를까, 이불

이라는 장막 뒤에 운동화가 숨어 있다. 깁스가 담긴 비닐 쇼핑백
도 보인다. 어디에 두면 좋을지 알 수 없어서 이 아래에 쑤셔 넣
었다. 그걸 두 번 다시 보게 될 줄은 몰랐다. 거기에 대해 생각하
게 될 줄도.

나는 일어나서 운동화를 신는다. 그런 다음 배낭을 든다. "재러
드한테 출발하겠다고 한 시각에서 10분 지났어요."

"그래, 알았다. 하지만 나는 오늘 저녁에 너랑 얘기하려고 수업
까지 빼먹고 왔어, 에번. 나랑 얘기 좀 하면 안 될까?"

"아니, 엄마 사정에 맞춰서 제가 모든 걸 포기해야 해요? 엄마
가 수업을 빼먹기로 했다고 제가 숙제를 하지 않을 수는 없잖아
요."

엄마는 최대한 얌전하게 숨을 들이마셨다가 내뱉으며 평정심
을 유지하려고 한다. "네가 도대체 왜 이러는지 모르겠네."

"저는 아무 문제없는데요."

"네가 전교생 앞에서 **연설**을 한다고? 어떤 단체 회장이라고? 그
건 내가 아는 네가 아니잖아."

"별거 아닌 걸 가지고 엄마가 호들갑 떠는 거예요."

"에번." 엄마는 내 어깨를 잡고 자기를 쳐다보게 한다. "너 도대
체 왜 이러니? 얘기 좀 하자. 무슨 일인지 말 좀 해봐."

"아무 문제없다니까요. 얘기했ㅡ"

"나는 네 엄마야!"

우리 둘 다 충격을 받는다. 엄마는 지금까지 나한테 한 번도 소
리를 지른 적이 없다.

"나는 네 엄마야." 엄마는 입술을 떨며 좀 더 나지막이 같은 말을 반복한다.

나는 상처받은 엄마의 눈빛을 감당할 수 없어서 시선을 떨어뜨린다. 엄마가 숨을 고르려고 애쓰는 소리에서 이미 많은 상처가 느껴진다.

잠시 후에 엄마는 침대에 앉아서 몸을 웅크린다. "미안."

아니다. 미안해해야 할 사람은 나다. 바로 나.

"엄마는 기뻐." 엄마의 눈에 눈물이 고인다. "너한테 친구가 있었다니 기뻐. 다만…… 걔가 죽었다니 너무 안타깝다."

내 친구. 나는 그와 진정으로 함께한 순간을 비닐 봉투에 넣어서 침대 아래에 숨겼다.

"나도 걔를 알았더라면 좋았을 텐데." 엄마는 눈물을 닦는다. 잠시 후에 엄마가 뭔가를 발견한다. "팔이 아프니?"

팔을 또 잡고 있었다는 걸 알아차리고 손을 놓는다. "아뇨."

"있잖니. 하고 싶은 말이 있으면, **뭐가 됐든** 하고 싶은 말이 있으면……."

나도 얘기를 할 수 있으면 얼마나 좋을까. 얘기를 해버렸다면 얼마나 좋을까. 하지만 그럴 수 있는 기회는 지나가버렸다. 이제는 전진하는 수밖에 없다. 지금은 전진이 이 집에서 빠져나가는 걸 의미한다.

"이제 가야겠어요." 나는 공허한 목소리로 얘기한다.

"아." 엄마는 침대에서 몸을 일으킨다. "그래." 엄마는 침대 옆 테이블에 놓인 약병을 집는다. "새로 받아 온 약 괜찮니?"

"사실 요즘 안 먹어요. 먹을 필요가 없어서요."

엄마는 내 표정을 살핀다. "정말? 그럼 불안하지 않은 거야? 지금까지 그 많은 일들이 벌어졌는데도?"

나는 고개를 끄덕인다. "괜찮았어요." 이건 진짜다.

이제는 엄마가 어깨를 으쓱한다. 우리 둘 다 해답은 알 수 없다. "알았어, 그럼. 그렇다고 하니까 좋네. 네가 자랑스럽다."

엄마가 좋은 소식을 듣고 둥둥 떠 있는 이때가 탈출하기 가장 좋은 시점이다. 하지만 나는 잽싸게 빠져나오지 못한다.

"너한테 쓰는 편지가 도움이 됐나 보다, 응?"

그보다 더 진실과 거리가 먼 얘기도 없을 것이다.

응. 나에게 에번이 되어야 한다고 주장한 사람이 엄마였다. 엄마는 태어났을 때 내게 부여된 이름에 찬성하지 않았다. 17년이 지난 지금까지도 엄마의 입맛에 맞는 쪽으로 나를 좀 더 바꾸려고 하고 있다.

"다녀올게요." 나는 엄마를 빙 돌아서 나간다.

엄마가 나를 따라 나오지 않을까 생각했는데 고개를 돌려보니 엄마는 꿈쩍하지도 않았다. 낯선 사람 대하듯 나를 쳐다보고 있다. 어쩌면 내가 낯선 사람이 맞는지도 모른다.

20장

    코너의 집 차고가 우리 집 1층 전체를 합친 것보다 넓다. 그리고 더 깨끗하고 더 깔끔하다. 내 경험상 차고는 집 안에 두고 싶지 않은 온갖 쓰레기를 보관하는 곳이다. 하지만 래리 머피는 쓰레기를 두고 보지 않고 그냥 버리는 성격인가 보다.

    조이의 아버지가 여자들이 저녁상을 치우는 동안 자기랑 같이 차고에 가자고 했다. 대개는 나도 신시아를 돕지만 오늘 저녁에는 남자들끼리 일 얘기를 하기로 한다. 엄마와 싸웠던 건 이제 희미한 흔적일 뿐이다. 래리는 나를 심문하려 들지 않는다. 나를 돕고 싶어 할 뿐이다.

    그는 높은 선반에서 플라스틱 수납함을 꺼내 안에 든 물건을 보여준다. "브룩스 로빈슨." 래리가 얘기한다. "짐 파머."

    보호용 비닐로 싸놓은 카드를 본 후에야 나는 그들이 야구선수라는 걸 알아차린다.

"이거 봐라." 래리가 수납함 깊숙한 곳을 뒤지며 얘기한다. "1996년 팀이 전원 다 있어."

"우와." 내가 이렇게 대꾸한 이유는 그래야 할 것 같기 때문이다.

"관심 있는 야구팬들을 모아놓고 경매를 벌이면 농장 기금으로 1,000달러 정도는 쉽게 모금할 수 있을 거야."

"좋은 생각이네요. 엘레나한테 얘기할게요."

우리가 맨 처음 농장을 재단장하겠다는 얘기를 꺼냈을 때 래리는 별말을 하지 않았다. 신시아는 열렬한 반응을 보였지만 래리는 말없이 그냥 앉아 있기만 했다. 어쩌면 그것이 그의 스타일일지 모른다. 내가 알기로는 모든 아빠들이 그런 스타일이다.

그는 수납함에서 야구 글러브를 꺼내 옆으로 치워놓는다. "칼립켄도 여기 어디 있을 텐데."

"정말 통이 크시네요." 내가 얘기한다. "이걸 다 기증하시겠다니."

집과 연결된 문이 열리고 조이가 등장한다. "엄마가 아빠 보는 TV 프로그램 시작됐다고, 이번에는 녹화해주지 않을 거래요."

"엄마한테 가서 전해, 우리 바쁘다고."

"아빠, 고문하고 있는 건 아니죠?"

"뭐라고?"

"에번, 우리 아빠가 고문하고 있어?" 조이가 묻는다. "재미없다고, 이제 그만 나가보겠다고 해도 돼. 그래도 아빠는 기분 나빠하지 않을 거야."

"나가고 싶으면 아무 때나 그래도 된다." 래리가 얘기한다.

"에번, 나가고 싶어?"

처음에 나는 조이가 와서 구해주길 기도했다. 래리와 나는 단둘이서 대화다운 대화를 나눠본 적이 없었다. 그런데 실제로 얘기를 해보니 재미있다. "아니." 내가 대답한다. "괜찮아."

"알았어." 조이가 얘기한다. "나는 미리 경고했다? 그리고 아빠, 에번이 열성 팬 보여준다고 셀카 찍으려고 하면 못 찍게 하세요."

"그게 무슨 소린지 하나도 못 알아듣겠는데." 래리가 얘기한다.

"에번한테 물어보세요. 에번은 알 테니까." 조이는 나를 보고 능글맞게 웃더니 문을 닫는다.

래리는 알려달라는 듯이 나를 쳐다본다. 나는 어깨를 으쓱하고, 조이가 방금 전에 질투를 드러낸 게 분명하다는 사실에 주먹을 불끈 쥐지 않으려고 애를 쓴다.

그는 잠깐 아무 말도 하지 않는다. 그러다가 묻는다. "그러니까 너랑 조이가……?"

내 얼굴은 아마 인간의 얼굴이 허용할 수 있는 한도 내에서 최대한 시뻘게졌을 것이다.

그는 계속 나를 쳐다보지만 눈빛이 험상궂지는 않다.

"이 글러브 멋지네요." 나는 야구 글러브를 집는다.

"제법 근사하지?" 래리도 화제가 바뀌어서 나만큼 좋아하는 눈치다. "가지고 싶으면 가져도 돼."

"아, 아니에요. 그건 안 되죠."

"왜? 한 번도 쓴 적 없는 거야. 생일 선물이나 뭐 그런 걸로 샀을 텐데."

이게 누구 야구 글러브인지 이제야 파악이 된다. 이걸 돌려주면 모양새가 안 좋을 것이다. 기분도 찜찜할 것이다. 생일 선물이라니. 코너는 두 번 다시 생일 선물을 받지 못한다. 그뿐만 아니라 그가 받았던 생일 선물마저 처분된다.

"나는 아버지하고 일요일 오후마다 뒷마당에서 캐치볼을 했거든." 래리가 얘기한다. "나하고 코너도 그럴 수 있을 거라고 생각했어. 녀석이 아빠는 절대 집에 없다고, 항상 일만 한다고 투덜거리길래 내가 그랬지. 좋다고, 일요일 오후에는 우리 둘만의 시간을 갖자고. 그런데 난데없이 녀석이 심드렁하게 나오더구나." 그는 나지막이 웃는다. "코너는 뭐든 쉬운 애가 아니었어."

그는 주머니에 손을 넣는다. "가져가." 박하사탕이라도 권하는 듯한 말투다. "여기서 먼지만 뒤집어쓰고 있는걸."

아무래도 선택의 여지가 없는 듯하다.

"하지만 먼저 길을 들여야 해." 래리가 얘기한다. "그렇게 뻣뻣한 글러브로는 캐치볼을 할 수 없으니까."

쳇. 선물에는 책임이 따르는 법이다. "길을 들이려면 어떻게 해야 하는데요?"

"글러브 길들이는 법을 아빠한테 안 배웠니?"

나는 대답하지 않는다. 할 필요가 없다.

"제대로 길들이는 법은 딱 하나뿐이지." 래리는 수납함 안으로 손을 집어넣는다. "셰이빙크림을 써야 해."

농담인 줄 알았더니 정말로 셰이빙크림이 든 깡통을 꺼내서 흔들기 시작한다.

"자." 그가 말한다. "가득 남았네."

이제 내 한쪽 손에는 야구 글러브가, 다른 쪽 손에는 셰이빙크림이 쥐어진다. 나는 야구도 면도도 하지 않는다.

"어떻게 하면 되냐면 셰이빙크림을 바르고 5분 정도 문질러라. 그런 다음 고무줄로 꽁꽁 묶고 하룻밤 동안 매트리스 아래에 넣어놔. 다음 날에도 똑같이 반복하고. 최소한 일주일 정도 그래야 해."

"일주일요? 진짜요?"

"날마다. 한결같이. 지름길은 없어."

래리에게는 심지어 고무줄도 한 봉지 있다. "이런 소리 늘어놓기 싫다만 요즘 너희 세대에게 중요한 건 즉각적인 만족뿐이지. 페이스북이 있는데 누가 시간을 들여가며 책을 읽겠니? 하지만 해야 할 일을 대체할 수 있는 건 없어. 절대. 조금 인내심이 필요할 뿐."

그는 글러브 위에 셰이빙크림을 뿌리고 문지르기 시작한다.

"나는 코너한테 지름길을 선택하게 한 적 없다. 신시아가 또 한 번의 기회를 주면서 다음번에는 좀 더 열심히 하라고 하는 쪽이었지. 나는 안 된다고 하는 쪽이었고. '코너, 계속 지름길로만 가면 결국에는 길을 잃을 테고 얼마 안 있어 집으로 가는 길도 잃고 원치 않는 곳에 떨어지고 말 거야'라면서."

그의 목소리가 실쩍 갈라진다. 그는 헛기침을 하고 마음을 추스르고 수납함 안을 들여다본다. 이제 남은 게 아무것도 없다. 우리는 더 이상 스포츠나 여자 얘기를 하지 않는다.

"코너는 운이 좋았네요"라고 말하는 내 목소리가 들린다. "이렇게 자기를 아껴주는 아버지가 있었으니까요."

래리는 물건을 테이블 위에 늘어놓는다. "너희 아버지도 너 같은 아들이 있어서 운이 좋다고 생각하실 거다."

"네." 나는 얘기한다. "그렇게 생각하세요."

이제 나는 거짓말할 필요도 없는 일에까지 거짓말을 한다.

래리는 미소 짓는다. "자, 이제 조이랑 못 다한 얘기를 하고 싶으면……."

"네. 그럴게요." 나는 양손 가득 글러브와 셰이빙크림을 들고 문을 향해 걸음을 옮긴다.

하지만 뭔가가 내 발목을 잡는다. 나는 몸을 돌린다. "제가 아까 왜 그렇게 얘기했는지 모르겠어요. 아빠에 대해서요. 사실이 아니거든요. 저희 부모님은 제가 일곱 살 때 이혼하셨어요. 아빠는 콜로라도로 이사해서 새어머니와 새로운 가정을 꾸렸고요. 그러니까 아빠에게는 그 가족이 우선이겠죠."

래리는 나를 곰곰이 쳐다본다. 곧바로 후회가 밀려든다. 내가 왜 그걸 폭로했는지 모르겠다. 그가 거리낌 없이 진솔하게 나를 대하며 여린 모습을 공개했기에 나도 그러고 싶었다. 그래야 찜찜하지 않고 공평할 것 같았는데 막상 그러고 보니……

그가 내 어깨에 한 손을 얹는다. "고무줄도 챙겨야지." 내 손에 고무줄 봉지를 쥐어준다.

나는 숨을 토하며 고개를 끄덕인다. "고맙습니다."

"이제 나가봐라."

———

조이가 우리 집 앞에 차를 세우는데 엄마 방에 불이 켜져 있다. 하지만 내가 계단을 올라갈 무렵에는 엄마의 방문 아래로 불빛이 새어나오지 않는다.

내 방에 이런 메모가 있다. Te amo hijo mio.✦ 나는 영문을 몰라 하다가 재러드네 집에 스페인어 숙제하러 간다고 했던 걸 기억해낸다. 하고 싶은 말을 뭐라고 하면 되는지 인터넷으로 검색하는 엄마의 모습을 잠깐 그려본다.

11시가 지났다. 엄마는 나를 기다리고 있었던 게 분명하다. 기다리지 말라고 했지만 엄마는 어쩔 도리가 없었을 것이다.

신시아는 그 집에서 자고 가라고 했다. **조이 차 타고 같이 학교에 가면 되잖아.** 신시아가 말했다. **어머니한테 전화해서 말씀드려. 코너 침대에서 자면 돼.** 말은 고마웠지만 너무 과했다. 코너의 침대에서 잘 수는 없었다. 내가 아무리 무감각해졌다지만 그래도 일말의 예민함은 남았다.

아니다, 그 말은 취소다. 무감각해졌다는 건 정확한 표현이 아니다. 오히려 나는 그 어느 때보다 많은 걸 느끼고 있다. 단순히

✦ 스페인어로 "아들아, 사랑한다"라는 뜻이다.

약을 끊어서 그런 건 아니다. 난생처음 삶을 실질적으로 체험하고 있다. 입을 맞춘다는 게 어떤 건지 드디어 알게 됐다. 계속해서 수십 초 동안 **진짜로** 입을 맞춘다는 게 어떤 건지 말이다. 이제는 수시로 그러고 있다. **절대** 식상해지지 않는, 일상적인 일이 되었다. 오늘 저녁에는 야구 글러브 길들이는 법을 배웠다. 아빠는 가르쳐주려는 시도조차 한 적이 없었는데 말이다.

조이는 아빠에게 동영상 링크를 보내라고 한다. 하지만 아빠는 코너 프로젝트나 농장에 일말의 관심도 보이지 않을 거다. 예전에 아빠가 페이스북에 새로 산 카우보이모자의 모양을 유지하기가 어렵다는 글을 올렸기에 내가 효과가 입증된 관리법이 담긴 기사를 보낸 적이 있었다. 아빠는 아무 반응도 보이지 않았다. 펜팔이라도 될 수 있길 바라며 엽서를 보냈을 때도 딱 한 번, 그것도 테리사의 필체로 답장을 받은 게 전부였다. 아빠는 하이킹을 좋아해서 내가 애팔래치안 트레일을 같이 걷자고 한 적도 있었다. 아빠는 솔깃하게 여기는 것 같았지만 지난여름에 다시 얘기를 꺼내자 봄에 내 졸업식에 참석하느라 동부에 갈 텐데 이제 아이도 태어나는 마당에 두 번 다녀갈 여력은 되지 않는다는 평계를 댔다. 그래서 내가 어떻게 했을까? 아빠가 사는 콜로라도에서 가까운 트레일을 검색해 거기에 모든 희망을 걸고 있다.

지도 앞으로 다가간다. 전전긍긍하는 것도 신물이 난다. 왜 그래야 할까? 내가 얼마나 더 기다려야 할까? 아빠와 나 사이의 거리는 2,900킬로미터다. 어쩌면 너무 먼 거리일지 모른다. 조만간 아이가 새로 태어나 아빠는 젖먹이를 품에 안게 될 것이다. 그보다 어떻게 더 가까워질 수 있을까. 내가 무슨 수로 경쟁할 수 있을까. 지금까지 나에게 그렇게 상처를 주었는데도 왜 나는 아빠를 두고 경쟁을 벌이려고 할까. 지금으로부터 멀지 않은 과거의 어느 때에, 나는 아빠가 나를 자랑스러워할 거라고, 엘리슨 공원의 빛바랜 **환영합니다** 팻말을 내가 다시 살렸다는 데 고마워할지 모른다고 생각한 적이 있었다. 엘리슨 공원은 아빠가 종종 나를 데리고 갔던, 우리 둘만의 시간, 둘만의 추억이 있는 곳이었다. 나는 내가 거둔 성과가, 그 몸짓이 어떻게든 아빠에게 전달될 거라고, 우리 둘을 연결시킬 거라고 생각했지만 늘 그랬듯이 내가 그 얘기를 한 날, 그 사진을 보낸 날……

상관없다. 이젠 끝이다. 나는 핀을 뽑아서 컵 안으로 던진다. 내친김에 새 야구 글러브를 한 손에 낀다. 다른 쪽 팔―예전에 부러졌던 쪽, 아직도 적응이 안 돼서 어색한 쪽이다―을 움직여 뻣뻣한 가죽에 대고 주먹을 때린다. 좀 더 세게, 다음은 그보다 좀 더 세게, 주먹이 가장 만족스러운 붉은 색으로 반짝일 때까지 다시, 또다시, 몇 번이고 다시 글러브를 때린다.

21장

점원이 리필을 원하느냐고 묻지만 오늘 커피는 이 정도면 충분한 것 같다. 발로 바닥을 이보다 더 세게 두드렸다가는 캐피틀 카페 주인이 내게 건물 수리비를 청구할지 모른다. 나는 원래 카페인을 섭취하지 않는데(셔면 선생님이 피하라고 했다) 커피 아니면 서비스로 주는 물밖에 없었고 조이가 말하길 여기서 내가 돈을 쓰면 그녀에게 좋다고 했다. 저녁은 감당할 여력이 없으니 뭐, 크림이랑 설탕은 됐어요.

조이는 현재 무대 위에서 기타를 튜닝하고 있다. 엄밀히 말하면 무대는 아니다. 마이크와 스피커 두 개가 있는 뒤편의 한 공간에 불과하다.

공연을 앞둔 쪽은 조이인데 내가 더 떨린다. 오늘 저녁 공연이 잘됐으면 좋겠다. 손님은 거의 없다. 나이 많은 커플이 저녁을 먹고, 다른 공연자가 대기 중이며, 몇 명 안 되는 사람들이 노트북을 앞에 두고 등받이 없는 의자에 앉아 있다. 하지만 아직 이른 시각이다.

"안녕하세요." 그녀의 목소리가 쩌렁쩌렁 울리자 모두 고개를 든다. 그녀는 마이크에서 멀찌감치 떨어진다. "아이코, 죄송합니다."

배경으로 흐르던 나지막한 음악이 꺼진다. 무대는, 그냥 공간이 됐든 뭐가 됐든 온통 조이 차지다. 그녀는 코드를 하나 연주해 사운드를 체크한다. 나는 발 두드리는 소리가 세팅하는 데 방해가 될까 싶어서 무릎을 가만히 붙잡는다. 조이는 숨을 크게 들이마시고 눈을 감고 연주를 시작한다.

평소에 듣던 것과 다른 스타일이다. 원래는 그녀의 기타가 다른 여러 개의 악기와 합쳐져 풍성한 사운드를 연출한다. 그런데 지금은 가늘고 황량하다. 나지막하고 얌전한 딸랑거림에 불과하다.

그러다 그녀가 입을 열자 내 걱정은 감탄으로 바뀐다. 그녀는 번드르르하지도, 심지어 우아하지도 않다. 노래를 부른다기보다 대화를 나누는 것에 가깝다. 거칠고 여리고 진솔하다. 그녀의 모든 것이되 덜 조심스럽다.

내가 자리에서 긴장을 푸는 동안 조이는 무대 위에서 긴장을 푼다. 처음에 느껴졌던 소심함이 점점 사라진다. 그녀의 목소리는 점점 듣기 좋아지고 연결 부분에서 좀 더 높고 부드러워졌다가 마지막 코러스 부분에 이르러서는 완전히 트인다. 그녀는 거버곡을 연주하고 있다. 나도 전에 들어본 곡이지만 이렇지 않았다. 그녀가 자기 것으로 소화하고 있다.

노래가 끝나자 박수를 친다. 그녀가 고개를 드는데 공연을 멈추자 다시 소심해졌다. 박수를 치는 사람이 나 혼자만이라도 상관없다. 나이 많은 커플은 잘 들었다는 뜻에서 미소를 짓는다. 그나머지는 안중에도 없다. 조이는 모르거나 상관하지 않는 눈치다. 그냥 저기서 자기가 좋아하는 일을 할 뿐이다. 이게 그녀의 재즈 밴드 공연을 감상하는 것보다 좋다. 훨씬 좋다.

다음 곡 역시 커버곡이다. 내 주머니가 진동한다. 노래가 끝났을 때 누가 문자를 보냈는지 확인한다. 엘레나이지만 문자를 읽을 겨를이 없다. 조이가 다음 곡을 소개한다.

"다음 곡은 제 자작곡이에요." 그녀가 선언한다. "처음 부르는 거라 망칠 수도 있지만 뭐. 제목은 〈우리뿐이라면〉이에요."

나는 또다시 긴장한다. 보호 장비도 안전망도 없이 높은 데 매달린 그녀를 지켜보는 심정이다. 전교생 앞에서 추모사를 하려고 무대 위로 올라갔을 때 어떤 느낌이었는지 기억이 되살아난다. 그러자 심장 박동이 빨라진다. 부정적인 감정들을 휘이휘이 날려버리려고 한다. 여기에 위협적인 군중은 없다. 조이가 모든 걸 통제하고 있다.

섬세한 기타 연주로 노래를 시작한다. 그녀가 구축하는 패턴이 익숙한 동시에 새롭다. 그녀의 노래가 희망적인 조짐을 보인다. 벌써부터 마음에 든다. 가사를 듣고 난 뒤에는 더욱 마음에 든다. 마지막 후렴구에 다다랐을 때는 가사를 거의 외우고 있다.

우리라면 어떨까.

우리라면 우리뿐이라면.

그리고 과거는 이제 상관없거나

중요하지 않을 거라고

그렇게 믿을 수 있을까?

너라면 어떨까.

나라면 어떨까.

우리에게 필요한 건 그뿐이라면.

나머지 세상은 사라지고

그러면 어떨까.

내가 막귀이긴 하지만 불안하거나 거슬리는 부분이 전혀 느껴지지 않는다. 나무랄 데가 없다.

＝

"너희 엄마는 언제 오시는데?" 우리 집 앞 진입로를 걸어가는데 조이가 묻는다.

최근에 조이가 집 앞으로 찾아왔을 때 나는 엄마 눈에 띄지 않도록 얼른 돌려보내는 데 급급했다. 오늘 저녁에는 다행히 그런 걱정을 할 필요가 없다. "일요일 저녁에 수업을 들으시거든." 내가 얘기한다. "앞으로 몇 시간 뒤에 오실 거야."

"그럼 집에 우리 둘뿐이야?"

조이가 그렇게 묻는 순간 나는 일시적으로 마비가 된다. 그녀에게 이보다 푹 빠질 수는 없을 거라고 생각했는데 그건 노래를 듣기 전의 얘기였다. "앞으로 세 시간 동안." 나는 못을 박고 문에 열쇠를 꽂는다.

"맥주 파티 열어야겠다."

나는 웃음을 터뜨린다. "당연히 맥주 파티 열어야지. 두말하면 잔소리지."

"너희 엄마 오실 때까지."

"세 시간 동안." 내가 말하는 법을 잊어버린 걸까. "어, 저기, 놀러 와줘서 고마워."

몇 주 전부터 너희 집에 초대해달라고 했는데 번번이 단칼에 안 된다고 했잖아."

"알아." 나는 이번에도 안 된다고 하고 싶었지만 언제까지 뿌리칠 수는 없는 법이다. "그랬기 때문에 와줘서 고맙다고 하는 거야."

안으로 들어서자 수치심이 폭포처럼 내 위로 쏟아진다. 열심히 청소를 하긴 했지만 한계가 있었다. 달려 나가서 빛바래지 않은 소파를 사다놓을 수는 없다. 천장에 남은 물 자국을 페인트로 덮거나 카펫에 묻은 얼룩을 지울 수도 없다. 붙박이장이 작아서 잡동사니를 모두 집어넣을 수도 없다. 심지어 조이와 붙어다니기 전까지는 우리 집의 문제점을 절반 이상 알아차리지도 못했다.

"환영합니다." 나는 이렇게 얘기하고 그녀를 잽싸게 2층의 내 방으로 데리고 가려고 한다. 변태처럼 그러는 건 아니다. 내 방에 있으면 마음이 조금 편안해질 것이다.

하지만 이미 늦었다. 그녀가 복도에서 뭉그적거리며 사진을 곰곰이 들여다본다. "이거 너 아기 때 사진이야?"

"그 뚱뚱이? 응. 나야."

"무슨 소리야. 귀여운데."

뭐, 나를 칭찬할 참이라면 1층에 좀 더 있어도 되겠다. 그녀가 지금 보면서 감탄하는 사진은 예전 집에서 찍은 거다. 앨범에서 본 것 말고는 그 집에 대해 남은 기억이 거의 없다.

"너를 안은 이분이 아빠야?" 조이가 묻는다.

"아니. 벤 삼촌." 마크의 사진은 하이디 핸슨의 집에 절대 걸릴 일이 없다. 그 사진들은 다 상자와 앨범 안에 있다.

예전 집은 조이의 집과 비슷하게 뒷마당이 숲으로 연결됐던 기억이 난다. 아빠가 나무에 대고 활을 쐈던 기억도 있지만 정말로 있었던 일인지 내가 만들어낸 건지 모르겠다.

나는 조이가 따라올 수밖에 없도록 계단을 올라가기 시작한다. 휴대전화가 다시 웅웅거리며 전에 받은 엘레나의 문자를 아직 확인하지 않았음을 알린다. 2층에 올라가보니 엄마가 남긴 메모가 내 방문에 붙어 있다. 나는 그걸 슬그머니 떼어내려고 하지만 조이에게 들킨다.

"엄마랑 나는 메모를 엄청 쓰거든." 내가 설명한다.

"펜과 종이라." 조이가 얘기한다. "고전적이네."

"아, 아니야, 문자랑 이메일도 해. 얼굴을 마주 보고 대화를 나누는 것만 빼고 뭐든 많이 한다고 보면 돼."

"얼굴을 마주 보고?" 조이가 되묻는다. "누가 그런 걸 하고 싶겠어?"

"맞아. 하지만 네 얼굴은 빼고."

"고맙게 생각해." 그녀가 대꾸하자 나는 미소를 지으며 그녀를 사랑—아니, 어마어마하게 좋아하는 이유가 뭔지 다시금 깨닫는다.

"요술 같은 건 절대 벌어지지 않는 방을 구경할 준비됐어?"

"못 기다릴 정도야."

나는 그녀를 위해 다시 한번 문을 연다. 지금 그녀의 눈에 보이는 내 방은 가짜다. 이불이 정리되어 있다. 붙박이장과 서랍장은 잘 닫혀 있다. 책상은 깔끔하다. 약병은 양말에 넣어서 치웠다. 방향제의 인위적인 향이 은은하게 퍼진다.

하지만 모든 게 완벽하지는 않다. 내가 무슨 환자처럼 보이지 않게, 열심히 청소를 마친 뒤에 몇 개를 흐트러뜨렸다. 의자에 셔츠를 걸고 서랍장 위에 종이를 몇 개 쌓아놓고 침대 옆 테이블에 가장 지적으로 보일 만한 책을 두었다.

조이가 내 방을 살피는 동안 나는 엄마가 남긴 메모를 읽는다. **저녁 꼭 챙겨 먹어**, 라고 적혀 있다. 엄마치고 다소 퉁명스럽다. 요전 날 저녁에 있었던 일 때문에 화가 덜 풀린 모양이다. 나도 솔직히 기분이 좋지는 않다.

"왜 이 방에서 요술 같은 건 절대 벌어지지 않는지 알겠다." 조이가 내 침대 위에 앉으며 얘기한다.

"진짜?"

"아니." 그녀는 손으로 침대를 훑는다. "그런데 이렇게 불룩한 매트리스 위에서 어떻게 자?"

뭔가 깜빡했을 줄 알았다. 그녀에게 일어나보라고 하고 매트리스 밑으로 손을 넣는다. 셰이빙크림을 듬뿍 바른 야구 글러브를 넣은 비닐 봉투를 꺼낸다.

"우리 아빠가 시킨 대로 하고 있단 말이야?" 조이가 묻는다. "야구 좋아해?"

모든 대답에 신중을 기해야 한다. "아니, 좋아하진 않아."

나는 만일의 경우에 대비해 글러브를 길들이기로 했다. 코너 프로젝트에서 나중에 자선 야구 경기를 개최할 수도 있다. 코너의 아버지에게 잘 길들였다고 얘기하고 싶어서 그러는 것도 있다. 나는 래리가 좋기 때문에 그가 들으면 좋아할 만한 일을 하고 싶다.

조이는 서랍장 위에 놓인 종이 더미를 훑어본다. "이게 다 뭐야?"

"아. 그냥…… 엄마가 온라인에서 찾은 대학 장학금 에세이 공모전에 집착하고 있거든. 계속 출력해서 갖다주셔."

조이는 종이 더미를 집는다. "엄청 많다."

서랍장 위에 뭘 올려놓을지 별로 신경을 쓰지 않았다. "그렇지. 그걸로 대학에 가려면 한 백번은 입상해야 할 거야. 학비, 집세, 교재비를 다 합하면."

아직 에세이를 시작하지도 않았다. 엄마가 우리 둘 모두를 위해 노력 중이라는 건 알지만 대학은 내일의 문제고 지금은 오늘

의 문제만으로도 벅차다. 그리고 내가 입상할 수 있는 것도 아니
지 않은가.

"그러니까 너희 부모님의 능력으로는……?" 그녀는 말문을 맺
을 필요도 없다.

"응."

"속상하다."

슬퍼하는 그녀의 얼굴을 보고 이번에는 내가 속상해할 차례다.
그녀가 슬퍼지는 건 내가 원하는 바가 아니다.

"아! 진작 얘기하려고 했는데 깜빡했다. 며칠 전에 코너 프로젝
트 회의를 했는데 엘레나가 모금에 좀 더 박차를 가할 수 있는 엄
청 근사한 작전을 생각해냈어. 엘레나는 정말이지 나중에 회사를
차리거나 아니면 세계를 주무를 거야." 이렇게 얘기해도 소용이
없다. 조이의 표정만 더 어두워지게 만들고 말았다. "우선은 농장
에서부터 시작하면 되겠지."

그녀는 한숨을 쉬고 바닥을 내려다본다. "우리 얘기 좀 할래?"

"아 젠장." 결국 저지르고 말았다. 내 가련한 인생에서 딱 한 가
지 좋은 점을 날려버렸다.

"왜?" 그녀는 갑자기 놀란 목소리로 묻는다.

"아냐. 그냥. 너 나랑 헤어지려는 거지? **그래서** 오늘 우리 집에
온 거지?"

"너랑 헤어진다고?"

"우리가 사귀는 사이도 아니긴 하지만. 주제넘은 생각은 하지
않을게. 나도 뭔지 잘 모르겠어, 우리가 정식으로 사귀는 사이인

308

지 아니면 그냥…… 아니다. 내가 왜 계속 조잘대고 있지? 괜찮아. 걱정 마, 얘기해. 내가 **울거나** 뭘 부수거나 그럴 일은 없으니까……."

그녀가 나를 빤히 쳐다보자 내 손이 특유의 장기를 발휘하는 게 느껴진다. 나는 손 닦기라는 선제공격을 감행한다. 소용없는 작전이다. 나는 소용없는 작전 전문이다.

"나 너랑 헤어지려는 거 아니야." 그녀가 얘기한다.

나는 하던 동작을 멈추고 제대로 들었는지 확인한다. "진짜? 그래. 고마워."

"별말씀을." 그녀는 웃음을 터뜨린다.

잠깐. 그럼 조이랑 내가 **사귀는** 사이라는 말인가? 나는 그런 것 같다는 **느낌**이 들긴 했지만 그녀도 마찬가지일지는 알 수 없었다. 사람들은 언제 그런 걸 상의할까? 아니면 둘 다 그냥 알게 될 때까지 묻어둘까? 그렇다면 둘 다 그냥 안다는 걸 무슨 수로 알 수 있을까?

"그 코너 프로젝트라는 거 말이야." 조이가 얘기한다. "내 말은, 대단해. 지금까지 네가 이룬 성과는 상상을 초월하는 수준이야. 진심으로."

하지만이 기다리고 있다.

"하지만 우리가 주구장창 오빠 얘기를 할 필요는 없지 않을까? 다른…… 얘기를 해도 되지 않을까?"

"아. 그럼. 당연하지. 난 그냥 모든 게 어떻게 돼가는지 네가 알고 싶지 않을까 생각했을 뿐이야."

"아니, 나도 알고 네가 지금 이러는 거 진심으로 고맙게 생각해." 그녀는 혹이 없어진 내 침대에 앉는다. "하지만 내 평생 모든 게 오빠 위주로 돌아갔단 말이야. 지금은 나만을 위한 게 있었으면 좋겠어. 우리가……."

그녀가 말을 멈추자 나는 하마터면 그 여백 속으로 굴러떨어질 뻔한다.

"특별한 사이가 될 거라면." 그녀는 마침내 말을 잇는다. "오빠한테서 벗어났으면 좋겠어. 농장에서도. 이메일에서도."

내 숨이 멎는다. **숨을 쉬어, 에번, 숨을 쉬어.**

"나는 그냥…… 너를 원해." 그녀가 얘기한다.

"진심이야?"

그녀는 좌절감에 한숨을 쉰다. "오늘 저녁에 내가 처음으로 부른 노래 들었어?"

"당연하지." 내가 얘기한다. "엄청 좋던데."

"가사 들었어? '너와 나. 우리에게 필요한 건 그뿐이라면.'"

"그게—그러니까 우리가—"

그녀는 어깨를 으쓱한다. "누구겠어?"

"아."

그녀가 부른 노래를 녹음해놓았다가 몇 번이고 다시 들을 수 있다면 얼마나 좋을까. 지금으로서는 내 기억으로 빈칸을 메우는 수밖에 없다. 한 대목이 생각난다. "과거는 이제 상관없거나 중요하지 않을 거라고. 그렇게 믿을 수 있을까?"

응. 나는 속으로 대답한다. **응.** 백만 번 대답한다.

vii

이번에는 그의 집에서였다(미겔은 나를 계속 집으로 불렀지만
엄마가 회사에 있을 때로 한정됐다. 나는 그의 엄마를 좋아했다.
말투는 신랄하지만 마음은 여렸다. 음식 솜씨가 끝내줬다. 나를
두 팔 벌려서 환영해주었다. 내가 퇴학을 당하기 전까지는. M과
나만 아는 서글픈 반전이었다. 내가 그녀의 아들을 도우려고 했
다가 미움을 사게 됐으니 말이다).

그가 우리 집에 왔던 그날 이후로 우리의 우정은 다른 형태로
꽃을 피웠다. 2학년 생활은 지옥 같았지만 미겔이 한줄기 희망이
었다. 살아가는 이유였다. 나는 항상 그를 만날 날을 손꼽아 기다
렸다. 하지만 최근에 그런 느낌이 강박에 가까워졌다. 그가 나를
자석처럼 끌어당겼다. 나는 그의 곁에 있고 **싶은** 게 아니었다. 있
을 수밖에 없었다.

그날 그의 집에서 그가 내 옆에 누웠다. 나는 그의 몸을 하나하나 뜯어보며 감추어지기 전에 다시 기억에 담으려고 했다. 스탠드의 에너지를 흡수하는 것 같은 피부. 야트막한 웅덩이처럼 옴폭 들어간 가슴. 나 말고 또 누가 이런 특권을 부여받았을지 궁금했다. 그 반점 버튼을 누른 사람이 또 있을지 궁금했다. 내 사회생활은 딱 두 점을 연결하는 직선과도 같았다. 하지만 미겔의 사회생활은 원이었다. 그는 해노버에 다른 친구들이 있었다. 사촌들이 많은 대가족이었다. 그리고 헤어졌지만 계속 연락하는 과거의 애인도 있었다. 내 자리는 어디일까? 그의 중심 근처? 아니면 외곽에 가까울까?

이거 뭐야? 그가 정적을 깨고 물었다.

그의 시선을 쫓다가 뭘 보고 그러는지 뒤늦게 알아차렸다. 내가 팔찌를 벗어놓고 깜빡했다. 평소에는 그럴 일이 없는데 그의 인력이 나를 그렇게 만들었다.

나는 손목을 멀찌감치 치웠다. **아무것도 아니야.** 나는 말했다.

그가 나의 눈을 빤히 들여다보았다. 결투 신청처럼 느껴졌다.

나는 침대에서 일어나 팔찌를 꼈다. 밤에 달리 할 일이 없을 때 만든 흉터였다. 사실상 심심풀이였다. 라이터, 성냥, 촛농. 뭐, 아무엇도 아니진 않지만 별것도 아니었다.

그가 일어나 앉았다. 너는 항상 그러더라.

뭘? 나는 셔츠를 입으며 물었다.

내가 너무 가까워지려고 할 때마다……. 그의 발이 바닥을 디뎠다.

나는 웃어넘기려고 했다. 무슨 소리 하는 거야?

너하고 나는 항상 우리 집에서 만나잖아. 네가 날 초대한 적은 딱 한 번
뿐이었어. 꼭 감질나게 살짝 보여주고 끝내려는 것처럼.

나는 전혀 아무 감정 없는 눈빛으로 그를 노려보았다. 그게 무슨
상관이야? 우리가 무슨……. 나는 어깨를 으쓱했다. 나는 우리가 무슨
사이인지도 모르겠다.

그는 고개를 젓고 한숨을 쉬더니 침대에서 일어났다. 네가 곁을
주지 않는데 우리가 무슨 수로 그런 사이가 될 수 있겠냐.

(꼭 선언하듯이 말했다. 최후통첩이었다. 나는 사실 선택의 여
지가 없었다.)

미겔은 내가 지난 한 해를 어떻게 보냈는지 몰랐다. 물론 들은 얘기는 있었지만 실제로 경험한 건 아니었다. 그가 아는 건 현실이 아니라 떠도는 소문뿐이었다. 하루, 이틀, 사흘. 긁고 할퀴고. 내가 나에게 입히는 상처. 전부 나쁘게 변해버린 좋았던 것들. 밤마다 침대에 누워서 내가 그냥……

너는 몰라. 내가 말했다.

그는 나를 잠깐 쳐다보았다. 그러더니 내 앞으로 바짝 얼굴을 들이댔다. 코와 코를 맞대고. 눈과 눈을 맞대고. 물리적인 거리가 방금 전의 우리만큼 가깝지는 않았지만 어떻게 보면 그보다 더 친밀했다. **그러니까.** 그가 말했다. **얘기를 해.**

나는 벌떡 일어나 몸을 흔들었다. 그의 시선을 떨쳤다.

나하고 있을 때는 그 빌어먹을 가면을 좀 벗어라.

무슨 수로? 무슨 수로 내가 그럴 수 있을까? 그의 눈에 가면으로 보이는 그 아래에는 손쓸 수 없을 정도로 망가진 내가 있는데.

나는 뒷걸음질 치며 턱에 힘을 주고 나를 안에 가두었다. 허둥지둥 옷을 입었다. 그가 막으려고 했고 뒤에서 나를 불렀다. 하지만 나는 이미 순식간에 결정을 내렸다. 죽어라 도망치기로.

(지금도 계속 도망을 다니고 있는 듯하지만.)

요즘 들어 돌아다니는 내 사진이 있다. 짧은 머리. 바보 같은 함박웃음. 몇 주 전에 열린 집회 때도 곳곳에서 그 사진을 볼 수 있었다. 어머니가 내 휴대전화에서 찾은 모양이다. 어머니는 그게 편집본이라는 걸 알 길이 없었을 것이다. 원래는 미곌이 찍은 셀카다. 원본에서는 그가 내 옆에서 나만큼이나 활짝 웃고 있다.

한 가지 확실한 건 있었다. 그와 함께 있을 때는 어떤 기분이었고 그와 함께 있지 않을 때는 어떤 기분이었는지는 말이다. 1번은 짜릿했다. 2번은 견딜 수 없었다. 그와 함께 있으면 약에 취한 느낌이었다. 그와의 만남이 중단됐을 때 나는 금단증상을 일으켰다. 길고 우울한 여름이었다.

22장

다음 날 아침, 학교 복도에서 조이가 남들 보는 앞에서 내게 입을 맞춘다. "학교 수업 끝나고 리허설 있어서 집까지 태워다주지 못할 거야." 그녀가 얘기한다. "하지만 저녁 약속에 맞춰 7시에 데리러 갈 테니까 잊지 마."

이번에는 볼에 입을 맞추고 쌩하니 멀어진다. 멀어져가는 그녀를 보는 동안 내가 할 수 있는 일이라고는 다음번에 또 언제 만날 수 있을지 생각하는 것뿐이다.

"어제저녁에 어디 갔었어?"

고개를 돌려보니 엘레나다.

"문자를 한, 50번쯤 보냈는데." 그녀는 고개를 젓는다. "걱정 마, 네가 없어도 엽서는 잘 나누어 주었으니까."

"으악, 깜빡했다. 미안." 내가 얘기한다. "내가 전화기에 날짜를 잘못 입력했나 봐."

"요즘 왜 그래, 에번?"

나는 주위를 두리번거린다. 이런 대화는 남들 없는 자리에서 하고 싶다.

"모금 기한이 앞으로 일주일밖에 안 남았어." 엘레나가 얘기한다. "그런데 너는 1,000킬로미터쯤 멀리 있는 느낌이야. 새 동영상도 찍지 않고. 블로그에 평생 새 글도 올리지 않고."

"아, 그게 좀 바빠서."

"뭐하느라 바빴는데?" 엘레나가 묻는다.

사느라? 버둥거리느라?

"뭐, 이런저런 일들로." 나는 얘기한다. "목표액까지 얼마나 남았어?"

"아. 얼마 안 남았어. 1만 7,000달러."

1만 7,000이라니. 하하, 거금이다. "목표를 달성할 수 있을 거야. 사람들의 참여를 계속 유도하기만 하면 돼."

"내 말이 그 말이야." 그녀는 내가 드디어 정신을 차렸다는 데 안심하는 눈치다. "내가 너랑 코너가 주고받은 이메일을 홈페이지에 올린 이유도 그 때문이야."

"잠깐. 뭐라고? 그게 무슨 소리야?" 내 수조 안으로 바닷물이 쏟아져 들어온다. "그 이메일에 대해서는 어떻게 알았어?"

"코너 어머니가 보내주셨어." 엘레나가 얘기한다. "몇 장. 하지만 어머니 말로는 더 많다고 하더라. 네가 계속 가져다준다고."

"그러면 안 되지."

그녀는 호들갑스럽게 고개를 뒤로 젖힌다. "그러면 안 된다고?"

"아니, 우리 둘이서 사적으로 주고받은 대화잖아."

"음, 이제는 아니야. 이제는 우리 모두의 대화야. 그게 중요한 거잖아. 그리고 사적일수록 더 좋아. 사람들은 그런 걸 보고 싶어 하니까. 우리는 우리 커뮤니티 사람들에게 모든 걸 보여주고 진실을 공개할 책임이 있어."

진실? 무슨 진실? 나는 그들이 보내는 이메일에 일일이 답장하고 내 사생활을 공개했다. 심지어 셀카 사진마저 올렸다. 그 정도 공개했으면 충분한 거 아닌가? '우리 커뮤니티'가 그 이상 바라는 게 뭘까?

그녀의 손목시계가 삑 하고 울린다. "가야겠다. 하지만 너한테 질문을 몇 개 보낼게. 앞뒤가 안 맞는 이메일이 좀 있어서."

"뭐? 그게 무슨 소리야?"

"아니, 예를 들면 너희 둘이 맨 처음 농장에 같이 간 날 네가 팔이 부러졌다고 했잖아. 그런데 어떤 이메일을 보니까 뭐냐, 작년 11월부터 갔었던 것처럼 되어 있더라고."

그거야 간단하게 해명할 수 있는 부분이다. 저기 있잖아, 나는 그 농장에 간 적이 없어. 나는 네가 생각하는 그런 애가 아니야, 엘레나.

"아마 오타겠지." 내가 얘기한다. "그냥 이메일이잖아. 네가 너무 열심히 들여다본 거 아닌가 싶은데."

그녀는 예전의 그 미소를 완벽하게 재현한다. "내가 보낸 질문지에 답변하기만 하면 돼. 우리 커뮤니티 사람들이 네 소식 듣는 걸 얼마나 좋아하는지 알잖아."

그녀는 사라진다. 나는 주위를 두리번거리며 남들 눈에 우리가 어떻게 보였을지 확인한다. 이제 보니 관심을 기울이는 사람이 아무도 없다. 다들 걸어가고 문자를 보내고 사물함에 뭘 쑤셔넣는 등 자기 일에 바빠서 내 일에 신경 쓰지 않는다. 그들에게는 각자의 여자 친구와 남자 친구와 단짝과 부모님(엄마, 아빠 모두)과 프로젝트(코너 프로젝트 같은 게 아니라 그냥 프로젝트)가 있다. 대부분 코너 머피에 대해서 까맣게 잊었다. 우리의 농장 캠페인에 몇 달러 기부했을지 몰라도 코너에 얽힌 추억을 보존하는 데 관심이 있어서 그런 건 아니었다. 그저 남들이 하는 대로 했을 따름이다. 다들 지금의 나처럼 하루, 하루 버티고 있을 따름이다.

나는 교실로 향하며 재러드에게 문자를 보낸다.

친구야.

안 그래도 문자 보내려던 참인데.
이번 주말에 집이 빈다.
우리 부모님이 마지막으로 술장을 건드린 게
1997년 신년제야.
아무거나 꺼내서 마셔도 돼.

이번 **주말**에는 안돼.

> 17,000달러를 모금해야 하거든.
>
> 코너 프로젝트 잊지 않았지?
>
> 너도 거기에 매달려야 하는 거 아니야?

> 나더러 도울 필요 없다더니
>
> 잊어버렸냐?

> 손 놓고 있으라는 건 아니었지.
>
> 네가 이걸 장난으로 생각하는 건 알지만 아니야.
>
> 중요한 일이라고.

> 코너를 기념하는.

> 응, 코너를 기념하는.

"네가 그런 소리를 하다니 웃긴다."

고개를 든다. 재러드가 실제로 등장했다.

"왜냐하면 말이지." 재러드는 전화기를 주머니에 넣으며 얘기한다. "곰곰이 생각해보면 코너가 죽은 게 지금까지 너한테 벌어진 일 중에서 가장 잘된 일이라고 볼 수 있잖아. 안 그래?"

아무리 재러드라지만 그런 소리를 입 밖에 내는 건 물론이고 그런 생각을 하는 것 자체가 끔찍한 일이다. "어째서?"

"안녕, 에번." 지나가던 아이가 인사를 건넨다.

"아니, 생각해보면 말이야." 재러드가 얘기한다. "이제는 애들이 너한테 말을 걸잖아. 너는 거의 유명 인사가 됐지. 그거야말로 기적 중에서 기적 같은 일 아니냐? 코너가 죽지 않았다면 방금 전에 지나간 개가 네 이름을 알았을까? 몰랐을 거야. 어느 누구도."

맞는 말이다. 부인할 수 없는 사실이다. 하지만 그건 중요한 문제가 아니다. 그게 중요한 문제였던 적은 없다. "학교 친구들이 나를 알건 말건 상관없어. 그런 건 아무 상관없어. 나는 코너의 가족을 도울 수 있다면 그걸로 족해."

"코너의 가족을 도울 수 있다면." 재러드는 회사 슬로건이라도 되는 양 내 말을 따라 한다. "너 계속 그 말만 반복하더라?"

"병신처럼 굴지 말자."

"**너나** 병신처럼 굴지 마." 그렇게 말하고 그는 성큼성큼 사라진다.

학교생활의 공식적인 시작을 알리는 종이 울린다. 권투 시합의 종료를 알리는 종소리일 수도 있다. 나는 이미 12라운드를 뛴 것처럼 느껴진다.

23장

조이가 자기 집 진입로에 볼보를 세우고 시동을 끈다. 그녀가 우리의 도착을 미소로 알리자 나도 미소로 화답한다. 그녀가 오늘따라 유난히 생기발랄한 이유를 모르겠다. 대개는 조이와 차를 타면 분위기가 대화보다 음악 위주로 흘러가는데, 오늘은 여기까지 오는 내내 카스테레오 소리를 낮추고 밴드 연습에 대해 종알거렸다. 원래 성격이 엄청 좋은 베이시스트 재미슨이 병적으로 자기중심적인 드러머를 못 견뎌 해서 둘의 호흡이 맞지 않으니 온 리듬 파트가 엉망이라고 한다. 재즈 밴드에서 드라마가 펼쳐질 줄 어느 누가 알았을까?

우리는 안으로 들어서고 조이는 그게 무슨 발표할 일이라도 되는 듯이 군다. 현관 앞 매트 위에 신발을 벗어놓으며 "저희 왔어요"라고 외친다.

조이의 신발 옆에 내 신발을 벗어놓는 동안 그녀가 앞장선다. "죄송해요, 늦었어요." 그녀가 이렇게 얘기하는 소리가 들린다.

"와인 한 잔 하면서 서로 인사 나누는 중이야." 신시아가 얘기한다.

조이를 따라가다 나는 우뚝 멈추어 선다.

엄마가 여기 있다. 엄마가 여기서 코너의 부모님과 함께 와인을 마시고 있다.

"저녁 식사 함께하자고 우리가 너희 어머님을 초대했다." 래리는 내가 좋아할 만한 일을 했다고 생각하는 눈치다.

"아." 나는 엄마와 눈을 맞춘다. 엄마도 나만큼이나 충격을 받았다.

"에번도 자리를 같이하는지 몰랐네요." 엄마가 얘기한다.

"미안해요." 신시아는 바보 같은 실수를 웃어넘긴다. "얘기할 생각을 못 했어요."

조이의 미소가 퍼레이드용 풍선만큼 커진다. "안녕하세요, 저는 조이예요." 우리 엄마와 악수한다. "드디어 만나 뵙게 돼서 영광이에요."

엄마는 구멍 뚫린 풍선만 한 크기의 미소로 화답하고 아무 말도 하지 않는다. 엄마는 조이의 이름을, 적어도 나한테서는 들어본 적이 없다. 엄마의 눈빛에서 당황스러워하는 기미가 느껴진다.

래리가 일어선다. "한 병 더 마실까요?"

"포틀랜드 걸로 따." 신시아가 래리에게 얘기하고는 우리 엄마에게 설명한다. "모든 제작 공정이 100퍼센트 친환경이에요.《뉴욕타임스》에 특집으로 소개도 됐어요. 대단하죠?"

나는 조이의 귀에 대고 속삭인다. "너는 이거 알고 있었어?"

그녀는 자랑스럽게 고개를 끄덕인다. "내 아이디어였어."

"어이, 너희 둘." 래리가 코르크 마개를 따느라 끙끙대며 얘기한다. 브이넥 스웨터 위로 우람한 가슴이 도드라진다. "우리 옆으로 좀 앉지 그러니?"

조이와 나는 2인용 러브 시트에 앉지만 여기서 사랑이 꽃필 일은 없다. 긴 소파에 앉은 두 여인을 보니 신시아의 세련된 스타일과 대조적으로 우리 엄마는 대학생처럼 보인다. 사실 대학생이긴 하지만 꽃무늬 셔츠가 너무 많은 세탁을 거쳤다.

"오늘 저녁에 근무하시는 거 아니었어요?" 내가 엄마에게 묻는다.

"아, 이게 중요한 자리인 것 같아서." 엄마가 얘기한다. "그래서 땡땡이치는 중이야."

이게라니. **이게** 도대체 뭘까? 〈콜 오브 듀티〉 게임에서 마당으로 들어섰는데 30명의 전투원이 나에게 집중 포화를 퍼부으려고 기다리는 듯한 느낌이다. 그런 걸 매복이라고 하지.

"너희 어머니랑 나는 너랑 코너가 참 엉큼했다는 얘기를 하고 있었어." 신시아가 내 무릎을 두드리며 얘기한다.

나는 공포로 이를 갈며 입을 꾹 다문 채 웃는다.

래리가 새 와인을 들고 돌아와 근사한 유리그릇에 따른다. "너희 둘이 그렇게 친한지 아무도 몰랐잖니." 그가 얘기한다.

나는 화제를 돌릴 방법을 필사적으로 찾는다. "뭔가 아주 좋은 냄새가 나네요."

신시아가 부엌 쪽으로 시선을 돌린다. "치킨 밀라네즈야."

나를 쳐다보는 엄마의 시선이 느껴진다. "네가 여기에 그렇게 자주 놀러 온 줄 몰랐어." 엄마는 딱딱한 미소 사이로 겨우 말을 내뱉는다. 우리가 도착하기 전에 어른들끼리 얘기를 나눈 모양이다. 하지만 어떤 말들이 오갔을까? 엄마가 뭘 알고 있을까?

"엄마가 그동안 워낙 바쁘셨잖아요." 내가 얘기한다.

"나는 왜 네가 재러드네 집에 있는 줄 알았을까?"

시선을 돌린다. "글쎄요." 나는 내 몸을 떠나서 지금의 이 광경을 멀찍이서 구경하고 있다. 어쩌면 그건 내 희망사항에 불과할 수도 있지만.

"우리가 아주 잘 챙기고 있으니 안심하셔도 됩니다." 래리가 엄마의 잔을 다시 채우며 얘기한다. "놀러 오면 항상 맛있는 음식을 먹이고 있어요."

"감사해요." 엄마는 와인을 길게 한 모금 마신다.

"에번한테 찾아주신 장학금 공모전 자료를 봤어요." 조이가 얘기한다. "정말 감동적이었어요. 엄청 많더라고요."

마침내 엄마가 아는 얘기가 등장한다. "아, 에번이 글을 잘 쓰거든."

"그건 저도 익히 느끼던 바입니다." 래리가 얘기한다.

계속 나를 이렇게 이 자리에 없는 사람처럼 간주하며 대화를 나눌 거면 나는 그냥 일어나서 나가버려도 되지 않을까? 안 그래도 계속 있지 못하겠으니 말이다.

"작년에 영어를 가르친 선생님도 이 아이가 쓴 『술루』 보고서를 보고 최고라고 했어요." 엄마가 얘기한다.

"대단해라." 신시아도 우리 엄마처럼 자랑스러워한다.

"『술라』였어요." 나도 모르게 큰 소리가 나와버렸다.

"『술라』? 내가 뭐라 그랬는데?"

"『술루』요." 나는 바닥을 내려다본다. 안심하고 쳐다볼 수 있는 곳이 바닥밖에 없다.

"술루는 아마 〈스타트렉〉에 나오는 등장인물일 겁니다." 래리가 얘기한다. "내 기억이 맞는다면 말이죠." 그가 천진난만하게 웃음을 터뜨리자 조이도 따라서 웃는다. 그녀가 내 손을 잡으려고 하자 나는 무의식적으로 손을 치운다. 지금은 아무도 나를 건드리지 않았으면 좋겠다.

엄마는 와인 잔을 뚫어져라 쳐다본다. "제가 헷갈렸네요."

그러지 말 걸 그랬다. 이제 나는 당황스러워하는 엄마의 모습에 수치심을 느낀다. 견딜 수 없는 정적이 이 공간을 지배한다.

조이가 화제를 바꾼다. "장학금 얘기가 나와서 말인데요……."

"지금이 딱 알맞은 시점인 것 같은데." 래리가 얘기한다. "신시아, 당신이……?"

"아." 신시아는 이 한 마디가 우리의 머릿속에 깊숙이 각인되게 분위기를 조성한다. 그녀는 와인 잔을 커피 테이블에 내려놓는다. 이게 다 무슨 일인지 모르겠지만 내가 멈출 방법은 없다.

"조이가 며칠 전에 그러더라고요, 에번이 어려움을 겪고 있다고요." 신시아가 얘기한다. "그러니까 대학에 필요한 경비를 조달하는 면에 있어서요. 그래서 래리하고 제가 고민을 했어요. 저희는 아주 다행히 아들 몫으로 돈을 좀 모아둔 게 있거든요."

코너 얘기가 나오자 그녀는 울컥한다. 래리가 그녀의 손을 잡는다. 나는 꿈짝하지 않는다.

"괜찮아." 그녀는 말을 멈추고 잠시 숨을 고른다. "제가 오늘 아침에 에번의 어머님께 연락해서 저녁 식사에 초대한 이유는 무엇보다 아드님이 저희 삶 속으로 들어올 수 있게 허락해주셔서 감사하다는 말씀을 전하고 싶었기 때문이에요. 아드님은 우리 코너와 아주, 아주 가까운 친구였고 저희는 아드님을 너무나 사랑하게 됐어요."

래리와 조이가 다시 웃음을 터뜨린다. 엄마는 소외되고 싶지 않은 마음에 살짝 미소를 짓지만 당연히 뒷북이다. 엄마는 이제야 그 사실을 알게 됐지 않은가.

"그래서 어머님께서 허락해주신다면 저희는, 그러니까 래리하고 저, 그리고 당연히 조이도 저희 아들 몫으로 따로 모아두었던 돈을 에번에게 주고 싶어요. 에번이 자기 꿈을 이룰 수 있게, 이 아이가 우리 코너의—" 그녀는 숨을 크게 들이마신다. "—꿈을 이룰 수 있도록 도왔던 것처럼 그럴 수 있게 말이에요."

누군가가 내 손을 잡는 게 느껴진다. 오븐에서 닭고기 냄새가 난다. 신시아의 머리 뒤로 뭔지 모를 동물의 조각상이 보인다. 나는 토악질이 날 것 같다.

"어떻게 생각하십니까?" 래리가 묻는다.

이것이야말로 내가 상상할 수 있는 한도 내에서 가장 다정하고 인정 많고 통 큰 제안이라고 생각한다. 그리고 나는 가장 어처구니없을 정도로 자격 미달이다.

엄마의 내부에서 서로 치열하게 싸우는 감정이 눈에 보이는 듯하다. 결국 그 승부는 확실한 승자 없이 막을 내린다. 엄마는 이렇게 대답하고 그만이다. "와, 저는…… 뭐라고 말씀드리면 좋을지 모르겠네요."

모르겠기는 나도 마찬가지다.

"에번을 위해 허락해주신다면 저희한테는 엄청난 선물이 될 겁니다." 래리가 얘기한다.

신시아도 맞장구친다. "정말이지 어마어마한 선물이 될 거예요, 에번 어머님."

엄마의 감정들이 노선을 정하는 게 눈에 보인다. 엄마의 얼굴이 딱딱하게 굳는다.

"글쎄요." 엄마가 얘기한다. "정말 감사하지만 저희는 괜찮습니다. 제가 돈이 많지는 않지만 그래도 조금은 있어요."

"어머, 아니에요." 신시아가 얘기한다. "저희는 그런 뜻에서 한 얘기가—"

"네, 네, 알아요." 엄마는 그 안에 독이 가득 들었다는 걸 문득 깨달은 사람처럼 와인 잔을 내려놓는다. "그게 아니라…… 저희도 돈 있어요. 없는 것처럼 보였다니 부끄럽네요. 그리고 없는 돈은 에번이 장학금으로 충당하거나 대출을 받거나 아니면 커뮤니티 칼리지에 다니면 돼요. 그러면 안 될 이유가 없으니까요."

"그럼요." 래리가 얘기한다.

"그러는 게 저희로서는 최선이라고 생각해요. 에번이 남의 호의에 기대도 된다는 생각을 가지게 되는 건 바라지 않아요."

"이건 호의가 아닌데요." 래리가 얘기한다.

"아, 하지만 저는 이 아이의 엄마로서 모범을 보여야 할 필요가 있어요. 모르는 사람에게 뭘 기대하면 안 된다는 걸요."

"저희는 모르는 사람이 아니에요." 신시아가 얘기한다.

좀 전까지만 해도 기쁨이 넘쳤던 그녀의 목소리가 온통 상처로 얼룩지자 모두의 시선이 그녀에게로 향한다. 그녀의 심장에 꽂힌 단검이 보이는 사람은 나 하나뿐일까?

"네, 아니죠." 엄마는 이렇게 얘기하며 소파에서 일어선다. "와인 잘 마셨습니다. 맛있었어요."

"잠깐만요." 신시아가 얘기한다. "저녁 안 드시고 가시게요?"

"그냥 일하러 가는 게 좋겠어요."

"그러지 마세요." 신시아가 얘기한다.

"아뇨." 엄마는 그렇게 말하고 이번에는 단검을 내 쪽으로 겨눈다. "에번이 우리 집 경제 사정을 그렇게 걱정하는 줄 알았으면 애초에 야간 근무도 빼먹지 말걸 그랬어요."

엄마는 핸드백을 집지만 휴대전화가 떨어지는 바람에 무릎을 꿇고 커피 테이블 아래에서 전화기를 집는다. 다들 뭘 어쩌면 좋을지, 무슨 말을 하면 좋을지 몰라서 잠자코 지켜보기만 한다. 엄마가 다시 일어나서 빛바랜 셔츠를 바로잡고 마침내 몸을 돌려 집 밖으로 나가기까지 1초, 1초가 기나긴 고문 같다.

그렇게 엄마는 사라진다. 이제 다들 나를 쳐다본다.

=

몇 시간 뒤 나는 우리 집 현관문을 연다. 거실 스탠드가 켜져 있다. 엄마가 좀 전에 입었던 옷차림 그대로 소파에 앉아 있다. 책을 읽는 건 아니다. 텔레비전을 보지도 않는다. 술을 마시지도 않는다. 출근할 준비를 하지도 않는다. 그냥 기다리고 있다.

코너의 부모님은 엄마를 기분 상하게 만들었다며 몹시 미안해했다. 신시아는 전화를 걸어서 사과하겠다고 했다. 내가 그럴 필요 없다고 했다. 엄마가 요즘 일이며 수업이며 기타 등등 때문에 얼마나 스트레스를 많이 받았는지 모른다고, 그냥 지치고 피곤해서 그런 거라고 설명했다(조금이라도 그럴듯해 보이는 형용사를 모조리 동원했다). 나는 그들의 식탁에 앉아서 허기를 느끼지 못하는 배 속으로 치킨 밀라네즈를 욱여넣고 매순간 엄습하는 고통을 달래며 어찌어찌 저녁 식사가 끝날 때까지 버텼다.

"그 사람, 나더러 졸업하면 보조직으로 채용하겠다고 하더라." 엄마가 셔츠의 풀린 올을 잡아당기며 얘기한다. "명함까지 주면서."

나는 집으로 오는 동안 흥분하지 말자고 다짐했다. 하지만 벌써부터 짜증이 난다.

"그래서요? 그러면 왜 안 되는데요? 누가 들으면 못된 짓인 줄 알겠어요."

엄마가 드디어 나를 쳐다본다. "이게 얼마나 **굴욕적인** 일인지 알기나 하니? 아들이 다른 가족이랑 내내 붙어 지냈는데 나는 그걸 **알지도** 못했다는 게? 너는 재러드네 집에 간다고 했잖아."

나는 어깨를 으쓱한다. "엄마는 어차피 집에 있지도 않는데 내가 어딜 가든 무슨 상관이에요?"

"그들은 너를 자기들 아들이라고 생각해. 그 사람들은 말이야."

이제는 흥분하지 않을 도리가 없다. "그들은 '그 사람들'이 아니에요. 그들은……"

"뭔데? 그 사람들이 아니면 뭔데?"

나도 모르겠다.

"너를 입양이라도 한 것처럼, 나는 있지도 않은 것처럼 굴잖아."

"나를 얼마나 잘 챙겨준다고요."

엄마는 이제 소파에서 벌떡 일어선다. "그들은 네 부모가 아니야, 에번. 네 가족도 아니고."

"나한테 잘해주신다고요."

"그래, 훌륭하고 훌륭한 사람들이지."

"맞아요."

"그들은 너를 몰라."

"엄마는 알고요?"

"예전에는 안다고 생각했다만."

실망한 목소리다. 내 목소리, 내 머릿속에서 들리는 목소리, 나만 들을 수 있는 목소리와 비슷하다. 그 목소리는 매일 아침 눈을 뜰 때, 매일 밤 잠자리에 들 때 나의 정체를 상기시킨다. 거짓말 쟁이라고 말이다.

하지만 나는 거짓말투성이고 엄마도 마찬가지다.

"엄마가 나에 대해서 뭘 아는데요? 아무것도 모르잖아요. 나를 보지도 못하잖아요."

"나도 최선을 다하고 있어."

"그분들은 나를 좋아해요. 얼마나 믿기 힘든 얘긴지 나도 알아요. 그분들은 나한테 무슨 문제가 있다고 생각하지 않아요. 엄마처럼 고쳐야 한다고 생각하지 않는다고요."

엄마는 내 쪽으로 바짝 다가온다. "내가 **언제** 그런 소리를 하든?"

진심일까? 어디에서부터 얘기를 시작하란 말인가. "나더러 상담 치료를 받으라고 하잖아요. 약도 먹으라고 하고⋯⋯."

"나는 네 엄마야." 엄마는 미안해하지 않는다. "너를 뒷바라지 하는 게 내 임무고."

"알아요. 내가 엄청난 짐인 거. 나는 엄마한테 벌어진 가장 나쁜 일이죠. 나 때문에 엄마의 인생이 망가졌고요."

"잘 들어." 엄마는 내 얼굴을 와락 움켜쥐며 얘기한다. "나한테 벌어진 좋은 일은⋯⋯ 너 하나뿐이야, 에번."

엄마의 눈빛이 흔들린다. 나는 이제 마음을 풀어야 한다. 엄마를 풀어주어야 한다. 하지만 내 감정을 눌러가며 엄마를 배려하는 것도 이제는 지긋지긋하다.

"너한테 이것밖에 못해줘서 미안하다." 엄마는 참지 못하고 이렇게 얘기한다.

　나는 엄마에게서 몸을 뗀다. "다른 사람들이 그보다 더 잘해주는 게 내 잘못은 아니잖아요."

24장

다들 유령이라도 본 듯한 표정을 짓는다. 내가 버스 정류장에
도착했을 때 아이들이 보인 반응이다. 나의 공허하고 허탈한 심
정이 그런 모습으로 발현된 걸까? 아니면 몇 주 동안 보이지 않
다가 돌아와서 놀란 걸까? 나도 놀랍다. 하지만 또 어떻게 보면
놀랍지는 않다.

오늘 아침에는 엄마가 태워다주니까 데리러 오지 않아도 된다
고 조이에게 거짓말을 했다. 간밤에 그런 일이 있어서 조이도 쉽
게 속아 넘어갔다.

나는 밤잠을 설쳤다. 잠이 오지 않았다. 날이 밝았다. 학교를 제
치고 그냥 이불 속에 있을까 생각했다. 하지만 억지로 일어났다.
엄마는 출근하고 없었다. 화장실 거울이나 부엌 조리대나 현관문
에 메모도 없었다.

영어 시간에는 천장을 쳐다보았고 미적분 시간에는 책상에 구멍을 뚫는 데 상당한 진전을 이루었다.

늘 그랬던 것처럼 그냥 혼자 있고 싶다. 아무도 건드리거나 주목하거나 뭘 물어보지 않았으면 좋겠다. 하지만 그건 헛된 바람이다.

점심을 먹으러 가는데 난데없이 등장한 엘레나가 나를 와락 붙잡는다. 식당 앞에서 잠복하며 내가 오길 기다렸던 모양이다.

"코너가 자살한 이유가 뭐야?" 그녀가 묻는다.

엘레나는 항상 단도직입적이지만 오늘은 유난히 심하다. 이번만큼은 나를 난타하기 전에 인사라도 건네주었으면 좋겠는데…….

"잠깐, 뭐라고?" 내가 묻는다.

"상태가 점점 괜찮아지고 있었잖아." 그녀는 종이 더미를 들고 있다. "이메일마다 너한테 그렇게 얘기했잖아. 그러더니 한 달 뒤에 자살을 해? 이 이메일, 왜 이렇게 앞뒤가 안 맞니?"

"인생 자체가 가끔은 앞뒤가 안 맞으니까, 됐냐? 인생 자체가 엉망진창이고 복잡하니까."

"너랑 조이가 사귀는 것처럼?" 그녀는 주위를 두리번거리더니 덧붙인다. "사람들이 너를 두고 뭐라는지 알아?"

사람들이 뭐라는지 아느냐고? 사람들이 나를 두고 수군댈 수도 있다는 생각조차 한 적이 없었다. 아무도 모르는 사람으로 지내는 것이 아주 오래전부터 나의 기본 설정이었다. 문득 아웃사이더의 관점에서 내 상황을 바라보게 된다. **에번 핸슨 말이야, 절친이 죽은 지 몇 주 만에 그 친구 여동생이랑 사귀고 있잖아?**

망할. 저질스러워 보인다.

나는 이런 생각들을 떨쳐버리려고 애를 쓰며 엘레나에게 말한다. "왜 그렇게 이 일에 집착해? 아니, 너는 코너랑 알지도 못하는 사이였잖아."

"왜냐하면 중요한 일이니까."

"왜 중요한데? 네가 실험 파트너였기 때문에? 아니면 대학교에 원서 접수할 때 과외활동을 하나 더 추가할 수 있기 때문에?"

엘레나의 표정이 지금까지 한 번도 본 적 없는 표정으로 바뀐다. 열패감이다.

"중요해." 그녀는 부들부들 떨며 얘기한다. "왜냐하면 나는 투명인간이 된 느낌이 어떤 건지 아니까. 코너처럼. 투명하고 외롭고 내가 허공으로 사라진대도 아무도 모를 것 같은 기분을 아니까. 너도 예전에는 그게 어떤 기분인지 알았을 텐데?"

그녀는 내 대답을 기다린다. 내가 아무 말도 하지 않자 고개를 절레절레 흔들고 사라져버린다.

나는 더 이상 공허하지 않다. 심장이 쿵쾅거리고 이마에서 땀이 난다. 엘레나가 내 원시적인 반응 기제를 깨웠다. 싸우느냐 도망치느냐. 이번만큼은 1번을 택할 준비가 되어 있다.

식당에서 재러드를 찾아보니 배식대 앞에 줄을 서 있다. 우리는 요전 날의 뭔지 모를 사건 이후로 대화를 나눈 적이 없었다.

그가 배식대를 지나서 계산대 앞에 서기까지 한참이 걸린 듯이 느껴진다.

"이메일이 좀 더 필요해." 그에게 얘기한다. "코너의 상태가 점점 나빠지고 있었다는 증거가 될 만한 이메일."

재러드는 눈을 부라리고 웃음을 터뜨린다.

"뭐가 그렇게 웃기냐?" 내가 묻는다.

"아, 내가 보기에는 배꼽 빠지도록 웃긴데?" 재러드가 얘기한다. "아무나 붙잡고 물어보면 다 배꼽 빠지도록 웃긴다고 할걸?"

"그게 무슨 소리야?"

"이게 무슨 소리인가 하면, 누가 네 친구인지 기억해야 한다는 얘기지."

재러드에게 친구가 되어달라고 사실상 애원해야 했던 쪽은 나인데 녀석이 지금 이렇게 내 앞에 서서 나를 협박하며 자기가 기분 상한 척하고 있다. 알고 보니 생각했던 것보다 더 교활한 녀석이다. "네가 그랬잖아, 나랑 말을 섞는 유일한 이유가 자동차 보험 때문이라고."

그는 어깨를 으쓱한다.

"정말 희한하단 말이지." 내가 얘기한다.

"뭐가?"

"네 '이스라엘 출신의 여자 친구'하고." 나는 그가 무슨 말인지 확실히 알아듣도록 손가락으로 허공에 따옴표를 그린다. "캠프에서 만났다는 '친구들' 말이야. 어째 걔들 이름을 한 번도 들은 적이 없냐?"

"궁금하면 알려줄게." 재러드가 얘기한다. "하고 싶은 얘기가 뭔데?"

나는 그에게로 다가간다. "어쩌면 너도 다른 친구가 없기 때문에 나랑 말을 섞는 게 아닌가 싶어서."

그는 미소를 짓지만 자신 없는 미소다. "내가 전부 폭로할 수도 있어."

엄포를 놓는 거다. 내가 추락하면 녀석도 추락한다. 나는 언성을 낮춘다. "맘대로 해, 재러드. 폭로해봐." 그가 아무 대꾸도 하지 않자 나는 하던 얘기를 계속한다. "자살한 아이인 척 이메일 쓰는 걸 거들었다고 폭로해봐."

일단 내뱉고 났더니 시간을 거슬러 올라가 주워 담고 싶어진다. 예전에 어떻게 해야 재러드의 입을 막을 수 있을지 고민한 적이 있었다. 유감스럽게도 해답을 발견한 듯하다.

"야 이 재수 없는 새끼야." 그가 마침내 이렇게 얘기한다. 쓴 단어는 험하지만 그만큼 험한 표정은 아니다.

이번만큼은 내가 그에게 당한 그대로 갚아주었다. 그러면 기분이 좋을 줄 알았더니 당할 때와 거의 다를 바 없다. 나는 나와 입장이 바뀐 채 멀어져가는 그를 지켜본다.

그와 동시에 미소를 잊지 않는다. 우리를 본 사람이 있었다면 친구들끼리 스스럼없이 장난을 쳤나 보다고 생각해주길 바라기 때문이다. 식당 저편에서 여럿이 이쪽을 쳐다보고 있다. 그중에 조이도 있다. 이제는 도망치는 게 유일한 해결책인 듯하다.

나는 한쪽 발을 겨우 다른 쪽 발 앞에 놓고 몸을 돌려서 식당을 빠져나온다.

===

하지만 오랫동안 조이를 피해 다니지는 못한다. 하루 종일 피해 다니다 저녁이 됐을 때 그녀의 문자를 받는다. **너희 집 앞이야.**

예전에는 내 방에 숨는 게 식은 죽 먹기였다. 얼마 전까지만 해도 나를 찾는 사람은 전 세계를 통틀어 한 명뿐이었고 나를 낳아준 그 한 명마저 정신이 없으면 그 숫자는 0이 되곤 했다. 그런데 요즘에는 내가 지명 수배자가 된 느낌이다.

침대에서 일어나 창밖을 내다본다. 어스름한 가로등 불빛을 맞으며 파란색 볼보 트렁크에 앉아 있는 조이가 보인다.

나는 조금 망설이다 답장을 보낸다. **금방 나갈게!**

느낌표는 단순히 전시용이다. 조이를 만나면 항상 신이 나지만 지금은 겹겹이 쌓인 두려움이 나더러 숨으라고 한다.

서랍을 열고 아티반을 찾는다. 희한하게 약병을 보기만 해도 속이 울렁거린다. 나는 예전의 내가 아니다. 그리고 그 시절로 돌아가고 싶은 마음도 없다. 약병을 다시 넣고 서랍을 닫는다.

의구심을 떨치고 잠시 후 집 밖으로 나서 조이에게 다가간다. "왔어?" 안으로 들어오라고 해야 할지 아니면 그녀의 차에 올라타야 할지 잘 모르겠다.

그녀는 나를 껴안으려는 기미를 보이지 않는다. 그냥 그 자리에 앉아 있다. 나는 가만히 서서 우리 둘 사이의 거리감을 인정한다. 어제저녁에 그런 일이 있었는데 어떻게 거리감이 없을 수 있겠는가. 거리감이 있겠거니 짐작하는 것과 실제로 확인하는 건 별개의 문제다. 이제 그걸 실감하고 보니 견딜 수가 없다.

"무슨 일이야?" 그녀가 묻는다. "알고 싶어서."

나는 어떤 의도로 묻는 건지 알아내려고 그녀의 표정을 살피지만 무표정하다. "그게 무슨 소린지 잘 모르겠네. 아무 일 없어."

"아무 일 없다고? 진짜?" 이렇게 묻는 그녀의 목소리에 날이 서 있다.

내 아래에서 땅바닥이 흔들리는 게 느껴진다. "무슨 일 있어?"

그녀는 억지로 웃음을 터뜨린다. "하! 하루 종일 나를 못 본 체하더니 뭐라고? 이해가 안 되네. 내 나름대로 너 생각해서 제안한 건데 너희 엄마는 펄쩍 뛰시더니……."

"응." 나는 숨을 토한다. "나도 알아."

"이건 좀……."

"좀 뭐?"

"이상하잖아. 네가 보기엔 안 그래?"

응? 아니? 그러게? 이제는 정말이지 어떻게 생각해야 하는지도 잘 모르겠다.

그녀는 혼란스러워하는 내 심정을 알아차린다. "너랑 나랑 사귄 지도 제법 됐고 나는 모든 게, 그러니까 우리가……." 그녀는 말을 멈추고 아래를 내려다본다. "너희 엄마는 내가 누군지도 전혀 몰랐어. 어떻게 그럴 수가 있어? 내 얘기를 단 한 번도 하지 않은 거야?"

복잡한 문제다. 한참 복잡한 문제다. "엄마하고 나는…… 우리는…… 그렇지가 않아."

"뭐가 그렇지 않다는 건데, 에번? 내가 계속 너희 엄마를 만나고 싶다고 할 때마다 너는 번번이 딴소리를 했지. 뭐하자는 거야? 처음에는 우리 오빠랑 몰래 우정을 나누더니 이제는 나하고 몰래 사귀는 거야? 이제 지긋지긋해. 계속 무시당하는 것도 지긋지긋하다고."

나는 그녀에게 다가가고 싶다.

"미안해." 내가 말한다.

"그만해……."

"진심이야. 그럴 생각으로—"

"그만해! 어? 미안하다는 소리 그만하라고!"

그녀가 내뱉은 말이 사방으로 울려 퍼진다. 나도 그 말을 따라서 허공으로 사라져버렸으면 좋겠다.

그녀는 고개를 떨구고 아무 말도 하지 않는다. 헤어질 생각이라면 지금 당장이라도 차에 올라타서 떠날 수 있다. 하지만 그녀는 그러지 않는다. 계속 이 자리에 남아 있다.

나는 그녀의 옆으로 트렁크에 걸터앉아서 앞을 바라본다. 불어온 바람이 검은 참나무 이파리를 헤집어놓는다. 그 정도로 키가 큰 저런 수종이라면 우리 집보다 나이가 더 많을 것이다. 그런데 그렇게 우뚝하고 당당해 보이는데도 바람에 흔들린다.

"너무 힘들었어." 그녀가 얘기한다. "지난 몇 주가."

나도 그녀의 심정을 이해한다. 힘든 시기였다. 그녀가 내세 모든 것을 털어놓으면 좋겠다. 우리의 관계에 대해, 우리 사이에서 벌어진 일에 대해 어떻게 생각하는지. 나는 더 잘할 수 있다, 맹세한다. 우리는 극복할 수 있다.

"나는 그냥……." 그녀가 말문을 연다.

"나한테는 무슨 말이든 해도 돼."

"나는 그냥 오빠가 보고 싶어." 그녀는 얘기한다. "오빠가 없으니까 예전 같지가 않아. 오빠가 가끔 찐따 같을 때도 있었지만 그래도 보고 싶어."

오빠. 오빠. 젠장, 나는 도대체 왜 이럴까?

그녀는 내 눈을 쳐다본다. "너는 오빠가 보고 싶지 않아?"

나는 그의 단짝 친구였다. "당연하지." 내가 얘기한다. "당연히 보고 싶지."

그녀는 내 어깨에 머리를 기댄다. "내 옆에 있어줘."

나는 숨을 헐떡이며 말한다. "알았어."

"아니. 내 말은 영원히 말이야."

나는 어두컴컴한 밤을 내다본다.

25장

어제저녁의 여파가 컸다. 거기 그렇게 앉아서 무너지는 조이를 바라보는 나. 그녀에게 솔직해질 수 없는 나. 그건 순도 100퍼센트의 고통이었다.

하지만 나는 그녀를 지킬 수 있다면 기꺼이 그 고통을 감수할 것이다. 그녀는 다정하고 엉뚱하고 재미있고 똑똑하고 열정이 넘치고 불안하고 야심만만하고 변덕스럽고 재능이 많다. 자기 목소리를 낼 줄 알고, 자기 생각이 있고, 내가 새와 나무를 운운하며 횡설수설해도 내 생각에 관심을 기울일 줄 안다. 내 특이한 성격을 사랑스럽게 여긴다. 내 이상한 옷차림을 귀엽다고 생각한다. 내 방에는 '사내 같은 매력'이 있다고 한다. 땀에 젖은 내 손을 아무렇지 않게 잡는다. 나를 자극한다. 미안하다고 말하는 것에 대해 신중히 생각하게 한다. 평소에 먹는 갤리포니아롤 말고 나른

롤에 도전하게 한다. 핼러윈 코스튬을 세트로 맞춰 입길 원한다 (우리는 보니와 클라이드로 결정했다. 나는 이미 페도라도 사 놓았다). 다시 운전을 시작해보고 싶어지게끔 자신감을 북돋는다. 어디에서 살고, 어렸을 때는 어떻게 생겼으며, 우리 엄마는 어떤 분인지, 나에 대해 모든 걸 알고 싶어 한다. 심지어 내 미래를 걱정하기까지 한다. 내 학비를 대달라고 자기 부모님을 설득했다. 조이와 나는 같은 대학교에 다닐 수 있을지 모른다. 우리가 오랫동안 사귀지 못할 이유가 없다. 예전에는 '소울 메이트'야말로 세상에서 가장 어이없는 단어라고 생각했는데 어쩌면 아닐지 모른다. 어쩌면 그건 우리가 이해할 수 있는 수준을 넘어선 개념이고 어쩌면 조이가 나의 진정한 인연일지 모른다. 내 아내가 될 수도 있다. 그러면 나는 그녀를 위해 결혼에 대한 의혹을 모두 떨쳐버리고, 암울한 이혼 통계와 우리 부모님의 사례를 무시할 것이다. 그녀를 위해 못 할 일이 없다.

그녀뿐만이 아니다. 그녀의 부모님도 그렇다. 그분들은 내게 너무나도 많은 것을 선물했다. 두 팔을 활짝 벌리고서 나를 자신들의 집으로, 자신들의 삶 속으로 초대했다. 그들의 호의와 응원과 포용력에 숨이 막힐 정도다. 래리의 가르침과 신뢰. 신시아의 사랑. 그녀의 포옹. 조이도 그녀의 어머니가 얼마나 나를 곁에 두고 싶어 하는지 직접 얘기하지 않았던가. 내가 하는 일에 얼마나 '집착'하는지. 나를 보면 얼마나…… 코너 생각이 나는지.

거짓말. 내가 아무리 나를 설득해도 거짓말에서 벗어날 길은 없다. 그 모든 걸 설명할 방법을 찾을 수만 있다면 얼마나 좋을까. 어쩌면 코너의 가족은 이해할지 모른다. 다들 이해할지 모른다.

하지만 나는 아무것도 남김없이 모조리 고백하는 장면을 이미 여러 번 상상해보았지만 매번 섬뜩한 결론에 다다른다. 모두 날 아가버릴 거라는 결론이다. 나는 출발점으로 되돌아갈 것이다. 코너의 부모님도 없이. 조이도 없이. 친구도 없이. 아무도 아닌. 아무것도 아닌. 외톨이.

그리고 그들도 다시 외롭게 남겨질 것이다. 예전처럼 허탈감만 느낄 것이다. 위로도 없이. 희망도 없이. 지난 몇 주 동안 느낀 위안을 모두 박탈당할 것이다. 또다시 절망만 남을 것이다. 내가 그들을 처음 만났을 때처럼. 우리가 외로운 영혼들을 모아서 이 커뮤니티를 만들기 전처럼. 모든 게 우리 모두를 위해 좀 더 나은 쪽으로 달라지기 전처럼.

이제 다시 집중해야 한다.

나는 침대에 일어나 앉아서 엘레나에게 영상 통화를 요청하는 메시지를 보낸다. 다행히 그녀는 항상 대기 중이다. 잠을 자지 않아도 아무 문제없나?

"굿모닝." 그녀의 얼굴이 화면에 등장하자 나는 인사를 건넨다.

"왜?" 그녀는 책상에 앉은 채 고개를 들지도 않는다.

"엘레나, 내가 그동안 공동 회장으로서 무책임하게 굴었던 거 미안하게 생각해. 네 말이 전적으로 맞았어. 하지만 이제 정신 차렸어. 이 사업이 성공을 거둘 수 있도록 다시 모든 노력을 아끼지 않을게."

"너무 늦었어." 엘레나가 얘기한다. "나는 이미 마음을 접었거든."

예상했던 반응이 아니다. 나는 어느 정도 시간이 지난 다음에서야 충격에서 회복한다. "마음을 접었다니? 그게 무슨 소리야?"

그녀는 탁 소리 나게 펜을 내려놓는다. "너는 코너 프로젝트에 동참하는 데 전혀 관심 없다고 내 앞에서 분명히 밝혔잖아."

"아니야. 맹세해. 동영상을 좀 더 촬영할게. 블로그에 글도 올리고."

"나 혼자 해도 돼."

"네가 하는 거랑은 다르잖아, 엘레나. 사람들은 내 얘길 듣고 싶어 하니까. 내가 그의 단짝 친구였잖아."

"있잖아, 에번. 나는 과연 정말 그랬을지 의심이 들기 시작했거든. 너는 계속 너희 둘이 단짝 친구였다고 강조하지. 고장 난 레코드처럼 말이야. 하지만 너희 둘이 같이 다니는 걸 본 사람이 없어. 너희 둘이 친구였다는 걸 알았던 사람도 없고."

나는 눈앞이 아득해진다. "그야 비밀로 했으니까 그렇지. 그 친구가 학교에서 모른 척해주길 바라서."

"나도 알아, 에번." 그녀는 다시 책상 위에 놓인 숙제로 관심을 돌린다. "모르는 사람이 없지. 네가 하도 귀에 못이 박이도록 얘길 해서."

"하지만…… 이메일 봤잖아."

엘레나는 웃음을 터뜨리려고 한다. "가짜 계정을 만들어서 이메일 날짜를 조작하기가 얼마나 쉬운 줄 아니? 왜냐하면 나도 그러거든."

가슴이 조여 와서 숨이 잘 쉬어지지 않는다. 공기를 마시려고 하지만 아무리 마셔도 부족하다.

엘레나는 내 얼굴에서 무엇을 보았는지 몰라도 일말의 연민을 드러낸다. "에번, 코너 프로젝트는 너의 참여를 고맙게 여기지만 안타깝게도 이제는 각자 갈 길을 가야 하는 시점이야. 내가 앞으로 음, 1만 4,000달러를 모금해야 하는 조직의 **회장**을 맡고 있다 보니 허비할 시간이 없거든. 안녕."

"엘레나! 잠깐! 우리가 친구였다는 걸 증명할 수 있어."

호기심에 그녀의 손가락이 키보드 위에서 멈춘다. "무슨 수로?"

나는 채팅창을 작게 줄이고 컴퓨터에 저장된 파일을 찾는다.

"자." 나는 파일을 전송한다.

그녀가 파일을 열고 정체를 확인하는 동안 그녀의 눈빛에 주목한다.

"우리가 친구가 아니었으면 걔가 왜 나한테 유서를 남겼겠어?"

"맙소사."

"이제 나를 믿을 수 있겠어?"

그녀가 큰 소리로 낭독한다. "'에번 핸슨에게. 알고 보니 전혀 근사한 날이 아니었어. 근사한 한 주나 근사한 한 해가 될 일은 없을 거야.'"

이 편지는 몇 번을 들어도 소화가 잘 되지 않는다. 지금은 심지어 삼킬 수조차 없다. 목에 걸려서 숨이 막힌다. "아무한테도 보여주면 안 돼, 알았지? 다른 사람한테는 보여줄 필요 없이."

"사람들이 보고 싶어 하는 게 **바로** 이런 거야." 엘레나가 광기 어린 눈빛으로 얘기한다. "새로운 관심을 불러일으킬 만한 계기가 필요해."

나는 침대 밖으로 나와서 온몸을 부들부들 떨며 노트북을 들고 왔다 갔다 걷는다. "제발 삭제해줄래?"

그녀는 자판을 두드리기 바빠서 듣는 둥 마는 둥이다. "농장을 만드는 데 관심 없어? 이게 코너의 꿈을 실현시킬 수 있는 가장 좋은 방법이야."

"아냐, 엘레나, 그렇지 않아. 제발."

메시지가 뜨자 내 숨이 멎는다. 내 화면 상단에 엘레나 베크가 코너 프로젝트 커뮤니티에 새 글을 올렸다는 공지가 등장한다. 나는 부들부들 떨리는 손으로 링크를 클릭하자마자 전혀 새로운 현실 속으로 들어선다. 거대 소행성이 지구와 충돌했다.

"사이트에 올리다니!"

나는 바로 지금 화면에 뜬 그것이 공개 메시지가 아니라 일대일 메시지이길 내 모든 존재를 걸고 기도한다. 하지만 경악스럽게도 모두가 볼 수 있는 메시지다. 돌이킬 수 없게 그렇다.

엘레나가 편지 위에 서문을 달았다. **코너의 유서는 우리 모두에게 전하는 메시지입니다. 최대한 공유해주세요. 곳곳에 포스팅을 올려주세요. 코너처럼 외로움을 느껴본 분이라면 코너 머피 기념 농장에 기부해주세요. 소정의 금액이라도 감사히 받겠습니다.**

"엘레나, 너는 몰라." 나는 숨을 헐떡이며 얘기한다. "내려야 해. 부탁이야, **제발** 부탁이야, 내려줘."

그녀는 내 말을 듣지 못한다.

"엘레나!"

그녀는 온 데 간 데 없이 사라진다.

나는 주저앉는다. 침대가 내 아래에서 휘청거린다. 나의 추락을 막을 수 있을 만큼 강력한 것은 아무것도 없다.

화면을 새로고침 한다. 그러지 않을 재간이 없다. 반응들이 성난 파도처럼 쏟아져 들어온다. 멈출 줄을 모른다.

> 여러분 이거 보셨나요? 코너 머피의 유서예요

> 실제, 진짜 유서예요

> 전달

> 전 세계가 읽어야 할 유서

> 주변의 모든 사람들과 공유하세요

> 여러분, 그래서 농장이 아주 중요한 거예요

> 방금 50달러 기부했다
> 다들 능력이 되는 한도 안에서
> 최대한 기부해야 한다고 본다

퍼가기

그가 에번 핸슨에게 유서를 남긴 이유는 가족들은 그에게 전혀 관심이 없다는 걸 알기 때문이었다

그나저나 부모님이 엄청난 갑부라던데

전달

공유

좋아요

5달러

20달러

100달러요

그 많은 돈을 아들 돕는 데 써야 했던 거 아닌가?

리트윗합시다

관심을 보인 사람이 에번 핸슨밖에 없었다

관심글

공유

전달

"내 모든 희망이 조이에게 달려 있지"

조이는 저 잘난 맛에 사는 밥맛이다. 내가 같은 학교라서 안다

공유

전달

10달러

50달러 추가 기부함

41달러 기부. 내 딸이 스스로 목숨을 끊지 않았다면
올해 그 나이가 됐을 거다

얼마 안 남았다

계속 퍼뜨려주세요

래리 머피는 돈밖에 모르는 기업 변호사다

신시아 머피는 구역질 나는 여자다

160달러만 더 모으면 목표액 달성이다

그 집 부모 뒈져라

코너의 심정을 똑같이 느끼게 해줘라

사랑해요 여러분

으악 200달러 초과

빨간 대문이 달린 막다른 골목집이 그 가족이 사는 집이다

조이의 방 창문은 오른쪽

뒷문은 완전히 열려 있음

조이의 휴대전화번호, 맞는지 모르겠지만

20달러 기부했다

우리 법은 어기지 말자고요

밤낮을 가리지 말고 24시간 내내

1,000달러

초인종을 울립시다

그들이 문을 열 때까지 계속 눌러요

내가 얼마나 오랫동안 숨을 참고 거기 앉아 있었을까?

나는 노트북을 덮고 엄마를 찾는다. 집에 없다. 놀랍기도 하지.

나는 바닥으로 꺼진다. 그 모든 것의 무게감이, 온 세상이 나를 포위한다. 아무 데도 갈 데가 없다. 숨을 데가 없다. 아래에서 땅이 우르르 거린다. 지진이 덮치기에 완벽한 타이밍이다. 나는 땅속으로 집어삼켜져도 싸다.

하지만 일어나 앉아서 소음의 진원지를 확인한다. 조이의 전화다. 나는 손을 부들부들 떨며 받는다.

"와줄 수 있어?" 그녀가 묻는다. "나 신짜 부서워."

무슨 수로 일어나서 세수를 하고 코너의 집으로 갈 수 있을지 모르겠다. 과연 그럴 만한 기운이 있을까.

하지만. 조이가 나를 필요로 하지 않는가.

"당연하지." 내가 얘기한다. "당연히 갈 수 있지. 달려갈게."

=

"이해가 안 되네." 신시아가 태블릿으로 끝없이 이어지는 댓글을 스크롤하며 중얼거린다. "어디에서 코너의 유서를 입수했을까?"

래리는 부엌을 천천히 왔다 갔다 하며 고개를 좌우로 계속 젓는다. "그러게 말이야."

나는 발로 타일 바닥을 두드리며 식탁을 사이에 두고 조이와 그녀의 어머니 맞은편에 앉았다. 여기 도착했을 때는 분명 오후였는데 지금은 날이 저물었다. 나는 지금까지 말없이 앉아 온라인에서 펼쳐지는 이야기와 그들에게 쏟아지는 비난을 이해해보려고 애를 쓰는 코너의 가족을 지켜보고 있다. 말이 아니라 그냥 여기 있음으로써 정신적인 지원을 하고 있다. 조이의 손을 잡아줌으로써. 그들이 말을 걸면 고개를 끄덕임으로써. 하지만 목소리가 제대로 나올지 몰라도 이제는 나도 뭔가 얘기를 해야 하는 시점이다.

"엘레나한테 연락했는데. 전화를 받지 않아요."

"이 중 몇 명은 다 큰 어른이야." 신시아는 내 말을 무시하고 태블릿을 남편에게 보여준다. "사진 보이지? 다 큰 어른이야."

조이도 노트북으로 댓글을 읽고 있다. 그녀는 눈물이 말랐다. 내가 여기 도착했을 때만 해도 울었던 티가 확연하게 났는데 지금은 그녀에게로 쏟아지는 분노 세례에 무감각해진 듯 울지 않는다.

엘레나의 포스팅은 온 사방으로, 모든 사람들에게 퍼졌다. 나는 계속 출구를 찾고 있다. 하지만 찾아지지가 않는다.

전화벨이 울리지만 아무도 움직이지 않는다.

"받지 마." 래리가 말한다.

조이가 아버지의 말을 무시하고 전화를 받는다. "여보세요?"

우리는 일제히 대기한다.

"계속 그렇게 찌질하게 살아라." 조이는 이렇게 얘기하고 전화를 끊는다.

래리가 전화기를 달라고 한다. "번호 확인하자."

"번호 막아놨어요, 아빠. 내버려두세요."

신시아의 뺨이 실룩거린다. "뭐라고 하니?"

"그게 무슨 상관이에요." 조이가 얘기한다.

"널 협박하든?" 래리가 묻는다.

"그게 무슨 상관이에요." 조이는 똑같은 말을 반복한다.

간밤에 나는 그녀의 안에서 심오하고 단도직입적인 슬픔을 목격했다. 이번은 훨씬 어두컴컴하다. 공포와 피로와 절망과, 그렇다, 슬픔의 조합이 그녀를 아무것도 느끼지 못하게 만드는 듯하다.

"됐어." 신시아가 태블릿을 덮으며 얘기한다. "경찰에 연락할 거야." 그녀는 자리에서 일어나 핸드백을 뒤지기 시작한다.

"좀 기다려 보자고." 래리가 얘기한다. "결국에는 사그라들 거야."

"당신은 항상 그런 식으로 해결하지? 아무것도 하지 않는 걸로."

"그런 뜻에서 한 얘기가 아니잖아, 신시아."

조이가 그만하라고 애원하지만 그들은 그 말을 듣지 못하거나 아니면 자제가 되지 않는다.

"지켜보자." 신시아는 휴대전화를 찾는다. "지켜보자. 맞지, 래리?"

"경찰이 뭘 어쩔 수 있겠어? 이건 인터넷이야. 경찰이 인터넷을 체포하겠어?"

"나는 번번이 당신한테 애원해야 했어."

"이거 왜 이래?" 래리는 항의하는 뜻에서 두 손을 든다.

"당신한테 **간청**해야 했어." 신시아가 얘기한다. "상담 치료를 받게 하자고, 재활센터에 보내자고……."

"당신은 기적의 치료법이라며 이 방법, 저 방법을 전전했잖아."

신시아는 경멸의 웃음을 터뜨린다. "기적의 치료법이라고? 그래? 당신이 보기에는 그런 거였단 말이지?"

"2만 달러짜리 주말 요가 수련을 또 한 번 다녀오기만 하면 된다는 식이었잖아."

"당신이 생각한 대안은 뭐였는데, 래리? 내가 동원한 모든 방법을 조목조목 따지고 드는 것 말고 말이야."

"그 아이를 프로그램에 넣고 **끝까지** 밀어붙이는 거." 래리는 이렇게 얘기하며 걸음을 옮긴다.

조이가 큰소리로 얘기한다. "아뇨, 아빠. 아빠는 오빠한테 벌을 주고 싶어 했잖아요."

"당신 딸이 뭐라는지 들어봐, 래리."

"오빠를 범죄자 취급했잖아요." 조이가 말한다.

래리는 바 앞에 서서 술을 한 잔 따른다.

"저 아이가 하는 얘기 듣고 있는 거야?" 신시아가 묻는다.

"엄마는 더 나았는 줄 알아요?" 조이가 묻는다. "엄마는 오빠가 뭐든 하고 싶은 대로 하게 내버려뒀잖아요."

"고맙다." 래리가 부엌 저편에서 얘기한다.

이 집이 이글거리고 있다. 내 잘못이다. 내가 불을 질렀다. 그럴 생각은 전혀 없었는데. 나는 이들을 돕고 싶었을 뿐이다. 여기가 나의 피신처였다. 얼토당토않게 들리겠지만 진짜다. 나를 받아주는 사람들, 나를 원하는 사람들이 있다는 느낌과 안정감을 누렸던 곳이었다. 그랬던 곳이 내 눈앞에서 무너지고 있다. 고통과 근심과 불안으로 휩싸였다. **나처럼** 되어버렸다.

신시아는 남편의 코앞으로 얼굴을 들이민다. "그 아이가 맨 처음 자살하겠다고 했을 때 당신이 뭐라 그랬는지 기억해?"

"제발 그만 좀 해." 래리가 얘기한다.

"'그냥 주목받고 싶어서 그러는 거야.'"

"여기 이렇게 서서 변론을 제기할 생각은 없어." 래리는 장사로

철수한다.

신시아는 물러서지 않는다. "그 아이는 점점 좋아지고 있었어. 에번한테 물어봐. 말씀드려, 에번."

나? 내 발이 바닥을 두드리다 말고 멈춘다. 나는 입을 열어보려고, 무슨 말이든 해보려고 끙끙댄다. **어서, 어서, 어서.** 고장 난 레코드가 반복한다.

"에번은 그 아이를 도우려고 할 수 있는 모든 수단을 동원했어." 신시아가 얘기한다. "그만큼 그 아이를 아꼈다고."

나를 영웅처럼 묘사하지만 그 가면 아래에 괴물이 숨어 있다.

"에번은 자기 눈앞에서 벌어지는 일은 부인했던 거지."

"에번을 끌어들이지 마요." 조이가 얘기한다.

"나는 애정이 없었다고 생각해?" 래리가 창문을 마주 본 채로 묻는다. "믿기지 않을지 모르지만 나도 당신 못지않게 그 아이를 사랑했어."

나는 그 말에 뭉클해지지만 신시아는 아니다. "유서 못 봤어, 래리?" 그녀는 서랍에서 유서를 꺼내며 묻는다. 그녀는 그걸 식탁 위에 놓는다. "여기 이렇게 적혀 있잖아. '모든 게 달라졌으면 좋겠다.' 그 아이는 달라지고 싶어 했어. 괜찮아지고 싶어 했다고."

래리는 고개를 돌린다. "나는 최선을 다했어. 내가 아는 방법으로 그 아이를 도왔는데 그걸로 부족하다면……."

나는 앞을 바라본다. 그들의 얘기가 들리지만 귓등으로 흘려보낸다. 멍한 상태라 내가 지금까지 한 시간 넘게 앉아 있는 식탁, 온갖 어려움을 극복하고 지난 몇 주 동안 날이면 날마다 초대를 받아서 저녁을 먹었던 그곳의 한가운데 놓인 것을 제대로 인식하지 못한다. 그것을 보지 못하다 잠시 후에 본다. 모든 사태의 발단이다. 나를 지금과 같은 거짓말쟁이로 만든 원흉이다. 사과.

맨 처음 왔을 때 보았던 그 구릿빛 그릇에 사과가 담겨 있다. 몇 주 전에 곰곰이 쳐다보았던 그 사과가 아니고 의미도 달라졌다. 예전에는 행운을 부르는 거짓말의 단초였다. 지금은 진실을 일깨우는 가장 잔인한 상징이다.

그 사과 그릇 옆에 내 편지가 있다. 내 시선이 맨 마지막 단락으로 향한다. **모든 게 달라졌으면 좋겠다.**

나는 고개를 돌린다. 편지를 보고 있을 수가 없다. 나 자신도, 내가 저지른 짓도, 모두 보고 있을 수가 없다. **내가 무슨 짓을 저지른 걸까.**

"그 아이는 좋아지려고 노력하고 있었어." 신시아가 얘기한다. "노력하고 있었다고."

내 몸속 깊은 곳에서 웅웅거림이 시작된다.

"그리고 **실패**하고 있었고." 래리가 얘기한다.

내 뼈와 혈관과 살갗이 웅웅거린다.

신시아가 식탁을 내리친다. "**우리가 그 아이를 실패로 몰고 갔지.**"

"아니에요."

내 목소리에 다 같이 화들짝 놀란다.

모두 입을 다문다.

눈을 계속 껌뻑여 앞이 잘 보이지 않게 만든다. 이 사리에 실패

작은 한 명뿐이다. 엄청난 실패작이다. 그들이 아니다. 그들은 절대 아니다. 그들은 이런 대가를 치러야 할 이유가 없다.

"두 분은 코너를 실패로 몰고 가지 않았어요."

속삭임으로 나온다. 만약 기운이 있었다면 큰 소리로 외쳤을 것이다.

나는 그들에게 평화를 선물하고 싶었을 뿐이다. 내가 그들을 통해 느낀 평화를. 내가 마음을 붙일 곳이 있는 느낌. 내가 의미 있는 존재가 된 느낌. 그들은 나에게 그걸 선물했다. **나에게.**

신시아가 편지를 든다. 그 빌어먹을 편지. "그 아이가 뭐라고 썼는지 봐."

안 되겠다. 더는 안 되겠다. 가슴 속의 이 기분, 이 거대한 고통의 덩어리가 점점 커지고 커지고 커진다. 내 목을 타고 내려와 뱃속을 조이고 내 모든 것을 완전히 지배하는 이 죄책감과 괴로움과 불안을 더 이상 감당할 수가 없다.

웅웅거림이 전면으로 번지자 내 온몸이 미친 듯이 떨린다.

이걸 내 안에 담은 채로 더는 못 버티겠다.

노력하고 실패하고 노력하고. 나는 눈을 감고 그냥······.

"그건 코너가 쓴 게 아니에요." 내가 말한다.

나는 숨을 참고 시간을 멈추려고 한다. 내 허파 속의 공기를 영원히 머금을 수 있다면 앞으로 들이닥칠 사태를 피할 수 있을지 모른다. 하지만 나는 나약하고 어쩔 수 없기에 숨을 내뱉고 눈을 뜬다. 모두 나를 쳐다보고 있는데 나는 이것이 시작에 불과하다는 걸 안다. 모든 것의 끝이라는 걸 안다. 하지만 이제는 빠져나갈 길이 없다.

나는 큰 소리로 외친다. "제가 썼어요."

누군가가 움츠린 내 등을 쓰다듬는다. 신시아다. 면목이 없어서 몸을 수그리지만 그녀가 나를 놓지 말았으면 하는 마음도 있다. 어떻게 어머니의 손길이 그럴 수 있을까? 어떻게 아픔을 달래는 동시에 아픔을 줄 수 있을까?

"네가 코너의 유서를 썼을 리 없잖니, 에번."

상상하지 못할 일이다. 누가 그걸 믿겠는가? 누가 **그럴** 수 있겠는가? 이 딱한 여인과 나를 향한 그녀의 믿음. 그 생각을 하자 눈시울이 시큰거린다. 한 방울. 그리고 또 한 방울. 내 안의 덩어리가 흘러나온다.

나는 숨을 쉰다. 숨을 쉬려고 애를 쓴다. "그건 유서가…… 숙제였어요, 제 상담 치료사가 내준." 나는 숨을 헐떡거린다. "자기 자신에게 편지 쓰기. 응원의 편지. '에번 핸슨에게, 오늘은 근사한 날이 될 거야, 왜냐하면.'"

래리는 식탁 위로 몸을 숙이고 눈으로 훑어본다. "그런 문장은…… 무슨 말을 하는 건지 모르겠구나."

나는 몸서리를 참아보려고, 한때 내 어깨 위에 다정하게 손을 얹었던 그의 말에 대답할 용기를 내려고 애를 쓴다. "상담 시간에 제출하려고 쓴 편지였어요. 코너가 그걸 들고 갔고요. 그걸 가진 상태에서…… 두 분에게 발견이 됐나 봐요."

래리는 의자에 털썩 주저앉는다. 그의 머리는 이 정보를 처리하지 못한다.

"그게 무슨 소리야?" 조이가 묻는다.

조이. 그녀의 목소리가 가장 아프다. 나의 가장 깊숙한 곳을 찌른다. 나는 코를 훔치고 눈물을 훔친다. 셔츠에 자국이 남는다. "코너하고 나는…… 우리는 친구가 아니었어."

"아니야." 신시아는 믿으려고 하지 않는다. "아니야."

나는 벌레다. 흐느끼며 벌벌 떠는 벌레다. 아무 죄 없는 이 선량한 사람들을 오염시키고 있다.

"이메일이 있었잖니." 신시아가 얘기한다. "우리한테 이메일을 보여줬잖아."

동화 속의 우정. 슬픈 창작.

"농장에 대해서도 알았고." 래리가 얘기한다. "그 아이가 너를 농장에 데리고 갔다며."

"거기서 팔을 부러뜨렸다고." 신시아가 얘기한다.

조금씩, 조금씩 엮은 거짓말의 거미줄이 나를 옭아맨다. 왜냐하면 진실은 너무 아프기에. 전혀 재미있지가 않기에. 아니다, 진실은 뭔가 하면. "저는 엘리슨 공원에서 팔이 부러졌어요. 혼자 있다가요."

혼자와 외로움 그리고…….

신시아는 자리에서 일어선다. "아니야, 농장에서 그날에, 너하고 코너가 농장에 갔던 날……."

그녀는 나를 쳐다보고, 제대로 쳐다보고, 그것으로 충분하다.

"맙소사." 그녀가 얘기한다.

나는 그녀가 무너지는 것을 지켜본다.

조이가 얘기한다. "하지만 나한테 그랬잖아…… 오빠랑 내 얘기를 했다고, 오빠가……."

나는 다시금 부서지는데, 이미 산산조각이 났다.

"어떻게 그럴 수 있어?"

그녀에게서 느껴지는 잔인한 고통. 내가 사랑하는 집의 마지막 한 조각이 잿더미로 스러진다.

조이가 벌떡 일어선다. 신시아가 그녀를 뒤따라간다.

이제 래리만 남는다. 그가 나를 박살 내주길 기다린다. 나는 당해 마땅하다. 그렇게 해주었으면 좋겠다. 간절한 소망이다. 나는 기다리지만 잠시 후에 그는 이 말 한 마디를 내뱉는다.

"나가주렴, 제발."

제발이라는 단어가 나를 무너뜨린다.

viii

나는 그를 따라 나간다. 그는 발을 질질 끌며 진입로를 지나 대로로 들어선다. 그 한복판에서 빙빙 돌고 서성이고 혼잣말을 중얼거리며 횡설수설한다. 뭐라는지 들리지도 않기에 가까이 다가간다.

무슨 짓을 한 거야? 도대체 무슨 짓을 한 거야?

그 심정은 나도 잘 안다. 사상 최악의 실수를 저지르고 난 뒤에 되돌아보는 순간. 후회, 난감, 절망, 증오, 기타 등등, 기타 등등의 십자 포화. 자학의 쓰나미.

그는 머리칼을 잡아당기고 한 움큼 움켜쥐고 머리를 때린다.
안 돼. 안 돼. 안 돼. 안 돼. 안 돼.

발광한 짐승 같다.

내가 도대체 왜 그랬을까?

나도 그 비슷한 질문을 한 적 있다. 지금도 하고 있다.

나는 집 쪽을 돌아본다. 그는 전부 토하고 있다. 가슴 속에 담아두었던 것들을. 모두. 하지만 아직 홀가분하지는 않다. 아직 자기 자신이 남았다. 마주하기 가장 어려운 상대가.

그는 몸을 낮춰 길바닥 한복판에 주저앉는다. 그 모양새가 섬뜩하다. 낯이 익다. 꼭 제물 같다.

나는 좌우를 두리번거리며 차가 오는지 살핀다. 이곳은 어두컴컴하고 가로등이 없다. 우리는 어둠 속에 숨어 있다. 내가 말해줘야 할 것 같다.

일어나. 내가 말한다.

그는 고개를 젓는다. 계속 젓는다. 그런 식으로 고통이 없어지길 바랄 수는 있다. 하지만 그런다고 고통이 멈추지는 않는다. 믿어도 좋다. 나도 해봤다.

멀리서 전조등이 등장한다. 에번도 그걸 본다. 하지만 움직이지 않는다.

나는 다시 시도한다. **야. 일어나.**

고통을 내 안에 품으면 내 안에 담겨진다. 고통은 어디든 따라다닌다. 그걸 피해서 도망칠 수는 없다. 지울 수도 없다. 떨쳐버려도 다시 돌아올 뿐이다. 이 모든 일을 겪은 뒤에 생각해보니 어쩌면 그걸 견딜 수 있는 방법은 하나뿐일지 모른다. 고통을 품어야 한다. 아픔을 느껴야 한다. 그리고 기다리지 말아야 한다. 고통은 결국 나를 찾아오기 마련이다. 어쩌면 차라리 지금 맞닥뜨리는 게 나을지 모른다.

나는 그의 얼굴 바로 앞으로 허리를 숙인다. 그의 안으로 들어가려고 한다. 예전에 누군가가 내 안으로 들어오려고 했던 것처럼.

이건 우리가 소유한 가장 마지막 본능이다. 가장 어려운 본능이기도 하다. 거의 불가능에 가깝다. 그래도 우리가 선택할 수 있는 유일한 방법이다.

책임을 져. 내가 얘기한다.

나는 그러지 못했다.

내 말 들려? 에번? 그래야 해. 일어나. 그리고 책임을 져.

26장

환영. 나는 빛과 밤이 어우러진 데서 환영을 본다. 전에도 보았던 환영, 전에도 했던 거짓말, 나를 비롯해 모든 이에게 사실이 되었고 사실이 아닌데도 아직까지 사실처럼 느껴지는 거짓말이다. 또다시 바닥에서 혼자, 속수무책으로, 공허하게 도움을 기다리고 있는데, 이번에도 내 머릿속에 누군가가 떠오른다. 바로 그다.

그가 나를 데리러 왔다.

나는 눈을 깜빡이며 대로 한복판에 있다는 사실을 기억해낸다. 점점 다가오는 전조등을 인식한다. 여기 가만히 앉아서 아무것도 하지 않는 건 아주 쉽다. 어둠 속에 숨어서 다음 순간이 나를 채가길 기다리는 건. 모든 고통이 끝날 것이다.

기운이 하나도 없지만 억지로 몸을 일으킨다. 코너네 가족이 일어났을 때 집 앞에서 벌어진 섬뜩한 사건에 맞닥뜨리는 건 정말이지 싫다. 나 때문에 그 많은 고통과 상심과 참담을 겪은 그들이 또 다른 비극을 감당해야 하는 건 말이다. 오늘 밤은 아니더라도 그들이 곧 평온 비슷한 걸 누릴 수 있었으면 좋겠다. 조만간, 아주, 아주 조만간.

내게는 끝이 보이지 않는 내면의 격렬한 전쟁만 남았다. 상관없다. 나는 그 참담한 모든 순간을 겪어도 싸다는 걸 안다.

나는 연석으로 올라가고 차는 지나간다. 가로수에 몸을 기댄다. 나무. 또다시 빌어먹을 나무다. 하늘로 두 팔 벌린 이 녀석들이 온 사방에서 내 기억을 자극한다.

나는 혼자다. 이건 인과응보다. 내 운명이다. 빌어먹을 아무것도 아닌 존재. 뼛속까지 가치가 없는. 어떻게 내가 행복 비슷한 걸 누릴 자격이 있다고 자신을 속일 수 있었을까? 어떻게 내가 받아들여질 자격이 있다고 남들을 속일 수 있었을까? 더 이상 가증스러울 수 없는 짓을 저지를 만큼 뭔가를 절실하게, 간절히 원하다니 이렇게 역겹고 한심할 수 있을까. 나는 끝장이다. 알맞은 짝도 없고 전체 그림에 들어맞지도 않는 모자란 조각이다. 그렇지 않은 척하려고 했지만 정체를 들키고 말았다. 예전부터 어떤 인간이었는지.

주머니 안에서 전화기가 진동으로 울린다. 엄마다. 엄마가 전화해달라고 계속 문자를 보내고 있다.

나는 몸을 돌려서 나무를 움켜쥐고 살갗이 벗겨지길 바라며 이마를 나무껍질에 내고 누른다. 그날과 다르게 이번에는 나무를 쓰러뜨려서 그 아래에 깔리고 싶다. 나무 타기는 지긋지긋하다. 그래봐야 떨어지기만 할 것 아닌가.

떨어지다니. 놀랍다. 내가 지금도 그러고 있다. 거짓말을 지어내고 있다. 인적 하나 없는 이 어두컴컴한 길거리에 혼자 서 있는 지금 이 순간조차, **자신**에게조차 솔직하지 못하다니. 언제쯤이면 솔직해질 수 있을까? 이 사건에는 다른 사실이 있다. 오로지 하나의 해석만이 있다. 하나의 이야기. 진실만이.

나는 나무를 올려다보며 가지들을 따라 별이 반짝이는 하늘로 시선을 옮긴다.

"진실."

큰 소리로 외친다. 눈물이 마른 줄 알았다. 그런데 별들이 흐릿해지기 시작하더니 물속에서 춤을 춘다.

훌륭한 이야기는 아니다.

책임을 져.

나는 그 팻말을 수리했다. 그 바보 같은 팻말을. **엘리슨 공원에 오신 걸 환영합니다. 1927년 설립.** 거기에 혼신을 기울였다. 아빠가 좋아할 줄 알았다. 나를 자랑스러워하거나 그럴 줄 알았다. 사진을 찍어서 아빠에게 문자로 보냈다. 아빠의 반응은? 아빠도 나와 공유하고 싶은 소식이 있었다. 특별한 소식. 아빠가 일군 성과. 아빠도 사진으로 응수했다. 초음파 사진이었다. 그리고 메시지. **남동생한테 인사해라.**

내가 이룬 모든 것. 나의 모든 것. 그게 다 의미 없었다.

어마어마하게 키가 큰 오크나무가 보이기에 올라가기 시작했다. 거기 올라가면 세상이 어떻게 보일지 궁금했다. 꼭대기 근처에서 사방을 둘러보았다. 나무들을 지나 클로버 들판 너머까지 보였다. 시내의 건물들이 보였다. 휴대전화 송신탑도. 내가 평생 본 적 없을 만큼 많은 게 보였고 뻥 뚫려 있었지만 땅바닥에서 그랬듯이 모든 게 나를 압박하는 것처럼 느껴졌다. 그때 나는 아래를 내려다보았다. 내가 얼마나 높이 올라왔는지 깨달았다. 아직 꼭대기에 다다르지도 않았는데. 갈 길이 남아 있었는데. 하지만 구경은 그 정도로 충분했다. 나는 저 아래 바닥을 내려다보았다. 다시 한번 위를, 온 세상을 올려다보았다. 이미 알다시피 아름다웠지만 거기에 내 자리는 없었다. 거기에 내 자리는 평생 없을 것이었다. 바로 그 순간—순식간에 벌어진 일이었다—나는 그냥 손을 놓고 다리의 힘을 풀었고 그리고…….

깨어보니 땅바닥이었다. 나는 내가 죽은 줄 알았다. 그런데 통증이 느껴졌다. 팔에 감각이 없었다. 꼼짝할 수가 없었다. 내가 진짜로 그랬다는 데, 그런 **시도**를 했다는 데, 그토록 비참하게 실패했다는 데 충격을 받았던 것 같다. 안심이 되는가 하면 넌더리가 났고 나는 여전히 혼자였다. 누군가가 나를 찾아주길 바랐다. 내 옆에 있어주길 바랐다. 나를 도와주길 바랐다. 나는 기다렸다. 금세 올 거야. **금세 올 거야.**

한참 동안 기다렸다. 공원은 아직 개장 전이었다. 아무도 없었다…….

나는 일어나서 본부로 걸어갔다. 관리원 거스에게 이실직고할 수는 없다. 내가 어쩌려고 했는지. 그런 사람은, 그런 짓을 저지르는 사람은 공원 관리인이 될 수 없었다. 실토했다가는 모든 게 끝장날 것이었다. 엄마도 생각해야 했다. 엄마를 볼 면목이 없었다. 무슨 수로 엄마를 대할 수 있을까.

지금도 그때보다 쉽지는 않다.

하지만 달리 갈 데가 없다.

나는 도로와 나무에서 몸을 떼어낸다. 인도로 올라선다. 걷기 시작한다.

===

"어머니를 만나러 왔는데요." 나는 안내 데스크 직원에게 얘기한다.

"환자분 성함이 어떻게 되세요?" 그녀는 자판 위에 손을 얹으며 묻는다.

"사실 여기 직원이세요. 하이디 핸슨요. 저는 아들이고요."

여자는 시선을 든다.

"여기로 내려와달라고 전해주실래요?" 나는 묻는다.

그녀는 나를 뜯어본다. "그래."

나는 옆으로 비켜선다.

엄마가 야간대학 수업을 들으러 갔을 가능성도 있다. 찾아오기 전에 문자나 전화를 할 수도 있었겠지만 그러자면 장황한 설명이 필요했을 텐데 나는 지금 꿀 먹은 벙어리다. 코너의 부모님과 몇 마디 주고받은 이후로 병원까지 오는 데 남은 기운을 모두 썼다.

겁에 질린 엄마의 목소리가 들린다. "얘 어디 있어요?"

안내 데스크 직원이 나를 가리킨다. 내가 멀쩡하다는 걸 확인한 순간 엄마의 불안한 눈빛은 안심한다. 나는 엄마를 보고 정반대의 반응을 일으킨다. 마침내 무너진다.

"아들, 어쩜 좋니." 엄마가 내게 달려온다.

엄마는 나를 바깥의 마당으로 데리고 나가서 벤치에 앉힌다. 나는 애써 정신을 가다듬는다. 쓰레기통의 비닐을 갈아 끼우는 청소부 말고는 우리 둘뿐이다. 청소부가 쓰레기통에 비닐을 씌우는 걸 바라본다. 그는 기우뚱거리는 손수레를 몰고 콘크리트 길을 지나서 다시 병원으로 들어간다.

엄마는 내 등을 쓸어내리며 숨을 쉬라고 한다.

한참이 지났다.

"엄마한테 얘기해봐." 엄마가 말한다.

명령이 아니다. 멍석을 깔아주는 거다. 나는 그 위로 올라가기만 하면 된다.

"인터넷에서 그 유서 봤어." 엄마가 얘기한다. "코너 머피가 썼다는……."

나는 고개를 끄덕인다.

"페이스북마다 도배가 되어 있더라. '에번 핸슨에게.'" 엄마가 읊는다. "그거…… 네가 쓴 거니? 그 유서?"

나는 당연히 부끄럽지만 다행스럽기도 하다. 엄마가 코너의 유서에 대해 몰랐다면 내 입으로 얘기를 꺼냈어야 했을 것 아닌가.

"나는 몰랐어." 엄마가 얘기한다.

본격적으로 수치심이 밀려든다. 엄마가 자책하는 건 정말 싫다. 우리 둘 중에 죄인은 한 명뿐이다. "아무도 몰랐어요."

"아니, 아들, 그런 뜻이 아니라 내 말은…… 네가…… 네가 그런 식으로 아파하는 줄 몰랐다고. 네가 그런 기분인 줄…… 내가 어떻게 알 수 있었겠니?"

나는 엄마의 말뜻을 비로소 알아차린다. "제가 한 번도 얘기한 적 없으니까요." 나 자신에게조차 할 수 없었던 얘기였다. 나는 가장 먼 길을 돌아서 진실로 되돌아온 셈이다.

엄마는 내 손을 꼭 잡는다. "말하지 않아도 알았어야 하는 건데."

"제가 거짓말을 했어요. 엄청 여러 가지를요. 코너뿐만이 아니에요. 지난여름에……."

나는 숨을 헐떡인다.

"너무 외로웠을 때……."

나는 가장 하기 힘든 말을 내뱉어보려고 안간힘을 쓴다.

"엄마한테는 얘기해도 돼."

나는 고개를 젓는다. "못 하겠어요. 엄마가 나를 미워할 거예요."

"아냐, 에번. 절대 그럴 리 없어."

"그럴 수밖에 없을 거예요. 제가 무슨 짓을 하려고 했는지 알게 되면. 제가 어떤 앤지 알게 되면. 제가 얼마나 망가졌는지 말이에요."

"나는 이미 너를 알아. 세상 어느 누구보다 더 잘 알아. 그리고 너를 사랑하고."

나도 나를 모르겠는데 엄마가 어떻게 나를 알 수 있을까? 내가 하는 말, 내가 하는 생각들 중에서 어디까지가 진실이고 어디서부터가 가짜인지 모르겠다. 나는 내 안으로 들어가려고 누누이 애를 쓴다. 내가 이미 여기 있는데, 나라는 껍데기를 입고 걸어다니면서 어떻게 그럴 수 있을까? 나는 지금도 그 오크나무 아래에 누워서 잠을 자고 있고 지금까지 벌어진 모든 일이 꿈이 아닐까 싶을 때도 있다.

"정말 죄송해요."

뭐가 죄송하다는 건지도 모르겠다. 내가 한 모든 말과 하지 못한 말들. 내가 한 모든 행동과 하지 못한 행동들. 모든 것이. 하나도 남김없이.

엄마는 그 깊이를 이해하는 듯 내 침묵을 고스란히 받아들인다. "내가 장담하는데 언젠가는 이 모든 게 먼 옛날 일처럼 느껴질 거야."

엄마라면 그런 식으로 얘기할 수밖에 없겠지. 엄마는 모르겠지만 이 일은 평생토록 나를 괴롭힐 것이다.

"아빠가 짐 챙기러 왔던 날 기억나니?" 엄마가 묻는다.

엄마가 아빠 얘기를 꺼내다니 사태가 얼마나 심각한지 알겠다.

"아빠가 집을 나가고 몇 주 뒤였어. '임시 조치야.' 우리는 말로는 그렇게 못을 박았지만 아빠의 짐이 몽땅 실려 나가는 걸 보고 네가 어떤 반응을 보일지 불안했거든. 하지만 니는 진입로에 주차된 큼지막한 이삿짐 트럭을 보고 너무 흥분해서 잘 모르는 눈치였어. 너를 운전석에 앉혔더니 내리지도 않으려고 하더라. 거기서 신나게 놀면서."

상상이 되지 않는다.

"그리고 나서 몇 시간 뒤에 아빠가 떠나고 트럭이 떠나니까 드디어 실감이 나기 시작했지. 그 큰 집에 너랑 나랑 둘뿐이라는 게. 너는 누가 봐도 심란해했고 나는 당연히 100퍼센트 이해할 수 있었어. 그날 밤에 너를 재우는데 네가 뭘 물어보더라."

"뭘요?"

"네가 궁금해한 건 이거였어. '트럭이 또 와요? 트럭이 또 와서 엄마를 태워 가요?' 그 말을 듣고 나는 억장이 무너졌지. 그리고 내가 아무리 노력해도, 아무리 간절히 원해도 항상 네 곁에 있어 주지 못할 거라는 걸 알았고. 내가 부족할 거라는 걸 말이야. 나는 부족했어. 지금도 그렇고. 하지만 지금도 그렇고 앞으로도 날마다 그날 네게 했던 대답을 할 거야." 엄마는 내 눈을 들여다보며 내 턱을 든다. "엄마는 여기 있을 거라고. 너는 나한테서 꼼짝 못 한다고."

그리고 **엄마**는 나한테서 꼼짝 못 한다. 나라는 엉망진창한테서.

하지만 엄밀히 따지면 여기에 나와 같이 있기로 한 건 엄마의 선택이었을 것이다. 아빠는 다른 선택을 했다. 엄마도 원하면 떠날 수 있었다. 나는 가끔 그걸 잊어버린다.

내가 새로 칠한 공원의 팻말을 보여주었을 때 엄마는 말 그대로 비명을 지르며 놀라워했다. 내 한심한 팻말을 두고. 엄마는 요즘도 사람들 앞에서 그걸 자랑한다.

"우리, 자리를 옮기자." 엄마가 얘기한다. "너는 인생이라는 열차를 탈 때가 지났어."

이런 요상한 표현이라니 출처가 별자리 운세일 수밖에 없다. "엄마 수업 있지 않아요?"

엄마는 황당한 발상을 날려버리려는 듯 허공에 대고 손을 휘휘 젓는다. 오늘 저녁에 수업이 있을지 몰라도 엄마가 들을 수업은 아니다. 우리는 일어나서 걸음을 옮긴다.

엄마는 씩씩한 표정으로 계속 밀고 나간다. 어떻게 그럴 수 있는지 모르겠다.

"배고프니?" 엄마가 묻는다.

"아뇨."

"팬케이크도 싫어?"

"팬케이크도 싫어요."

나는 앞으로 두 번 다시 먹지 않을 것이다.

"그럼 어디 가고 싶어?" 엄마가 묻는다. "어디든 데려다줄게."

나는 앞장서서 문을 연다. "그냥 집에 가고 싶어요."

====

나는 엄마가 모는 차 조수석에 유령처럼 앉아 있다. 자동차 시트도 거의 느껴지지 않고 눈앞의 도로도 거의 보이지 않고 허파속으로 공기두 거의 들이마셔지지 않는디. 하지민 싫은 계속 굴러간다. 그게 아니면 병원에서 우리 집 앞까지 이동한 것을 무슨 수로 설명할 수 있겠는가.

차를 주차하지만 나는 아직 들어갈 마음의 준비가 되지 않았다.

"잠깐 여기 앉아 있을게요." 내가 말한다.

"그래."

"열쇠 두고 가세요. 제가 잠글게요."

엄마는 나를 훑어본다. 뭘 찾으려는 건지 모르겠지만 나는 엄마가 원하는 걸 볼 수 있게 내버려둔다. 눈빛으로 약속 비슷한 걸 한다.

엄마는 내게 열쇠를 건네고 소지품을 챙긴다. 나는 마당을 지나 집 안으로 들어가는 엄마의 뒷모습을 지켜본다. **우리** 집이다. 우리는 오래전에 새 출발을 기약하며 이곳에 왔다.

이제 운전석에 아무도 없다. 마지막으로 연습해본 게 한참 전의 일이다. 나는 운전석으로 가서 엄마의 자리를 차지한다.

운전대를 만져보고 부드러운 포물선을 손가락으로 훑는다. 10시와 2시 방향에 양손을 얹고 꽉 잡는다.

좌석을 편안하게 조절한다. 다리를 뻗어 페달을 건드려본다. 처음에는 살짝, 그 다음에는 세게 밟는다.

10년 전에 나는 다른 집 앞, 다른 차의 운전석에 앉아 있었다. 아빠가 나를 데려갔다면 어떻게 됐을까? 나는 지금 어디 있을까?

안방에서 그림자가 움직인다. 내가 모든 하루를 시작하고 마무리하는 곳이 그 옆방이다. 한참 전 그날 밤에 나는 코너가 길거리에 서서 내 방 창문을 쳐다보는 줄 알았다. 가끔은 그의 존재가 너무 생생하고 너무 가깝게 느껴져서 그날 밤과 그 이후에 여러 번 내가 본 형체가 그가 아니었다는 게 잘 믿기지가 않는다.

하지만 오늘 밤에는 내가 올려다보는 쪽이다. 내 머릿속의 카메라 렌즈가 우리 집 2층의 너무나도 잘 아는 방 안으로 줌인한다. 구석구석 훑는다. 안과 아래에 숨겨진 것들을. 벽에 지도가 있다. 예전에는 여러 행선지가 표시돼 있었다. 가야 할 곳들. 꿈들. 이제는 휑뎅그렁하다. 아무것도 없는 거대한 캔버스다.

ix

집 안이 고요하다. 그날처럼. 차이가 있다면 지금과 다르게 그날은 우리 가족이 2층에 없었다. 그날은, 내 마지막 날에는 나 혼자 여기 있었다.

미겔의 집을 뛰쳐나온 후로 우리는 서로 연락을 하지 않았다. 그는 곧바로 문자를 몇 통 보냈었다. 하지만 내가 답장을 하지 않자 그도 더 이상 보내지 않았다.

내 평생 그렇게 긴 여름은 처음이었다. 밥을 먹을 수도 없었다. 책을 읽을 수도 없었다. 가만히 앉아 있을 수도 없었다. 심지어 엄청난 도움 없이는 잠을 이룰 수도 없었다. 밤이면 집 뒤편 공원으로 들어가 약을 하고 별을 올려다보았다. 해답을 찾으려 했다. 나는 왜 이래야 하는지. 왜 이렇게 망가져야 하는지. 왜 다시 사무치게 외로워야 하는지.

미겔과 우리의 추억을 떨쳐버릴 수가 없었다. 그 모든 감정들, 상처와 미움 그리고 더 큰 상처. 나는 스케치북에 그를 그리고, 그의 목에 있는 반점을 그리고 그 페이지를 뜯어서 버리곤 했다. 우리가 함께한 마지막 날을 수없이 재생했다. 그는 나를 들여다보고 싶어 했다. 하지만 너무 암울해서 보여줄 수 없는 부분들이 있었다. 그가 좋아하지 않을 부분들이. 그를 도망치게 만들 부분들이. 나는 오로지 필연적인 결과를 피하려고 했다. 내가 먼저 떠나지 않았다면 그가 나를 떠났을 것이다.

그렇게 수많은 날을 홀로 지내다가 정신을 차려보니 학기가 시작됐다. 그곳으로 돌아간 데 자극을 받았을까. 나는 즉흥적으로 그에게 연락하기로 마음먹고 문자를 보냈다.

첫날의 습격. 닐슨 선생님의 입 냄새를 잘 피할 수 있길 바랄게.

나는 답장을 기다렸다. 콜린 선생님에게 휴대전화 쓰는 걸 들켰다. 들들 볶였다. 다음번에 확인해보니 그에게 메시지가 와 있었다. 엄지손가락을 치켜세운 이모티콘이었다. **응?** 나는 그게 무슨 뜻인지 해석해보려고 했다. 기분이 묘했다. 그는 거의 귀찮아하는 분위기였다.

그러고 났을 때 그날의 그 일들이 벌어졌다. 점심시간에는 에번과 충돌하고. 그 이후에는 그의 편지를 발견하고. 군중이 나를 집어삼키는 느낌이었다. 이 많은 사람들에게 둘러싸여 있는데 그렇게 외로울 수가 없었다. 그들 중에서 나를 보거나 나를 아는 사람은 없었다. 유일하게 그래주었던 사람은 내가 밀쳐버렸다.

나는 추락하는 기분을 느끼며 학교를 박차고 나왔다. 그런데 그때 휴대전화에서 그걸 보았다. 치켜세운 엄지손가락. 문득 그게 전과 다르게 보였다. 의미가 달라졌다. 희망의 불빛 같았다. 그에게로 연결되는 다리 같았다. 내가 포기한 것으로 연결되는. 어쩌면 그렇게 뭣 같은 답장이 아닐 수 있었다. 내가 그에게 장황하게 대꾸할 만한 문자를 보낸 것도 아니었다. 그 문자에 나의 진심을 담은 것도 아니었다. 나는 그런 적이 한 번도 없었다. 그에게 벌거벗은 나를 보인 적이 한 번도 없었다. 위험부담이 너무 컸을 때는. 그러다 이제 와서 몇 달 만에 뜬금없이 문자를 보냈다. 미지근하게 나온다고 그를 욕할 일도 아니었다.

애초에 침묵을 조장한 쪽은 나였다. 이제 내가 그걸 순식간에 없앨 수 있었다. 다만······.

나는 길모퉁이에 서서 미겔에게 다시 문자를 보냈다. 쓰기 괴로운 문자였다. 느끼기에는 더 괴로운 문자였다. 하지만 표현 그자체는 더 이상 간단할 수 없었다.

보고 싶다.

나는 모든 걸 벗어던졌다. 잘못 해석할 여지가 없었다. 내 감정을. 벌거벗은 나를.

기다렸다. 금세 내 화면에 뜬 하얀색 말풍선 안에서 점 세 개가 꿈틀거렸다. 그가 답장을 작성하고 있다는 뜻이었다. 신경이 곤두섰다. 기대감. 기워지는 내 너덜너덜한 영혼. 그런데 갑자기 점들이 사라졌다.

나는 그의 메시지를 기다렸다. 계속 기다렸다. 하지만 감감무소식이었다.

그동안 나에게서 떠날 줄 몰랐던 두려움이…….

엿 먹으라 그래. 그는 입버릇처럼 이렇게 말했다. 어쩌면 내가 지금까지 그를 오해하고 있었을지 몰랐다. 그는 온 세상에 맞서 내편을 들었던 게 아닐지 몰랐다. 그냥 그가 모든 사람을 대할 때 쓰는 좌우명일 수 있었다. 그 아닌 모든 사람을 대할 때. **엿 먹으라 그래.** 그렇다. 좋다. 그에게 엿을 먹이자.

나는 울었다. 펑펑 울었다. 내겐 아무도 없었다. 아무것도 없었다. 나는 아무것도 아니었다. 나는 그걸 멈추기로 맹세했다. 그 아픔을.

그 이후는 기억이 흐릿한데…….

재활센터에서 만난 아이에게 연락했다. 그가 필요한 물건을 주었다.

나는 미겔을 내 과거에서 지웠다. 전화기에 저장돼 있던 사진(그를 아직 오려내지 못한 것들)을 전부 삭제했다. 그에게 받은 문자를 지웠다. 연락처에서 그의 이름을 없앴다.

집 안으로 들어갔다. 내 방으로 들어갔다. 문을 잠갔다.

(나는 책임을 지지 못했다.)

(나를 마비시키고, 항상 되돌아올 수밖에 없다는 걸 알지 못한 채 고통을 모면하려고만 했다.)

(고통은 항상 되돌아온다.)

(그걸 품어야 한다.)

이제는 이 집에서 웃음소리가 들린다. 위에서 또렷하게 들린다.

소리를 따라간다. 구불구불한 계단을 오르고. 복도를 지나서.

빛을 향해. 문이 열려 있다. 내 방이다.

어머니가 내 침대에 앉아 있다. 희미해져가는 미소를 머금고 있다. 그녀의 무릎 위에 내 스케치북이 펼쳐져 있다.

아버지가 온다. 그는 방 안으로 들어와 어머니의 어깨 너머를 쳐다본다.

우리 아들은 재미있는 아이였어. 그녀가 얘기한다. 유머 감각이 뛰어났지. 예전에는 우스갯소리도 잘했는데. 어렸을 때 말이야. 기억나?

당연하지. 그가 얘기한다.

닭이 길을 건넌 이유가 뭐게? 누가 물으면 수백 가지로 대답을 할 수 있었잖아. 한번은 걔가 나한테 묻더라고. 엄마, 오리가 길을 건넌 이유가 뭔지 알아요? 자기가 닭이 아니라는 걸 보여주고 싶었기 때문이에요.

어머니는 스케치북을 쳐다본다. 예전에 이 방에 몰래 들어와서 온 사방을 뒤지곤 했어. 단서나 뭐 그런 걸 찾으려고. 이 스케치북을 몇 번을 들추었는지 몰라. 하지만 이 안에 뭐가 그려졌는지 본 적은 없었어. 관심을 가지고 본 적은 말이야.

당신은 최선을 다했어.

그걸로는 부족했지.

당신을 욕할 사람은 없어.

하지만 내 생각은 달라.

하지만 내 생각은 다르다.

이건 어느 누구의 잘못도 아니다. 그런 동시에 모두의 잘못이다.

(그날 그의 방에서 그가 내 앞에 섰을 때 그때 내가…….)

나는 서로 부둥켜안은 엄마, 아빠를 두고 나선다. 이제 가야 할 때가 됐다. 마지막으로 집 안을 걸어본다. 온 사방에 추억이 깃들어 있다.

부엌. 신시아와 그녀의 원칙. 냄비나 프라이팬은 절대 식기세척기에 넣지 말 것. 서빙용 접시와 국자, 주걱도 마찬가지다. **전부 식기세척기에 넣고 돌려도 되는 것들이에요.** 나는 이렇게 얘기하곤 했다. 그녀는 몇 가지만 거기 넣었다. 유리잔, 접시, 요리 도구. 다른 건 조리대에 쌓아두었다. 그녀는 개수대 앞에 자주 서 있었다. 두툼한 장갑을 끼고. 수세미로 문질렀다. 하나씩. 북북.

거실. 천장에 뚫린 두 개의 구멍. 조이와 나는 그걸 젖꼭지라고 했다. 2층에서 누가 넘어졌을 때 찍힌 자국이라는 게 우리가 주고받은 농담이었다. 말은 안 되지만.

화장실. 하얀색인 문틀의 색조가 다르다. 왼쪽을 교체했기 때문이다. 내가 거기에 대고 망치질을 했다. 왜 그랬는지는 기억이 나지 않는다(그 이후부터 아버지가 공구 상자를 잠그기 시작했다).

차고. 래리가 크래프트 맥주와 냉동 간식을 보관하는 냉장고가 있다. 선반에는 라벨을 붙인 통이 있다. 온 사방이 티끌 하나 없다. 바닥에 묻은 페인트 자국 말고는. 무슨 동물처럼 생겼다. 그게 맨 처음 등장했을 때 래리는 길길이 날뛰었다. 온갖 청소용품을 총동원했다. 페인트 동물은 조이의 미술도구함에 있는 페인트와 색깔이 같았다. 조이는 자기 짓이 아니라고 맹세했다. 다들 내가 범인일 거라고 믿었지만 나도 아니었다. 오늘날까지도 풀리지 않은 수수께끼다.

래리의 서재. 책상 위에 놓인 서류. 계약서. 위에 내 이름이 적힌 그림이 있다. **코너 머피 기념 농장**이다. 아버지가 가장자리에 메모를 적어놓았다. 나는 그의 필체를 살핀다. g와 d의 동그라미가 벌어져 있다. 나하고 똑같다.

뒷마당. 겨울이라 수영장을 막아놓았다. **에너지를 소진시키세요.** 어떤 의사가 내린 진단이었다. 그래서 나를 수영팀에 넣었다. 조이가 랩타임을 쟀다. 나는 독일 억양으로 시간을 알려달라고 했다. 조이는 그렇게 했다. 나는 그렇게 훈련해놓고 첫 번째 대회가 열리기 전에 때려치웠다.

잔디밭으로 들어선다. 여기에도 얽힌 추억이 하나 있다. 예전 집에서 있었던 일이다. 그 집 마당은 여기보다 훨씬 작았다. 옆집 아이가 놀러 왔다. 나는 돌멩이를 집었다. 감자만 한 크기의 큼지막한 돌멩이였다. 그걸 던지는 척했다. 내 손이 미끄러웠다. 돌멩이가 빠져나갔다. 나는 돌멩이가 허공에 그리는 끔찍한 포물선을 눈으로 쫓았다. **쩍.** 정확히 얼굴을 강타했다. 그 아이는 몸부림쳤다. 나는 그를 도와주지 않았다. 그대로 얼어붙었다. 너무 무서웠다. 그는 콜록거리며 집으로 달려갔다. 나는 잔디밭에 주저앉았다. 꼼짝할 수가 없었다.

나중에 그의 어머니가 우리 어머니에게 맹공을 퍼부으며 소리쳤다. **이 집 아들은 문제가 있어요.**

시선을 하늘로 돌린다. 하늘이 맑다. 별이 보인다. 저 별들이 있는 곳은 정확히 어디일까? 사라져도 여기에는 남아 있다. 소멸해도 밝게 빛난다. 앞뒤가 안 맞는다. 어떻게 그럴 수 있을까? 어쩌면 나도 이제 저 별들과 같을지 모른다. 우주에 내 자리가 있는데 여기가 아닐 뿐이다. 어쩌다 이런 식으로 끝이 났을까? 어떻게 된 일인지 기억을 더듬어본다. 그래도 여전히 이해가 되지 않는다.

나는 퇴장한다.

에필로그

나는 벤치에 앉아서 새로운 편지를 쓰기 시작한다.

에번 핸슨에게

내가 쓰는 편지는 전부 이렇게 시작한다. 틀에 박힌 방식에는 사람을 안심시키는 구석이 있다.

오늘은 근사한 날이 될 거야, 왜냐하면.

1년이라는 세월이 지난 지금까지 아무리 많은 편지를 써도 이 다음 부분에 이르면 항상 애를 먹는다. 심지어 아무 일도 없는 평범한 날이라도 이렇기 그지없다. 하지만 오늘은 평범한 날이 아니다. 오늘은 가장 세심한 답변이 필요한 날이다.

오늘은 무슨 일이 있어도 너는 너니까. 숨지도 말고. 거짓

말하지도 말고. 그냥 너니까. 그리고 그걸로 충분하니까.

오늘의 나는 과거의 내가 아니다. 오늘의 내가 미래의 내가 아니듯이 말이다. 각각의 나는 내가 바꿀 수도 예측할 수도 없다. 하지만 그게 내가 가진 전부다. 그러니까 싸우지 말아야 할 것이다.

그러고 보니 생각나는 속담이 있다. '사과는 나무에서 멀찌감치 떨어지지 않는다.'✦ 우리는 만든 이의 작품일 뿐이고 우리가 통제할 수 있는 부분은 많지 않다는 뜻일 것이다. 그런데 사람들은 이 속담을 인용할 때 가장 중요한 부분은 간과하는 경향이 있다. '떨어진다'는 부분을 말이다. 그 속담의 논리에 따르면 사과는 꼬박꼬박 떨어진다. 떨어지지 **않는** 건 선택지에 없다. 그러니까 떨어질 수밖에 없는 것이 사과의 운명이라면 내가 생각하기에 가장 중요한 문제는 땅에 부딪쳤을 때 어떤 일이 벌어지는가다. 긁힌 자국도 거의 없이 착지하는가. 아니면 그 충격으로 박살나는가. 그 둘은 전혀 다른 운명이다. 생각해보면 나무와의 거리나 사과가 열린 나무의 종류에 신경 쓰는 사람은 없다. 중요한 건 어떤 식으로 땅에 닿는가다.

✦ 우리나라의 '피는 못 속인다'에 해당하는 속담이다.

딱 하루. 엄마가 결석을 허락한 날이었다. 다음 날 버스 정류장에 가보니 놀랍게도 여기저기서 수군대는 소리가 들리지 않았다. 학교로 가는 버스 안에서 누가 한참 동안 빤히 쳐다보지도 않았다. 복도에서 누가 묘한 눈빛으로 흘끗거리지도 않았다. 어떤 아이는 "축하한다"고 인사를 건넸다. 나는 나중에 엘레나를 만난 다음에서야 그게 무슨 뜻인지 알아차렸다.

그녀는 나를 와락 끌어안았다. "우리가 해냈어." 그녀는 눈물이 그렁그렁 맺힌 눈으로 얘기했다.

"우리?" 나는 되물었다.

"응, **우리**. 왜 그래, 화 풀어. 내가 너를 코너 프로젝트에서 내쫓겠다고 협박하긴 했지만 강력한 메시지를 전할 필요가 있어서 그랬던 거야. 그런 냉정한 자극이 있었기에 네가 코너의 유서를 보여주었고 그랬기에 농장을 재단장하는 기금을 마련할 수 있었지."

모금 캠페인. 새까맣게 잊고 있었다.

"엘레나. 우리 얘기 좀 하자."

"당연하지. 앞으로 해야 할 일이 산더미야. 이걸 진행하려면 너랑 나랑 모든 면에서 의견 일치를 보아야 해. 진정한 공동 회장답게, 응? 정말이지 에번, 나는 네가 필요해. 코너한테도 네가 필요하고."

진실이 아직 밝혀지지 않은 거였다. 아직 기회가 있을 때 내 입

으로 엘레나에게 밝혀야 했다. 코너의 가족이 내 고백을 사방팔
방으로 알리는 건 시간 문제였다. "오늘 학교 끝나고 시간 돼?"

"아, 내가 그런 **열정**을 그리워하고 있었다니까?" 엘레나가 말했
다. "당연히 되지. 나중에 문자할게."

시간이 지날수록 겁이 났다. 재러드 때문에 망설여지는 것도
있었다. 그도 연루되어 있었다. 뿐만 아니라 크라우드 펀딩이 성
공한 덕분에 엘레나가 지난 몇 주를 통틀어 가장 행복해하고 있
었다. 우리가 모금한 금액이 6만 달러에 육박했다. 진실이 밝혀
지면 사람들이 돈을 돌려달라고 할까? 환불보다 **더한** 걸 요구할
까? 나를 고소할까? 이러니저러니 해도 그들이 애초에 기부를 결
심한 이유가 내 거짓말 때문이었으니 말이다.

그날 오후에 엘레나는 화상 채팅으로 우리가 해야 할 일들을
조목조목 나열했다. 농장을 매입해야 했다. 세금을 면제받을 수
있게 비영리재단을 설립하자는 얘기도 나왔다. 부동산 중개업자,
회계사, 건축사, 농부, 도급업자, 변호사 등 각계 전문가들의 도움
도 필요했다. 다시 생각해보면 변호사는 필요 없었다. 래리가 모
든 법률적인 문제를 무보수로 처리해주겠다고 했다. 물론 일이
벌어지기 전의 이야기였지만.

"그리고 후원자들도 잊으면 안 되지." 기나긴 목록의 막바지에
다다른 엘레나가 말했다. "수백 개의 선물을 발송해야 해, 직접
전달하는 수여식은 말할 것도 없고. 말이 나왔으니 얘긴데, 네가
대상자를 선정해서 점심을 먹겠다고 했잖아. 언제 가능한지 스케
줄을 알려줘."

엘레나는 수많은 시간을 투자해 우리의 꿈을 현실로 일구었다. 그런데 이제 나 때문에 모든 게 수포로 돌아가게 생겼다. "엘레나, 할 얘기가 있는데."

"그래. 뭐든 얘기해. 나도 내가 만사를 내 뜻대로 해야 직성이 풀리는 성격인 거 알지만 교훈을 깨달았어. 따로 떨어져 있을 때보다 **함께**일 때 더 강해진다는 걸."

어느 시점에서는 그게 맞는 말이었을지 모르지만 지금은 아니었다. 내가 빠져야 코너 프로젝트가 폐기처분되지 않을 일말의 기회가 생겼다. 용기가 없어서 비밀을 모두 털어놓을 수는 없었지만 내가 **할 수 있는** 다른 한 가지는 있었다.

"코너 프로젝트에서 빠지고 싶어." 내가 말했다. "이젠 관심이 없어서."

그녀는 막판의 반전을 기다렸지만 헛수고였다. "그게 무슨 소리야?"

"미안."

"잠깐, 진심이야?"

그녀는 멀찌감치 떨어져 있는 화면상의 이미지에 불과했지만 그래도 나는 그녀의 눈을 쳐다볼 수가 없었다.

"그만두겠다고?" 엘레나가 물었다. "내가 이제 막 모든 설명을 마친 참인데 왜, 너무 부담스러워? 이런 식으로 발을 빼겠다는 거야? 무슨 인간이 그러냐?"

"끔찍한 인간이라 그래."

"그렇지, 끔찍한 인긴. 나약하고 그리고…… 그리고…… 소극적인 인간이라 그렇지."

그 어떤 항목도 반론의 여지가 없었다.

"그럴 줄 알았어." 엘레나의 안경에 김이 서렸다. "진작 너를 잘라냈어야 했는데. 인정해, 처음부터 너는 열의가 없었다고. 너는 나를 이용한 거야. 나하고 코너 프로젝트를 이용한 거야. 단물 다 빼먹었으니까 그 와중에 누가 마음 상하든 상관없다 이거지? 너를 이제 믿지도 못하겠다. 이건 정말이지……."

"잔인한 처사지."

나는 그녀가 현실을 깨닫는 모습을 지켜보았다. 내가 아는 한 엘레나는 항상 계산적이고 세련됐다. 심지어 로봇 같을 때도 있었다. 그런데 지금 그녀가 보이는 반응은 순수하게 인간적이었다.

"코너 프로젝트와 나와의 관계는 이제 끝났다고 발표하는 게 좋겠다." 내가 말했다.

"아, 걱정 마. 발표할 테니까." 엘레나가 말했다.

"지금 당장." 내가 제안했다. "정말 중요한 소식이잖아, 안 그래?" 어쩔 수 없는 상황이긴 하지만 내가 내뱉는 한 마디, 한 마디가 싫었다.

"너 진짜 구역질 난다, 에번. 너도 그거 알지?"

한 시간 안으로 발표가 났다. 그녀는 정중하게, 우리가 각자 **다른 길을 가기로** 했을 뿐이라고 했다. 나는 그녀가 나를 버스 아래로 내동댕이치고 버스로 그 위를 지나가서 납작하게 만들어주길 바랐지만 나를 악당으로 몰았다가는 프로젝트에 흠집이 가지 않을까 걱정이 됐을 것이다. 어찌 됐건 조만간 첫째 가는 공공의 적이 될 수밖에 없는 내 운명을 그녀는 알지 못했다. 코너 프로젝트는 후폭풍을 견디고 살아남기만을 바랄 따름이었다. 그들은 옳은 일을 했고 나와 결별하지 않았는가.

안타깝게도 농장 살리기 캠페인이 코너 프로젝트의 정점이었다. 코너 프로젝트는 두 번 다시 폭넓은 관심을 누리지 못했다. 아이들의 관심은 금세 다른 곳으로 옮겨졌다. 동창회 파티, 미드코스트 농구 경기, 록스의 새로운 헤어스타일. 엘레나는 벌인 사업을 마무리하느라 너무 바빠서 새로운 캠페인을 벌이지 못했다. 그래도 중간에 포기하지는 않았다. 그녀에게 일을 맡기면 쉼 없이 달려서 완수해낼 거라고 믿어도 좋다.

지금 엘레나 베크에게 에번 핸슨을 아느냐고 물으면 그녀는 아는 사이에 불과하다고 대답할 것이다. 그녀는 3학년이 끝날 때까지 나를 못 본 체했다. 복도에서 마주치면 쌩하니 그냥 지나갔다. 내가 들어가면 나오는 식으로 한 공간에 있지 않았다. 나를 없는 사람 취급했다. 그녀만 그런 게 아니었다.

＝

내가 코너의 가족을 대면하고 다음 날 전화하자 재러드는 예상대로 노발대발했다. "너 바보냐? 아무것도 모르는 멍청이야? 설마 조이의 아빠도 그 자리에 있었던 건 아니겠지?"

"당연히 있었지." 내가 말했다. "왜?"

"그럼 변호사한테 범행을 자백한 셈이거든. 그리고 그냥 변호 사도 아니야. 네 범행에 **피해**를 본 변호사지."

나는 내가 상상조차 할 수 없는 문제를 일으켰다는 건 알았지 만 어느 정도로 심각한지 아직 파악해나가는 과정이었다. 재러드 는 변호사인 자기 삼촌에게 자초지종을 얘기해야 한다고 생각했 다. 나는 코너의 부모님에게 직접 연락해 용서를 비는 게 낫지 않 겠느냐고 물었다.

"에번, 제발 내 말 들어. 그러지 **마**."

이렇게 진지한 재러드 클라인먼의 말투는 내 평생 처음이었다.

"아니, 에번, 생각해보면 이게 다 너 때문에 생긴 일이야." 재러 드가 말했다. "네 아이디어였잖아."

내가 기억하는 바와는 달랐지만 왈가왈부하는 것도 지쳤다. "저기." 내가 말했다. "여기서 잘잘못을 따지고 싶지는 않아. 나도 내가 무슨 짓을 저질렀는지 아니까. 너나 다른 누군가를 비난하 려는 게 아니야. 네 이름은 거론하지도 않았어. 그들은 너에 대해 전혀 몰라."

그의 손가락이 자판을 두드리는 소리가 들렸다. 나는 자기 방 에 틀어박혀 불리한 증거를 하드드라이브에서 허둥지둥 삭제하 는 그의 모습을 그려보았다.

"부탁이야, 너희 삼촌한테는 얘기하지 말아줘. 잠깐 기다리면 서 관망해보자. 코너의 부모님이 아무 얘기하지 않을 수도 있잖 아."

말도 안 되는 상상이었지만 나로서는 기댈 언덕이 그것밖에 없었다.

"너 만약 허튼 수작 부리면……." 재러드가 말했다.

"그럴 일 없어. 맹세해."

그는 전화를 끊었다.

사태가 일단락되자 나는 그에게 연거푸 문자를 보냈다.

> 어이, 친구.
> 미안하다고 얘기하고 싶어서.
> 이것저것 다.

> 내가 몹쓸 놈이었다.
> 지금도 몹쓸 놈이고.
> 앞으로 달라지려고 노력하는 중이야.

> 우리 이제 화해한 거냐?

> 혹시 나랑 놀거나 그러고 싶으면……

> 알았어. 조만간 얘기하자.

하지만 우리는 두 번 다시 대화다운 대화를 나눈 적이 없었다. 어쩔 수 없는 상황일 때 인사만 주고받았다. 그는 나를 알은 체했지만 사적인 감정은 전혀 섞지 않았다. 누가 서로 살금살금 피해

다니는 우리를 보았더라면 만나다 헤어진 연인인 줄 알았을 것이다. 그가 이미 삼촌을 찾아가 정의의 바퀴에 시동을 걸었을까 봐 그게 가장 걱정이었지만 관계당국이 나를 체포하러 오기 전까지는 알 수 없는 일이었다.

졸업하고 몇 달 지나서 이듬해 12월, 버스를 타러 걸어가고 있었다. SUV 한 대가 멈추어 섰다. 재러드의 차 같았지만 운전석에 앉은 사람은 재러드가 아니었다. 아니, 재러드가 맞나?

새로워진 재러드는 전보다 호리호리했고 안경을 벗었다. 그가 얘기했다. "아직도 또라이처럼 걸어 다니냐?"

그는 일하는 데까지 태워다줄 테니 타라고 했다. 나는 계속 그를 흘끗거렸다. 그 헬스클럽 회원권을 드디어 활용하기 시작했나 보다. 남자는 어디에서 자극을 받을까? 그는 어떻게 한 단계를 뛰어넘어 진정한 변화를 이루어냈을까? 나는 여자 친구가 생겼다는 데 돈을 걸었다.

"멋지다, 친구야." 내가 말했다.

"우리가 마지막으로 만난 지 좀 됐다만 내가 그동안 남자를 좋아하는 취향으로 바뀌지는 않았다." 재러드가 말했다.

"미시간에 있는 줄 알았는데. 여긴 어쩐 일이야?"

"때려치우고 군에 입대했거든."

"설마."

"진짜야. 겨울 휴가를 받아서 집에 온 거다, 천재야."

우리가 예전에 어땠는지 기억해내기까지 어느 정도 시간이 걸렸지만 한번 시동이 걸린 이후로는 일사천리였다. 10분도 안 되는 시간이었지만 나는 재러드와 함께 그 차에 앉아 있으면 있을수록 예전의 (가족끼리) 친구를 얼마나 그리워했는지 깨달았다. 그는 나름의 서툰 방식으로나마 나로부터 나를 구하려고 항상 애를 썼다.

그리고 내게 주어진 역할은 도덕적인 나침반이었다. 나는 참사 수준으로 책임을 방기했지만 너무 늦지 않게 실수를 만회했다. 나는 우리 둘 사이에서 해결하지 않은 문제를 그냥 묻어버린 채 재러드와 헤어지지는 않을 작정이었다.

"아무한테도 얘기하지 않았어." 내가 말했다.

나는 그가 상냥한 반응으로 마음의 짐을 덜어주기 바랐지만 그는 계속 앞을 주시하며 "그 문제는 잊어버려"라고 하고 그만이었다.

그러죠, 뭐. 여부가 있겠습니까.

우리는 작별 인사를 했고 나는 그에게 고맙다고 말했다. 재러드와 나는 군인 생활에 어울리는 타입은 아니었지만 어떻게 보면 함께 전투를 치른 사이였고 우리가 저지른 짓의 진정한 깊이를 아는 사람이 우리 둘 말고는 아무도 없었다.

어쩌면 3학년 내내 재러드가 나를 냉대한 이유는 단순히 마음이 상했기 때문이(아니면 변호사에게 그러라는 지시를 받았기 때문이) 아니었을지 모른다. 우리의 과거를 상기시키는 매개체를 견딜 수 없어서 그랬을지 모른다. 어느 쪽이 됐건 내게 시사하는 바는 마찬가지였다. 놀랍고도 놀랍게도 재러드 클라인먼에게도 감정이라는 게 있었다는 것.

고백을 하고 처음 일주일이 내 인생 최악의 나날이었다. 다시 먹기 시작한 약의 도움을 받아도 거의 제대로 생활할 수가 없었다. 속에서 위산이 소용돌이쳤다. 왼쪽 눈이 걷잡을 수 없이 실룩거렸다. 그 주 금요일에 나는 양호실에 갔고 수업 절반을 빼먹었다.

예전에 난파당하고 망망대해에서 16일 동안 버틴 남자의 다큐멘터리를 본 적이 있었다. 사람들은 그를 구조했을 때 길고 신중한 과정을 거쳐 건강을 회복한 다음에서야 일상적인 생활로 복귀시켰다.

나 역시 자초한 것이기는 해도 난파당한 셈이었다. 그런데 내 경우에는 당장 사회로 다시 돌려보내졌다. 주말을 앞두고 학교를 나섰을 때만 해도 모든 걸 가졌는데 다음 주에 다시 등교를 시작했을 때는 아무것도 없었다. 나는 혼란스러웠다. 그야말로 무엇이 현실이고 무엇이 환상인지 구분할 수가 없었다. 누가 얘기하는 소리가 들리기에 고개를 들어 보면 주변에 아무도 없었다. 나는 나를 쳐다보는 시선마다 사연을 부여했다. 숙제를 했다는 걸 깜빡하는 바람에 숙제를 두 번 한 적도 있었다. 그 오크나무에서 떨어져 팔이 부러졌던 게 맞는지 의문스러워지기 시작했다. 상상한 게 아닌지 깁스를 확인하려고 한밤중에 침대 아래로 기어들어가곤 했다.

다큐멘터리 속의 그 남자와 다르게 나는 어떠한 도움도 동정도

받지 못했다. 내 처지를 아는 사람이 아무도 없었다. 게다가 동정을 받을 자격도 없었다. 아주 조금이나마 짐작하는 사람은 엄마와 셔먼 선생님뿐이었고 그 두 사람도 전말은 알지 못했다. 세부적인 사항은 나만 알고 있었고 시간이 지나자 그 세부적인 사항이 날마다 나를 괴롭히기 시작했다.

나는 소셜 미디어를 멀리해야 했다. 사람들이 내게 코너 프로젝트를 떠난 이유를 계속 집요하게 물었고 코너의 부모님과 조이를 향해 끊임없이 악담을 퍼부었다. 나는 성적이 곤두박질쳤다. 출석이 들쑥날쑥했다. 벌집을 건드렸다가, 원인을 알 수 없는 고열 때문에, (일반적으로 노년층이 걸린다는) 대상포진 때문에 연거푸 학교를 빼먹었다. 나는 집돌이에서 실질적인 광장공포증 환자로 발전했다.

그게 다 코너의 부모님이 나의 비밀을 폭로하는 데 뜸을 들였기 때문이었다. 나는 언제, 어떤 식이 될지 기다리고 또 기다렸다. 내 이름이 스피커에서 불리길, 다른 학생이 따지고 들길, 고소장이 날아오길, 모르는 사람에게서 이메일이 전송되길, 경찰이 우리 집에 들이닥치길 기다렸다. 나는 무슨 소리가 들릴 때마다 움찔했다. 전화벨, 학교 종, 노크, 자동차 경적, 사람들 목소리.

나는 알맞은 대가를 치를 수 있길 기다렸다. 가끔은 두 손에 머리를 묻고 이미 지난 일이었으면 좋겠다고 애원했다. 코너가 내 편지를 어떻게 할지 전전긍긍하던 때와 비슷했지만 비교할 수도 없을 만큼 더 심했다. 위험부담이 훨씬 컸다.

신시아와 래리에게 연락하고 싶은 마음이 굴뚝같았다. 내가 그들을 어떻게 생각하는지, 그들이 내게 베풀어준 것에 대해 얼마나 고마워하는지, 얼마나 미안한지 편지로 써서 우편함에 넣을까 고민한 적도 있었다. 하지만 그러지 않기로 했다. 코너의 부모님 입장에서 보았을 때 내가 무엇을 원하는지는 중요하지 않은 문제였다.

추수감사절이 되었는데도 진실은 밝혀지지 않았다. 엄마와 나는 외할머니, 외할아버지, 이모의 식구들과 명절을 보내려고 차를 몰고 북부로 갔다. 문을 연 할머니가 코너 프로젝트 티셔츠를 입고 있었다. 우리 캠페인에 기부하고 며칠 전에 우편으로 받은 선물이었다. 나중에 식전 감사 기도를 할 때 할아버지가 나를 콕 찍어서 말했다. "겸허와 봉사가 뭔지 아는 손자를, 저에게 인류의 미래에 대한 희망을 선물하는 손자를 주셔서 감사합니다." 코너의 가족들은 자기들끼리 식탁에 둘러앉아서 기운을 추슬러가며 그 많은 것을 잃은 뒤에도 감사할 만한 걸 찾고 있을 것이었다. 나는 저녁을 입에 대지도 못했다.

집으로 오는 길에 나는 결심했다. 자수하기로 말이다. 코너의 부모님도 내가 정의를 실천에 옮겨서 자백해주길 지금까지 기다리고 있는 건지 몰랐다.

그런데 집에 도착해서 엄마가 우편물을 개봉했을 때 식탁 위에 놓인 조그만 카드가 내 눈에 언뜻 보였다. 카드에 이렇게 적혀 있었다. **꽃다발이랑 편지 고마워요. 큰 위로가 됐어요. 추수감사절 잘 보내요. 신시아.**

"이게 뭐예요?" 내가 물었다.

엄마는 어깨를 으쓱했는데 뭔지 몰라서 그런 건 아니었다. "일이 그런 식으로 끝난 게 영 찜찜한 데다 신시아가 어떤 고통을 겪었는지 아니까 연락을 하면 좋지 않을까 싶었어."

"엄마, 정확히 뭐라고 썼는데요?"

"별말 안 했어. 그냥 안부 묻고, 가끔 생각난다고 하고, 지금까지 고마웠다고 하고 그리고……."

"그리고 **뭐**요?"

"아들, 왜 그래. 나도 네가 잘못을 좀 저질렀다는 건 알지만 네가 나쁜 애는 아니잖아."

"내가 얼마나 많은 잘못을 저질렀는지 엄마는 몰라요."

"당연히 모르지. 자식의 속을 어느 부모가 알겠니. 신시아한테도 물어봐. 우리는 성인군자가 아니야. 그냥 최선을 다하면서 살 뿐이지."

엄마의 말이 밤새도록 내 머릿속을 맴돌았다. 나는 신시아의 카드를 방으로 들고 와서 몇 번 더 읽어보았다. 어쩌면 코너의 어머니는 진실이 밝혀지길 바라지 않을 수 있었다. 그녀도 가짜 이메일에서 나 못지않게 수치심을 느꼈을지 몰랐다.

한 해가 저물자 내 비밀이 영영 비밀로 남는 건지 궁금해지기 시작했다. 가을이 겨울로 바뀌었고 용광로 같던 내 안에 연기만 남았다. 그렇다고 미래에 대한 걱정이 줄어든 건 아니었다. 그저 새로운 일상에 적응했을 뿐이었다. 내가 그들에게 준 상처를 생각하지 않은 날이 단 하루도 없었다. 나는 그걸 잊어버릴 자격이 없었다. 그럴 자격이 있다고 생각했더라도 불가능한 일이었다.

날마다 기억을 환기시키는 매개체가 너무 많았다. 그중 하나가 특히 그랬다.

=

 조이에 관한 한 처음에 내 목표는 투명인간이 되는 것이었다. 나는 그녀가 나를 볼 필요가 없게, 나 때문에 고통이나 불편이 더 해지지 않게 나라는 존재를 지우려고 했다. 눈 맞춤을 피하고, 복도를 빙 돌아서 다니고, 고개를 숙이고 몸은 움츠렸다. 내 심장이 원하는 방향과 정반대로 했다.

 내 심장은 그녀를 찾아가서 얘기를 하고 싶어 했다. 시간이 지나자 나는 천천히 은신에서 벗어나 그녀의 눈에 띄고 내 쪽에서도 그녀를 쳐다보는 걸 허락했다. 그녀는 내가 찾아와주길 바라는 눈치를 보이는지, 아주 미미하게나마 그런 기미를 보이는지 살폈지만 전혀 없었기에 거리를 유지했다.

 조이가 옆에 없을 때도 나는 그녀를 보았다. 그녀의 볼보처럼 보이는 파란 차가 지나갈 때. 어떤 노래를 들을 때. 우리 집 복도에 걸린 어렸을 적 사진 앞을 지나갈 때. 너덜너덜한 컨버스 운동화를 보았을 때. 그녀와 이름이 같은 유명한 여배우의 인터뷰를 보았을 때.

 그게 새로운 일상에서 가장 어려운 부분이었다. 누가 뭘 아는지 알 수 없었고 물어볼 수도 없었다. 너무 위험부담이 컸다. 동급생들 눈에는 내가 거짓말쟁이 사기꾼으로 보였을까? 아니면 고등학교에서 흔히 있는 반짝 스타로 보였을까? 아니면 아예 보이지도 않았을까? 나는 다시 '메'로 돌아갔을까? 학기 초보다 더 겉도는 느낌이었다. 그리고 그 어느 때보다 외로웠다. 핼러윈이 왔다가 갔고 나는 조이와 함께 변장하는 대신 어렸을 때부터 늘 그랬듯이 (변장 없이) 집에 혼자 있었다. 순진했을 때는, 마음을 붙인다는 것과 사랑을 하고 사랑을 받는다는 것이 뭔지 몰랐을 때는 외톨이로 지내기가 훨씬 쉬웠다. 지금은 알아버린 게 너무 많았다.

나는 멀찍이서만 조이를 바라볼 수 있었다. 점심시간에 그녀가 비와 함께 웃는 걸 보았다. 얼굴에 미소를 머금고 문자를 보내는 걸 보았다. 재즈 공연 포스터 앞을 지나면 가지 못할 곳이라는 생각을 했다.

2월의 어느 날 아침, 우리는 마치 운명인 듯 아무도 없는 복도를 서로 스쳐 지난 적이 있었다. 동시에 고개를 들어서 눈이 마주쳤을 때 그녀는 넌더리를 내며 고개를 돌리는 대신 미소를 지었다. 너무 오랜만에 그 미소를 접했을 때 나는 억장이 무너지는 동시에 기분이 날아갈 듯했다. 나는 그 미소에 의미를 부여하도록 허락하고 밸런타인데이 선물을 준비했다. 일기장이었다. 직접 전해주고 싶었지만 거절당할까 두려운 마음에 우편으로 부쳤다. 안쪽에 메시지를 적었다. **진실을 밝힐 줄 아는 용기가 언제나 너와 함께 하길.** 그녀의 연락은 없었다.

그녀가 일기장을 썼는지 안 썼는지는 알 수 없지만 노래를 계속 만든 것만큼은 분명했다. 봄에 나는 캐피틀 키페 근처를 지나다 창문에 걸린 공연 일정표를 보고 나도 모르게 정독했다. 공개 무대 일주일치 출연자 명단이 있었다. 그리고 다른 칸에 **조이 머피**의 이름이 단독으로 적혀 있었다. 혼자 하루 저녁을 책임지는 위치에 오른 것이었다. 나는 그 날짜를 달력에 표시했지만 가지는 않았다.

—

코너 부모님에게 고백한 날 밤, 진입로에 세워 놓은 어머니의 차에 혼자 앉아 있었을 때 나는 차를 몰고 아무 데도 가지 않았다. 나는 이듬해 봄에 열여덟 살이 된 이후에야 드디어 운전대를 잡고 어디론가 이동할 수 있었다.

셔먼 선생님 덕분이었다. 선생님이 새로운 목표를 설정하도록 나를 독려했고 그 목록의 1순위가 운전이었다. 6개월이 걸렸지만 졸업 직전에 나는 차를 몰고 등교하는 3학년생이 어떤 기분인지 드디어 경험할 수 있었다. 졸업식 때 하워드 교장선생님은 졸업장을 나눠 주기 전에 코너 얘기를 꺼냈다. 인파 속에서 코너의 부모님은 보이지 않았다. 조이도 보이지 않았다. 하지만 나는 그 자리에 있었고 그의 이름을 똑똑히 들었다.

그날 집으로 돌아와 침대 아래로 손을 넣어서 깁스를 꺼냈다. 코너의 이름이 정중앙에서 잘렸지만 깁스는 멀쩡했다. 그걸 팔에 두르자 깁스의 이쪽과 저쪽이 하나로 합쳐져 여섯 글자가 다시 붙어서 CONNOR가 복원됐다. 깁스를 떼도 내 살갗에 남은 그의 이름이 보이는 듯했다. 나는 그때 깨달았다. 그를 영원히 지울 수 없다는 것을.

중학교 2학년 수료 앨범을 찾았다. 모든 아이들이 한쪽씩 꾸미게 되어 있었다. 대부분 가족사진으로 콜라주를 만들거나 좋아하는 스포츠 팀의 로고를 그리거나 인터넷에서 검색한 명언을 적었다. 코너는 좋아하는 책을 열 권 적었다. 나는 그걸 다 읽어보기로 마음먹었다.

그가 온라인에 남긴 모든 포스팅을 거슬러 올라가서 연구했다. 어쩌다 한 번씩 얼마 안 되는 금액이나마 코너 프로젝트에 익명으로 기부했다.

그러던 어느 날 슈퍼마켓 주차장에서 열린 자그마한 모금 행사와 맞닥뜨린 적이 있었다. 나는 엘레나의 목소리를 듣자마자 그게 무슨 행사인지 깨닫고 엄마가 적어준 쇼핑 리스트를 든 채 당장 발길을 돌렸다. 하지만 미처 탈출하기 전에 누군가가 내 이름을 불렀다.

동급생이겠거니 하며 고개를 돌렸는데 전혀 모르는 아이었다.

"잠깐 얘기 좀 할 수 있을까?" 그가 말했다.

그는 내 차가 있는 쪽으로 걸음을 옮기기 시작했다. 나는 따라가는 수밖에 없었다.

"네가 있었으면 했는데." 그가 웃으며 말했다.

내가 공개 행사장을 피하는 이유가 바로 그 때문이었다. 나는 '세상'이 원하는 에번 핸슨이 되고 싶지 않았다. 더는 거짓말을 하고 싶지 않았다.

"재밌다." 그는 앞을 물끄러미 바라보며 말했다. "처음에는 코너가 새로운 친구를 사귀었다길래 진심으로 기뻤거든."

피가 얼어붙었다. 나는 걸음을 멈추었다.

"그런데 들여다보면 볼수록 사람들이 하는 얘기가 뭔가 이상하다는 걸 알겠더라고."

"미안하지만 누구……."

"걱정 마." 그는 여전히 서글서글한 미소를 머금은 채 말했다. "아무한테도 얘기하지 않을 테니까. 원래는 하려고 그랬어…… 정말로 그러려고 했어, 하지만……." 그는 말을 멈추고 모인 사람들 쪽으로 몸을 돌렸다. "저걸 봐. 그가 드디어 자기한테 걸맞은 관심을 누리고 있잖아."

나는 그를 자세히 들여다보았다. 얼굴은 까맸고 반짝이는 눈은 시선을 사로잡았다. 머리칼은 자연스럽게 떨어졌다. 내 머리칼은 한 번도 누린 적 없는 호사였다. 미소는 여자 친구와 그녀의 부모님, 양쪽 모두를 만족시킬 법했다. "그러니까 너랑 코너가……?"

"친구 사이였어." 그가 말했다.

그는 그들의 우정이 어떤 식으로 시작됐다가 빛이 바랬다가 갑작스럽게 중단됐는지 알려주었다. "그날 오후에, 학교 수업이 끝났을 때 걔가 문자를 했거든. 나는 답장을 보내려고 했지만 일을 하는 중이었고 그저 그런 문자는 싫어서……. 그날 저녁에 전화를 했더니 음성사서함으로 바로 넘어가더라고. 코너가 어떻게 됐는지는 며칠 뒤에야 알았지."

그는 고개를 숙이고 점점 말을 잃었다. "그럴 줄 알았더라면…… 나는…… 모르겠다." 그는 알맞은 말을 찾으려고 애를 썼다. "계속 생각했어, 내가 만약 그 친구하고 통화할 수 있었다면……."

기나긴 침묵이 이어지고 나는 그 침묵 속에서 그날 그가 나를 부른 이유를 마침내 알아차렸다. **나를** 원망하기 위해서라기보다 자기 자신을 원망하기 위해서였다. 나는 그가 짊어진 죄책감을 조금은 이해했다. 그리고 공포도. 그의 미소 뒤에 무거운 짐이 숨겨져 있었다.

하지만 그날 그가 했던 얘기들 중에 가장 기억에 남는 건 이거였다. "코너는…… 나는 그런 애를 만난 적이 없어. 그렇게 순진하고, 그렇게 순수한 애는. 가끔 이 모든 걸 감당하기에…… 너무 순수하지 않았나 싶을 때도 있거든."

그가 말한 코너는 내가 아는 코너, 내가 들은 소문과 전혀 달랐다. 다시금 안타까움이 느껴졌다. 하지만 어떻게 생각해보면 배울 수 있는 기회가 생긴 거였다. 나는 새롭게 알게 된 이 사실을 가지고 뭘 어떻게 할지 이후 몇 달 동안 고민했다.

=

졸업한 해 여름에 다시 엘리슨 공원에서 일하고 싶었지만 그곳에는 고통스러운 추억이 너무 많았고 코너의 집과 너무 가까웠다. 내가 다시 만든 **환영합니다** 팻말이 여전히 입구에 매달려 있었나. 어느 날 아침에 그 팻말 앞을 지나는데 좋은 생각이 떠올랐다. 나는 공원의 역사에 대해 조사하기 시작했다. 그 자료―존 휴잇과 그의 가족, 우리 선대의 희생―를 에세이로 발전시켜서 몇 군데 장학금 공모전에 응모했다.

그걸로 입상은 하지 못했지만 이때부터 좀 더 진지한 자세로 에세이에 임하기 시작했고 이후 1년 동안 엄마가 검색한 거의 모든 공모전에 응모했다. 딱 한 번 입상해서 총 1,500달러의 학비를 받은 게 전부였지만 그래도 내 입장에서는 승리였다. 나는 글을 쓰고 싶었다. 글을 **써야만** 했다. 셔먼 선생님도 처음부터 그러길 바랐던 게 아닐까 싶다. 나는 먼 길을 돌아서 그곳에 도달한 셈이다.

그래서 지금 이렇게 벤치에 앉아 편지를 쓰고 있다. 이 편지가 드디어 알맞은 배출구 역할을 하게 되었지만 그것도 내가 솔직할 때의 얘기고 아직도 솔직해지려면 힘이 든다. 그렇게 많은 연습을 했는데도 그렇다. 고백한 지 약 20개월이 지났다. 가끔은 20분이 지난 것처럼 느껴질 때도 있다.

언젠가는 모든 게 머나먼 추억처럼 느껴질지 몰라. 과거에
짓눌리지 않고 그걸 감당할 수 있는 방법을 찾을지 몰라.
언젠가는 거울을 들여다보면 전보다 추악하지 않은 무언가
가 나를 맞이할지 몰라.

전화기를 주머니에 넣고 근사한 풍경 속으로 빠져든다. 파릇파릇한 벌판이 내 앞에서 끝도 없이 펼쳐진다. 말뚝이 질서 정연하

게 줄을 지어서 벌판에 박혀 있다. 말뚝마다 조그맣고 앙상한 나무가 묶여 있다. 농장이다. 그 농장이다.

엘레나가 해낼 수 있을지 한 번도 의심한 적이 없다. 그래도 직접 확인하고 보니 충격적이다. 코너 머피 기념 농장은 생긴 지 이제 1년이 되었지만 내가 찾아온 것은 이번이 처음이다. 나는 누군가가 초대해주길 기다렸던 것 같다.

앞으로 몇 년 있으면, 수종에 따라 2년에서 10년이 지나면, 이 묘목들이 자라서 열매를 맺을 것이다. 갈라와 코틀랜드와 허니크리스프. 매킨토시와 골든 딜리셔스. 색다른 품종도 있을지 모른다. 하지만 나무들은 아직 묘목이다. 이제 막 세상에 고개를 내밀었다. 앞으로 갈 길이 멀다.

엔진 소리가 고요한 분위기를 어지럽힌다. 주차장에서 차 한 대가 내 차 옆에 주차한다. 운전자가 내린다. 나는 축축해진 손바닥을 하릴없이 청바지에 대고 문지른다. 앞으로 걸어오자 조이의 모습이 점점 커진다.

살다보면 뭔가를 간절히 바라다가 수없이 실망하고 이제 그만 포기했을 때 바라던 그 일이 난데없이 이루어질 때가 있다.

나는 인사하려고 일어서지만 다리가 후들거린다. "안녕."

그 미소. "안녕."

조이는 사과 농장에 잘 어울린다. 자연도 그녀의 옆에서는 자신이 오로지 배경으로 존재할 따름이라는 것을 이해한다. 바람에 그녀의 적갈색 머리가 날린다. 태양은 극적인 조명을 발산한다. 카메라는 어디 있지? 비비언 마이어가 필요한 순간인데 어디 갔을까?

나는 조이가 앉길 기다리지만 그녀는 서 있는 게 더 편한 모양이다. 하도 오랜만이라 어디에서부터 시작하면 좋을지 모르겠다. "어떻게 지냈어?"

"잘 지냈어." 조이가 얘기한다. "아주 잘."

컨버스 운동화는 새것이다. 청재킷은 내가 본 적 없는 옷이다. 그 아래의 여자아이는 예전과 다름없을까? "졸업이 얼마 안 남았네?"

"응. 2주 남았어."

나는 꼬박 1년 동안 그녀의 학교생활을 지켜보지 못했다. 어떻게 보면 내가 뭘 놓치고 지내는지 모르고 지내는 편이 훨씬 쉬웠다. 이제 눈으로 확인하려니 버겁다. "3학년 생활은 어땠어?"

"바빴어."

나는 무슨 뜻인지 안다는 듯 고개를 끄덕인다. 뭐 하느라 바빴을까? 대학 준비하느라? 아니면 예컨대 남자 친구를 사귀느라? 아니면 둘 다? 내가 상관할 일은 아니라는 건 안다. 하지만 그녀를 직접 마주하고 보니 잠자고 있던 무언가가 눈을 뜬다.

"1학년 생활은 어땠어?" 조이가 묻는다.

나는 같은 고등학교 아이들과 마주칠 때마다 아직 이곳에 남아 있는 이유를 설명해야 한다. "사실 1년 쉬는 중이야."

"아." 조이는 남들처럼 놀람과 동정이 반씩 섞인 반응을 보인다.

"일을 하면서 돈을 좀 모을까 생각했거든. 커뮤니티 칼리지 수

업을 듣고 있으니까 가을에 학점 인정받으면 다른 학교로 옮길
수 있을 거야."

"영리하네."

영리할 뿐 아니라 어쩔 수 없는 조치이기도 했다. 나는 다른 지
역의 대학교로 진학할 수 있는 형편이 아니었다. 이번에는 셔먼
선생님의 충고를 받아들여서 사람들과 부대낄 수밖에 없는 곳에
취직했다. "그 전까지는 내가 포터리반에서 친구 및 가족 할인받
을 수 있게 도와줄 수 있어. 쓸데없이 비싼 인테리어용품을 찾고
있다면 말이야."

"음, 지금 당장은 괜찮아."

"그래, 뭐, 생각이 바뀌면 언제든 얘기해. 거기서 근무할 날이
몇 달밖에 안 남아서 절호의 기회가 금세 사라질 테지만."

그녀는 소리 없이 웃음을 터뜨리고 머리칼을 한쪽 어깨 위로
넘기며 뻥 뚫린 들판 쪽으로 고개를 돌린다.

"나는 항상 너랑 오빠가 여기 있는 걸 상상해." 조이가 얘기한
다. "물론 아니라는 걸 알지만……."

여기저기 조금씩 쑤신 끝에 우리는 마침내 본론에 다다랐다.
이 정도로 깊숙이 파고들려니 감당이 되지 않지만 그래도 반드
시 필요한 과정이다. "난 여기 오늘 처음이야. 이 옆을 천 번은 지
나갔을 거야. 번번이 차를 세우고 내려볼까 생각했지만 그럴 자
격이 없는 것 같더라고."

우리는 먼 곳을 빤히 쳐다본다.

"멋지다." 내가 얘기한다. "평화롭고."

"우리 부모님은 수시로 여기 들러. 매주 주말마다 다 같이 소풍도 오고. 부모님한테 도움이 됐어. 아주 많이. 이 농장이 있는 게 말이야."

모두 잘 지내고 있다니 마음이 놓이면서 눈시울이 시큰해진다. 그분들은 나를 벌하지 않고 싸울 수 있는 기회를 선물했다. 아직까지도 잘 믿기지 않는 일이다. "너희 부모님이. 온 사방에 얘기하실 수도 있었는데. 내가 무슨 짓을 저질렀는지."

조이는 시골 공기를 들이마신다. "모두 저마다의 이유에서 그게 필요했는걸."

"그렇다고 해서 그게 괜찮은 일이 되지는 않아."

"에번." 그녀는 내 쪽에서 그녀를 쳐다볼 수밖에 없게 만든다. "덕분에 두 분은 마음을 추스를 수 있었어."

나는 바닥을 내려다본다. 내 운동화 바로 옆에 발로 차기 딱 좋은 돌멩이가 하나 있다. 가끔, 자기혐오가 모든 걸 압도하는 날이면 진실이 밝혀지지 않은 게 유감스러워진다.

"어머니는 어떻게 지내셔? 다른 가족들은?" 조이는 이렇게 묻자마자 **가족**이라는 단어가 어울리지 않는다는 걸 알아차리지만 그래도 달리 표현할 방법이 없다.

"잘 지내셔. 엄마도 좀 쉬기로 해서 학위를 따는 데 시간이 좀 더 걸렸어. 하지만 얼마 안 남았어. 그리고 아빠는, 뭐, 아기가 태어났고."

"네가 이제 큰형이 됐네?"

엄밀히 따지면 그렇지만, 나는 아직 그 역할을 받아들이지 못했다. 하지만 해야 할 일 목록에는 있다. 요즘 나의 관심은 다른 형제에게 쏠려 있다. 예전에는 코너의 부모님이 나를 해방시켰다고 생각했다. 그런데 그분들이 그럴 의도는 아니었겠지만 사실상 정반대의 현상이 벌어졌다. 그분들은 내게 어디든 따라다니는 짐을 안겼다. 그 짐이 일종의 책임이 되었다. 나는 요즘에 이르러서야 그 책임을 완수하는 법을 조금씩 터득하고 있다.

"너한테 줄 게 있어." 나는 얘기한다.

조이는 청재킷을 단단히 여민다. 내가 보낸 일기장을 받았는지 모르겠지만 이건 다른 종류의 선물이다.

초조하게 기다리는 그녀를 앞에 두고 나는 전화기를 꺼낸다. 필요한 걸 찾아서 보여준다. 그녀는 눈을 휘둥그레 뜨며 전화기를 받는다.

"이 사진 본 적 있어. 그런데 **이 사람** 누구야?" 그녀가 묻는다.

여기서 저기로 수천 번 옮겨 다닌 코너의 사진이다. 차이점이 있다면 잘라내기 이전의 사진이라 코너뿐 아니라 옆 사람까지 보인다는 것.

"미겔." 내가 얘기한다. "코너의 친구였어."

그녀는 고개를 들고 내 눈빛을 살핀다. "진짜?"

나는 고개를 끄덕인다.

미겔이 그날 슈퍼마켓 앞에서 잘리지 않은 사진을 보여줬을 때 나도 지금의 조이처럼 아무 말도 못 하고 멍하니 사진을 들여다보았다. 미겔은 사진을 좀 더 여러 장 보여주었다. 코너에게서 받은 메시지도 보여주었다. 지어낸 가짜 메시지가 아니라 코너가 실제로 보낸 메시지였다. 나는 구역질이 나는 동시에 마음이 홀가분해졌다. 구역질이 났던 이유는 내가 진짜를 만난 가짜였기 때문이었다. 마음이 홀가분해졌던 이유는 더 이상 가짜 행세를 할 필요가 없어졌기 때문이었다. 코너에게 **정말로** 친구가 있었다.

"둘이 진짜 행복해 보인다." 그녀가 얘기한다.

"맞아." 나는 주머니에서 접은 종이를 꺼내 그녀에게 건넨다. "사진 보내줄게. 그리고 이거, 미겔 연락처야. 물어보고 싶은 게 있으면 연락하라고."

나는 오랫동안 고민했다. 내가 잊으려고 애를 쓰는 일에 다시 자발적으로 관심을 기울이려는 이유가 뭘까? 왜냐하면 음, 그 사진을 보면, 웃고 있는 코너의 얼굴을 보면 이후에 그런 일이 벌어지기는 했지만 어쩌면 코너가 그때 잠깐 동안은 일말의 행복을 느꼈을지 모른다는 생각이 들었기 때문이다. 조이와 그녀의 부모님도 그걸 알면 좋지 않을까 싶었다. 그래서 이번만큼은 용기를 내기로 했다.

조이는 가만히 서서 입술을 깨문다. "고마워." 그녀는 조용히 말하고 종이를 주머니에 넣는다. 그러고는 바닥을 본다. "지난 1년 동안 힘들었어."

"나도 알아." 나는 위로하고 싶지만 그럴 자격이 없다는 걸 안다. "오래전부터 너한테 연락하고 싶었지만 무슨 얘길 하면 좋을지 모르겠더라고. 그러다가 그냥…… 결심했어, 무작정 연락해보기로."

"그래줘서 고마워."

약을 먹으면 호르몬의 문제가 해결되지만 조이는 영혼의 치료
제다. 그녀의 말은 뒤죽박죽인 내 세상을 고친다. "우리가 지금
만난 사이면 얼마나 좋을까. 오늘 처음 만난 사이면."

그녀의 눈은 하늘보다 더 파랗다. "그러게."

어쩌면 우리는 오늘 처음 만난 사이일지 모른다. 나의 가장 진
솔한 모습을 지금에서야 보여주었으니 말이다. 여기까지 오는 데
그렇게 오랜 시간이 걸린 게 미안할 따름이다.

"이제 그만 가야겠다." 조이가 얘기한다.

맥이 풀린다. "그래."

"그게, 이번 주가 시험 기간이라."

"아냐, 괜찮아."

그녀는 미소를 짓고 몸을 돌린다. 내게는 묻고 싶은 게 너무 많
이 남았다. 그중 하나를 선택한다.

"뭐 하나만 물어봐도 돼?" 내가 묻는다. "왜 하필 여기서 만나자
고 했어?"

그녀는 걸음을 멈추고 농장을 내다보며 구석구석 눈에 담는다.
"너한테 여길 보여주고 싶었거든."

나는 이 광대한 땅을 물끄러미 쳐다보며 하나도 놓치지 않는
다. 모든 게 저기 있다. 과거, 현재 그리고 미래가.

조이가 멀어져가는 동안 나는 글로 공허감을 달랜다. 편지를
마저 쓴다.

언젠가는 어떤 아이가 이 자리에 서서 나무들을 바라보며

외로움을 달래고 그 위로 올라가면 세상이 다르게 보일지, 더 괜찮아 보일지 궁금해할지 몰라. 그는 한 번에 한 나뭇 가지씩 나무를 오르고 더 이상 발 디딜 곳이 없어 보일지라 도 계속 올라갈지 몰라. 희망이 없어 보일지라도. 온 사방 이 그에게 포기하라고 얘기하는 것 같을지라도. 어쩌면 이 번에는 그는 포기하지 않을지 몰라. 이번에는 꼭 붙잡을지 몰라. 계속 올라갈지 몰라.

전화기를 주머니에 넣고 다시 풍경을 감상한다. 이제는 느긋하 게 앉아서 방관할 수 없다. 알고 보면 예전에도 그랬다.

나는 깨끗한 풀밭 위로 올라선다. 선을 넘는 것처럼 느껴지지 만 내 안에서 긴장을 풀라는 목소리가 들린다. 예전부터 그를 알 았던 척하지는 않지만 이제 그는 항상 나와 함께 있다.

우리는 건드리지 않도록 조심해가며 나무 사이를 지나 임무를 수행한다. 우리는 소란을 일으킬 생각이 없다. 세상에는 우리처 럼 외로운 영혼이 너무나 많다. 우리 모두가 여길 건설하는 데 일 조했다. 여기가 자라는 걸 지켜볼 사람들. 우리가 떠나보낸 사람 들. 우리는 함께 행진한다. 함께 나무에 오르고 떨어지고 하늘로 날아오른다. 모든 것의 중심에 가까워지려고 한다. 우리 자신에 게 가까워지려고. 서로에게 가까워지려고. 진정한 무언가에 가까 워지려고 한다.

#YouWill
BeFound

감사의 글

밸

나를 믿고 응원하며 놀라운 기지와 유머 감각을 발휘해준 '친구들'—스티븐, 벤지 그리고 저스틴—에게 고맙다는 말을 전하고 싶다. 이 이야기를 향해 보인 그들의 헌신적인 태도는 놀라울 정도였고 그들이 열심히 독려한 덕분에 나는 더 바람직한 작가가 될 수 있었다. 나에게 이번 작업의 기회를 허락한 담당 편집자 패린 제이컵스는 칭찬과 뛰어난 능력과 연민과 파스타로 나를 채찍질했다. 촉수를 잔뜩 뻗친 괴물에게 목이 졸리지 않도록 단단히 단속한 그에게 사랑하고 존경한다는 것 말고 또 무슨 말을 할 수 있을까. 담당 에이전트 제프 클라인먼은 초장부터 나를 정신 번쩍 차리게 만들었다. 매트 슈먼도 마찬가지었다. 크리스티

425

나 갈리아도, 샌퍼드 키니, 댄 코플린, 저스틴과 메건 킥젝, 내 조카들(특히 서맨서 베이커와 개빈 캐터리나) 그리고 마이크 에미치에게 개인적인 면과 전문적인 면에서 도움을 많이 받았다. 불안과 우울증과 싸우는 많은 분들이 희망을 잃지 않기 바란다. 하퍼와 레넌, 내가 있으니 희망을 잃지 않길. 그리고 질, 이제 작업 다 끝났으니 같이 놀래?

스티븐, 벤지, 저스틴

린 아렌스, 데이비드 벌린, 로라 보너, 존 부제티, 조던 캐럴, 드루 코헨, 스티븐 플래허티, 프레디 거숀, 마이클 그리프, 케이트 호이트, 조 머코타, 에린 말론, 제프 막스, 휘트니 메이, 스테이시 민디치, 애서 폴, 마크 플래트, 애덤 시걸, 매트 스타인버그, 잭 비어텔 그리고 원작 뮤지컬의 출연진에게 감사 인사를 전하고 싶다. 맨 처음부터 이 책의 길잡이 역할을 한 패린 제이컵스와 특유의 기교와 능력으로 아주 꼼꼼하게 이 작품의 등장인물과 스토리에 생명을 불어넣은 밸 에미치에게는 특히 많은 빚을 졌다. 마지막으로 뮤지컬 팬들에게 고맙다는 말을 전하고 싶다. 애초에 이 책이 탄생될 수 있었던 것도 여러분들의 말과 음악, 여러분들이 우리와 공유한 이야기 덕분이었다.

다 같이

데이비드 캐플런, 재키 엥겔, 숀 포스터, 젠 그레이엄, 스테프 호프먼, 사샤 일링워스, 버저니아 로서, 마이클 피치, 크리스티나 피시오타, 에밀리 폴스터, 애나 프렌델라, 제시카 쇼펠, 앤젤라 탤던, 메건 팅리, 이 작품이 독자들의 손에 전해질 수 있도록 모든 방면에서 각고의 노력을 기울인 아셰트 출판 그룹과 리틀, 브라운 북스 포 영 리더스의 직원들에게도 감사의 뜻을 전한다.

이 책의 원작인 뮤지컬 〈디어 에번 핸슨〉은 〈라라랜드〉와 〈위대한 쇼맨〉으로 유명한 벤지 파섹과 저스틴 폴이 작사와 작곡을 맡은 작품이다. 2015년 7월에 워싱턴 DC에서 처음 공연된 이래 현재 브로드웨이에서 몇 개월 뒤 표까지 전부 매진될 정도로 엄청난 인기를 모으고 있다. 뮤지컬, 연극계의 아카데미상으로 통하는 2017년 제71회 토니상에서는 9개 부문에 노미네이트돼서 최우수 뮤지컬상, 최우수 음악상, 최우수 편곡상, 뮤지컬 부문 남우주연상과 여우조연상, 극본상 등 6개 부문을 휩쓸었고 2018년 그래미 어워드에서는 최우수 뮤지컬 앨범상을 수상했다. 유니버설 픽처스에서 영화 판권 계약을 맺었다는 반가운 소식도 들리니 극장에서 개봉된다면 좀 더 다채롭고 입체적인 뮤지컬 원작을 향한 길증과 궁금증을 어느 정도 해소할 수 있을 듯하다.

이 작품의 주인공 에번 핸슨은 노이로제와 자기 회의, 자기혐오로 똘똘 뭉친 고등학생이다. 좋아하는 여학생 앞에 서면 손에서 땀샘이 폭발하고 항우울제와 항불안제를 먹지 않으면 집 밖 사회로 나서는 건 상상조차 할 수 없다. 이렇듯 불안장애가 워낙 심하다보니 심리 치료사에게 상담을 받고 그의 권유에 따라 자신감을 북돋우는 프로젝트 차원에서 자기 자신에게 보내는 편지를 쓰기 시작하는데, 이 편지가 엉뚱한 친구의 손에 들어가면서 그는 걷잡을 수 없는 소용돌이 속으로 휘말려 들어간다. 나중에 가까스로 정신을 차리지만 이미 선을 넘은 뒤라 엄청난 후폭풍이 그를 기다린다. 원작 뮤지컬의 음악을 맡은 벤지 파섹이 고등학교 때 겪은 사건을 살짝 각색했다는데, 뮤지컬은 물론이고 이 책까지 다양한 연령층의 수많은 사람들로부터 사랑을 받는다는 것은 누구나 공감할 수 있는 이야기이기 때문일 것이다.

인간은 사회적 동물이라는 거창한 격언을 동원할 필요도 없이 우리는 타인과의 관계를 통해 존재하고 삶의 의미를 부여받는다. 주인공 에번이 하지 말아야 하는 거짓말을 하고 있다는 걸 알면서도 멈출 수 없었던 이유도 자기를 알아봐주는 사람이 한 명만이라도 있었으면 좋겠다는 소원이 그 거짓말을 통해 이루어졌기 때문이었다. 엘레나가 코너 프로젝트에 집착했던 이유도 코너처럼 "투명하고 외롭고 내가 허공으로 사라진대도 아무도 모를 것 같은 기분을" 알기 때문이었다. 많은 팬들의 심금을 울렸다는 원작 뮤지컬의 노래 중에 이런 가사가 있다. "어둠이 갑자기 몰려올 때/ 너를 업어줄 친구가 필요할 때/ 그리고 네가 땅 위로 쓰러질 때/ 우리가 너를 찾으러 갈게." 에번은 나무에서 떨어져 한참 동안 누군가가 찾아주길 기다려야 했을 때 사무치는 외로움과 공포를 느꼈지만, 그가 코너를 찾아주는 친구가 되었을 때 그 외로움과 공포를 조금씩 극복하고 바깥세상으로 조심스럽게 한 발짝씩 내디딜 수 있었다. 이른바 SNS로 인한 우울증에 시달리는 현시점의 우리는 여기에서 희망의 메시지를 찾을 수 있지 않을까.

『버티는 삶에 관하여』(허지웅)라는 한 책에서는 결국 버티어내는 것이 가장 어려운 일이라고 했다. '이기는 것도, 좀 더 많이 거머쥐는 것도 아닌 세상사에 맞서 자신을 지키고 버티어내는 것'이 가장 어려운 일 같다고 말이다. 에번도 결국에는 그 버티는 것의 위대함을 깨닫고 코너를 기리는 과수원을 바라보며, 언젠가 어떤 아이가 사과나무를 타고 오른다면 더 이상 발 디딜 곳이 없어 보일지라도, 희망이 없어 보일지라도, 온 사방이 그에게 포기하라고 얘기하는 것 같을지라도 포기하지 않고 계속 올라갈지 모른다는 생각을 한다. 그러므로 이 작품은 하루하루 버티어내는 우리를 향한 찬사이자 위로다. 우리라는 일상의 작은 영웅에게 말이다.

디어 에번 핸슨

초판 1쇄 펴낸날 2019년 5월 27일
초판 9쇄 펴낸날 2024년 8월 5일

지은이 밸 에미치 & 스티븐 레번슨 & 벤지 파섹 & 저스틴 폴
옮긴이 이은선
펴낸이 김영정

펴낸곳 (주)현대문학
등록번호 제1-452호
주소 06532 서울시 서초구 신반포로 321(잠원동, 미래엔)
전화 02-2017-0280
팩스 02-516-5433
홈페이지 www.hdmh.co.kr

ⓒ 2019, 현대문학

ISBN 978-89-7275-988-1 03840